U0601146

本书由广州大学文学思想研究中心资助出版

启真馆 出品

《新文学史》译丛　广州大学文学思想研究中心 策划　赵培玲 中文主编

［美］丽塔·费尔斯基（Rita Felski）主编
赵培玲等 译

新文学史 第 3 辑

CHINESE TRANSLATION VOLUME 3

New Literary History

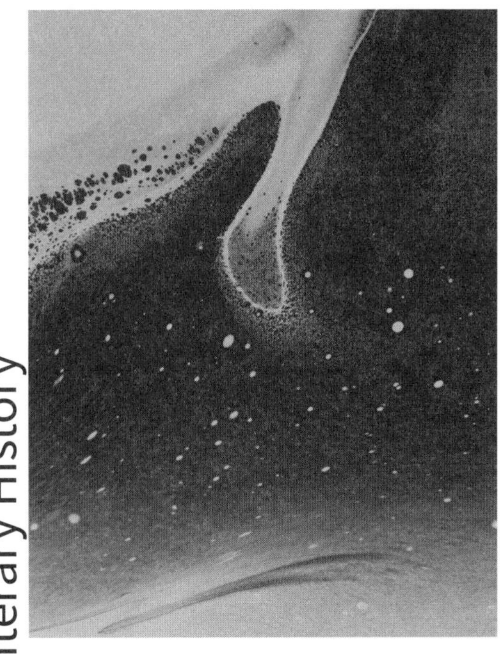

ZHEJIANG UNIVERSITY PRESS
浙江大学出版社

序言一

我很荣幸为大家介绍《新文学史》译丛的第 3 辑。作为国际顶尖人文学术期刊，《新文学史》主要刊发文学理论、文学历史、思想史、阐释学研究文章。自 1969 年创刊以来，《新文学史》刊载了许多知名理论家如哈贝马斯、弗雷德里克·詹姆森、海登·怀特和理查德·罗蒂等人的创新之作。《新文学史》对中国学界的影响随着部分文章的翻译集结出版而日益扩大。在《新文学史》美国主编丽塔·费尔斯基和国内史学学者陈新教授的共同推动下，《新文学史》译丛的第 1 辑（2013 年出版）选译了 1990—2010 年间刊发的 12 篇论文，第 2 辑（2016 年出版）选取了 2011—2012 年间刊发的 12 篇论文。译丛的第 3 辑则从 2013—2016 年间刊发的论文中选取了 12 篇。该专辑文章传承前两辑的独创性传统，均具有独特别致的跨学科、多重视角和创新性极高的思想观点，有望打开国内从事文学理论、历史、思想、阐释学研究学者的视野。

《新文学史》里每篇论文都是大家的扛鼎之作，从中挑选文章十分棘手。入选的文章聚焦文学史、文学文化理论、阐释学领域的核心话题，对比、批评或融合了多种文学理论、哲学思潮或阐释流派，提出了反主流、反传统的观点，展示了《新文学史》的学术前沿性和独创性，同时也勾勒出了近 5 年来文学研究的国际动态和发展趋势。为帮助读者整体把握本专辑，我粗略地将 12 篇论文分为四个板块：人文学科发展、叙事理论、文学和文化理论、阐释理论。

在人文学科发展篇里，学者们高屋建瓴，探讨了人文学科应该如何重构认知来应对各种危机和挑战。面对地球生态危机，布鲁诺·拉图尔在《人类纪时代的行动主体》一文中提醒我们，人类已经错过了和自然签订合约的机会和资格，唯一的出路是保护自己。为此，他呼吁，人类应该摈弃传统的科学世界观，拒绝对自然实体去生命化，避免将自然实体表现为单纯受因果关系支配的客体。这就意味着人文学科要重新认识自然的行动主体身份。针对人文学科被边缘化，甚至行将消失的危机，史蒂文·康纳在《解构人文学科》一文中指出，人文学科应该像拉图尔呼吁的那样，不要再孤注一掷地研究“人类”或纠结于人文学科的本质是什么，而是要去探索人类所参与的所有活动——工业生产、经济活动、科学研究、技术发展和数学推导。在《世界与地球：探讨建立一个世界文学的规范概念》一文中，谢平指出全球资本主义以西方的时间和进展为标准将世界上的每个民族（包括他们的文化和文学）融合成为一个世界体系，剧烈地摧毁了其他世界及其时间。他认为，应将世界重构为时间概念，而不是空间概念，并指出这种认知有一种创造力，可以抗衡资本主义全球化。在《文学研究的悄然转变：1.3 万学者能够告诉我们的真相》一文中，安德鲁·戈德斯通和特德·安德伍德呼应了拉图尔和康纳对人文学科的认识论，探讨了文学研究的转变。两位学者借助于他们的主题建模研究案例呼吁人文学者应重新认识量化研究在探索文学历史和发展趋势、文学阐释等方面的作用。

叙事理论一直是文学研究的核心议题和《新文学史》的重要研究主题。叙事理论板块共有两篇文章，从哲学角度着重探讨了小说叙事的本质和意义。在《叙事与人的存在：本体论、认识论和伦理学》一文中，汉娜·梅雷托亚指出叙事理论家和小说家在叙事之于人类存在的意义这个问题上的分歧主要表现在他们在本体论、认识论和伦理学三个哲学维度上的分歧，但最根本的分歧在于隐含于各叙事理论中的本体论假设。在梳理怀特、萨特、默尔索、巴特、罗伯-格里耶、萨洛特、利科和卡尔等理论家的叙事观和“反叙事”观的基础上，梅雷托亚提出自己的叙事观。首先，生活和叙事不是对立的，即叙事不是强加于生活或经验之上的，生活不是抵制叙事顺序的；相反它们是彼此交织着和互惠并进的，对经验的叙事阐释不仅没有扭曲经验，反而建构了我们的存在本身。其次，叙事能够构建我们的存在是因为叙事参与创造主体间性的世界，影响着我们与他人交互的方式。最后，叙事不等同于经验或事件，叙事的本质是阐释，所有叙事都是可以被质疑的，都是可以被重新叙述的。阿德里安娜·卡瓦雷罗在《对抗毁灭的叙事》一文中借助于传记叙事阐述了叙事如何具体地构成了人的存在，和梅雷托亚的叙事观形成了呼应。通过比较荷马的奥德修斯传记叙事和西博尔德关于大屠杀的传记文学，卡瓦雷罗发现，并不是所有的传记都仅仅是通过支离破碎的细节来重构一个连续的生命线索，大屠杀传记叙事通过生命故事使被摧残的人类免于毁灭，赋予这些生命以存在。因而，卡瓦雷罗认为，从本质上讲，这种叙事是对“那种已经吞噬了生命本身的毁灭之举的抗拒。叙事最终是一种对抗毁灭的塑造，一种对抗摧毁的创造，一场对抗消灭的行动”。

文学和文化理论板块中的四篇文章分别从不同的角度对文学文化研究中的核心概念或理论进行了整合和重构。温弗里德·弗拉克的文章《文学与文化理论的哲学前提：自我异化的叙事》深度分析了许多文学文化理论背后的自我异化叙事，并探讨了自我异化叙事对文学文化研究的各种挑战和启发。首先，在马克斯·霍克海默和狄奥多·阿多诺法兰克福学派的批判理论和福柯理论的基础上，弗拉克指出，自我异化是由工具理性在人类文化、精神生活和主体性中的入侵所导致的主体扭曲引起的，因此，文学和文化研究要反对工具理性，重塑具有创造力和反抗性的主体。其次，弗拉克指出，雷蒙德·威廉斯的自我异化叙事论视工业化为一面双刃剑：它导致了现代社会自我异化，但它同时也为社会合作提供了机会。因此，弗拉克提醒我们，为了防止文化复制工业化分工的方式，文学研究要扩展到文化研究，并把文学当作是整个生活方式的一部分。然而，弗拉克从沃尔夫冈·伊泽尔的接受理论立场出发指出，自我异化不仅是人类不可避免的，也能激发人类的创造力，那么文学具有将自我异化转化为创造力的潜力，因此，文学和文化研究应侧重于刺激读者参与的文本。弗拉克探讨了拉康和朱迪斯·巴特勒等人的后结构主义思想中的自我异化叙事的自我矛盾性，并强调了自我异化能够促使人们重新赋予意义的可能性。同时，弗拉克指出，哈贝马斯和霍耐特的主体间性思想可以使主体间性自我叙事代替自我异化叙事。弗拉克最后强调，归根结底，寻求认同是动力，而寻求认同最重要的文化领域之一是“虚构的文本、审美对象，以及不断提供双倍新经验和主体身份选择权的文化实践”。

乔治娜·博恩在《制造时间：时间性、历史和文化客体》一文中，指出时间人类学的两大思潮——多重时间性理论和新过程理论，均没有认识到在人类和非人类生活以及文化生产中运作的多重时间性，并尝试构建关于文化生产的另类时间观，从而为文学文化研究提供一个新的时间概念。博恩阐述了她的时间观：(1) 艺术或文化客体既是时间媒介，同时又具有产生时间和空间的能力，时代、艺术家、批评家或观众与艺术文化产品之间并不存在统一性；(2) 音乐通过对其内在时间性的偶然表达来产生时间，而反过来在社会、文化、政治和技术变革中内在的各种时间性又会指导音乐和音乐流派的演变，同时音乐的时间性有助于我们理解其他艺术形式的时间理论化；(3) 通过对当代数字音乐进行民族志和历史研究，我们可以看到音乐为时间和历史理论的重建提供了一个有利的平台，而目前流行的数字音乐凸显并强化了这些潜能。通过政治理论来探讨小说（文学）对民主思想和实践的贡献是桑德拉·M. 古斯塔夫森在《作为个别性的平等：反思文学与民主》一文的主要目的。在引用罗桑瓦隆的平等作为个别性的民主思想和艾伦的政治理论的基础上，古斯塔夫森构建了民主批评的理论框架，用来阐释不同形式和风格的文本中的民主思想和实践。在此框架下，古斯塔夫森考察了美国作家索尔·贝娄和厄普顿·辛克莱的作品中对民主实践和民主理想的探索，并强调指出，文学从根本上推动了民主思想的展开，一些看似反民主的作家实际上也促进了民主的展开。陶丽·莫依在《例证思考：日常语言哲学能为女性主义理论做些什么》一文中，提出用维特根斯坦的日常语言哲学思想来引导女性主义理论在观念上的转变。莫依以交叉性理论为例指出了女性身份理论的局限性：它们企图构建一个囊括所有可能身份的复杂体系，这样往往使女性主义理论变得过于抽象，束缚了我们对女性具体处境和经验的探索。莫依指出，例证思考可以让女性主义者避免这种普遍性渴望，避免试图对“交叉性”或“身份”进行理论化，从而引导他们对一个具体问题、具体案例和实际经验进行维特根斯坦式描述。

阐释理论是《新文学史》的另一特色主题。阐释理论就是假设人们通过把意义赋予他们所看到的东西，来积极地解释他们的经验的一种理论视角。本专辑阐释理论篇则颠覆了一些普遍被接受的阐释理论。我们通常认可文学知识能够给文本阐释者自由、革命思想和个性释放的观点，但詹姆斯·辛普森在《认知就是识别：文学知识和文本的“脸孔”》一文中颠覆了这一观点。辛普森指出，我们的阅读活动恰恰相反：它“总是依赖某些内在准则，并要求我们假设某一个既定体裁中的每部作品都是‘一样的’”。据此，辛普森认为，文学认知的本质并不是激进的，而是一种识别或再认知，阐释活动的快乐在于享受识别文本“脸孔”带来的快乐。阐释理论对人文社会科学领域的研究提供了解读的框架，但是大多数阐释理论都过于倚重文本这个理解场和无限地追求解读意义的持续性、连贯性与完整性。因而，达维德·帕纳吉亚在《多面论：媒介参与和政治理论》一文中借助多面论批判了阐释理论的这种局限性，并提出了一种不以统一的认知观作为政治思维共识的政治理论化模式。帕纳吉亚认为，政治理论活动不应仅局限于文本媒介，应更多关注“机械物质性”，包括各种代理材料，如各种技术对象和存储容器（如档案柜、剪报、投影机等等），更多地探讨它们如何参与了对各个方面的提炼、编排与呈现等。从多面论角度出发，帕纳吉亚指出，政治理论可以被看作是一个调解人、对象和术语之间的关系的过程，因而政治理论研究是对各个方面如何在缺乏生存标准的情况下实现共存的研究，实际上参与了人、地方与事物的解释过程。

综合来看，这些板块虽相对独立，但又相辅相成，其研究视角和方法有诸多共同之处。现略举一二。第一，历史性。无论是讨论人文学科的发展，还是构建文化理论，这些研究均能够追溯某一现象、概念或理论的历史渊源和发展轨迹，具有很强的历史感。例如，拉图尔为了探讨自然实体的主体性而梳理了整个科学发展史；卡瓦雷罗的传记叙事讨论横跨了荷马时代、现代和当代；博恩梳理了时间人类学的发展史；安德鲁·戈德斯通和特德·安德伍德借助于语料库分析了文学研究在过去 120 年的发展历史模式。第二，理论杂糅性。文学研究离不开运用理论，但这些学者对于理论的态度是，既不拘泥于单一理论，也不采取非抑即扬的极端对立方式；他们往往杂糅诸家理论，在对比、批判、综合中借用、构建和创新。例如，弗拉克对自我异化叙事的研究融合了 15 位以上的理论名家的观点；梅雷托亚探讨了 10 位以上理论家的叙事观和反叙事观；帕纳吉亚对多面论的探索涉及了休谟、阿莱塔·诺弗尔、维特根斯坦、查尔斯·泰勒、昆廷·斯金纳及詹姆斯·塔利等人的思想和理论；谢平对世界文学的定义探讨包括了奥尔巴赫、戴维·达姆罗施、约翰·皮泽、卡萨诺瓦等人的思想；莫依把维特根斯坦的日常语言哲学理论和交叉理论有机地糅合在一起。第三，文本性。虽然帕纳吉亚反对文本中心论，但文学和文化研究通常情况下是离不开文本的。拉图尔对托尔斯泰的《战争与和平》和约翰·迈克菲《掌控自然》中的细节解读就为读者理解对自然实体“去人格化”这种做法的极大危害性提供了具体的例证。辛普森研究的文本包括小说、诗歌、对话等等。古斯塔夫森聚焦于美国作家索尔·贝娄和厄普顿·辛克莱的作品。卡瓦雷罗比较了《奥德赛》和《移居者》等文本。

本专辑的每篇文章都值得我们去反复研读。上面的板块介绍和共性分析远远不足以呈现这些学者深邃的思想和新颖的观点。我们从他们那里学到的不仅仅是文学史、文学文化理论和阐释理论领域研究的高屋建瓴的视角、杂糅百家的方法、海纳百川的包容态度和精密细致的推理。他们的批判精神和创新精神、他们对人文学科研究的执着追求以及他们对人类和自然世界的忧患意识都将极大地启发和激励我们的研究。

赵培玲

2018 年 7 月 27 日于长沙

序言二

从本辑开始，《新文学史》译丛由广州大学文学思想研究中心主办。

任何文学研究都需要经由某种思想才能抵达所在。一切文学对象的研究都是研究者思想切入的结果，也就是具有怎样的思想就将具有怎样的研究结果。如果说机械化时代意味着体力劳动解放的话，那么，数字化时代则意味着脑力劳动的解放，意味着从“搬运工”式的资料收集研究，转向更深层次的思想性与理论性的研究。

事实上，文学研究从未拒绝过思想。即使是文献考据，也隐含着一种实证主义的思想。它预设了先在的文献事实，一种艾尔曼所指出的“经验主义的立场”，它强调有效的知识必须为外部事实和不偏不倚的观察所确证。不过，文学的文献学研究很少反过身来对这一研究的出发点进行认识论的反思，而往往不自觉地将其视为理所当然而转向一种纯技术的路向。例如常见的“史料批判”，包括史料的发掘、搜集、清理、辨析、甄别、评价、保存等具体研究。这就将文本置于工具理性的观照下，于是，文学研究往往呈现出工具性的结果。但如果我们对文献或文本进行本体论的追问，进行康德意义上的“批判”，我们将获得更为广阔、更为深入的研究视野，正如我们从克罗齐、英伽登、伊塞尔、海德格尔、伽达默尔、德里达那里所获得的新维度一样。

但是，中国的文学研究并不仅仅是上述理论的应用与证明。中国的文学研究具有自身的文学对象，应该生产出与之相应的理论。正是在这里，我们面临着继承传统、引进新论、创新理论这一多元维度交织的情境。恪守旧路者往往引述一种观点为自己辩护，这种观点认为民族的就是世界的，继承传统就是对世界文学研究的创新，睥睨一切外来的新理论与新方法。但这种引述未能在理论的根基处进行把握，因而是一种理论的断章取义。显然，民族的之所以是世界的，乃是因为需要首先奠基于世界这一普遍性才具有可能。正如梁启超在《中国史叙论》中阐释的历史观，将中国历史置于一种外部背景的关系中进行断代的质性划分：中国之中国阶段、亚洲之中国阶段、世界之中国阶段。在这种历史观中，中国历史之所以有可能具有世界性的意义，乃是因为其处于“世界之中国阶段”。而在“中国之中国阶段”，不知“世界”为何物，民族的就只能是民族的。

文学研究同样如此。如果中国传统的文学研究不置于世界的文学研究这一背景中进行观照，就不可能获得民族的就是世界的这一普遍意义。因此，与中国历史进入“世界之中国阶段”相匹配，中国的文学研究也需要进入“世界之中国文学研究”的阶段。《新文学史》作为国际最具影响力的文学研究读物，正是为中国文学研究提供“世界性”这一时代背景，从而使中国的传统文学研究获得世界的意义。更重要的是，这种背景不仅使我们的研究在“世界性”中成为在场，而且正如鲁滨孙一样，使得自我的认识成为可能。

《新文学史》第 3 辑所收入的 2013—2016 年间发表的 12 篇文章，代表着当下世界文学研究的不同视野，而不同视野的交织就构成了一种“世界的”图景。本辑收入的法国著名哲学家拉图尔的《人类纪时代的行动主体》一文中提出了“人类纪”这个概念，对以往的“世界”提出了新的看法。“人类纪”时代的“世界”不再是传统表达的被动的自然世界，而是已经是一个具有行动主体的一切特征的世界。在这个世界中，人类就不再是主客二分中作为“主体”的一方，而是“与其他同样失去了自主性的主体们共享主体能动性”。于是，“世界”进入了一个“人类纪”的时代。中国文学当然也需要置于这一背景下来进行认识。

但是，中国文学及其研究同样不是被动地由背景决定的。它和研究者一样作为行动的主体，一道参与了“人类纪”时代的互构。互构是一种多元行动者网络的交织。正是互构，中国文学不仅可以获得外部理论的观照，而且本身也参与并织造了整体网络。当下，我们所遇到的最大挑战，乃是面对中国丰富的古今文学实践，却十分缺乏一种自身的理论观照。布莱希特能在中国的文学资源中提取出一种理论形态，就表明中国文学具有丰富的理论养料。只有不拒绝并反省外来思想，才能完成中国文学理论的自我反思与建构。

为此，我们期待更多的《新文学史》新辑的出版，更期待中国文学研究的理论成果也进入《新文学史》中，在引进与互构中携手共建理论世界的行动者网络。

刘晓明

2018 年 8 月

新文学史　第3辑

目　录

人类纪时代的行动主体*

布鲁诺·拉图尔（Bruno Latour）著
赵培玲　译

“至 5 月 3 日星期五为止，莫纳罗亚火山口（Mauna Loa）的二氧化碳浓度已达到 399.29 ppm”，当一个人读到 2013 年 5 月 7 日星期二的《世界报》（*Le Monde*）上的这样一句话时，他该作何反应？同时，他该如何理解这篇文章标新立异的题目——《空气中的二氧化碳含量处于 2500 万年来的最高点，这一温室效应气体含量的主要指标即将在今年突破 400 ppm》？该信息让人惊讶于地球的悠久历史之余，也让人感到采取集体行动的紧迫性。该新闻的副标题则以平静的语气述说了一个更加令人不安的消息：“二氧化碳含量早在 1990 年前夕就已经超过了安全阈值。”因此，我们不仅要接受这样一个事实：人类文明近期的发展已经改变了某种比人类本身更古老的自然状态（文中的图表说明了即使是最古老的人类工具在地质历史中也是最近才出现的），同时，我们还必须充满一种忧患意识：剧本已经完结，具有决定性意义的事件已经发生——科学家们所设下的九条绝不可逾越的“地球法则”中已有多条被打破。[1] 不难看到，现代社会中的人们无论精神上还是情感上都难以应对这一宏观尺度上发生的事件：一方面他们难以把控不断加速的环境恶化过程并意识到了自己负有的责任；另一方面这种新的对于环保行动的呼吁似乎并不具备他们老一代革命梦想的特征。我们作为地球漫长历史中举足轻重的一部分，为何到现在才意识到已造成的破坏？为何我们修复自然的努力仍然收效甚微？

---

* Bruno Latour, “Agency at the Time of the Anthropocene, ” *New Literary History* 45, no. 1(2014): 1–18.

这篇报道有两方面让我感兴趣：首先，它提出的数据来自多个学科门类的研究成果——从气候学到古生物学；其次，它构建了一个将这些学科紧密关联在一起的历史叙事。我们无法将该报道视为一个旁观者通过冷漠观察所得出的“客观事实”，像我们之前对待“自然科学”发现那样。在地球环境问题上没有人是彻底的旁观者，也无所谓纯粹的客观，至少旧的客观性概念已无法用于把握历史中的行动主体。难怪对地球变暖问题持怀疑态度的人完全否定这些数据的可靠性，认为它们不过是吓人的把戏。他们在一定程度上是对的，然而并非因为这些学科无法提出能经得起反驳的客观结论，而是因为当我们探讨与人类相关的问题以及相应的解决方法时，客观性概念本身就被完全颠覆了。[2]

科学研究的一个老问题是如何理解科学家在知识构建过程中所发挥的积极作用；现在，一个新的问题浮现出来：我们如何理解人类在事实的构建过程中以及在这些事实所记录的现象中所发挥的积极作用？知识、新闻、故事、提醒、警告、规则以及责任这些概念的细微差别完全被混淆了。正因如此，我们才迫切需要重新界定其中的一些概念。考虑到经济学和生态学都与“科学世界观”有密切关系，我们在分析应当如何从经济学转向生态学时，尤其需要界定概念。

在 20 世纪 90 年代初，正当二氧化碳含量浓度悄无声息地超过安全阈值时，法国哲学家米歇尔・塞尔（Michel Serres）在一本大胆且极具个人风格的著作《自然契约论》（*The Natural Contract*）中，不仅提出了许多创新观念，还在虚构情境中再现了伽利略的名言：“但地球还是在动。”根据我们所接受的高度精简的科学史教育，在宗教裁判所禁止伽利略宣扬地球运动的学说时，他呢喃道：“但地球还是在动。”塞尔将这个小故事称为“第一场审判”：一个预言家式的科学家在对抗当时的权威时，轻声说出了日后终将摧毁这些权威的真相。而现在，塞尔为我们描绘了“第二场审判”：在那些拒绝关注地球变化的权威面前，一群具有同样预言色彩的科学家不得不保持沉默，并默念出更惊世骇俗的真相：“但地球还是被撼动了。”（法语原文中这一点体现得更清楚，试比较“Et pourtant la Terre se meut”和“Et pourtant la Terre s’émeut”。）塞尔写道：

三个世纪前，科学向地球寻求帮助，而地球通过运动来表示支持，

> 于是，科学家们独占鳌头，伽利略这个预言家被加冕为王。现在轮到我们了。当我们像伽利略那样大声疾呼“地球被撼动了”时，我们诉诸的却是无法在场的权威；在满是伽利略的后继者的法庭上，古代的预言家们被封为王者。那个亘古不变的、作为我们一切生命前提条件的地球正在战栗中缓缓挪动。[3]

在学术研究的语境下，我无须说明地球在原本星体运动之外还受到这些全新的情绪的困扰。地球不仅围绕太阳公转（这一点已经是常识），还要受到其承载的生态系统的复杂运动的影响。对该影响的研究被称作“地球系统科学”，或者被称作一个更激进的名字，“盖亚”(Gaia)。[4] 盖亚是一位棘手的女神。在哥白尼革命发生四个世纪后，地质学知识突然有了全新的意义，以至于上文所提到的查尔斯·戴维·基林（Charles David Keeling）在莫纳罗亚火山的观测数据没有刊载在该报纸的“科学技术版”，而出现在新设立的一个专门报道“地球生态悲剧”的板块中。[5] 大家已经达成共识：地球不再是一个台球般沉寂的伽利略式天体，而已经具有了一个行动主体的一切特征。的确，正像迪佩什·查卡拉巴提（Dipesh Chakrabarty）提出的那样，地球又重新成为一个历史中的行动者，在别处我已提议将该历史称为我们共有的地质历史。[6] 对于研究哲学、科学或者文学的我们而言，问题在于应该如何讲述这样一个故事。

我们不该对这一点感到奇怪，“地球被撼动了”这句话给现代权威带来的惊诧度丝毫不亚于“地球在移动”这句话带给中世纪的。正如宗教裁判所的审讯者惊讶地听说地球竟然只是一个在浩瀚宇宙中不停旋转的桌球一样［布莱希特（Bertolt Brecht）的剧作《伽利略传》中梵蒂冈的僧侣和主教们在地板上以漫无目的的旋转来讥讽伽利略的日心说］[7]，新的审讯者们（现在他们为经济而非宗教代言）惊讶地发现地球已经成为，或再次成为，一个有生命力的、此在的、有限的、敏感的、脆弱的、颤抖的、易受扰动的壳体。我们需要另一个布莱希特来描绘这样的情形：相当数量的人［如科赫兄弟（the Koch brothers）、某些物理学家、许多知识分子、一大群左派或者右派的政治家，以及相当多的主教和牧师］在脱口秀和福克斯新闻（Fox News）上质疑对于这个古老而崭新的敏感星球的重新认识，这种质疑是如此之激烈以至于他们不惜否定整个自然科学的有效性。

为了说明地球不过宇宙中众多天体中的平凡一员，伽利略必须把气候、生物扰动和环境变化等因素（除了潮汐）排除在考虑范围之外；而为了第二次重新认识地球，气候学家重新引入了气候的因素，更充分地考虑月球引力的影响、遭受的污染以及生物扰动。伽利略眼中的地球可以旋转，但它没有“临界点”[8]，也没有“地球法则”。就像迈克尔·休姆（Michael Hulme）所说，这两个概念恰恰标志着一种新的话语模式：去谈论“气候”而非“天气”。[9] 在前科学时代居民眼中，地球是一个充满腐败、死亡和堕落的污水坑，他们凝视着天空中不朽的太阳、群星和上帝，将仅有的一点超脱的希望寄托在祈祷、冥想和知识上；今天，我们经历着一场反哥白尼革命，科学发现迫使我们意识到地球仍然是一个充满动乱、衰败、战争、污染、腐败的污水坑。然而这一次祈祷不再有效，我们也无处可逃。曾经我们把视野从一个封闭的寰宇（cosmos）转向无穷的宇宙（universe），[10] 现在我们需要把目光重新投向寰宇，但这里没有秩序和上帝，没有等级和权威，故已不再是一个字面意义上的寰宇——该词本意指美观的、精巧的排列。不妨以希腊语中“全宇”（kakosmos）一词为地球的新状态命名。从寰宇到宇宙再到全宇的变化中，我们经历了多么奇怪的戏剧性变化啊！这种体验恐怕比布莱希特剧作中可怜的萨尔蒂夫人（Mrs. Sarti）的经历更让人坐立不安。

虽然我们仍需与那些否认地球生态危机的人进行论战，但我建议先借这个机会进一步展开对于“寰宇政治学”（cosmopolitics）的讨论。[11] 我想在本文中探讨的问题是：这个新的地球观念应当具有什么样的主体能动性？塞尔的另外两个观点有助于更加清楚地阐释我的目的。就在上文引用的段落之前，他将主体与客体的意义颠倒，并试图在法律意义上理解这一对概念（《自然契约论》首先是一部法哲学著作）。

> 今天，地球已经发生了翻天覆地的变化，既不是因为它永不停歇地做圆周运动，也不是因为它从表层大气到深层地壳都在经历着各种变化，而是因为它正为人类活动所改造。自然之所以能充当古代法律和现代科学的参照对象是因为它没有主体性，在法律上处于客体的位置。

> 在科学的语境下，自然意味着一个无人的空间，它不依赖人存在，其本身却是人类存在的法律上和事实上的条件。但从今往后，人类对地球具有的影响力大到使地球开始颤抖，而我们也不免担心它偏离了原本的平静。我们打搅、撼动了地球！现在它重新具有了主体性。[12]

虽然这本书写于“人类纪”(Anthropocene) 概念普及之前，也没有提到“盖亚”这个称呼，但它显然指出了主客体相对位置的完全颠倒。自科学革命以来，一个不受人类干预的世界的客观存在就为科学和法律（且不论宗教和道德）上的自然法提供了坚实的基础。而在反哥白尼革命中，当我们诉诸从前的自然法基础时发现了什么？恰恰是随处可见的人类行动的痕迹！在过去，西方男性主体凭借勇气、暴力和狂妄自大的控制欲统治了自然界中的蛮荒之地。而这一次，就像在科学和现代性之前的神话中一般[13]，我们遇见了这样一个主体，其主体性在于他要经受未知的命运，遭受水土不服、负面情感及其他多重阻力，甚至其他主体的复仇——而后者的主体性也恰恰在于它可以被前者的行为影响。在这种崭新观念下，人类不再被自然客观法则的锁链所捆缚，因为他们的遭遇很大程度上是自己自主行动的结果。主体资格不再依赖于在一个客观背景中采取自主行动的能力，而在于与其他同样失去了自主性的主体们共享主体能动性。正因为我们如今面对着这样的主体，更准确地来说是“半主体”，我们必须放弃成为主宰者的梦想，同时也不必担心被彻底自然化。[14] 我们的处境就仿佛离开了主客体二分法的康德，离开了绝对精神的黑格尔，以及离开了辩证法的马克思。然而，地球不再“客观”这个论断还有另一层极端的意义：你不能忽视人类的影响而把它搁置在一旁进行考虑。人类活动随处可见——无论是在知识构建中，还是在知识所描述的那些现象的产生过程中。

然而，塞尔提供的解决方案在现在看来已经不具备可行性，尤其是他十分古怪地建议我们与那些“半主体”建立一个新的社会契约。问题不在于此处契约观念的怪异（尽管他确实因此受到了许多批评），而在于过了四分之一世纪之后，情况已经变得如此紧急和动荡，以至于多方之间似乎已经很难达成和平的协议，相较之下战争的可能性要大得多。另一种可能的方案在于改变条款的模式，即放弃民法形式而采取刑法形式。诸如“共生”“和谐”“共识”“一致”

这些深度生态学（deep ecology）的理想都散发着上一个时代的气息，那时危机还不像现在这样紧迫。我们至多希望某种新的国际法能让我们避免伤害彼此，避免受到詹姆斯·洛夫洛克（James Lovelock）所说的“盖亚的报复”。[15] 就像伊莎贝尔·斯滕格斯（Isabelle Stengers）所说，目前要紧的任务其实在于“保护我们自己”。[16] 目前这些面临着相互冲突及其不可预料后果的新主体们并未尝试订立和约，而只是试图实现最低限度的休战，而这种状态比市场和法庭要初级得多。已经没时间讨价还价或庄严宣誓了。和霍布斯（Hobbes）的设想不同，“自然状态”的令人担忧之处在于，它倾向于在社会契约终结之后出现，而非在之前或一同出现。23 年后，文明世界已经退化到如此的地步以至于塞尔弥补裂痕的努力在现在看来已经具有一种奇怪的怀旧色彩：那时，我们确实还能想象“与自然订立和约”。但现在，盖亚俨然是一个独立主体，甚至已经拥有了自己的主权。[17]

因此，要想从塞尔的见解中有所收获，又免受其立法思维的局限，我们需要进行更深层次的考察，以了解地球历史中不同类型的实体如何变换那些定义它们主体地位的特征。“特征”这个词，恰恰是塞尔从法律、地缘政治、科学、建筑，以及地质学里借用来的，以标识形式主体与形式客体之间交界地带的技术词汇。

> 不仅如此，“特征”一词在法语中，就如“草案”一词在英语中那样，既指书写用的物质载体，也指书写的笔画：点和线，一个二进制字母表。一份写好的契约对于那些在条文下签署名字（或画叉）的人产生约束效力……而第一个重要的科学体系，即牛顿力学系统，也类似地由引力联系在一起：这里面是同样的词汇，同样的特征，同样的观念。行星之间对彼此的控制和约束由物理法则约束，而该法则是契约的缩影，其主要意义包含在一系列条文中。任何行星最微小的运动都会立刻在所有其他行星上产生影响，它们的反作用力也会无阻碍地在前者身上生效。通过这一系列限制，地球在某种意义上“理解”了其他天体的“立场”，因为它要和整个星系的事件发生共振。[18]

理解契约关系的最好例子竟然是牛顿万有引力定律！这个论断的确不同寻常。一个人该怎样把牛顿理论中的引力与人类纪的关于“立场”与“理解”的论述联系起来呢，似乎这里没人进行过任何建议或者阐释。而这难道不正是塞尔的以人类学视角研究科学的方法之所以被广为诟病，并且更普遍地使得其他人文学科遭受指责的原因吗？当然，关键在于我们不应该将这句话仅仅当作一个巧妙的比喻，而要认真地对待其中的意义。为此，我们需要足够仔细地甄别在什么样的条件下这句话会具有额外意义，而不只是一个意向。

受西蒙·谢弗（Simon Schaffer）的杰出论文启发，[19] 我们首先必须记住这样一个事实：牛顿本人也需要基于当时的文化规约赋予引力这种力量一系列“特征”。诚然，这些特征不是拟人的，而是“拟天使”的！为了对抗笛卡儿的天体模型，牛顿不得不设想出一种能瞬间远距离传递作用力的实体。而在当时据他所知，除了天使之外没有任何其他角色能完成这种运动的瞬间转移……在数百页对于天使的理论探讨之后，他才能够逐渐地折起他们的翅膀，把他们从实体变为一种“力”。一种纯粹客观的“力”？或许如此，但它背后暗示的仍然是上千年对神灵的“远距离通信系统”的沉思。在客观性问题上，科学远非纯洁无瑕，在“力”的概念背后是天使挥动翅膀的影子。

就像整个科学史——塞尔早期的作品大多关注这一方面——展示的那样，对科学术语的理解很难离开当时的文化背景，这种文化背景先让科学家们赋予这些科学术语以生命，后来又让科学家们剥夺了这些术语的生命。尽管正统的科学哲学只承认后者的有效性及合理性，但实际上正相反：赋予事物以生命恰恰是核心现象，而对生命力的去除是肤浅的、附属的、充满争议的，甚至经常是以报复为目的的。[20] 西方历史的令人困惑之处并不在于“为什么有人还相信泛灵论”，而在于许多人仍然天真地认为世界只是一堆毫无生气的物质——与此同时他们在身体力行地增加自然界的主体能动性，并且日益与它们紧密纠缠在一起。我们对地质历史越了解，就越难理解这种天真的信念。

有两种途径能让我们达成关于主体能动性的共识，而不是纠结于它是有生命的，还是无生命的：一个方法是符号学的，另一个方法是本体论的。让我们先介绍前者。

在小说作品中，读者不难注意到人物身上同时存在着许多相互矛盾的活动。不妨欣赏一下托尔斯泰（Tolstoy）的《战争与和平》（*War and Peace*）中描述库图佐夫（Prince Kutuzov）如何下定决心开始行动的著名篇章。

> 派出去的侦察兵证实了哥萨克的报告，这就表明事情彻底成熟了。绷紧的发条松开了，时钟在咝咝作响，钟声响起了。库图佐夫虽然有徒有虚名的权力，有聪明才智，有丰富的经验和对人的识别能力，但是当考虑到贝尼格森亲自呈递给皇帝的报告、全体将军们的一致愿望、他所猜想到的皇帝的旨意，以及哥萨克的报告，他已经不能制止那不可避免的行动了，于是不得不下令干他认为有损无益的事了——他认可了既成的事实。[21]

一方面，在这个片段中主人公的形象完全不像是一个正在冷静决策的理性主体；另一方面，他也不完全是一个受“既成的事实”支配的纯粹客体。虽然在开头叙事者以生物生长（“事情彻底成熟了”）和机械运动（“时钟在咝咝作响”）来比喻事情发展的必然方向，但此时还有许多其他因素在影响着他的决定：一个不完全可靠的哥萨克信使、副官针对他的密谋、手下将军们温和的压力，以及他自己对皇帝意图的小心揣测。虽然说到了最后，行动已经“不可避免”，但司令官仍然需要“下令”，尽管他认为它“有损无益”。（小说的读者会记得，库图佐夫在接下来的章节里会尽一切努力推迟双方交火，而他最后也会成功，因为他几乎完全不能阻止拿破仑大军的急速行军和撤退！）

如果我们认为司令官此处的犹豫不决显得非常真实可信，那这正因为作者将我们赖以区分主体与客体的那些线索全部混杂在了一起——一方面是“既成的事实”“不可避免的行动”，另一方面是“权力，有聪明才智，有丰富的经验和对人的识别能力”。伟大小说对行动原因的深刻表现是同时代正统哲学所无法企及的。从这里我们还能得到一个更一般的结论：现代性对于人类学家来说如此令人困惑的原因在于，那些具有主体性或者客体性意味的特点和背后的现实相去甚远。正是凭借这一点，我才敢于说“我们从来都不是现代人”[22]。在人类纪这个主体与客体完全混淆的时代里，托尔斯泰的作品有着特殊的教育意义，这对克莱夫·汉密尔顿（Clive Hamilton）那发人深省的新书中所描述的那些疯狂的生态工程师来说尤其正确，这些人设计了一个又一个拯救地球的计划，其手段一个比一个疯狂。[23] 考虑到这些自认为局面尽在掌握的人——汉密尔顿称呼他们为地球主宰——掌控局面的能力恐怕不如库图佐夫，如果我们把地球交由他们负责，该会弄出多大的乱子啊！

你可能会提出这样的反对理由：小说家的职业要求他们表现人类心灵的深度，因而他们难免会把那些哲学家能清晰表达的东西复杂化。确实，在库图佐夫的例子里，没有一种影响因素是完全的自然力量，尽管作者采用了机械的比喻，但我们面对的仍然是人类角色。但是现在请允许我以《掌控自然》（*The Control of Nature*）这本书名“十分谦虚”的著作为例。[24] 约翰·迈克菲（John McPhee）的这本著作收集了一系列关于勇士们如何与不可战胜的自然力量——洪水、山体滑坡和火山爆发——搏斗的故事。这里让我感兴趣的是作者做出的两种取舍，一种是密西西比河与阿查法拉亚河（Atchafalaya）之间的取舍，另一种是这两条河与美国陆军的工程师之间的取舍。

迈克菲描述的情况大致如下：之所以密西西比河继续流向新奥尔良东边，要感谢上游河湾处一项堪称艺术的水利工程，该工程旨在阻止密西西比河的河水汇入阿查法拉亚河，后者虽然流量小得多，但是河床也低矮得多。如果该堤坝决口（该危险每年都会出现），那么整个密西西比河都会改道至新奥尔良市以西数英里的位置，巨大的洪水将重创美国的交通基础设施。

自然而然地，美国陆军的工程师完全忽视了马克·吐温（Mark Twain）那堪称经典、不乏复古精神的箴言：

> 任何了解密西西比河的人都打心底里明白——虽然他们不说出来——即使河上有一万家船运公司，运载着全世界煤矿的产出，也无法征服这条不羁的河流。他们既不能限制它也不能约束它，不能对它发号施令：“到这儿来”“上那儿去”……这些船运公司休想逼迫密西西比河循规蹈矩，这简直像强迫彗星按照人类的意志改变轨迹一样荒谬。[25]

正相反，这些部队采取了相当复杂的技术手段把密西西比河固定在目前的位置上，避免它被另一条河流捕获。为了保护工程设施的安全，他们需要放行一部分水流，但特别严重的洪水仍可能将设施彻底冲毁。

虽然这个情境十分奇妙，但我不能在上面花太多笔墨，正如我不能在《战争与和平》中的直接或者迂回的叙述上花太多笔墨一样，我希望更多地关注在迈克菲的叙事中“特征”是如何发生对调的：

> 无论是出于政治的还是道德的考虑，工程部队都不能杀死阿查法拉亚河，而必须喂给它一些水。然而根据自然的法则，阿查法拉亚河接受的水量越多，它就越陡峭，胃口也就越大。越是给它水，它的河床就越深。阿查法拉亚河和密西西比河的落差会持续增大，并不断加大后者被捕获的可能性。工程部队必须继续应对该危险，他们建造的设施必须既能给予阿查法拉亚河一部分水流，又能防止它占据全部水流。[26]

然而“自然的法则”这一说法并没有否定迈克菲所描绘的两条河流的冲突中的能动性因素，正像托尔斯泰使用的“绷紧的发条”——机械力量的比喻并没有否定库图佐夫做出决定的意志力量。恰恰相反，正是在两条河——狭窄的深流与宽阔的悬河——的对立中，双方像小说的主人公一样有了自己的目标和行动方向，作家也得以合理地采用诸如“杀死”“捕获”等词语来描述那条更陡峭也更危险的河流。拥有目标是成为行动主体的核心条件。尽管当下主流意识形态致力于排除“物理世界”中运动者的意图性，但这在实践上完全做不到。较之警惕将自然实体“人格化”而带来的危险，我们更应该避免一味地将它们“去人格化”并将它们完全表现为受因果关系支配的客体。在这个例子中尤其如此，因为所兴建的水利设施既要“喂给”阿查法拉亚河一些水，又要“防止它占据全部水流”，方能实现对局面的权衡掌控。这篇文章，一方面具体展现了人类如何既约束自然主体又为自然主体所约束，就像塞尔所主张的（“地球在某种意义上理解了其他天体的立场”）；另一方面，也呼吁我们警惕类似的水利工程所蕴含的思维方式。这是因为具有塑造力量的主体并不能完全实现主宰，而在客体中又存在着无法消除的能动性因素。就像参与工程的一位工程师所说，阿查法拉亚河吞并密西西比河只是一个时间问题。他还平静而谦虚地说：“目前我们还能缓解局势的压力。”（92）“缓解”这个词如果是对着库图佐夫说的，他肯定能理解！

的确，有人可能会说：毕竟记者就是记者，只是讲故事的小说家罢了。即使在不涉及任何意愿、目的、目标和欲念的事件中他们也必须加入行动的成分。即使报道的对象是自然和科学，他们也会在毫无戏剧性的地方忍不住加入一点儿戏剧性成分。对于他们而言，拟人化是讲述故事、赢得读者的唯一方法。如果他们能够“客观”地描绘那些“纯粹客观的自然事物”，那么他们的故事便不会这般戏剧化。真正的物质世界无非由一系列因果关系构成，不会触发戏剧效果——因为结果已经预设在原因之中了，故而没有猜测和期待，没有突然的转变、变形或含混性，这种确定性具有一种特殊的美感。时间从过去稳定地流向现在，这不正是理性主义的观念吗？

以上便是传统观念中科学话语所应该遵循的规范。它在课堂和会议室中都得到了遵守，尽管在自然科学论文中不尽如此。下面是我在索尔克生物研究学院（Salk Institute）工作时我的同事写的一篇论文的开头：

> 人类适应压力刺激的能力以及压力适应不良在人类疾病中扮演的角色已经得到了充分研究。促肾上腺皮质素释放因子（CRF）——41个残基肽及其三个旁系同源肽，即尿皮质素（Ucn）1、2、3——在协调内分泌、自主神经、代谢和行为反应的应激方面发挥重要和多样的作用。CRF 家族肽及其受体也参与调节额外的中枢神经系统功能，包括食欲、成瘾、听觉和神经生成，并且在内分泌、心血管、生殖、胃肠和免疫系统的外围发挥作用。CRF 和相关配体最初通过结合其 G 蛋白偶联受体（GPCRs）起作用。[27]

一旦把首字母缩略词以完整形式写出，然后将被动语态（学术写作体例要求）替换为那些进行研究的科学家的行动，我们就得到了行动元，即开头的 CRF 以及后来的 CRF 受体，该行动元的生命力堪比上文提到的密西西比河，其复杂性堪比库图佐夫的艰难决定。它是如此的复杂以至于该科研团队足足花了半个世纪的时间才发现这种受体的存在！就一个没有生命的物体而言，关于它是如何“参与调节……食欲、成瘾、听觉和神经生成，并且在内分泌、心血管、生殖、胃肠和免疫系统的外围发挥作用”的讨论的确赋予了它许多生命力。

正像我多年前在索尔克研究中心的同一个实验室时发现的那样，自然科学论述格外适于进行符号学研究，因为除了耐心地考察研究对象所参与的那些行动过程之外，科学家完全无法定义它们的特点。和库图佐夫这样的将军以及密西西比河这样的河流不同，对于这些研究对象的实质的定义，即它们究竟是什么，总是伴随着对于它们的功能的定义，即它们能做什么。任何读者都不难依据先前经验来想象，哪怕是十分模糊的想象，一个俄国军官或者密西西比河，但对于 CRF 而言情况截然不同，因为我们没有任何先前经验，所以一切特征都只能在实验中观察到。在“CRF 受体”的确切形态得到刻画之前，这一概念一直被用来指代一系列生理功能；只有在实验之后，其实质才为我们所把握，而不是继续作为表现的附庸而存在。

这就是为什么官方推崇的“客观写作”显得如此过时，尤其当诸如“至 5 月 3 日星期五为止，莫纳罗亚火山口的二氧化碳浓度已达到 399.29 ppm”这样的报道已经不再是新闻，也不只是故事和戏剧，而已经是一出悲剧时。而且，它比之前所有的悲剧都更具有悲剧性，因为现在看来很可能人类角色入场太迟，以至于错过了任何弥补的机会。通过颠覆西方哲学中最重要的比喻，人类社会甘于扮演被动客体的角色，自然则悄然获得了行动主体的身份。“全球变暖”的可怕之处就在这里：通过对前景和背景的惊人颠倒，人类历史被冻结，自然历史却开始狂飙突进。

但是盖亚并不简单地等于自然，这也是为什么我们需要为符号学的讨论结果补充一个本体论上的命题。我把符号学视野下文本中一切可见的转换的根源称为“摹式映射”(morphism)，或者更确切的“多重摹式映射”(X-morphism)；这里“X”表示诸如“anthropo-”“angelo-”“phusi-”“bio-”以及“ideomorphisms”这类前缀。然而重点首先并不在前缀本身，而在于“morph”所具有的形态和形式的意思。关键在于，我们对诸如库图佐夫和陆军工程师这样的人类主体的形态并没有任何先验知识，正如我们对河流、天使、身体或大脑释放因子的形态没有先验知识一样。因此，指责小说家、科学家、工程师们在赋予原本毫无生机的实体以能动性的过程中犯下“拟人化”(anthropomorphism) 的错误是不合理的。事实恰恰相反：他们之所以使用如此多互相矛盾的摹式映射，正是出于研究未知行动元的需要。在我们了解这些行动元的风格和类别，并把它们识别为熟悉的行动者之前，只能笼统地统一地对它们进行处理，即使那些最确切无疑的实体——小说中的角色、科学概念、技术工具、自然特点——都从同一个巫师的药罐中产生。而这正是形态转变发生的地方。

我所倡导的本体论命题有如下表述：符号学家称作“共享交换区”（common trading zone）的那个领域——摹式映射——属于世界本身，而不仅仅属于用于描述世界的语言。虽然坚持这一点很困难，但是符号学 [至少在皮尔斯（Peirce）和格雷马斯（Greimas）这些人的眼中] 从未局限于话语、语言、文本或者虚构作品。任何行动主体只要还保留主体能动性，它就具有意义这一属性，这适用于库图佐夫、密西西比河以及 CRF 受体。对于所有行动主体而言，行动意味着让他们的本质和存在从未来回溯到现在，他们只要还能承受跨越存在沟壑的风险——否则他们将荡然无存——他们就会行动。换言之，存在和意义是同义语。只要他们行动，他们就具有意义。这就是为什么意义可以通过延续、追逐、捕获、翻译而进入语言的层面——这并不意味着“世界上的任何事物都是话语”，而指一切话语存在的可能性都源于行动主体追寻自我存在的活动。

讲述故事并不仅是人类语言的一个特性，而是置身于这样一个活跃的、被充分表述的世界所导致的诸多结果中的一个。不难看出，除非我们所有人——小说家、将军、工程师、科学家、政治家、激进主义者和公民——都越来越靠近这个共享交换区，否则要笼统地讲述地质历史是完全不可能的。这就是为什么理查德·鲍尔斯（Richard Powers）这样的小说家能够从科学文本的内在机制中寻找到如此多的叙事价值：前沿科学的学术论文中的对象均充满了行动和悬念。[28] 在真实世界中，时间从未来流向现在，无论是科学家还是鲍尔斯小说的读者都对此兴奋不已（学校课本中的截然不同的风格导致了对于世界的去生命化的观念被错误地称作“科学的世界观”并且被大众所接受）。[29]

这样的观点总是被忽视的原因在于，在历史长河中“科学的世界观”颠倒了秩序，抹杀了世界中实体的主体能动性，从而发明了“物质世界”的概念。随着科学家和工程师们引入的能动主体被“自然世界”的官方阐释所取消，这个颠倒产生出了一种僵死的氛围：任何事情都无法发生，因为任何行动都是由先前的现象“直接导致”的。既然所有行动都要向过去追溯，那么后来者的存在也就可有可无了。正像法语中说的：“il n’est là que pour faire de la figuration.”（只是凑个数。）你仍然可以一个一个地罗列事物，但它们不再构成任何事件。（你还记得在学校里学习科学知识的感觉吗？如果你经常觉得乏味，那么这就是原因！）“科学世界观”的一大矛盾在于它成功地把历史感从世界中抽离了。自然，一同消失的还有内在的叙事性，它是存在于世界的不可或缺的一部分，或者是像唐娜·哈拉维（Donna Haraway）所说的“与世界同在”。[30]

这样一个命题——我承认它只是猜测性的——将如何帮助我们和盖亚共处？为什么把我们的视线从自然和社会的领域转向主体能动性的共同基础，这个让行动元蜕变为行动者之前就被发现的“变形带”（metamorphic zone），显得如此重要？在这里，“隐喻”先于即将产生联系的两组意义而存在；而“变形”作为一种现象先于任何被赋予形态的行动主体。

第一个原因在于，这个命题让我们不再认为任何谈及地球是一个“有机体”的观点都具有落后的泛灵论倾向。曾经有人批评詹姆斯·洛夫洛克，仿佛他错误地为由“无生命物质”组成的真实世界进行了肤浅的生动化处理。[31] 然而按照我对他作品的解读，洛夫洛克所做的事情恰恰相反，他拒绝对组成盖亚领域的那些相互纠缠的行动主体进行“去生命化”描写。与此同时，更具争议之处在于他拒绝将这些行动主体总结为一个技术决定论式的单一控制系统。地球既不是自然，也不是机器。这并不是说我们应当往地球沉默坚固的物质里面加入一些灵魂的元素——如此多的浪漫主义者和自然哲学家尝试这样做——而是说我们应当避免将我们遇到的那些行动主体去生命化。如果地质生理学、地质形态学、地质物理学、地质绘图学、地质政治学这些学科想要构建一个统一的地质历史，它们就不应排斥任何主体能动性的源泉，包括那些被我称作“地球同盟者”（the Earthbound）的史前人类。

那么，在物质和物质性之间我们需要做出选择。一种是过时的、有争议的去生命化写作（该文类有其局限性）；另一种是有风险的、问题重重的，但总体上来说是美丽的互相捕获 [这是德勒兹（Deleuze）的术语]。[32] 一种是行动主体的历史性，另一种是我们作为言说者和写作者对它们的论述所具有的那种叙事性。当我们基于一种特定的因果关系，从过去向现在进行推导时，物质的概念就产生了；而当我们从现在回溯过去，以现实的态度讨论那些可能包含能动主体性的场合时，物质性的概念就产生了。目前处境的矛盾性在于，科学家远比其他人更清楚地认识到了这一点。任何作家、记者、小说家都不敢像彼得·韦斯特布鲁克（Peter Westbroek）在其名为《作为地质力量的生命：地球动力学》（*Life as a Geological Force: Dynamics of the Earth*）中所做的那样为地球赋予如此多的行动力。[33] 我们距离伽利略的卫星观念尚且十分遥远。

探索这个“变形带”之所以重要的第二个原因在于政治。根据传统观点，政治需要赋予公民某种程度的语言能力、自主性以及自由。但它也需要让公民完整地理解他们所关心的问题、拥有的财产、所处的环境因素（circumfusa），以及在各个生存领域的极限，简而言之即他们的规约（nomos）。政治需要一个不断演进的共同世界。[34] 全球政治的定义预设了这样一种演进过程。但如果演进的主体被分裂成两个领域，一个既无生命也无能动性，另一个有生命且包揽了一切能动性，那么这样的演进过程将不可能实现。正是这种必然领域与自由领域之间的分裂，用康德的话来说，使得政治成为可能，让它早早地与经济发生结合。这也解释了我们面临生态危机时的彻底无能状态，我们要么像渴望自由的传统政治主体那样跃跃欲试——但自由与物质世界毫无瓜葛，要么就干脆屈服于物质世界的必然性法则——但在这样一个物质世界之中不存在任何哪怕与过去时代略微相似的那种自由和自主性。要么乏力的行动对物质世界毫无效果，要么物质世界中根本就没有足够的自由，好让我们聚集起足够的政治力量来应对它。[35]

如果我们能把地质历史的众多线索与新的行动性和内在动力的来源进行联系，我们不仅可以摆脱现代主义观念中自然与社会界限的束缚，还可以避免以辩证的方式“调和”这两个截然不同的领域。对生态主义思想来说，“重新组合”自然与社会的尝试与旧历史中更为粗暴地将两个领域——自由与必然——进行分裂的处理同样有害。即使准备订立和约，我们也需要应对两个方面：自然与人类。简单地把紧密相连的双方都理解为“自然的组成部分”并无任何实质性帮助。这并非由于该观念太过残忍地将人类“客体化”，而是因为这种自然化。这种强加的“科学世界观”既不能为任何地质历史中的力量正名，无论是火山、密西西比河、板块构造论、微生物，还是 CRF 受体；也不能为将军、工程师、小说家、伦理学家或是政客正名。无论是将自然推向政治还是将政治推向自然都不能帮助我们摆脱现代主义带来的根本困境。

人类纪时代对于生活于其中的人们而言，其特别之处在于，一切能动主体都同样面临改头换面的命运，而这种命运无法用之前包含主体或者客体因素的那些特征来跟踪、记录、讲述以及再现。迫切的任务不在于“协调”或者“整合”自然和社会，而恰恰相反，在于将能动主体性尽可能地分化，直到主体性概念与客体性概念之间那些陈旧的，仅留存词源意义的联系被全部抛弃。我所担心的是，哲学史预示着我们必将承受尤利西斯（Ulysses）在《奥德赛》（*Odyssey*）结尾所承受的那种漂泊：海王命令他一直背着船桨前行，如预言所说，他将遇到一群对航海一无所知的人，他们将会问他，“你背着的这把谷物铲究竟是什么玩意？”有趣之处在于，我们并不用旅行太远就会遇到无知的人们：一切人种学[36]、绝大多数科学、大部分文学都无法理解我们背负的主客观概念的意义。

对于“地球的同盟者”而言，由于世界还尚未经历“去生命化”，他们的生活一定有完全不同的体验。当他们交谈、讲述故事、聚集在一起讨论重要事务时——这些事情将他们迫切地聚集起来，因为也恰恰是这些事情将他们分隔开来——他们使用的语言将不再像人类和人类的“事实”之间那样，在对世界的严谨描述和游离的能指之间疯狂地换来换去。他们的言说源于他们与之结盟的对象，而这种关联的方式将不再与政治话语格格不入。相反，他们在进行决定的时候会自然地将那些曾被称作“自然力量”的因素纳入考虑之中，它们作为主权的表现形式而具有了完全不同的分量。环境的力量将不是以辩论终结者的身份，而是以讨论的驱动力的身份进入政治舞台。生态历史中的生态这一前缀不代表自然的回归，而意味着主体概念和客体概念回归了它们的源头——“变形带”——两者都曾经自信能够逃离该领域，或通过去生命化，或通过过度拟人化。只有在那个时候，“地球结盟者”才有机会以一种和盖亚相称的方式发声。“政治团体”这一古老的比喻将具有新的生命力——它将成为与盖亚共存的代名词。

巴黎政治学院

注 释

本文基于笔者在卑尔根市（Bergen）举办的2013年霍尔堡奖（Holberg Prize）专题研讨会“从经济学到生态学”（“From Economics to Ecology”）上的发言，题为《我们用什么语言与盖亚通话？》（“Which Language Shall We Speak with Gaia?”）。我十分感谢研讨会的组织者玛丽·雅科波斯（Mary Jacobus），以及对本文进行校对的迈克尔·弗劳尔（Michael Flower）。

本文受2010年经济研究委员会基金项目“存在模式研究”（“An Inquiry into Modes of Existence”）的资助，编号为269567。

[1] Johan Rockström et al., “A Safe Operating Space for Humanity,” *Nature* 461, no. 24 (September 24, 2009). 关于对该观点的批评，参见“The Planetary Boundaries Hypothesis: A Review of the Evidence,” http://thebreakthrough.org/archive/planetary_boundaries_a_mislead.

[2] Bronislaw Szerszynski, *Nature, Technology and the Sacred* (London: Wiley-Blackwell, 2005); Michael S. Northcott, *A Political Theology of Climate Change* (Grand Rapids, MI: Wm. B. Eerdmans, 2013).

[3] Michel Serres, *The Natural Contract*, trans. Elizabeth Macarthur and William Paulson (Ann Arbor: Univ. of Michigan Press, 1995), 86.

[4] James Lovelock, *Homage to Gaia: The Life of an Independent Scientist* (Oxford: Oxford Univ. Press, 2000).

[5] Charles D. Keeling, “Rewards and Penalties of Monitoring the Earth,” *Annual Review of Energy and Environment* 23 (1998): 25–82.

[6] Dipesh Chakrabarty, “The Climate of History: Four Theses,” *Critical Inquiry* 35, no. 2 (2009): 197–222.

[7] Bertolt Brecht, *Life of Galileo* (Harmondsworth, UK: Penguin, 1980).

[8] Fred Pearce, *With Speed and Violence: Why Scientists Fear Tipping Points in Climate Change* (Boston: Beacon Press, 2007).

[9] Mike Hulme, *Why We Disagree About Climate Change: Understanding Controversy, Inaction and Opportunity* (Cambridge: Cambridge Univ. Press, 2009).

[10] Alexandre Koyré, *From the Closed-World to the Infinite Universe* (Baltimore: Johns Hopkins Univ. Press, 1957).

[11] Isabelle Stengers, *Cosmopolitics I,* trans. Robert Bononno (Minneapolis: Univ. of Minnesota Press, 2010).

[12] Serres, *The Natural Contract*, 86.

[13] Eduardo Kohn, *How Forests Think: Toward an Anthropology beyond the Human* (Berkeley and Los Angeles: Univ. of California Press, 2013).

[14] Bruno Latour, *An Inquiry into Modes of Existence: An Anthropology of the Moderns*, trans. Catherine Porter (Cambridge, MA: Harvard Univ. Press, 2013).

[15] James Lovelock, *The Revenge of Gaia: Earth's Climate Crisis and the Fate of Humanity* (New York: Basic Books, 2006).

[16] Stengers, *Au temps des catastrophes: Résister à la barbarie qui vient* (Paris: Les Empêcheurs, 2009).

[17] Latour, *Facing Gaia: Six Lectures on the Political Theology of Nature. Being the Gifford Lectures on Natural Religion*, http://www.Bruno-Latour.Fr/Sites/Default/Files/Downloads/ Gifford-Six-Lectures_1.Pdf), 2013.

[18] Serres, *The Natural Contract*, 108–109.

[19] Simon Schaffer, "Newton on the Beach: The Information Order of Principia Mathematica," *History of Science* 47, no. 157 (2009): 243–276.

[20] David Abram, *The Spell of the Sensuous: Perception and Language in a More-Than-Human World* (New York: Vintage Books, 1997).

[21] Leo Tolstoy, *War and Peace*, trans. Richard Pevear and Larissa Volokhonsky (London: Vintage Books, 2008), xx.

[22] Latour, *We Have Never Been Modern*, trans. Catherine Porter (Cambridge, MA: Harvard Univ. Press, 1993).

[23] Clive Hamilton, *Earthmasters: The Dawn of the Age of Climate Engineering* (New Haven, CT: Yale Univ. Press, 2013).

[24] John McPhee, *The Control of Nature* (New York: Farrar, Straus & Giroux, 1980). 该篇后文中标注页码的引文皆出自此书。

[25] Mark Twain, *Life on the Mississippi* (Mineola, NY: Dover Publications, 2000), 131.

[26] McPhee, *The Control of Nature*, 10.

[27] Christy Rani Grace et al., "Structure of the N-terminal domain of a type B1 G proteincoupled receptor in complex with a peptide ligand," *PNAS* 104, no. 12 (2007): 4858–4863.

[28] Richard Powers, *The Gold Bug Variations* (New York: William Morrow, 1991); *The Echo Maker* (New York: Farrar, Strauss and Giroux, 2006).

[29] Françoise Bastide, *Una Notte con Saturno: Scritti semiotici sul discorso scientifico*, trans. Roberto Pellerey (Rome: Meltemi, 2001).

[30] Donna J. Haraway, *When Species Meet* (Minneapolis: Univ. of Minnesota Press, 2008).

[31] Stephen H. Schneider et al., *Scientists Debate Gaia: The Next Century* (Cambridge, MA: MIT Press, 2008).

[32] Adrian Parr, *The Deleuze Dictionary,* rev. ed. (Edinburgh: Edinburgh Univ. Press, 2010).

[33] Peter Westbroek, *Life as a Geological Force: Dynamics of the Earth* (New York: Norton, 1991).

[34] Latour and Peter Weibel, eds., *Making Things Public: Atmospheres of Democracy* (Cambridge, MA: MIT Press, 2005).

[35] Bernard Yack, *The Longing for Total Revolution: Philosophic Sources of Social Discontent from Rousseau to Marx and Nietzsche* (Berkeley and Los Angeles: Univ. of California Press, 1992).

[36] Philippe Descola, *Beyond Nature and Culture*, trans. Janet Lloyd. (Chicago: Univ. of Chicago Press, 2013).

解构人文学科*

史蒂文·康纳（Steven Connor）著
曾竹青　译

从事晦涩难懂的人文学科的学者们逐渐明了的事情之一就是批评和批判之间的差异，尽管他们不清楚自己是如何了解到这一点的，也不知道自己对其早已有所了解。对此，我们必须内化于心，因为自20世纪80年代以来，随着各种理论的重组，人文学科所发生的重大转变便是从批评转向了批判。特里·伊格尔顿（Terry Eagleton）曾温和地将某种文学批评讽刺为只在文学文本的页边空白处写上“还可做得更好”的活动。但是1973年当我在瓦德汉姆学院（Wadham College）接受特里的指导并开始我的知识分子生涯时，这种文学批评模式已经是老古董了。那些被称为批评的事物，或者说其理想概念，受阿诺德式（the Arnoldian）指令的左右，试图将客体视为其本来的样子。批评要求我们进入文学文本，学会从其自身角度来看待文学文本中的事物。有一段时间，我们惊奇地发现，“批评”也可能是“文学鉴赏”。20世纪50年代和60年代，在剑桥大学研修英语专业的校友偶尔会寄信给我，信中他们痛苦地认识到，现在的文学鉴赏评论被认为是没有判断力的，已被贬低来用作作品分析。

相反，批判被描述成一种特意远离由文本挑起的欲望的退缩行为，是一种对阅读和阐释高度警觉的意识。批判以理论为支撑，批评则不是，因为批判总是既要求——而且更重要的是，从被认可满意度来看——又可靠地传达了文本被愚弄的观念。批判允许我们从较高的角度或从某种不可捉摸的隐蔽的渠道来分析文学文本，促使我们挖掘其设想背后的意义，说出沉默中的深意，简而言

---

* Steven Connor, “Decomposing the Humanities,” *New Literary History* 47, nos. 2–3 (2016): 275–288.

之，挖掘出其自身都不能看到的深度。

批判的发展不能全归因于一种对统治权，或贵族豁免权，或至少是不被欺骗的追求。它当然也是对这样一种观念的回应：人文学科需要为自身辩护，不管是为了给其获得的资助一个交代，还是为了维护其支持者的自尊。与仅赏析文学作品内容的人文学科相比，专注于批判作品的人文学科，似乎是或者至少自我感觉是一个更认真、更克己且严谨的学科。能够证明这一点的证据之一是从过去到现在还没有一个名称可以用来称呼从事批判事业的人。显然，那些批评作品的人被称作“批评家”，但人们却根本不知如何称呼批判作品的人，该称作“critiquer”还是“critiquist”？“批判理论家”（critical theorist）是目前最合适的叫法。考虑到批判通常被认为是一种更系统化的学术自主行为，不仅需要高水平的训练，而且需要取之不尽的热情，那么还没有名称的现象就显得很奇怪了。目前为何还未提出合适的叫法，我还无法给出解释，除非原因是这种批判更乐意让其自身深层次的心理满足不为人知。

激进的怀疑阐释学的发展的危险之处在于谴责之火会烧毁整个文化的标准。但这种阐释学却得到了保护，因为人们发现那些最好的文本，即那些在批判之火中生存下来的文本本身也在做着批判的事，批判它们自己或其他文本。于是对批判人文学科的摆样子的公审就变成了对积极配合审判者工作并供出其合谋者名字和地址的文本大规模缓刑。

在相当长的一段时间里，对批判的不满情绪激发了布鲁诺·拉图尔的创作热情。尽管阅读拉图尔作品的人大多从事的是社会科学研究而非人文学科研究，但如果说拉图尔想要鼓励的作品中有什么原则的话，那就是放弃批判，推崇更为肯定的姿态和行为。拉图尔一点也不吝啬于他对知识分子英雄的欣赏，这些经常出现在拉图尔近期作品中的英雄是加布里埃尔·塔尔德（Gabriel Tarde）、威廉·詹姆斯（William James）以及 A. N. 怀特海（A. N. Whitehead）。但最令他敬佩和欣赏的是米歇尔·塞尔（Michel Serres）。拉图尔之所以十分赞赏他是因为他是个从不采用批判手段的哲学家。“‘批判’哲学家的任务是划分信念与知识，或是划分意识形态与科学，抑或是民主政治与恐怖行为，即接受‘批判’的三个化身。批判哲学家主要该担心的是批判能否被接受……批判工作将世界简化成两块，一小块是很确定的，剩下的一大块被认为急需被批判、铸造、再教育以及纠正。”[1]

拉图尔十分欣赏塞尔没有加入这种一分为二的对抗性的游戏。批判是一种好斗的，甚至是一种好战的事。不批判是塞尔的哲学梦想，与其说他热爱知识，不如说他对爱有更深的理解。在我同他的唯一的一次谈话中，得知他对体育运动十分感兴趣后，我试图开一些关于橄榄球的蹩脚但善意的玩笑。我赞美了英国球队的精彩表现，取笑了失败方法国球队的表现。但他耸了耸肩，伴随着一副“那你有什么办法”的微微一笑，温和但毫不犹豫地拒绝了我拉他进行对抗式批判的提议。我为此受到责备，并觉得可以做些微不足道的事来为自己赎罪。塞尔认为，精神生活不能充满攻击和辩护。事实上，塞尔的言辞比人们所料想的要更犀利，但他从不与人争斗。有人可能会进一步说，塞尔的作品言辞温和，大部分没有攻击性。就像睿智的父母慢慢引导蹒跚学步的孩童学会克制自己任性易怒的脾气一样，塞尔引导读者不再沉迷于与认知有关的痛苦，即我们可以确信的是什么，我们要如何才不会被愚弄等。

拉图尔反复提及塞尔的作品，以此为例告诉我们在没有批判所带来的感官上的严厉快感的情况下我们该怎么办。拉图尔在其文章中嘲讽了已被普遍接受的由批判实践所提出的区分简朴与华丽的方法。“这样很棒吗？考上研究生去学习批判，真的值得吗？‘可怜人们，都进来读书吧！经过对文风浮夸的文章多年艰苦的阅读后，你将永远都是对的，再也不会受骗；再也没有人，无论他有权力与否，敢谴责你那最高级别的过失——天真？’”[2] 然而类似这样的言辞明确无误地表明，拉图尔同其他人一样都受到批判本能的驱使。他的作品屡次指出，我们目前的生活状况以及思想观念是极其不对的，我们必须以清醒的反思清除这些错误。拉图尔的著作《我们从未现代过》（*We Have Never Been Modern*）就体现了这一点，书中酣畅淋漓地肢解了社会学说、政治理论和人类学研究的核心观点，这些核心观点认为，无论我们可能是什么，但至少可以确定的是我们都是现代的，并且在某种意义上，我们被迫处于局外人的状态，与纯自然存在对立。可以确定的是，拉图尔想要鼓励的是一种再次毒化，即承认文化与自然之间的纠缠与联合的复杂性，而不是解毒，即消除文化与自然间的区别。但是，他也同其他人一样，会本能地逃避和抗拒修正自己错误的思维方式，尤其是他的新式的辩论喜剧，满篇都充斥着残酷。

反复且明确地指出我们从未现代过的难点之一是人们一定想知道究竟谁是那些被认为是属于非类别的人（或可能不属于非类别的人）。那些被归化的非现代人，错误地认为自己是现代的，却越来越像那些未被归化的非现代人，或者他们从一开始就不被认为是现代人。在《论对事实上帝们的现代崇拜》（*On the Modern Cult of the Factish Gods*）一书中，拉图尔出乎意料地采用“黑人”这个词来指代这类非现代人。[3] 如果这都不能使其成为一个假设的现代人，那么正好表明你就是一个现代人（或白人）。

拉图尔在《对生存模式的探讨》（*An Inquiry into Modes of Existence*）一书中宣称他的这项研究是在试图摆脱他早期研究中的消极模式，如其著作《我们从未现代过》的标题所暗示的那种消极的思想，其目的是“能让‘从未现代过的’人摈弃消极观念，保持积极向上的乐观心态”[4]。拉图尔觉得难以用一个术语来概括塞尔的哲学理论：“我正努力用一个词语来高度概括米歇尔·塞尔的哲学理论。我正在考虑用‘积极’这个词，要是孔德没有给予这个词一个可疑的后世的话。”[5] 拉图尔在《对生存模式的探讨》中问道：如果我们从未是现代人，那我们是什么呢？因此这本书的副标题是《现代人的人类学》（*An Anthropology of the Moderns*）。现代人一定被认为是那些（错误地）认为自己是现代人的人。这或许有点像白噪声和粉红噪声之间的差别。它们都类似于某些噪声：但是白噪声是所有频率具有相同能量密度的随机噪声，而粉红噪声的功率与频率分布与人类听力相一致。粉红噪声是一种最常见的噪声，能量能随频率调节，噪声比较温和。现代人（Modern），的确是“这些现代人”（the Moderns）所展示的非现代人的方式反而更让人觉得是现代人。

有人可能会说，对拉图尔而言，要精确定义的不是一般的现代人（modern persons），而是“这些现代人”，这些人认为在某种程度上现代是一种争端，就如存在主义哲学家将人定义为一种有问题的存在的存在形式一样。因而，现代人（Modern）以一种很普通的显示不是现代人的方式表明其不是非现代人，这种方式典型的特征是人（以及非人）从未思考过自己是现代人。相反，他们以一种暴躁的本能反应的方式表明他们不是现代人，这种方式使他们不是现代人时，却假设自己实际上是现代的。因此，在拉图尔看来，只有将现代性以这种方式定义的现代人实际上才算是彻底的现代人（Modern）。这是一种集合论式的霍基科基舞（hokey-cokey），在这种舞蹈中，你的脚踏入现代人的圈子时，你又跳出了这个圈子，结果却发现自己就在现代人的圈子中。更巧妙的是，要把自己变成现代人，首先就要自我否定，正如叶芝（Yeats）在《驶向拜占庭》（“Sailing to Byzantium”）中所写的：“一旦脱离自然界，我将不再把肉身的形体从任何自然物中取出。”如果要成为现代人，就是要变成非自然的，那么要成为拉图尔所说的现代人（Modern），你就一定要不是非自然的。

在拉图尔看来，超越批判最重要的特征，或者说一个人要想回避使批判本身变得非常迷乱的前置，即远离批判，就是它变得能更好地适应与处理批判的对象了。然而，批判会将批判者与其批判的对象分割开来。相比之下，无论什么理论取代批判理论，都向我们传达这样一个信息：“物体不应该被分开隔离，而应该慢慢相互包容、聚在一起。”[6] 物体间的相互作用逐渐趋向于相互聚合、相互吸引，而不是相互减损、相互分离。“正如唐娜·哈拉维（Donna Haraway）所提出的，我们能否提出更强大的客观描述性工具来处理目前人们所关注的问题，其旨意是不再批判而是保护和关心？真的有可能转变那些将现实加到事实上而不是将现实从事实中减去的人们心中的批判冲动？”[7] 从词源学上看，客体与主体往往是冲突对立的，客体会抵抗或至少偏离其主体内部的恒定结构。人们指责拉图尔，认为他趋向于解构客体并将客体描述为社会建构的事实。拉图尔对此进行了辩驳，他认为，事实上宽恕或摒弃批判是为了激起人们再度关注客体的兴趣，因此似乎有必要删除那些环绕在“事实”“客体”和“世界”之上的令人不舒服的双引号。拉图尔所追求的社会科学不能用世界的，而是用“世俗的”这个词来形容，因为世界的可能意味着一种让人生厌的愤世嫉俗，但“世俗的”意味着我们会关注世间万物的本真。“也许我们有将人类现代化和解放人类的社会科学，但我们一点也不知道那些埋头于阐释他们新近发现的情感的凡夫俗子需要什么样的社会科学。”[8]

我们可能会疑惑为什么如同拉图尔最关注的社会科学一样，客体导向会被当作人文学科的核心动力。最主要的原因是，与客体的关系使得人文学科具有既得体又完整的特点。从外部来看，人文学科与其他领域对待客体的方式是一样的。历史学家研究历史，文学评论家研究文学作品（在一段时间里，我们对文学作品知之甚少并不重要，因为我们可以去研究未知的事物），音乐理论家研究音乐，显然还有许多这样的例子。与其相似的研究还有：地理学家研究湖泊和交通运输系统，语言学家研究语言机制，天文学家研究天体，生物学家研究生物体（无论其意义何在），物理学家研究物体的本质，而物体的不同排列组合方式又构成了其他学科的研究对象。

然而事实上，人文学科更关注研究对象的本质而不是对象的表象。事实上，人文学科的研究对象已日益成为人文学科本身的前提和可能性。我主修的英国文学已转变成揭露、痛斥社会的黑暗面与赞美各种社会光明面的工厂。越来越多的大学生早已知道最重要的是文学在多大程度上将人从各种各样错误中解救出来。这样，研究文学能够获得自我表达和自我提升的机会。我们研究文学，不是对文学文本内容和文学能做什么感兴趣，也不是对文学反映了什么感兴趣，当然也不是为了追求享乐，而是为了阐明研究文学所带来的影响力和价值。被审视的个体文本所代表的小客体，是作为文学本身的大客体的替代物，或者说是文学批评分析指导和影响下的文学文本的替代物。每一次的阅读都在传达这样的旨意：在正确的文学批评指导下，阅读是在揭示并演示文学的功能。这似乎适用于人文学科中的其他领域。有时，人文学科批评理论会因谴责另一种错误（尤其是无法更正的错误）而受到关注，例如，最近对地球资源的剥夺的批判。但人文学科真正争论不休的问题始终是："人文学科的权力和责任是什么？"我们似乎总是可以这样回答：人文学科是拥有最高权力但又是被忽略和被边缘化的不被认可的立法者。尽管人文学科反对精英主义，但它建立在一种基于怨恨的民主之上，而这种民主通过批判使得人人都幻想自己优秀高尚。

人文学科成功地树立了一种能解决世上所有问题的形象。人文学科高估了自身的作用，毫不谦虚地认为其是人类自身价值的监护人，肩负着将人类从资本主义到气候变化这些非人性困境中解救出来的责任。在这一切的背后涌动着的是一种粗糙的生机论：在为保卫人类价值而与技术和机械做斗争时，人文学科将自身视作对抗死亡的生命祭司。

也许我所描述的不是一般性的人文学科，而是英国人文学科。显然，英国人文学科一直认为其人文学科是最优秀的，在所有人文学科中最具代表性。你可以说我的地方观念太强，但我要辩解的是这正是人文学科的另一个主要特点，即需用提喻法来阐明特定的主体。根据我的经验，科学家可能会友好明智地讨论研究一品脱的物质或是西班牙海鲜饭中物质的本质，不会花时间思考他们正在做的是否促进了科学发展，是否体现了科学精神、科学价值或是科学命运等。但是研究人文学科唯一的方式是一直不要偏离人文学科是做什么的以及人文学科是什么这样的问题。人文学科所做的一切都会对"人文学科"产生影响。我们可能都认为，科学研究中的电路图既复杂又分散，但相比之下，人文学科中的每一条线路，都似乎是直接从保险盒中伸出来的，只要有一条超负荷或是交叉在一起的线路，就可能损害整个系统。我认为被称为"人文学科"的学科要学会放弃这种强迫性的自我指认以及自造寓意的压力，依据这种压力，一切都有理由被用来证实和肯定"艺术""文学""情感"或任何人文学科替代物的功用。

拉图尔的目的在于，他希望人文和社会科学的研究能更多地投入到社会生活和自然环境上——河流、鸟类、气候变化、环境破坏和物种灭绝。最重要的是要忘掉什么是现代人，更确切地说，是认识到我们永远不可能成为我们原来所认为的那种现代人，即我们是一群话语和文化帝国中的被放逐者。在这个帝国中，我们必须与再也不能获得的自然存在保持一段既迷人又悲伤的距离。相反，拉图尔有可能是想要我们认识到"不仅仅是自然不存在，不同的或一般性的文化也都不存在，存在的只有自然文化"[9]。最终，揭示现代人类从来都是自然的这一工作，让我们能迅速领会到我们的确对自然造成了不良后果，从而也让我们自己也深受其害。因此，我们可能不再幻想脱离自然，并且也会领悟塞尔常说的："那些依赖于我们的，也是我们要依靠的。"

开启生态议题意识的工作与现代化可能被生态取代的思想并行不悖。这项工作的重点不是人文学科和社会科学中的对象，而是他们的理论形式和构建模式。在《对生存模式的探讨》一书中，拉图尔提出新的理论，主张我们"给其他非常常见的，但又没必要在现代性理论框架中找到合适位置的价值观更多空间，例如，政治学、宗教或法律等，这些价值观在过去受到科学卫士威严地压制，但现在却被大力推崇。如果这是一个生态化而不再是现代化的问题，那么会有更多不同的价值观共存于一个更复杂的生态系统中"[10]。如果我们一致认为这个提议不错，那么我们就要探寻其中的原因了。或许原因是这样的提议非常希波克拉底化，即对行医道德准则——“首先，我们不能害病人”（*primum non nocere*）——的坚守。生态化意味着相互包含、理解、接纳、包容，而不是裁决。我们可能会说，从隔离意义上来说，裁决已变成一件季节一到就会落叶一样定期发生的事，因而它是循环往复的。

然而，拉图尔措辞变得比以往任何时候更加好战、更加果断。在其《世界各国的战争》（*War of the Worlds*）一书中提到：“西方国家要维护和平，就必须接受战争的存在。”[11] 但这种维护和平有更广的维度。为了发动战争，我们需要停止战争，为了能够应对不知情的战争，用拉图尔概括詹姆斯·洛夫洛克的话来说，我们正在挑起与全世界的战争，“他指的并不是各国、各地区之间的旧战争，而是在毫无预警情况下，全人类一起对抗大地之神盖亚的另一种战争”[12]。这场战争不可能胜利，“要么我们战胜盖亚后，同她一起毁灭；要么我们战败，盖亚让我们灭绝。这才是真的‘可怕’”[13]。

拉图尔对我们与自然之间的这种好战关系的构想来自他的导师传统学者塞尔。他甚至从《世界大战》（*La Guerre Modiale*）一书中借用对抗世界之战的比喻：“请读者们宽恕我大胆地更改世界大战这个词的意思。我这里所指的战争是整个世界（world）对抗世界（World）的战争，而不是赋予它在大多数人参与的两个对立阵营之间斗争的含义。”[14] 但是这种战争动员与过去其他战争动员不一样，过去的动员只是暂时的。过去人类在要继续努力（encore un effort）的指令下奉命动用一切力量和资源来对抗威胁他们生存的敌人。那时人类总有胜利的希望。战后，英国人在大选中抛弃战时领袖丘吉尔，似乎也证明了英国人已经将这场战争视为一场为建立一个不同的世界而战的战争。在这个新世界没有冲突，没有战争。目前看来人类正兴致勃勃所做的努力是有意义的，例如共产主义革命，这项运动应永久持续下去。雅克·德里达（Jacques Derrida）将语言当作“解除紧急状况的机器”[15]。但我们必须保证气候问题将是我们永远不会厌弃的论题。或许，始终关注气候变化问题确实应该是人文学科首要探讨的议题。

反恐战争与结束“对抗世界之战”的世界大战紧密相连。有言论认为与在巴黎召开的世界气候峰会上的有关文明威胁议题比起来，（2018 年）11 月 13 日的（巴黎）袭击事件是不值一提的，拉图尔在第一时间对这一言论进行了谴责。对拉图尔而言，“尽管各国高举旗帜，要发动战争，但这种暴行不是战争问题，而是法治问题”[16]。分清恐怖主义和气候变化后，拉图尔马上将两者联系起来，因为两者都是造成虚无主义自杀的原因：“那些想要自杀，陷入永无止境绝望之中的人，他们不但没有参与处理全球气候变化问题的行动，甚至同恐怖主义分子一起高呼‘死亡万岁！’”[17]

“世俗科学”或与生态问题有关的人文学科，与认为生命形态是互相联系，但非等级森严的生态学之间的和谐关系，似乎显得既紧张又自然。但在这里也有令人费解之处。它暗示具有生态形式的智性文化将会更能产生和维持生态本质，并具备生态效应。现代化让我们远离了自然，将自然变成了一个没有地位和吸引力的客体。这是否意味着，任何消除我们与自然之间的距离的努力都能够阻止我们继续掠夺自然资源？拉图尔在《生存模式的探讨》一书中提到，对多样化生态学的智性实践实际上就是生态的。20 世纪 90 年代以来，拉图尔的研究重点一直是在社会认识论和社会生态学这两个方面，并且他觉得这两者最终会结合在一起。这一奇妙构想是一种典型的自我定义式幻想。我们不得不超越先验，因为正是那种想要获得制高点，或者想要摆脱充满敌意的尘世束缚的意志和欲望使我们深深陷入困境中。拉图尔认为，我们有必要发动一场巨大的哲学变革。在这里我们要再一次提醒自己，拉图尔的主要研究对象是社会科学而非人文学科，但对所谓的人文学科而言，这是一个熟悉的角色，即无论何时科学技术同意在咨询委员会上寻求伦理专家的支持，它都会温顺地认可。但是人类改变内心或理念已没有任何意义了。碳排放量的急剧减少决定了我们的存活时间。就是这样。不要追随客体或是行动者，而是要留意数据的变化，因为这些数据既能毁灭我们，也能拯救我们。

将认知误认为结果是人文学科最常见的事情之一。但问题不是我们怎么了解自己，问题是我们决定做什么，或是不做决定就做什么。这是一个技术问题，而不是认知问题。这不是有关我们如何看待自己存在于世的问题，而是我们在世上实现或维持着一个什么样的存在的问题。甚至当前最迫切的“与技术有关的问题”也是一个技术问题而不是一个哲学命题。气候变化就是一个技术的问题。改变我们对自身在世上的地位的看法也许是有好处的，但前提是这种改变要有助于工程工作。

这不是说人类应该完全从人文学科中撤离出来，而实际上恰恰相反。人类活动对自然的影响应该变得日益突出且不可忽视才对。尽管人类的活动与自然密切相关，也会对自然产生一定的影响，但并不是所有的问题都与“人类”有关。人类如何生存下去，人类如何繁荣昌盛的问题要与“人类”是什么以及“人文学科”把什么当成其使命的问题分开。

只有你自己真正去研究问题，探寻问题难点并解决它，你才会变得举足轻重。因此，科学和工程就是问题的根源，只有“不干涉”这样的安慰剂才能让问题得到缓解。同样，“资本主义”这一虚幻客体也是这样建构于人文学科中的。将资本主义拟人化的努力推动了许多政治理论的发展，而且可以说只要资本主义被称为“资本”，这种发展就会一直继续下去。这让我们觉得资本主义是一种意识形态，甚至是有意识、有自我意愿的主体，而不是一套理论结构和客观条件。也就是说，人们会从资本主义想要什么，以及在其想要什么的推动下会做什么这样的角度来思考问题。心理认识论对意向性投射活动影响巨大。因为我们所面临的不是在避免问题恶化的前提下，去了解和重构一系列错综复杂的条件的问题，而是顽强不屈的意志问题。那么，要做到抵制，甚至打败资本主义，就要有一套有别于资本主义体系的理论思想，这样你的意志才能对抗资本主义的意志。但如果资本想要的是同埃博拉病毒和热带飓风一样，我们可能就得将任务调整为去理解、重构一个机制而不是改变人们的思想，让人们服从。难怪人文学科对人类比机器复杂这一观点深信不疑，尽管在他们喜爱的小说和童谣中所说的一切与此观点恰恰相反。为了使问题能在幻想中得到解决，我们就要在幻想中革新问题。

似乎我们的生存取决于比以往更广更宽的工程学操作，它涵盖了社会、政治、经济和心理生活的方方面面。不管是寻找减缓或扭转气候变化的途径（风力涡轮机、太阳能电池板、碳捕获技术），还是通过防汛适应气候的变化，我们都得运用工程学原理，采取相应措施应对气候变化。如果事情进展顺利，这个叫人文学科的东西就可能在应激源维护和情绪管理中发挥作用，至少会促使人们持续关注一个问题，这个问题只有我们比以往错得更厉害时才会消失。只有通过彼得·斯劳特戴克（Peter Sloterdijk）所提出的文化理论——某类高强度的“温室效应”，才能解决温室效应的问题，他将“温室效应”视为一种文化的产物以及人为地为人类提供的安身立命之所。这个安身立命之所可以抵御“宇宙冰霜对人类的入侵”以及应对由启蒙运动将上帝驱逐出自然所带来的“无壳的空间”的后果[18]。我们都必须清楚地知道，我们在运用工程学原理解决问题，而不是用解放思想的方式解决问题。

衡量成功或是失败的标准不是我们能否最终领悟我们存在于世界的本质是什么，而是我们是否增加或减少了碳的排放量。在很长一段时间里，我们会生活在数据化的时代里，看气体排放量快速的增减，就如同看出租车计价器上数字的增减。拉图尔提出的理论是一种寓意很深的不干涉：人文学科是社会存在的牧羊人，它是在小心翼翼地保护着而不是在无情地屠杀“存在模式”。这是一套伪生态理论，与生态思维和生态行动同构，但其实在本质上不同。

拉图尔倡导思想多元化、生活方式多样化的观点，这是正确的。但是如果认为人文学科天生具备提供这种多样化的能力，那就大错特错了（任何人都没有资格批评拉图尔的这种想法）。人们通常会认为，科学或技术领域的追求已经趋向于产生了一种令人生畏的技术主义单一文化，而人文学科的工作就是将这种单一文化多样化。但是偏执于一件事情是人类的通病，不仅具有科学头脑的人会患这种毛病，人文学科工作者与科学家一样都执着于单一事物。我们需要工程学和数学将我们从对宗教和诗歌的迷恋中拯救出来，就如同医学院学生需要阅读欧洲小说，让自己接诊看病变得“人性化”一样。

人文学科往往将少数族裔戏剧化和理想化，视少数族裔为被放逐的边缘群体，将其命运夸大为人类命运。“人文学科”似乎与“凯尔特人”（Celts）同义，从一开始就进行着漫长而执着的“不是我们”或者“在那边的那些人”的意义的追寻。但是，随着彭斯之夜（Burns supper）和圣帕特里克节游行（St. Patrick’s Day Parade）在全世界的传播，谁又不想成为“凯尔特边缘人”中的一员呢？同样，人文学科还制造了一种自我凯尔特化的文化。每一个人都想成为凯尔特人，成为凯尔特人就意味着在边缘、被驱逐出权力中心。马修·阿诺德（Matthew Arnold）曾在其有关凯尔特人文学的讲座中这样引用麦克弗森（Macpherson）有关奥西恩（Ossian）的诗句：“他们一直不停地斗争，他们也总是失败。”我们现在以追求这样的格言为荣。（被不断复制的维基百科这样描述“keltoi”一词：“一些作者认为它源于凯尔特语。”这种解释是一种以待决之问题为论据的方法。然而，谁是凯尔特人？成为“凯尔特人”的内在含义是什么？这些正是我们在使用这个词时需要研究的问题。）

只有当人文学科真正接受其边缘性，而不是自我膨胀为自大狂，人文学科才会变得有意义。人文学科对公众可能的确有一定的影响，能让人们温柔地对待世界，也能让人们坚强地对抗苦难，因为这是我们所创造的世界，我们必须承受这个世界所带来的一切。可以确定的是，在碳氢燃料时代，经济快速发展，推动了人文学科的快速发展（我们本不应该关注的，因为人文学科是在人们对社会的抵抗和不满之中诞生的)。碳氢燃料基础上经济高速发展的时代早已不复存在了，如果还有发展的势头的话，那么今后的发展势头也会举步维艰。为维护世界的可持续发展，一些国家推行了经济慢速发展的财政紧缩政策，人文学科对此没有多大的研究兴致。人文学科只有学会偶然地或部分地起作用而不是蔑视一切或全无用处时，才会变得更有用。如果人文学科能够谦逊平和些，他们就有可能参与一个友好协商而不是好斗的人类新世纪的创造中。

塞尔接受访问时被问到人文学科的未来会怎样，他迟疑了片刻答道：“死亡。”[19] 但是，或许我们可以乐观地看待人文学科迫在眉睫的死亡，就如同布莱希特式（Brechtian）的格言所预言的那样：“有死亡，就有希望。”但可以肯定的是，这个代价很大。人文学科只有在放弃根本原则的情况下才能加入到认识论的阵营中。换言之，如果自吹自擂而又无能的人文学科能在很大程度上放弃对“人类”领域专横的统治，那么还有可能争得一点话语权。新的名称或许会使旧的名称失信，但它会有极大的帮助。人类参与的各类活动，诸如工业生产、经济活动、科学研究、技术发展和数学推导等，比倾听音乐或阅读书籍更像是人类所从事的活动，还有比这更荒诞的说法吗？认为数学并不是人文学科的一部分的想法，又是何等的疯狂？鉴于獾和细菌之类明显缺乏数学能力或好奇心，那么似乎没有什么比数学更本质上地属于人类了，数学可以为人类创造一切可能，也可以使人类所做的一切变得有意义。但是，那些总是将自己与人文学科联系在一起的人，总认为数据是死的，且毫无人性可言。

拉图尔找到了比研究人文学科本质或未来更重要的事情，这正是他的研究对人文学科有益的原因。人文学科最需要说出来的是：“这与你无关。”拉图尔的研究，让我们开始思考“没有人文学科，未来会怎么样？”，不再探讨“人文学科的未来会怎样？”——这也就意味着，人类的大量工程开发活动会日益增多，人与自然界的关系也会日益多样化。如果人文学科不再抱有他们是人类守护神的幻想，他们或许能为世界的发展做出一些贡献。

英国剑桥大学

注　释

[1] Bruno Latour, "The Enligtenment without the Critique: A Word on Michel Serres' Philosophy," in *Contemporary French Philosophy*, ed. A. Phillips Griffiths (Cambridge: Cambridge Univ. Press, 1987), 85.

[2] Latour, "Why Has Critique Run Out of Steam? From Matters of Fact to Matters of Concern," *Critical Inquiry* 30, no. 2 (2004): 239.

[3] Latour, *On the Modern Cult of the Factish Gods*, trans. Catherine Porter and Heather Maclean (Durham, NC: Duke Univ. Press, 2010), 29.

[4] Latour, *An Inquiry into Modes of Existence: An Anthropology of the Moderns* (Cambridge, MA: Harvard Univ. Press, 2013), xxvi.

[5] Latour, "Enlightenment Without Critique," 91.

[6] Latour, "Why Has Critique Run Out of Steam?" 246.

[7] Ibid., 232.

[8] Latour, "A Plea for Earthly Sciences," in *New Social Connections: Sociology's Subjects and Objects*, ed. Judith Burnett, Syd Jeffers, and Graham Thomas (Houndmills: Palgrave Macmillan, 2010), 75.

[9] Latour, *We Have Never Been Modern*, trans. Porter (Cambridge, MA: Harvard Univ. Press, 1993), 104.

[10] Latour, *An Inquiry into Modes of Existence*, 11.

[11] Latour, *War of Worlds: What About Peace?*, ed. John Tresch, trans. Charlotte Bigg (Chicago: Prickly Paradigm, 2002), 29.

[12] Latour, "A Plea for Earthly Sciences," 1.

[13] Ibid..

[14] Michel Serres, *La Guerre Mondiale* (Paris: Le Pommier, 2008), 137–138.

[15] Jacques Derrida, "*Ja*, or the faux-bond," in *Points... Interviews 1974–1994*, ed. Esisabeth Weber, trans. Peggy Kamuf et al. (Standford Univ. Press, 1995), 30–77.

[16] Latour, "The Other State of Emergency," trans Jane Kurtz, Reporterre, November 23, 2015, available at http://www.bruno-labour.fr/sites/default/files/downloads/REPORTERRE-11-15-GB_0.pdf.

[17] Latour, "The Other State of Emergency."

[18] Peter Sloterdijk, *Spheres*, vol. I, *Bubbles: Microspherology*, trans. Wieland Hoban (Los Angeles:

Semiotext[e], 2011), 24.

[19] “Michel Serres at Standford” (lectue, Standford University, Standford, CA, 2011), available at https://www.youtube.com/watch?v=zb5–145dbow.

世界与地球：探讨建立一个世界文学的规范概念*

谢平（Pheng Cheah） 著
史晓洁 译

本文对近来世界文学复苏的局限性进行了批判分析。文章另辟蹊径，从时间视角，概述了对世界的认识，并将之作为彻底反思“世界文学”含义的规范性基础。我们通常认为世界是一个空间范畴，是一个实实在在的容器，为人类与万事万物的活动提供了最广阔的空间。但我认为，世界原本是一个时间概念。在世界表现为一个物体之前，它首先得存在。世界的统一与永恒是以时间的延续为前提的。我们之所以能够生活在世界上，作为世界的产物，前提就是时间已经存在。因为时间开辟了一个世界，时间化就是一股创造世界的力量。近期人们复兴世界文学的尝试模糊了世界的规范性维度，因为他们只是根据空间流通来理解世界，而空间流通的典型做法就是全球资本主义市场交换。我期望建立另一个世界文学概念，使之成为一股积极的创造世界的力量，以抗衡由资本主义全球化所创造的世界；也就是说，要将世界文学重塑为世界化进程发生的场所、一个参与并干预该进程的因素。

世界文学的前世今生

过去 20 多年，全球化不断加剧，文学研究领域也出现了诸多争论。争论的焦点是：是否要在一定程度上重新改造“比较文学”学科及其子学科“世界

---

* Pheng Cheah, “World against Globe: Toward a Normative Conception of World Literature,” *New Literary History* 45, no. 3(2014): 303–329.

文学”，以使之更敏锐地捕捉当代文化差异与地缘政治的复杂性。1993 年，伯恩海默（Bernheimer）向美国比较文学学会提交了一份报告；作为回应，《多元文化时代的比较文学》（*Comparative Literature in the Age of Multiculturalism*）于 1995 年出版，随后，《全球化时代的比较文学》（*Comparative Literature in an Age of Globalization*）于 2006 年出版，之后陆续又有新的讨论出现。比较文学领域的这场争论主要着眼于让文学比较从以欧洲为中心的英国、德国及法国民族文学等跨大西洋国家的文学联盟中走出来。[1] 有人提出，殖民历史与当代全球化已经造成了不同文化间的冲突碰撞，因而有必要进行比较分析，消除人们的焦虑。比如，我们必须分析西方文化与文学的全球化生产是如何产生的，尤其应从帝国与后殖民主义角度出发来理解，将原殖民地人们用欧洲语言创造的文学作品囊括进来。在跨殖民主义研究中进行文学比较时，还应考虑到后殖民主义文学或用欧洲之外的本土语言完成的口头文学。也有人指出，当代全球化创造了一个真正的跨文化区域，弱化了文化与文学创作的领土边界，从而导致全球意识的兴起。[2] 因而，比较的单元不应只以国家为单位，而必须考虑到地域文学是如何融入全球文学，同时又受到全球文学的阻碍的。

一般来讲，文学作品的比较研究不同于世界文学研究，前者需要熟悉多种语言，而世界文学研究只需要研究翻译过来的文学作品，通常仅以英语为研究语言。[3] 然而，这样的区分忽略了两种文学研究形式间的密切联系。首先，世界文学预设了一个更早的比较时刻，因为要获得翻译过来的作品，必须先对原作的价值进行比较判断，这样才有可能将其翻译过来。其次，从实用意义上来讲，比较文学也以翻译为先决条件。因为对文学作品的比较研究是用单一语言来完成的，通常需要将所研究的文学作品中的引文翻译为学术文本语言，只有这样，读者才能看得懂，因为一般读者并不像从事比较研究的学者那样掌握如此多的语言。从这个意义上讲，比较文学研究也是世界文学研究的一部分；世界文学除了翻译外国文学作品外，也包括对这些文学作品的研究与批评。最后，也是最重要的一点，比较文学与世界文学的内在联系体现在：比较行为与对比较文学进行反思的要求已变得更加迫切，这恰恰是因为全球联系的多元化已将我们所有人纳入一个公共世界。只有当我们成为公共世界的一部分，比较才具有意义。故而，世界既是比较的基础，也是比较的最终目的。因此，对世界构成要素的探讨应该成为反思比较文学与世界文学议题的起点。

北大西洋学界近期尝试着对世界文学进行了反思。那么，他们眼中的“世界”究竟是什么？如今，坚持文学的世界性，主要是将文学作品视作在全球印刷商品市场上流通的物品，或全球生产体系中的产品，无论是从其字面意义上看，还是比喻，都是如此。我们必须承认的是，歌德在有关世界文学（*Weltliteratur*）的简要论述中用市场做的比喻，成为历史上探讨世界文学的先驱，但我们也可以从中感受到马克思的影响，尤其是其将世界体系理论的核心与外围词汇相融合用以描述文学现象时。

如果我们把近期世界文学的复苏与二战后人们选择性地窃取并改变歌德的世界文学观的更早尝试——如埃里克·奥尔巴赫（Erich Auerbach）的解释性文章《语文学与世界文学》（“Philology and *Weltliteratur*”）（1952）——相比较，就会发现其中有个非常鲜明的特征，即掏空了世界文学原本该有的人文主义精神。[4] 奥尔巴赫强调，世界文学有两大原则。首先，世界文学假定人文主义是其理性核心。不过，人文主义却非天生就有的，但通过现有人类传统与文化的多元性及多样性的交流是可以实现这一目标的，我们应当维持各种传统与文化的个性，尊重其独特的历史发展进程。“世界文学并不仅仅是指一般意义上的普遍与人性，相反，它认为人文主义是多方交叉培育（als wechselseitige Befruchtung des Mannigfaltigen）的结果。世界文学的前提是一个福祸相依（felix culpa）的预设，即人类被划分为多个文化类型。”（2；39）世界文学交流有助于促进人文主义，因为对世界上不同文学文化中显现的特定语言传统的独特发展进行语言学研究，有助于我们构建一部人类精神通史，并以此作为这些文学的基础。

其次，世界文学的时间维度是难以缩减的。在奥尔巴赫看来，歌德认为世界文学讲述的是“过去与未来”，是一部世界史。奥尔巴赫强调：世界文学所秉持的人文主义是“历史主义者”的人文主义，其关切的“不只是揭示各种素材与改进研究方法，而且还要关注这些素材与方法是如何渗透的，以及获得了怎样的评价；只有这样，才可以完成人类内在史——由此创造了人类多元统一的概念——的写作”（4；40）。人类精神通史好比一面镜子，每个人都可以通过这面镜子认识、了解并思考人性及人的潜能，从而促进人文主义的产生；它描绘了一幅壮观的场景，让我们看到人类成就是如何被编写入世界进程的叙述中的。因而：

> 在世界现实（Weltwirklichkeit）之中，历史对我们的影响最为直接，它深深地撼动了我们，强有力地迫使我们意识到自我的存在。这是人类唯一一个能够整体走在我们前面的对象。在历史对象之下，我们不仅要理解过去，还要了解事件的整体进程；因而，历史也包括现在。过去一千年的内在史正是人类实现自我表达的历史：这正是语文学，即历史主义学科，所要研究的问题。内在史记录的是人们在了解人类条件、实现其既定潜能（Möglichkeiten）方面取得了哪些强有力的新奇进展，这些进展、其最终目标……在很长一段时间里几乎是难以想象的，尽管经历了曲折的过程，但似乎仍然是依照计划前进的。人类所能取得的丰富张力都包含在这一进程中。随着剧情（Schauspiel）逐渐展开，其视野与深度逐渐将观众的力量（Kräfte）调动起来，如此一来，观众通过观看戏剧，在丰富自己见识的同时，也在自己的潜能中找到了宁静。（4–5；41）

在奥尔巴赫看来，世界文学的时间维度及其与世界史的联系使其获得了一股规范效力。借用亚里士多德学派及康德哲学的话来讲，这股力量就是一种因果关系，是一种帮助实现目标的行动方式。然而，这种因果关系不够有效。我们所讨论的历史是一部“内在史”，其刺激并塑造着人们的意识，构成人类存在的精神维度。它迫使我们去审视自己的人性，其所展现出来的情景推动着我们采取行动，因为它让我们明白，我们是可以实现自己的潜能的。创建规范效力是世界文学的使命。只有对规范效力影响下的文学传统进行的研究，才可以称得上是“世界文学”。

假如将奥尔巴赫关于世界文学的论述与今天更加著名的世界文学理论相比较，我们会发现，这一本就在当前世界文学重塑中处于崩溃边缘的文学因果关系，其规范性效力更显微弱。在这些新的理论中，世界几乎完全丧失了规范性使命。脱离了世界历史被认为是虚弱无力的、理想主义的与人道主义的哲学，世界文学也便失去了其时间维度。我们会发现，近期有关世界文学的论述中，在谈到世界的标志性特征时，讲的都是空间上的拓展，指的是文学创作、流通、消费与评估的广阔范围和规模。简单来讲，“世界”这个概念是指在全球范围内的扩展，而世界文学则是通过与世界市场的全球开拓相类比而得出的。文学的世界性体现在其根据欧几里得几何学的数学坐标在墨卡托空间的移动。随着文学史概念的引入，人们也依据类似的空间模式来看待时间。因而，作为一种交互方式的世界文学，现在被严格限定在纯粹的空间维度。它是物品在不同主体间的交换与流通，是物品按照以空间方式构想的时间维度，在平面空间距离上的移动。不可能再出现奥尔巴赫所讲的“人类内在史”的时间视域。

因而，“世界”这一概念中保留的规范性内容已经十分有限。这其中，有由于全球化所导致的文学创作、流通、接纳与评价等方面的国家边界等限制销蚀的缘故。奥尔巴赫也曾经撰文讨论过“国家存在的内在基础”的“衰退”，但他认为，全球化是一个校准与标准化的过程，该过程破坏了多样性与个性化(2；39)。全球化充满着反讽意味。一方面，它带来了世界文学所需要的统一性；另一方面，全球化也完全摧毁了世界文学同样所必需的多元性：“人们将不得不使自己习惯于生活在一个整齐划一的世界，有着单一的文学文化，处于同样短暂的时间，使用为数不多甚至是单一的文学语言。随之而来的是，世界文学的思想会同时被实现（verwirklicht）与摧毁。”（3；39）而近来的世界文学理论家们则更为乐观，他们认为，文学创作与消费的全球化已造成人们之间的分歧，导致人们奋起反对同质化。[5]

人们可能会觉得，文学研究中有关世界的空间概念的崛起，是更广泛地应对文学研究领域中全球化含义的措施之一。世界文学领域的这些新理论兴起之时，恰是北大西洋地区的大学与公众意识中人文主义丧失合法性之时，这必然会给文学研究造成压力，要求人们证明文学作为一种研究对象的价值，尤其是其在价值创造方面的作用——无论是物质方面的还是精神方面的。[6] 企业律师、会计或软件工程师的工作具有实际效用与经济价值，因为这些工作属于经济生产过程的直接组成部分，而文学批评除了其在文化资本生成中的作用，以及在社会重塑及人力资本增值中的间接作用外，在生产过程中的作用尚不明确。探讨全球化如何转变文学研究的范畴与对象（比如，文学作品的风格与形式特征），以及全球化如何影响了文学研究的规范结果（比如，揭示民族文学传统的道德约束），或许是一种凸显文学在我们当前全球化现实中的地位与因果关系，以及文学的世界性层面——两者不是同一回事——的富有成效的方法。在这种情况下，文学的因果关系也不具备很强的说服力，只不过，情况与奥尔巴赫所以为的不尽相同。对于新世界文学理论学家而言，这关系到文学作品如何作为一个真实物品在世界上交换与流通，以及跨越国家界限构建起一个自己的世界，并按照独特的规则与逻辑来运行。

然而，将世界文学作品与在全球市场上流通的商品进行类比，非但未能证明文学的因果力量，反而不经意间起到了反作用，削弱了文学的世界性力量，因而也弱化了文学与全球化所创造的世界之间的因果关系。既然存在这种的类比，为何世界文学依然无法成为全球社会力量的传送器？以全球市场驱动力来看待世界文学的驱动力，恰如将世界文学当作是这些全球力量的模仿者，是在真实世界中运行的各种社会经济力量的错位且滞后的交流。归根结底，文学的世界性源于对全球市场上各种具有自身特性的力量的被动反映。

文学的世界性：市场比喻的魅力与全球化力量

接下来，我们将进一步更加缜密地分析将世界文学比作流通与市场交换的后果。用流通与商业等比喻来理解文学的世界性的首要魅力在于，其有望给人们带来消极自由：将人们从令人窒息的束缚中解放出来，给予他们欣赏与研究文学作品、简化审美与评价标准的自由；卸下由僵化的民族文学传统强行套在作家与大众文学批评身上的枷锁。正如当今全球市场和经贸金融交往的解放销蚀了国有经济一样，生产方式的彻底私有化与技术交流的创新也削弱了国家对信息与知识的控制，从而导致真正的全球经济相互依存，令民族经济失去了独立主权；所以，也可以说，文学创作与交流的全球化导致了世界文学的兴起，世界文学取代了纯粹的民族文学，使之变得过时而不切实际。[7] 因而，“世界”一词是用以修辞名词“文学”的形容词。让“世界文学”与纯粹的民族文学形成对照，这么做的主要结果是，让大家以为世界是理所当然的。它将世界与全球混为一谈，使世界沦为一个由全球流通这一物质过程创造的空间对象，正如当前的全球化所代表的那样。

比如，戴维·达姆罗施（David Damrosch）曾经给世界文学下过一个实用型定义：“以初始语言或通过翻译而流通到其初始文化区域之外的所有文学作品。”在他的定义中，世界被视为一个地理空间范畴，是文学作品流通的场所，任何文学作品若想成为世界作品，都需在该领域闯出一番天地。[8] 在达姆罗施看来，“一部作品**成为**世界文学作品，需经历两个过程：首先，它得**被视作**文学；其次，要**流通至**其初始语言及文化所在区域之外的更广泛地区”（6；着重部分为原文所有）。我所强调的这两个先决条件尤为重要，因为这些条件代表着文学进入了一个更广阔的范围，即世界。因此，文学作品就好比是一位旅行者，甚至是以描述主人公成长过程为主题的小说中的主人公。文学作品来到的这个领域远比其初始环境广阔得多。在世界上闯荡的过程中，作品也在不断地演变与成长，就像小说主人公在发展成熟过程中不断获得启迪一般。达姆罗施将文学作品意义的获得过程，与资本化进行了含蓄的类比，把流通比作文学对象的增值过程。由于文学语言的内涵并不仅限于字面意义，在流通过程中，文学作品的深度与意义也会增加，尤其是在涉及翻译与文化嫁接时。文学作品向更广阔空间的过渡，同时也是其形式不断变化的过程。被输送到另一个更大的空间时，文学作品本身也焕然一新，被提升到了一个更高的档次，获得了更复杂的形式。因而，经过流通的作品不仅仅是进入了更大的世界文学领域，而是变成了世界文学。正如达姆罗施所言：“翻译得不好的文学作品，难以跨出原本的国家或区域，而翻译得体的作品则有望成为世界文学。范围扩大带来的深度扩展能够抵消个性风格方面的损失。”（289）“从最广泛意义上来讲，世界文学作品可以包括所有曾经流通到其大本营以外区域的作品……而只有那些无论何时何地都活跃在其初始文化区域之外的文学系统中的作品，才能称得上是真正意义上的世界文学作品。”（4）

稍后，我会谈到人们是如何从社会学视角来研究世界文学的，但需要注意的是，达姆罗施的看法与之不同。在他看来，造成文学意义的无限资本化可能性与指数级增长的，是阅读行为。文学作品能够流通到其初始区域以外，被运送到不同的地方，抵达不同的读者手中，改变了作品被接纳与阐释的框架条件与文化背景。在与外国作品的碰撞和相互作用中，这些新的读者能够赋予作品以新的生命力。由于这些新读者有不同的想象见地，因而能够从作品中捕捉到新的意义（298）。流通为文学意义的不断膨胀提供了根本的物质条件，这一点显然证实了达姆罗施的观点，即世界性是文学作品于不同历史时期在全球范围内的流通。在当前形势下，这很容易导致人们根据资本主义全球化路线与过程来判断当代文学作品的世界性。达姆罗施的断言简洁地表达了这样一种观点，即“（自歌德、马克思与恩格斯时代以来）全球化的急剧加速，已经极大地将世界文学概念复杂化”（4）。佛朗哥·莫雷蒂（Franco Moretti）也表达了同样的信念。莫雷蒂研究的是 18 世纪以来出现的世界文学的构成，在他看来，“世界文学体系正是统一市场的产物”[9]。

21 世纪初，约翰·皮泽（John Pizer）的一篇关于世界文学的文章发表在美国比较文学学会的官方期刊《比较文学》杂志上，这篇文章同样也将全球化与世界性混为一谈。“全球化正在变成文学作品的一种内在属性，也就是说，个人的作品越来越多地受到来自社会、政治，甚至语言领域的发展趋势的渗透与结构影响，并且这种影响远不止于一个国家或一个区域之内。因而，我们越来越难以把当代的文本简单地说成是德国、尼日利亚或中国作家的作品，甚至也无法说是欧洲、非洲或亚洲的哪个人写的。随着世界经济的全球化，一种真正意义上的世界文学，也就是所谓的全球化文学产生了。”[10] 此处，我们看到的显然也是将作为墨卡托空间里有边界的物体的“地球”与作为一种归属或社群形式的“世界”混为一谈。根据物质的全球化过程来理解世界性而导致的人们对世界文学的规范性理解不够，主要体现在两个方面。一方面，由于世界文学与全球文化间的关系并未得到详细阐释，人们还无法理解世界文学在全球文化产业技术面前的脆弱性。只要世界文学的兴起需受制于全球化印刷产业，那么在戴维·哈维（David Harvey）所讲的时空压缩——由图像生成方面的全球商品线决定的品位、欲望、观点等管理构造——所带来的消极文化结果面前，世界文学就是非常脆弱的。[11] 由于营销、广告及价值判断等后工业技术构成了所有既定世界文学作品的创作、接纳、解释与批评（学术或其他层面）的无缝网络，这些技术必然会影响着这部作品的形式与构思内容，以及激发我们怎样的想象世界。另一方面，将世界解构为一个广阔的地理实体，不言而喻，其前提是将文学简化为某个物质基础上的附带现象。人们假设，文学作品直截了当地反映了政治经济力量与关系：全球化经济带动了全球文化与文学跨国主义（或称世界文学）。从这个意义上讲，世界文学不可能是独立自主的，因为世界文学作品既反映了全球政治经济特征，也是基于这些特征而创作的。

尽管跨国或跨地区移动能够为世界文学作品的创作提供新的机遇，但也恰恰封锁了获得超越当前现实的规范性视野的机会，比如，被奥尔巴赫视作世界文学的标志性特征的文学与世界历史的关系。规范性的缺失在帕斯卡莱·卡萨诺瓦（Pascale Casanova）和弗兰克·莫雷蒂从社会学角度对世界文学进行的论述中更为显著，两部作品分别受到皮埃尔·布迪厄（Pierre Bourdieu）和马克思等提出的社会力理论的影响。卡萨诺瓦和莫雷蒂试图解释文学作品是如何作为一股社会力量发挥影响的。然而，他们在对世界文学进行概念化时却忽略了规范性维度，导致产生了一些问题与后果。

在《世界文坛》（*The World Republic of Letters*）及随后的作品中，卡萨诺瓦强调称，她的研究对象不是被称作世界文学的一系列文学作品，而是超越国家界限的各种关系形成的跨国网络。作家们创作的各种文本都是该动态全球图景的一部分，其文学价值的高低依据一套复杂的话语规则而定。[12] 因而，这个问题的重点不是“在全球规模内分析文学”，而是关系到阐明“将文学视作世界的概念途径有哪些”。[13] 为了阐明文学所特有的世界性，卡萨诺瓦借用了歌德描述世界文学时曾经使用过的商业比喻。她发现，这些比喻是否有用取决于其是否强调了市场是一个充满竞争性冲突的场所。研究表明，文学价值的获得与审美文化资本的品质是在全球化的符号生产过程中发生的，这一过程始终渗透着各种权力关系。正如当前全球政治经济体系的特征是资本与权力在核心势力与边缘势力间的不均衡分配一样，文学的跨国经济价值也以文学资本与文学价值标准判断力的不平等和分层配置为特征。因而，文学创作涉及作家、读者、研究人员、批评家及出版商等为争取获得认可及确定文学标准而进行的斗争。

文学特有的世界维度意味着世界文坛是一个独立自主的领域，但其自主性十分独特。由于国与国之间的文学联系属于权力和统治的关系，这种自治显然并非是纯粹从审美角度创造的和平的极乐世界，后者是对康德所描述的公正无私的审美能力的夸张描绘。世界文坛的历史是“围绕文学本身的特性而展开的永续斗争与竞争的历史——是文学领域的宣言、运动、攻击与革命的无休止的延续”[14]。然而，卡萨诺瓦坚持认为，文学权力关系与政治对手或民族文化偏见并无直接关联。跨国文学空间并不仅仅是一个超级地缘政治结构，从这个意义上讲，跨国文学空间是独立自主的。因而，卡萨诺瓦认为，文学界这个竞技场，并不等同于文化全球化这一同质化过程。“因而，我在这里所提议的国际化，与人们通常所理解的‘全球化’这个中性词，差不多是处于对立面的，这表明世界政治经济体系能够被当作是可普遍应用的单一模型的一般化。与之形成对比的是，在文学界，确定并统一该体系且同时标明其界限的，正是各成员间的竞争。”[15]

然而，尽管卡萨诺瓦强调了跨国文学空间复杂的自主性与竞争性，但其世界性力量受到相对自主这一理念的严格限制。她指出，跨国文学空间“是另一个世界……有着自身的法则、历史，经历过特定的挣扎与革命；也是另一个市场，在这个无关经济的经济体里，非市场价值被用于交易。人们用美学的时间尺度来对其加以衡量”[16]。跨国文学空间里的竞争遵循独立的文学逻辑，这一逻辑反映在文学形式的变革中，无法还原为对经济或政治力量的纯观念反思。[17] 在卡萨诺瓦看来，后殖民主义理论的核心缺陷在于，其无法阐明文学本身的世界性。后殖民主义理论试图将文学与现实世界简单地扯上关系，战胜文学自治的先决条件。如此一来，便将跨国文学斗争简化为真实世界里的政治斗争，牺牲了文学的独特性。“后殖民主义假定文学与历史间有着直接的关联，并且这种关联只可能是政治关联。后殖民主义以此为出发点，继而转向外部批评，冒着把文学斗争简化为政治斗争的风险，利用各种各样的附加物与捷径，往往默默地忽略了实际‘生成’文学的审美、形式或风格特征。”[18] 强调跨国文学空间的自治只是相对的，这一点非常重要。卡萨诺瓦在谈到后殖民主义文学的创作时，也将文学依存的国际形势回溯至国际政治统治结构。用她的话来讲，“由于最年轻的国家也是最容易受到政治经济统治影响的国家，并且文学空间多多少少要依赖于政治结构，因而，从某种程度上讲，文学依存的国际形势与国际政治统治的结构相关”[19]。在卡萨诺瓦看来，后殖民主义理论的失误在于，其所提出的文学概念与真实世界间的联系太过直接。

相对自治理念导致作为一种力量的文学在两方面失去了效力。一方面，世界文坛相对独立于政治经济力量意味着，文学只是一股比较弱小的势力，其在世界创造过程中的作用受到严重制约。这股力量如此弱小，相对于全球文化产业带动的世界文学产品来讲，显得极其卑微。在卡萨诺瓦看来，“今天的确存在着这样一种世界文学，无论从其形式还是影响来看都是新鲜的，文学作品一经产生，几乎立即就能被翻译成别的语言，流通快速且方便；这些世界文学作品之所以能获得巨大成功，原因在于其不含国别特色的内容没有任何被误解的风险。但在这种情况下，真正的文学跨国主义已不可能存在，而是早被国际商业的洪流冲刷得一干二净”[20]。因而，尽管她觉得文学不属于纯粹的艺术，但讽刺的是，到了最后，她还是回过头来渴望尚未被市场力量染指的文学跨国主义，而这一纯净空间明显类似于纯粹艺术。

另一方面，由于跨国文学空间从某种程度上需依赖政治经济结构，其关系可回溯至上例中讲到的地缘政治竞争，而其动力之源也是真实的政治斗争，文学创作只是这种斗争的反复折射。[21] 因而，跨国文学空间是更基础力量的再次显现，而后者则是更真实斗争发生的场所。其竞争关系只是就文学标准、认知及影响而展开的准布卢姆式斗争，在这里，父与子的角色分别被处于世界文坛核心与边缘地位的各类作家所占据。而无法被纳入该概念框架之内的则是受伦理政治约束的世界文学作品与商业市场上创造的文学作品之间的竞争关系，在这里，双方都力争成为持续创造真实世界的后备力量。

我前面已经讨论过，近期的世界文学理论将市场交换作为理解文学世界性的范式。然而，市场所比拟的只是文学作品的流通与创作。弗兰克·莫雷蒂对这场争论所做的贡献之所以如此令人印象深刻，原因在于他是照字面意义来使用市场比喻的。卡萨诺瓦着重研究的是处于核心及边缘地位的作家之间在认知度与影响力方面的心理竞争，而莫雷蒂与之不同，他分析的是印刷机、付费阅读的读者、图书馆、流通渠道等市场力量如何为文学创作创造切实的物质条件。文学作品的交流与创作不只是与市场过程相似，还需要借助市场力量来实现。同样，文学意义与文化价值的生成也不只是类似于商品化与资本化过程。文学作品的的确确被当作商品，在大众市场上交易以赚取利润。因此，如果说卡萨诺瓦将文学定义为高档艺术，那么莫雷蒂则是将世界文学的范畴扩展到了中低档书籍。他还特别关注文学作品的形式，他认为，可以将作品的形式比作进化科学所研究的生物形式或形态。按照这一观点，人们会顺理成章地认为，世界文学拥有更强大的力量。但莫雷蒂的论述却进一步削弱了其力量，因为，他是从字面意义来理解市场比喻的，将文学的力量还原为社会力量的折射。

莫雷蒂关于文学世界性力量的论述深深扎根于经济基础与上层建筑模型。该模型带来的影响浓缩在其富有挑衅性的声明中（借用一句从生物学中引申而来的警句），即“形式是一种力量简图，又或者，仅仅只是力量”[22]。在他看来，这是一种“唯物主义形式观……形式代表的是文学最深奥的社会层面：形式即力量”[23]。文学形式主要是指流派。莫雷蒂感兴趣的是某些流派的普及度、其过去的生存处境，以及在竞争性的市场关系中如何战胜其他流派而获得主导权。衡量某个文学流派的力量，不是看其审美价值，而是看书籍出版的数量。莫雷蒂认为，用这种方法来研究世界文学，即研究文学流派在全世界的覆盖面，好处在于能构建起一种更加细致的、基于实践经验的复杂的影响与适应扩散图，并且关注到了地理方位的具体特征。这种方法使我们得以看清，世界文学是全球范围内一个不平等且不均衡的文化依存体系，文学的影响是从西欧核心文化区传向边缘文化区，只是这种流动呈现出形形色色的模样，导致其他地区的文学形式并未按照典型的或模式化的西欧发展路径来发展。[24]

莫雷蒂认为，我们可以通过一种有关形式的论述来解释文学形式的生存状态，即把形式当作“社会关系的抽象”。[25] 文学形式是通过某种象征性媒介来表达与再现各种社会力量，是对社会力量的概括升华或结构还原。继而，这也是作为文本消费者的读者的社会心理。作为商品在印刷商与读者、销售商与消费者等印刷市场上流通时，这些文学形式的成功与否是根据大众读者的忠诚度、规模与范围来衡量的，取决于该形式是否符合或足以解决既定时期某个市场区域的社会关系带来的特定问题。在这里，我们需要对三个不同级别的社会性加以区分。文学形式是社会关系的象征性表示。但是作为商品，它们属于印刷市场关系中的社会交往。最后，这些市场又嵌入在更广阔的社会关系网络中，有着各自的特定问题。一种文学形式能否生存下来，取决于这几个不同层级的社会性之间是否一致。莫雷蒂称这种一致性为“艺术效能”，该术语源于维克托·什克洛夫斯基（Viktor Shklovsky）。[26] 该术语指明了文学的功能或对社会主体的效用，即主体从某部作品中获得愉悦，因为该作品的形式与技巧带给社会主体的感受是想象层面的，从根本上区别于构成其生命的社会动力。[27]用莫雷蒂的话来讲，“文学流派是解决问题的工具，解决了人们所处环境中的矛盾，通过其形式编排提供了一种假想的解决方案。因而，这种形式编排所提供的愉悦不仅仅只是愉悦，而且是体现与透彻理解更宏大的象征性声明的媒介……正是通过这些媒介所提供的结构，读者才感觉到世界是完全能够被理解的”[28]。

但这意味着，文学的力量——你也可以说，某种文学形式的生存能力或天然发生力——完全是衍生出来的。文学形式没有自身的力量。作为各种社会关系的一种象征性表达，文学形式只不过是社会力量的传递，是折射社会力量的媒介。而且，文学象征能否成功唤起人们的愉悦，取决于其是否符合读者大众所处的社会情境。因而，文学的力量，从根本上取决于有哪些社会力量在读者构成中发挥了作用，发挥了怎样的作用；更确切地讲，是读者所处社会环境中的矛盾及由此产生的生存问题。文学形式只是表达社会关系的一项工具，而社会关系才是更深层的核心或内在事实。这些关系解释了某种形式为何能够生存下来，而这种形式的生存继而又验证了社会力量的重要性。莫雷蒂对文学象征功能的强调意义重大。符号与其所代表的对象间的天然动因证明，文学形式仅仅是从幻想层面解决社会矛盾的工具。

那么，读者的想象力或解释力又有多大效用呢？事实证明，读者并不比文学作品更高明。文学作品与读者都只是用以表现社会力量的棋子。由于读者从文学作品中获得的愉悦是以消费者视角出发获得的，因而获得的只是社会愉悦与欲望。由于作为消费者的读者只是社会力量传递中无关紧要的小人物，在尼采看来，其欲望只是反应性的。[29]

因而，如同卡萨诺瓦的论述中所言，尽管莫雷蒂假定文学作品与社会力量存在直接的因果联系，但世界文学并不具备变革世界的力量。世界文学作品仅仅只是反映与折射了在其中运行的更强大的基本社会力量，并通过天然的符号联系，通过某个作品形式反映出来。正因如此，在与达姆罗施的辩论中，莫雷蒂偏爱略读与解释，而不喜欢精读与理解。前者的前提是文学表征的衍生特性，探讨的是社会力量如何决定了文学作品的接受度与购买量。与之相反，后一方法则要求关注文学作品的意指力，即作品如何以非凡的阅读体验打动读者，打开认识新世界的窗口。

或许所有关于世界的社会学论述必然会削弱文学的世界性力量，将其世界性还原为市场进程中呈现出来的各种社会力量。社会学的研究方法再加上马克思主义立场，即社会力量及其经济基础，构成了人类存在的最根本基础，令文学的反应性特征变得愈加显著。然而，我们必须注意到，受到亨利·勒费布尔(Henri Lefebvre）表征空间概念（用各种图像和符号来表征的空间）影响的马克思主义批判地理学家们已经提出，文学形式在世界上的因果力量比莫雷蒂所考虑到的要积极得多，因为图像与想象力在社会交往中的作用，不仅体现在其保证并促进了现有的社会性模式，而且体现在其通过变革开创了新的社会体验形式。[30] 事实上，马克思并未将此种世界当作世界市场，反而认为这是一个除了资产阶级市民社会中的商品关系之外的更高级的友好社会，也就是说，是一个不同于资本主义时空压缩的世界。

总而言之，我们可以这样讲，近来有关世界文学的论述都未能考虑到两个相互关联的问题。首先，“世界是什么？”或者更确切地讲，世界是一个规范性范畴，还是一个描述性范畴？其次，文学与世界的因果关系如何？事实上，这些论述恰恰反映出人们对于这些问题的被动态度。莫雷蒂明确反对用规范性方法来研究世界文学，他的理由是，这类方法更关注“价值判断，而非实际知识”。[31] 除非世界文学的规范性维度被拓宽，否则其只能是世界上一股极其微弱的因果力量。正如我们所见，这种因果关系从很多方面来看就是一种推动文学作品在世界上流通的力量，并由此生成了新的意义（达姆罗施）；或者是一个人们就衡量作为文化资本的文学价值的产生与认可等标准而展开的斗争（卡萨诺瓦）；或成为一种决定既定流派是否能够引起受众愉悦并吸引受众的社会力量，也就是说，某个符号形式在唤起作为消费者的读者的想象力方面的能力(莫雷蒂)。

简单地将世界与全球拓展这一市场进程（经济全球化形势下的世界就是典型代表）混合起来，一下子掩盖了解决这些问题的需要，因为此举令“世界”的意义不言而喻。但果真是市场创造了世界吗？如果是，到底是如何创造的？如果我们假定跨国贸易自由化能创造世界，那么这个世界只是一种超越国家领土限制的往来与社交形式吗？还是说“世界”具有规范性含义？市场交换是世界性的唯一范式与特许模型，又或者，只是一种特定的世界性类型？文学，无论我们将其当作一种交流模式还是意义产生过程，应当以何种方式与世界的开放和创造建立联系？无论我们打算如何反思世界文学，这些问题都至关重要；因为，除非世界文学的范畴被拓展，否则只能是有限意义上的世界。世界文学会受到世界性力量的影响，但仅仅通过与因商业往来、货币交易及全球大众文化流动而产生的世界进行协商和竞争，并不能使其成为持续进行的世界绘制与创造中的一股力量。

世界的时间化：目的论中的时间与世界性

我在另一篇相关论文中讲到过，歌德对世界文学的思考探讨了当前思想复苏中被屏蔽的许多问题，因为他是依据建立精神联系的能力来理解其使命的，以至于将世界文学视作世界大同主义的构成模式。[32] 以上讨论的各个世界文学理论集中关注了歌德对贸易活动与商业交往比喻的使用。但他们搪塞掉了一个事实，即歌德认为世界文学交流是具有规范性目的的，意在揭示独特差异间的普遍人性，哪怕这些差异极其重大。各个国家所独有的文学形式中承载着普遍的人类价值。通览整个历史进程，我们会充分了解人性的核心特征，实现人文主义。各种文化与国家间的相互理解与宽容是阐明普遍人性之后实现的重要的道德与政治结果。因而，歌德将市场比喻与布道活动结合起来。身兼商人与译者双重身份的歌德也是一位神圣的先知，他充当了神与俗世之间的媒介，通过通俗化的语句将上帝之言传递给大众。与路德一样，这位译者将外国文学中永恒的人性传递并显示给大众。

> 因而，每位译者都应被视作这个普遍的精神贸易（allgemein geistigen Handels）的中间人（Vermittler），视提升或推进交流（Wechseltausch）为己任：尽管我们从不恰当的翻译中并不能获得什么，但作品现在是，且将永远是全世界普遍关注的分量最重的、最有价值的事项之一。
>
> 《古兰经》中说："真主授予每个民族一位自己的先知！"因而，每位译者都是其民族的先知。路德翻译的《圣经》产生了最重要的影响，

当然，直到现在，人们对他的翻译仍然毁誉参半。那么，除了向本民族人民传递福音外，圣经公会的真正大业究竟又是什么呢？[33]

传递圣言的比喻表明，世界文学具有规范性维度，这一维度无法被简单归结为更大的全球沟通功能，或越来越广泛的空间流通。“提升国与国之间的交流”或“加快往来的速度”无疑是催生世界文学的一种途径。[34] 然而，歌德对世界文学的神圣化解析表明，世界不只是一个地理概念。实际上，他对“世界”的两个不同含义进行了区分：世界既是伟大的物理空间延伸的对象，比如世俗空间的扩展或公众喜爱的事物（Menge）的扩散；世界也是一种规范性现象，一种关乎“人性的真理与进步”的更高级的知识范畴。[35] 这种更高级的精神世界有一个时间历史维度：通过显示人性的精神统一，开辟一个新的宇宙世界。

歌德对世界的这两种不同意义进行的区分提醒我们：不要仓促掩盖世界的规范性，将世界性与全球流通混为一谈。更高级意义上的世界，属于精神层面的往来、互通与交换，旨在激发我们的普遍人性。这就是其规范性力量。因而，世界是一种相互关联、归属与共存的形式。与之相反，地球则是墨卡托空间里有边界的对象。我们通常所讲的“世界地图”实际上指的是“地球的图谱”。通过空间扩散实现的全球连通，与经过媒介、市场过程及从属于某个共享世界而实现的扩展，这两者间的区别，正好对应于全球化与世界大同主义间的根本矛盾：虽然全球化为某个群体的最大程度扩展创造了物质条件，但资本主义极大地削弱了真实人类世界的成就。地球并不等于世界。今天，如果要让世界文学的世界大同主义使命具有意义，这是一个必要前提。

当前，哲学与批评理论界也有一些学者对世界与全球进行了区分。于尔根·哈贝马斯（Jürgen Habermas）在其关于世界民主的研究中，对经济全球化与协商民主程序进行了区分，前者以特定的系统命令为驱动力，后者以风险共担的世界群体为基础，后者可以控制前者。[36] 德里达（Derrida）则通过另一种方式，将世界的世界化过程（mondialisation）区别于全球化，他指出，世界化过程是一个去地域化的、出让权益的、普遍化的迫切需要。他创造了另类全球化（altermondialisation）一词来描述那种区别于霸权式全球化的全球化形式。[37] 歌德提出的唯心主义世界文学模型，从时间角度对世界的规范性进行了类似的区分，刻画了其特征。由于揭示了理想中的人性，这个通过文学交流生成的世界属于精神层面，超越了起初促进人类更广泛交往的物质联系。因而，世界是一个持续不断的动态演变过程；从其历史时间维度来讲，它是不断地被创造与再创造的对象。因而，正如我们从奥尔巴赫一例中所见，自世界文学的规范性计划孕育以来，就在不断地被历史目的论所强化；历史目的论认为世界是人类向着自由不断取得普遍历史进步的场所。

今天，目的论已不再流行，甚至被认为是一种有害的思维方式，因为目的论预先规定了世界的目的，并进而约束了历史。然而，严格来讲，目的论不过只是一种认为世界万事皆有其内在目的的信条。人类的任何理性行为——比如，手段与目的的关系、最终的因果关系——都是符合目的论的。秉持目的论的世界史根据目的论时间观念，即理性目的通过化身在经验世界里得以实现的时间，来理解世界的规范性。[38] 目的论的时间概念不同于控制自然的机械式因果关系的线性时间。在线性时间中，因与果按照不可逆转的自然演替顺序先后出现，而目的论时间概念则是循环的、自动归位的。最终的因果关系是现有理性目的的实现。在历史目的论中，目的或终极原因并不是外在的，而是原本就内在于其结果或产品中。后者是内在目的的展开、回归与完成。按照现代的机械世界观，一切目的都是由人类理性外在决定的，唯一可能天然存在的最终因果关系是生物机体因果关系的时间结构。作为一个自组织存在，其生命是由部分与整体间的全面相互作用决定的，双方互为因果。生物体的这种后生过程类似于人类理性的终极因果关系，因而德国理想主义哲学传统认为，从目的论时间观念来看有机生命，恰恰处于人类自由的对立面，他们认为可以以这种相似性为根基，实现我们在世间的道德目的。[39] 因而，我们可以根据目的论时间概念来理解人类的文化进程（Bildung）。从目的论视角来看待历史进程，可以发现：马克思主义者的唯物主义观点继承了这一传统。

马克思从唯物主义出发，将黑格尔的世界历史唯心主义进行了倒置。他认为更妥当的说法是：世界史只是随着世界市场的兴起而产生的。“（大工业）最先创造了世界史，使得所有的文明国家及其中的每个成员需彼此依赖，才能满足自身在全世界的要求，因而摧毁了单个国家原本的自然特性。”[40] 马克思认为，世界性是由地理特性决定的。这一观点表明，在唯物主义者眼中，世界的根本核心是空间化。无疑，他将世界简化为市场交换空间的这一做法，是新的世界文学作品根据空间流通及继而产生的规范性缺失来理解世界性的根源。自此之后，世界文学的规范性仅存在于一个无可辩驳的假设中，即文学作品流通至国家界限之外以及领土边界的销蚀是有好处的，因为流通越广泛，证明某个文学流派的力量越强，也增加了该文学作品的价值与分量。

但是，如同对歌德的借鉴一般，近来的世界文学理论似乎也依赖于对马克思世界观的某些极其片面的解释。除了最初留给人们的那些印象之外，全球资本主义创造世界的能力主要还是体现在时间方面。资本的普及能力不仅仅体现在用世界市场消除空间阻隔，还体现在以时间换空间的全球生产模式，在这种情况下，必须尽可能压缩用于穿越由世界市场破坏领土边界而开创的空间上的时间。这是一种移除时间隔阂以获取资本自身无限循环与自我实现的能力。作为生产力普遍发展的条件，资本控制并运用时间的能力，恰恰正是创造世界并在这个世界上不断实现自我的能力。可以说，这正是资本的“规范性”。[41] 生产解放也是一个阐明外部世界的过程，因而，是根据人类目的改变整个世界的教化过程，同时也是人类文明发展的过程：新的需要与愉悦被创造出来，促进了新产品的消费。马克思强调，人类生理及心理能力的改善、对自然的控制及无边界大同世界的创造，都是资本释放生产这一过程中的重要时刻。[42]

更重要的是，马克思将世界定义为一个需要能得到普遍满足的系统，该定义导致出现了真实的人类生产方式与异化方式的区分。人们在世界市场上进行商品生产是为了在交易中获利，而非直接满足需要，因而这并非真正的世界，而只是一个异化的世界；而真正的人类世界必须超越这个畸形的世界。世界大同主义下的人类及其创造的世界，是一个异化的物体，是被资产阶级意识形态的光芒迷惑了的颠倒的世界。推动资本主义的普遍化趋势与其竖立起的藩篱间的矛盾，变成了一股内在的力量，导致资本的全面胜利。这就是马克思对全球与世界所做的区分。世界（各种社会联系）不再是置身事外、制约生产过程的外部力量，而是演化为与之有机统一的力量，世界已不再只有空间属性。世界变得平凡且生动。与此同时，原先被资本主义从生产商中隔离出来的生产过程，不再是与生产商无关的事物，而是可由生产商控制的过程；就好比事物的外在属性可经由生产活动而得到阐明与利用一样。生产过程的世界化也是生产商们部分或整体自我实现的过程。生产过程的再分配涉及时间与空间的分配，而这一切恰恰正是世界的时间化。

如果我们只是将马克思关于世界市场的描述转化为一种方法框架，来研究凌驾于全球流通之上的世界文学，难免会忽略其从唯物主义角度对世界进行的论述中的创新之处，即：构成世界创造的规范性力量的目的论时间维度及其与我们生产活动的统一性。马克思将世界与文学的关系放到力量领域来思考，将之与生产力及对剥削的直接反抗等置于相同的位置。然而，唯物主义世界观也给世界文学造成了严重的阻碍。马克思将创造世界的时间力与我们在生产活动中对时间的控制与分配等同起来，让人类活动获得了前所未有的规范力，他认为文学是意识形态对经济力量的反映，并不具有世界性效力。

对此，世界化（welten）理念或许能提供一种解决方法，将世界的规范性力量与文学建立起关联。世界化源于海德格尔现象学及海德格尔毫不留情地将它称作庸俗的世界概念——作为空间对象整体的世界和作为由人类主体间的沟通和话语交流所创造的世界——的批评，指的是世界如何被聚拢在一起，并通过时间的力量统一成一个整体。时间化产生了存在，创造了世界。因而，世界性是存在于时间开放与聚合中的开辟性力量。

加亚特里·查克拉瓦蒂·斯皮瓦克（Gayatri Chakravorty Spivak）将该术语引介到后殖民主义理论中，以之简略地描述欧洲帝国主义文化表征是如何构建殖民地地理的。她将海德格尔的文章《艺术作品的本源》（*The Origin of the Work of Art*）视作"'世界之世界化'之于无名世界"观念的来源。她指出，包括殖民主义文化在内的帝国主义话语版图的形成过程，是一种认知暴力，影响着被殖民主体如何看待自我，及其如何继续在第三世界的"世界化"中和去殖民化后的本土居民中发挥作用。[43] 然而，对于海德格尔来讲，世界恰恰是地图所不能代表的。世界化并非是一个通过话语表征，从认知角度构建起世界的版图绘制过程，而是一个时间化的过程。制图法将世界减缩为一个空间对象。而世界化则截然不同，它是一支包含并超越一切人类计算能力——将作为一个时间结构的世界缩减为空间里各种对象的总和——的力量。帝国主义制图法正是这样一种在地缘政治经济体领域中进行的计算。就其话语表征使我们有权决定并影响时间化所开辟的世界这个方面来讲，帝国主义制图法构建起了一个世界。从衍生意义上来看，话语构建的过程正是世界化过程。该过程为客观世界注入了价值与意义。但这一过程也是去世界化的过程，因为，将世界还原为空间对象，实际上是阻碍了世界性的发展。

目的论视角下的时间与世界性的关系如下：与人类行为的终极因果关系相匹配的目的论时间概念，是依据人类理性对时间进行的分配与计算。从狭义上来讲，世界性是指通过规范性目的的指令，从精神与物质层面对世界进行塑造与创造。以马克思为例，无产阶级革命是一股进步力量，这股力量干预当前世界，通过另一种话语结构来重新加以塑造，以实现一个更高级的世界。然而，衍生意义上的世界性以一般意义上的世界性为先决条件，即纯粹从时间的持续性上看世界的普遍性。世界关乎超越。但是与目的论的描述不同，世界不是因超越界限而产生的。相反，时间本身才是开启世界的超越性力量。更恰当地讲，时间化构成了世界的开放性，这个开放性即世界。在逐渐发展的目的论制图法被资本主义全球化制衡的情况下，这种开放性就是一股不可磨灭的规范性资源，干扰和抵制了全球化计算。它开启了进步的新目的论时代。

那么，文学与世界性的规范性力量间的关系到底是怎样呢？我们是否可以说世界文学就是世界化世界的文学呢？在这里，世界性的两个意义间的区别至关重要。唯心论者与理想主义者对世界的描述（歌德、康德、黑格尔）表明，文学作为一种审美与文化过程，创造了一个更高级的精神世界。与之相反，唯物主义世界观则认为文学不具备任何改变世界的规范性力量，因为唯物主义观认为精神产品属于虚幻的上层建筑，缺乏创造真实世界的效力。马克思主义者的空间批判理论与批判地理学（勒费布尔和哈维）有点类似于唯物主义者对文学通过表征制图改变世界的力量的理解，因为这些理论对空间创造进行了动态描绘，认为文化与审美过程具有重要作用。然而，分析到最后，他们又将塑造的对象指向空间概念上的世界。这又变成了狭义的世界性。文学则与之相反，它与现象学与后现象学论述中的世界有着更根本性的联系。世界现实既不是客观存在的，也不是主观形成的，而是一个基于时间化力量的过程。文学也具有类似的奇妙的本体状态：它并非客观事物，因而无法被归结为主体的决定与计算等理性力量。其根本的不确定性也意味着，文学已超出了主体的解释能力范围。因而，文学并不仅仅是详细描绘空间化的世界并赋予其价值与意义。相反，文学的形式结构通过时间这一不可估量的天然优势，规定了世界的开端。借用马克思的话来讲，我们或许可以说：世界具有一个比经济生产这一物质现实更加根本的、基础性的“文学”结构。

对汉娜·阿伦特（Hannah Arendt）在此问题上的观点进行一个简要概述，或许能给予我们一些启示。阿伦特在对海德格尔提出的世界概念进行修正时指出，语言和行为构成了世界性的更高级维度，织就了一张富有意义的主体间关系网络，该网络比物质产品构成的世界更为基础，因为主体间的联系建立不起来，就不可能产生制造活动。制造活动要求作为行为主体的人类，通过言行，彼此开诚布公。由于言行是人类实践活动的基本条件，由言行创造的意义世界也比由生产交换创造的物质世界更为基础。

> 物理形态的世界性中介及其兴趣，被另一个全然不同的中介所笼罩，从某种程度上讲，甚至可以说是被后者完全覆盖；后者由言行构成，并且只包括人们彼此间的直接言行。这第二种主观的中介是无形的，因为其并非有形的、能够固化下来的物品，言行过程并不会留下这样的结果及最终产品。不过，尽管是无形的，但这种中介与我们共同拥有的有形的物质世界一样都是真实存在的。我们称这种现实为人际关系“网”，通过这一比喻来指明其无形特性。[44]

简而言之，经济活动需要主体之间的互动。因而，经济活动的前提是，主体间产生言行之前要先让双方察觉到彼此的存在。事实上，这些非物质过程拥有一个由物质生产世界构成的自身的基本现实。

> 诚然，这一网络与客观物质世界间的关联，就好比语言要依附于生命体一般；但这种关系并不像是建筑外墙的附着物，或者用马克思的话来讲，不像是固定于建筑本身有用结构上的多余的上层结构。（183）

由言行创造的主观中介尽管是无形的，但其真实性无可辩驳。主观中介的外观取决于接收到我们言行、证实他们也感受到了相同的现象并在记忆中重复最初体验的其他人的共同参与。

因而，世界具有一个叙事结构。世界的构成要素是讲故事。客观世界通过对时间长度的定量测量来标明某个具体的有限生命的长度。但是由于缺乏意义，客观世界无法为其已确定边界的生命赋予任何意义。任何人，无论其取得过多大的成就，若想得到后世的珍视与铭记，其个人的来去就需被赋予意义而成为独特的生死事件，让自身生命的开始与结束对他人具有意义。语言，让主体间关系具有了意义，将客观世界提升为真正的人类世界。它使得我们得以突破自己的界限，避免因被当作一般的生物体而遭受忽略。

阿伦特对客观世界与主体间世界所做的区分，沿用了先前讨论过的有关世界的哲学论述的划分法，将世界划分为地理空间范畴与时间规范范畴。但有一点很重要：她尝试着运用了讲故事的形式，来阐明世界的时间结构。虽然阿伦特主要研究的并非是作为一种文学形式的故事，但她将故事刻画为一种创造世界的力量这一点阐明了文学的世界性力量。故事作为一个意义源，阐明了人类存在的意义（324）。讲故事是“非生物学意义上的生命”线性运动的核心，因为其是按照自然生物生命的毁灭周期这一背景来展开的（173）。她写道：“人的出现与消失构成了世界性事件，这种人生的主要特征在于，其本身总是充满各种事件，而这些事件最终**会被讲述为一个故事，塑造成一个自传**。**生活**（*bios*）不同于**生命**（*zōē*），亚里士多德所说的‘某种程度上是一种**实践**（*praxis*）’的正是这一意义上的生活。”（97，着重部分为原文所有）

我们可以将阿伦特的文学观归结为下面这种创造世界的力量。故事形式是理解言行这个意义世界的隐喻范式。而且，由于文艺作品展示的是永远具有意义的客观现实，因而文学创作向世界传递了永不磨灭的意义。与阿伦特将文学理解为创造世界的活动相比，近来世界文学理论将文学视作流通量的做法，是将文学脱离了规范性的主体间关系网络。由于这些有关世界文学的论述将世界性归结为全球营销、流通与分配的过程，因而消除了文学的时间维度，抹杀了文学作品作为一种宣示主体的称呼结构与传递意义的过程所具有的创造世界的能力。

我在本文所讨论的有关世界的各种哲学论述都旨在丰富我们对世界以及文

学世界性的理解。之后再对世界进行重新概念化时，可不必推翻先前的论述，而只需给予关键性的补充。我们应当将一部世界文学作品看作是在某个特定历史时期的力量场中上演不同世界性进程的场所，分析这些进程之间复杂的关系、竞争与悖论。那样，我们才可以将世界文学理解为关于世界的文学，而不只是某些不受时间影响的审美对象或在全球流通的商品，而是能够发挥基础性作用的事物，是世界不断扩展与创造中的一股力量。

世界文学与世界大同主义间的联系并未得到充分的探讨，因为其中任何一个研究领域都未仔细分析其共有的这个关键概念：世界。规范意义上的世界指的是所有人之间的相处，无论是群体还是个人。正是这种原始的开放性，使得我们得以走近他人，从而进行相处。然而，全球资本主义将各个民族与人群融合成一个世界体系，将他们与资本主义时间性（以格林尼治标准时间为代表）及西方现代性的无穷进展捆绑在一起。全球资本主义猛烈地摧毁了其他世界及其时间性。在文学创作、流通与风格的全球特性基础上，任何试图将当代文学刻画为世界大同主义的尝试，都会导致缺乏规范性力量的轻率的世界大同主义。我曾经提出过一个从概念上看更加缜密的方法，就是将世界文学的规范性理解为一种能够回应需求的世界大同主义模式，将世界改造成一个友好的场所，让世界上那些被全球化忽略掉的民族重新获得展现自我的机会。

加利福尼亚大学伯克利分校

注　释

[1] Charles Bernheimer, ed., *Comparative Literature in the Age of Multiculturalism* (Baltimore: Johns Hopkins Univ. Press, 1995), and Haun Saussy, ed., *Comparative Literature in an Age of Globalization* (Baltimore: Johns Hopkins Univ. Press, 2006).

[2] 参见玛丽·路易丝·普拉特（Mary Louise Pratt）在伯恩海默（Bernheimer volume）的书中的论述，“Comparative Literature and Global Citizenship,” 58–65. 其极力赞成“新型文化公民身份在全球化世界中”的重要作用（62）。

[3] 有关近期对翻译为英文的世界文学批评的争论，参见 Gayatri Chakravorty Spivak, *Death of a Discipline* (New York: Columbia Univ. Press, 2003).

[4] Erich Auerbach, "Philology and Weltliteratur," trans. Marie and Edward Said, *The Centennial Review* 13, no. 1 (1969): 1–17; "Philologie der Weltliteratur," in *Weltliteratur:Festgabe für Fritz Strich zum 70. Geburtstag*, ed. Walter Muschg and Emil Staiger (Bern: Francke Verlag, 1952), 39–50. 翻译时做了适当修改。下面的引文亦来自此文（括号内是原文页码及译文页码）。

[5] 相比之下，有关世界电影与世界音乐的批评理论对于差异商品化的危险更加警觉，对待市场比喻的看法也相对更成熟一些。对于将世界电影与世界音乐进行类比的全球产业文化与世界电影间关系的深刻批评，可参见 Martin Roberts, "*Baraka*: World Cinema and the Global Culture Industry," *Cinema Journal* 37, no. 3 (1998): 62–82. 有关作为一种商业营销工具的世界音乐，参见 Steven Feld, "A Sweet Lullaby for World Music," *Public Culture* 12, no. 1 (2000): 145–171.

[6] Patricia Cohen, "In Tough Times, the Humanities Must Justify Their Worth," *New York Times*, February 25, 2009.

[7] 从经济学角度对全球化进行的资产阶级自由化论述，参见 Robert Solomon, *The Transformation of the World Economy,* 2nd ed. (New York: St. Martin's, 1999) and *Money on the Move: The Revolution in International Finance since 1980* (Princeton, NJ: Princeton Univ. Press, 1999). 关于货币全球化流动带来的负面结果的更温和观点，参见 Barry Eichengreen, *Globalizing Capital: A History of the International Monetary System*, updated ed. (Princeton, NJ: Princeton Univ. Press, 1998).

[8] David Damrosch, *What Is World Literature?* (Princeton, NJ: Princeton Univ. Press, 2003), 4. 下面的引文亦来自此书（括号内是原文页码）。

[9] Franco Moretti, "World-Systems Analysis, Evolutionary Theory, *Weltliteratur*," in *Immanuel Wallerstein and the Problem of the World: System, Scale, Culture*, ed. David Palumbo-Liu, Bruce Robbins, and Nirvana Tanoukhi (Durham, NC: Duke Univ. Press, 2011), 75.

[10] John Pizer, "Goethe's 'World Literature' Paradigm and Contemporary Cultural Globalization," *Comparative Literature* 52, no. 3 (2000), 213.

[11] David Harvey, *The Condition of Postmodernity* (Cambridge: Blackwell, 1990).

[12] Pascale Casanova, *The World Republic of Letters*, trans. M. B. DeBevoise (Cambridge, MA: Harvard Univ. Press, 2004), 3–4. "这个空间并非抽象的理论化构造，而是一个真实的——尽管看不见——由文学板块构成的世界；在这个世界上，值得被视作文学的作品才可以存在；在这个世界上，文学艺术的方法与途径是要经过争论来决定的。"

[13] Casanova, "Literature as a World," *New Left Review* 31 (January/February 2005), 73.

[14] Casanova, *The World Republic of Letters*, 12.

[15] Ibid., 40. 卡萨诺瓦（Casanova）的全球化观点并不能解释全球化是如何创造阶级并陷入多方面斗争的。

[16] Casanova, "Literature as a World," 72.

[17] 文学界是"一个相对独立于政治的平行领域，因而致力于探讨某种特定文学性质的问题、争论与发明。在这里，各种各样的斗争……根据某个文学逻辑被折射、削弱、变形或转型，体现为不同的文学形式"。引自 Casanova, "Literature as a World," 72.

[18] Ibid., 71.

[19] Casanova, *The World Republic of Letters,* 81.

[20] Ibid., 172. 在市场上出售的世界文学"短期之内可以给出版商带来巨大的利润，他们在以市场为导向的强大的市场中心进行产品营销，以期获得快速而'私人化'的流通"(74)。

[21] 虽然卡萨诺瓦（Casanova）宣称受到了布迪厄（Pierre Bourdieu）的影响，但相对自治概念无疑是阿尔都塞式的。世界文坛的最终决定方式，如同阿尔都塞（Althusser）所说，"终究是由经济决定的"。参见 Louis Althusser, "Contradiction and Overdetermination," in *For Marx*, trans.

Ben Brewster (London: Verso, 1990), 113. 对阿尔都塞来说，上层建筑不足以应对矛盾的“特殊性”，借用弗洛伊德解释梦境时所用的术语来说，后者是由“多重因素决定的”。

[22] Franco Moretti, “Graphs, Maps, Trees: Abstract Models for Literary History—2,” *New Left Review* 26 (March/April 2004): 103（引用时有适当修改）. 莫雷蒂（Moretti）对文艺社会学的描绘如下：“从物体形式来推断出起作用的力量：这是文艺社会学应有的最优雅定义。”（97）

[23] Moretti, “Graphs, Maps, Trees: Abstract Models for Literary History—3,” *New Left Review* 28 (July/August 2004): 63.

[24] 对于小说，莫雷蒂提出，这表明小说在欧洲国家的自发兴起是个谜，至少是个特例，而非惯例。参见 Moretti, “Conjectures on World Literature,” *New Left Review* 1 (January/February 2000): 58–61. 莫雷蒂提出的模型是经过检验的、温和的欧洲中心主义。一方面，这种影响仍然是从西欧发展过来的，其流派是典型的流派。另一方面，文学形式发展的西欧途径不再是模块化的，而边缘文化的发展途径则逐渐模块化。

[25] Moretti, “Conjectures on World Literature,” 64.

[26] Moretti, “Graphs, Maps, Trees: Abstract Models for Literary History—1,” *New Left Review* 24 (November/December 2003): 77.

[27] 莫雷蒂从力量角度对社会关系进行刻画，所使用的术语存在一定的不缜密性。马克思认为社会关系是对生产力进行管理与控制的途径。莫雷蒂运用该词，清晰地阐明了其论证中文学形式作为上层建筑的特性。对于莫雷蒂而言，文学形式则是力量的形式。

[28] Moretti, “The End of the Beginning: A Reply to Christopher Prendergast,” *New Left Review* 41 (September/October 2006): 73. 依照这种方式，莫雷蒂提出，哥特式小说比热情的书信体小说更利于捕捉革命年代的痛苦。同样，自由间接文体的兴起是现代社会化问题的折射。这种文体在给予个人某些自由的同时，也为其注入了叙述者的客观立场，从而将客观问题转变为主观问题。有关哥特式小说的观点，参见“Graphs, Maps, Trees—1”；而关于自由间接文体的观点，参见“Graphs, Maps, Trees—3”，56。

[29] 这是一种关于愉悦与欲望的简单化描述，将欲望还原为为获取愉悦而进行的消费。这种说法未考虑到心理力量的复杂性及其与意义的联系，也未考虑到需要的复杂形态及人们的幻想；在幻想状态，人们有可能会提及人之外的物质力量问题。关于尼采对意识作为身体的不可抗力还是主导力量这一反应性特征的认识，参见 Gilles Deleuze, *Nietzsche and Philosophy*, trans. Hugh Tomlinson (New York: Columbia Univ. Press, 1983), 39–44。我们也可以对马克思的基础与上层结构模型做出同样的论断，该模型使莫雷蒂的文学评述成为社会力量的抽象概括。

[30] Henri Lefebvre, *The Production of Space*, trans. Donald Nicholson-Smith (Oxford: Blackwell, 1991), 39.

[31] Moretti, “World-Systems Analysis, Evolutionary Theory, *Weltliteratur*,” 76.

[32] 关于歌德的更详细讨论，我建议大家阅读下面这篇文章：Pheng Cheah, “What Is a World? On World Literature as World-Making Activity,” *Daedalus* 137, no. 3 (2008): 26–38. 下面的讨论即引自此文。

[33] Johann Wolfgang Goethe to Thomas Carlyle, July 20, 1827, in *Sämtliche Werke, II. Abteilung: Briefe, Tagebücher, und Gespräche,* vol. 10 (37), *Die Letzten Jahre. Briefe, Tagebücher und Gespräche von 1823 bis zu Goethes Tod*, ed. Horst Fleig, pt. 1, *Von 1823 bis zum Tode Carl Augusts 1828* (Frankfurt am Main: Deutscher Klassiker, 1993), 498; Charles Eliot Norton, ed., *Correspondence between Goethe and Carlyle* (London: Macmillan, 1887), 26.

[34] 下面的引文分别来自 Goethe, “Bezüge nach Aussen”［Relations to foreign countries］, *Über Kunst und Altertum*, Vol. 2 (1828), and “Aus dem Faszikel zu Carlyles *Leben Schillers*,” both in Sämtliche Werke, I. Abteilung, vol. 22, *Ästhetische Schriften 1824–1832*: *Über Kunst und Altertum V-VI*, ed.

Anne Bohnenkamp (Frankfurt am Main: Deutscher Klassiker, 1999), 427–428, 866–867. 翻译取自"Some Passages Pertaining to the Concept of World Literature," in *Comparative Literature: The Early Years, An Anthology of Essays*, ed. Hans-Joachim Schulz and Phillip H. Rhein (Chapel Hill: Univ. of North Carolina Press, 1973), 7–8; 10.

[35] "Aus dem Faszikel zu Carlyles *Leben Schillers*," 866; 10.

[36] Jürgen Habermas, *The Inclusion of the Other: Studies in Political Theory*, ed. Ciaran Cronin and Pablo De Greiff (Cambridge, MA: MIT Press, 1998), and *The Postnational Constellation: Political Essays*, trans. and ed. Max Pensky (Cambridge, MA: MIT Press, 2001). 在哈贝马斯（Habermas）看来，所有的系统要求都是由作为规范的交流的结构性预设来决定的。

[37] Jacques Derrida, "Globalization, Peace and Cosmopolitanism," in *Negotiations: Interventions and Interviews, 1971–2001*, ed. and trans. Elizabeth Rottenberg (Stanford, CA: Stanford Univ. Press, 2002), 371–386, and "Une Europe de l'espoir," *Le Monde diplomatique*, November 2004, 3. http://www.monde-diplomatique.fr/2004/11/DERRIDA/11677.

[38] 我从阿米胡德·吉利厄德（Amihud Gilead）的挑衅性观点中对这一术语进行了改写；吉利厄德指出，康德的第三批判将时间与目的进行了系统的统一。参见 Amihud Gilead, "Teleological Time: A Variation on a Kantian Theme," *Review of Metaphysics* 38, no. 3 (1985): 529–562.

[39] 在另一篇文章中，我更为细致地讨论过有机生命与自由的延伸类比，参见 Pheng Cheah, *Spectral Nationality: Passages of Freedom from Kant to Postcolonial Literatures of Liberation* (New York: Columbia Univ. Press, 2003).

[40] Karl Marx and Friedrich Engels, *The German Ideology*, ed. C. J. Arthur (New York: International Publishers, 1970), 78; *Die Deutsche Ideologie*, in I. Abteilung, vol. 1 of *Marx/Engels Gesamtausgabe*, ed. Vladimir Adoratskij (Berlin: Marx-Engels Verlag, 1932), 49–50.

[41] Marx, *Grundrisse: Foundations of the Critique of Political Economy,* trans. Martin Nicolaus (Harmondsworth: Penguin, 1973), 539–540; *Grundrisse der Kritik der politischen Ökonomie* (Berlin: Dietz, 1953), 438.

[42] Marx, *Grundrisse*, 409–410; 312–313.

[43] Spivak, "Three Women's Texts and a Critique of Imperialism," in "Identities," ed. Kwame Appiah and Henry Louis Gates, Jr., special issue, *Critical Inquiry* 12, no. 1 (1985): 243–261, esp. 243–245. 引文来自 260n1。

[44] Hannah Arendt, *The Human Condition* (Chicago: Univ. of Chicago Press, 1958), 182–183. 下面的引用亦来自此书。

文学研究的悄然转变：1.3万学者能够告诉我们的真相*

安德鲁·戈德斯通（Andrew Goldstone）
特德·安德伍德（Ted Underwood）著
黄红霞　译

文学研究史主要被看成是一种对相互冲突观点所做的叙述。因此，各种批评运动相互碰撞，继而演替：新批评主义、结构主义、解构主义、新历史主义。虽然近几十年来学者们强调社会斗争和机构斗争，以此把这个简单的思想史故事复杂化，但是，代际冲突依然是一个核心框架：如今存在的不是不同观点之间的斗争，而是温文尔雅的业余爱好者、专业化的学者等等之间的斗争。[1]在强调冲突的过程中，这些方法依然没有考虑到学术史的各种重要维度：没有经过明确辩论而悄悄改变的假定；经历了明显冲突后依然存在的根深蒂固的模式；由社会变迁引起的领域范围的长期转变。要想看到更多类似的历史，我们还需要另一种方法——一种在不同历史层面上发现并阐释各种模式的方法。

想一想下面这个奇特但却引人入胜的例子，它是关于本学科里从未被公开讨论过的一个历时百年的变化：文学学者如今提到数字的频率，只大约是我们在 20 世纪早期的百分之六十。图 1 显示了 20 世纪一批综合性文学研究期刊上数字词的使用频率（下面有详细描述）。计数是一种简单的修辞姿态，通常不会引发争议，但是图中显示的变化幅度说明，有一些心照不宣的习惯有效地控制着这个方面的学术措辞，就像任何“学派”的诸种明确前提一样。而且，这一百年趋势不能简单地归入一种有关（比如说）历史主义取代新批评主义的叙

* Andrew Goldstone and Ted Underwood, “The Quiet Transformations of Literary Studies: What Thirteen Thousand Scholars Could Tell Us, ” *New Literary History* 45, no. 3 (2014): 359-384.

述。1930 年时文学学者们究竟在计算什么呢？我们可以通过搜寻那些使用频率与数字的使用频率紧密相关的名词，对上述问题做一个很好猜测：这些名词包括版本（editions）、日期（dates）、年（years）、行（lines）和诗行（verses）。虽然这个单词列表很有启发意义，但它还是没有解释为何计数的做法本身减少了。[2]

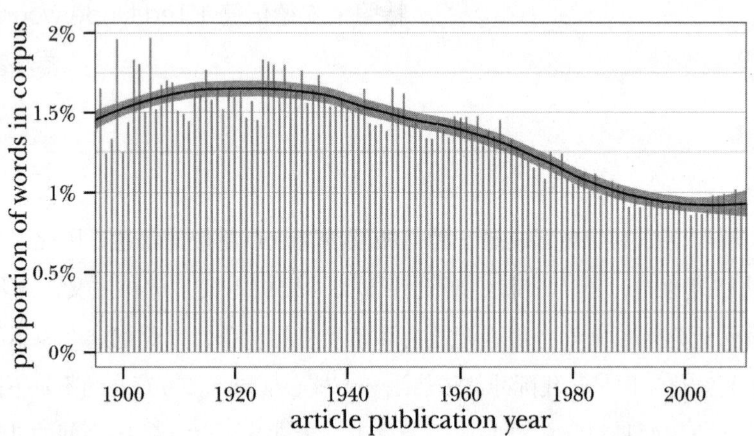

图 1　在 7 本综合性文学研究期刊中，从 2 到 100 的数字以及从第一到第十每年被使用的频率。浅灰色线条是年数据；平滑的黑色曲线表明了发展趋势。

詹姆斯·英格利希（James English）认为，当代文学研究通过一种“对计数的敌意”[3] 来定义自己。尽管这种敌意通常被展现为一种对人文主义传统的捍卫，图 1 表明，被捍卫的传统可能实际上相对较新。当然，该表也表明，对于我们这两个文学研究者来说，这可能不是一个提出一种依赖于数字的论点的有利时机。尽管这十年频率看起来有些微上升，但如果我们主张仅仅数数单词就能够矫正文学研究史中重要的盲点，凸显那些没有被学者们有意识主题化的长期变化——比如上面提到的那个变化——那我们可能会遭受质疑。尽管如此，我们仍相信数字是有用的，这不是因为数字是简洁、客观或者无须阐释的，而是因为它们能帮我们应对文化史特有的那些微妙的阐释问题，在那些阐释问题中，变化总是由多种原因决定的。我们运用一种被称为主题建模的技术，来说明由过去 120 年的 21,000 多篇学术文章组成的语料库所反映的历史模式；而且，我们认为这种方法揭示了文学研究中重要但却未被阐明的种种趋势。而且，如果参照我们收集的证据，学术方法上众所周知的那些转变看起来会不一样：那些被我们想当然地看作是文学研究基石的概念，不仅比当代争论中所认为的更新，而且也更多变。从更广的范围来讲，我们希望表明的是，像我们这样的定量方法并不保证绝对的简单，但却是分析文学和文化史复杂性的新方法。

主题建模

数字是增加了还是减少了细节，这取决于你如何使用它们，而且诸如图1这样的单词频率简表未必是最细致入微的方法。这个图表很难阐释问题，部分原因是这些单词被从语境中剥离出来了。5这个数字可能是在指版次，也可能是在计算5个漫长的冬季。单词的意思是变化的、受语境制约的。由此，构建我们所设想的与某个预定概念对应的词群的方法是值得商榷的。一组数字可能相对来说不会引起争议，但是，假如是一组“语言学术语”，那就很让人怀疑了。如果说历史决定论教会了我们什么的话，那就是术语的含义必须取决于该术语在特定历史背景中被使用的方式。

近年来，计算机科学领域的研究者们已经发明了对发散语境更为敏感的识别单词群的探索性方法。在本文中，我们使用的就是这些方法中的一种，即概率性主题建模演算法，它试图根据单词词组在文献语料库中的使用模式，用统计学方法推断出有意义的单词词组。当然，没有任何一种解释性演算法能够假装是从一块白板开始的：运用这一演算法需要做出仔细的选择，尤其是有关所要寻找模式的概念广度的选择。但是，一种假设不应该成为一个束缚。实际上，演算技巧的一个优势就是，它允许研究者把他们的假设明确作为研究方法的参数，而这个参数之后他们可以自由改变。

主题建模的目的是识别那些贯穿于一批文档——比如，一组学术期刊中的文章——的主题模式或者修辞模式。[4] 我们把这些模式称为*主题*（topics）。如果每一篇文章关涉一个主题，我们只需要将其分类。但是事实上，任何一篇文章都涉及多个主题模式和修辞模式。同样的，如果某个特定的单词总是表达某个特定的主题——比如，如果*自然*（nature）这个词总是出现在有关田园生活的讨论中——我们就能够通过把单词分门别类来对主题进行分类。但是，在不同语境下，单词含义也有区别：比如，自然一词也和科学有关。演算法建立了一个模型把主题作为单词与语境的交叉点，以此回应上述挑战：它识别那些在特定文档子集中彼此联系的词组。比如，在我们下面要讨论的这个特定主题模型中，自然是多个主题中的重要单词：在其中一个主题中，它与花园（garden）和花（flower）一起出现；在另一个主题中，它与生物学的（biological）和进化的（evolutionary）一起出现。

演算法完全忽略它所处理的文章的句法规则：它只寻找那些在相同文章中出现的词组。这种模式搜寻不一定要被理解成一种旨在揭示深层的语言结构、心理结构或者文化结构的尝试。阐释者的任务是通过进一步的研究调查，来决定一个主题的意思是明显的、隐蔽的还是不真实的。这个方法的简单性也留下了很多可能性，它允许我们用一种非常灵活的方法详细规划资料。主题建模的主题并不仅仅是主题；它们也反映了修辞框架、认知图式或者专用成语［如巴赫金（Bakhtin）认为的社会复调中混杂的习语］；如果主题足够大的话，它甚至可以指涉福柯（Foucault）所谓的语篇。[5]

我们来看看这样一个主题样本，它是我们用演算法把图 1 中所考察的同一组 7 本杂志分成 150 个主题而后建立起来的。这个被我们随意编为第 80 个的主题，把权力（power）、暴力（violence）和恐惧（fear）作为它最为常见的单词。在图 2 中，我们列出了在这一特定主题中最为常见的单词，并且跟踪记录了每年的期刊中隶属该主题的单词所占的百分比。因为主题是由语境规定的，这个主题未必包含任一单词的所有出现次数。比如，行动（act）一词虽然出现在这里［在和暴力有关的语境中，这个词和事迹（deed）是同义词］，但是，它也出现在另一个主题中，与诸如角色（character）和场景（scene）这样的词相伴使用。在这个意义上，主题建模能够把一个单词分成不同的含义。它不是试图猜测行动是用作动词还是用作名词，但它能够区分出在何种语境中这个词与暴力有关，在何种语境中这个词与剧院有关。

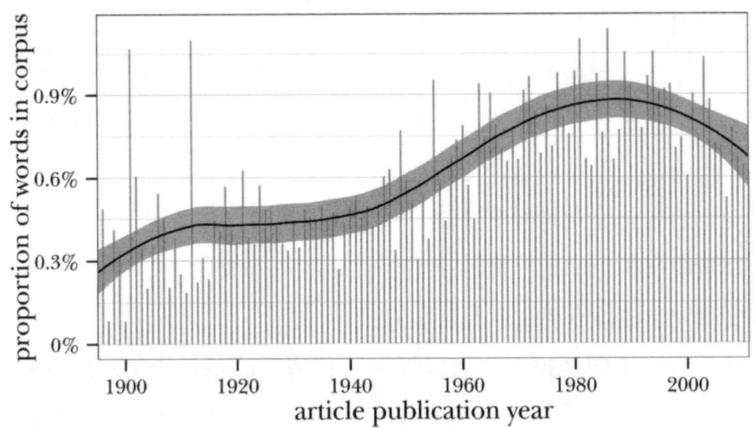

图 2 我们建立的 150 个主题模型中的第 80 个主题。它最主要的单词是：权力（power）、暴力（violence）、恐惧（fear）、血（blood）、死亡（death）、杀害（murder）、行动（act）、犯罪（guilt）、脸（face）、暴力的（violent）、秘密（secret）、头（head）、罪行（crime）、受害者（victim）、手（hands）、杀死（kill）、邪恶的（evil）、惩罚（punishment）、眼睛（eyes）、耻辱（shame）。

主题有趣却不可靠，它们需要解释。暴力一词或许合理地概括了第 80 个主题，但是它的描述并不完整。毕竟，这个主题中最常见的词是权力——这是一个有点宽泛的概念。这个主题还包括了许多奇怪的细节，比如，一些看起来是身体部分的词：血、头、手、脸和眼睛。这个列表有一致性，但并不是我们通常与主题这个词联系在一起的那种一致性。这些词之所以能联系在一起，仅仅是因为在实践中它们总是被放在一起使用。不管是什么原因——无论是概念上的原因还是心理上的原因——当作者谈论暴力和权力的时候，他们经常会提到眼睛、脸和手这些词。

这个细节本身很有趣。但是，该模型也揭示了一种时间趋势：20 世纪的文学批判话语中暴力这个主题变得更加突出。从 1890 年至 1980 年，这个主题的出现频繁增长了差不多三倍。而更大范围的印刷文化却没有表现出这种趋势，比如，在谷歌书籍词频统计器中，这些关键词的使用频率并没有增加。[6]我们还把这一结果与《美国历史评论》（*American Historical Review*）的主题模型进行对照，发现该期刊也没有出现类似的主题。这一趋势只出现在文学研究中，被我们现行的研究学科历史的方法所忽略，因为这个主题很难被专题化（thematized）为一个讨论话题。它不断增长的重要性可能是新方法论的一个间接结果，但是，从 1890 年到 1980 年，学者们从没有在哪一时刻明确地决定过要花更多时间去讨论权力、暴力和恐惧。

主题建模擅长于揭示这种悄然发生的变化。在学科史中，变化会因为种种原因而没有被追踪到——因为它们是逐渐发生的，因为它们是另一场辩论的间接结果，因为它们不被承认，或者仅仅因为没有人决心为它们抗争。然而，这些悄然发生的变化经常是数不胜数，而且从知识角度来看也是很重要的。在研究了主题建模所揭示的那些微妙变化后，那些完全围绕有意识的辩论组织起来的学科史就开始显得不那么令人满意了。

这并不是说主题建模将会立即提供一种清晰的备选历史。这种方法至少与任何其他方法一样有同样大的阐释和辩论空间。一开始，学者们必须定义他们想要建模的文档。我们最初的探索只聚焦在《美国现代语言学会会刊》（*Publications of the Modern Language Association of America*）这本期刊上[7]，后来，我们选了一组共七种美国和英国的印刷量大的综合性文学研究期刊，它们登载的文章大多数是英语的，但并不完全是关于英语文学作品——《批评探索》（*Critical Inquiry*，1974—2013）、《英国文学史》（*English Literary History*，1934—2013）、《现代语言评论》（*Modern Language Review*, 1905—2013）、《现代语言文字学》（*Modern Philology*，1903—2013）、《新文学史》（*New Literary History*, 1969—2012）、《美国现代语言学会会刊》（1889—2007）和《英语研究评论》（*Review of English Studies*, 1925—2012）。对不同语料库的建模使我们确信，我们这里所讨论的模式是持久的；即便是在名单上再增加一种期刊，也不会推翻所有的论断。但是，我们的文档材料也有意识地排除了一些东西：比如，这里就没有包括各种小杂志。我们还排除了书评、前页和任何不到1000字的文章，以便专注于长篇学术文章。其他学者们将会有充分的理由去研究一个不同的语料库。

使用这种方法的时候还要做一些重要的技术选择。选定了语料库之后，研究者接着必须要决定演算法的数据由什么构成。在我们的步骤——一个标准的步骤中，每篇文章被分解成一个关于每个单词在每篇文章中被使用次数的清单，所有标点和大小写都被忽略。我们去除了一些非常常用的单词、人名和其他的术语，因为它们在实践中会干扰主题区分，我们还去除了一些很不常用的单词。我们使用了由科研数据服务（Data for Research service）提供的 JSTOR

自己的单词计数，同时也接受了与这一单词计数的运用有关的误差。[8]

在实践中最为重要的是，研究者们还必须事先明确说明要提出的主题数目。我们这里所讨论的模型被分为了150个主题。我们还制作了包含50个主题、100个主题、200个主题和300个主题的模型；虽然它们之间有很多重合之处，但每一个模型都揭示了略有不同的模式。实际上，因为建模演算法是基于概率的，所以，你每次运行它的时候，结果会略有不同。因此，建模演算法不可能是一个可以让我们无条件地相信其宣告的黑匣子；研究者们应该看看黑匣子里面，并探索它的不同使用方法。我们用过一系列不同的建模工具，而且还编写过我们自己的工具，之后才选定了一个令人满意的方法。[9]

定量法的危害

无论我们多么仔细地准备了主题模型，依然还有很重要的一点要记住，那就是：它是一个模型，一种统计学上的简化，它的设计目的是便于分析成千上万篇文章。[10] 通过我们的分析，这个模式的近似值变得清晰可见。除了那些看起来用有意义的方式把单词连接在一起的主题之外，还有一些以很常用的单词为主但却难以解释的主题；此外还有一些基本上连贯一致的主题，但其中却包含了看起来不属于它的"入侵"词；还有些许无处不在的随机性，它用一种随意的方式把每个文档的细小部分分配给每一个主题。而且，在这一切的背后，是一种只考虑单词的*出现*（occurrences）而不考虑单词的*顺序*（order）的明目张胆的简化。

这些都是我们需要小心谨慎的原因。尽管如此，如果我们知道如何解释这个模型——而且知道在多大程度上我们可以依赖它——我们就能够用它来得出结论。那些使用了历史文本主题模型和当代文本主题模型的研究者已经指出，用这些模型来做归纳概括是可靠的，虽然在每一次运用任何新模型的时候，对其有效性进行评价依然很重要。[11] 但是，在我们的研究中，演算法的许多简化假设仍然对文学学术史带来了有意义的深入了解。这并不是说，不存在另一种更完善的技术可以改善我们的结论；我们希望其他研究者未来能够以我们的研究为发展基础。为此，我们在互联网上分享了我们所用的软件和分析结果（见附录中的链接)。

当然，许多人文主义者与其说是被一种特定模型中涉及的简化所困扰，不如说是被量化方法的整个观念所困扰。学者们尤其担心的是，数量词会假定数据本身就是最好的说明，从而忽视了阐释的复杂性，而阐释在过去半个世纪中一直对文学研究至关重要。因此，艾伦・刘（Alan Liu）最近挑战了包括主题建模在内的技术运用，后者承诺做出“白板阐释”(tabula rasa interpretation)，试图“按演算法来阅读文本，并找出通向各个主题的字队列或者词聚合，而无须奉行某位想要证实某个特定主题的阐释者所提出的初始概念”[12]。刘认为，这种承诺是虚假的；机器只是提供了虚假的客观性，而最终我们必须不断用人类解释来终止诠释循环。

刘认为机器学习并没有消除阐释需求，这一点肯定是对的。但是，主题建模从来没有假装去摒弃阐释:“模型”显然是人类的一个抽象概念，它由人们对于要找的模式种类的设想所决定。[13] 换句话说，定量建模的关键并不是要获得机器保障的客观性。我们的方法并没有要求我们假装我们的数据是“原始的”或者不受人类干扰。[14] 相反，我们的方法试图把人类阐释延伸到大批文档上，这些文档数目太巨大，如果用其他的方法，单个阐释者是无法对它们进行调查的。我们以精细化来换取对成千上万的文档做可比性阐释的能力。

这种计算机带来的规模上的变化并没有让我们摆脱对阐释方法的需求。我们的阐释方法是从文学解释学以及社会科学的方法论中得到的。作为文学学者，我们想要理解一个主题是如何被牢牢地嵌入语篇中的；当我们阐释一个主题的时候，我们阅读那些突出了该主题的特定文章。但是，从单独的例子转向大规模的阐释同样也是社会科学中尤其是社会学的内容分析中一个长期存在的问题。在内容分析中，大量文本中的语言（最典型的是来自媒体的语言，但并不限于媒体的语言）被“编码”或者归类，成为人们推断文本在特定语境中含义的基础。内容分析长期以来也一直使用计算机辅助技术，而且社会科学家在这一领域的争论一直对解释文本的挑战以及把诸多文本集中起来进行考虑所需的妥协保持高度敏感，这些争论为文学研究理解大量文本的尝试提供了主要资源。[15]

像我们所用的这种文学史研究的定量方法，属于更广泛的对文学社会学的兴趣复苏的一部分。[16] 这些新方法的最好之处就是，它们都决心适应来自社会科学的概念和技术——包括量化技术——以便提高我们对文学史所做的各种阐释的精细度与准确性。因此，对定量内容分析所做的各种社会科学反思都强调，需要确证分析中的种种类别，不仅是在它们内部一致性方面，还是在它们与有关手头文本的已知事实之间的一致性方面。它们提醒我们，即使是大规模的阐释，也要放在语境中考虑：正如克劳斯·克里彭多夫（Klaus Krippendorff）所说，重要的是内容分析者“清楚地说明他们选定的语境”[17]。本文案例中，我们要研究的是文章的文本和主题模型的种类，我们的读者专业知识储备丰富，已经了解了文学研究的术语和 20 世纪的文学研究者讨论过的各种主题。我们相信，词汇中的模式在学术世界里有着特殊的意义，它们预示着方法论上的姻亲关系、已知的有争议话题和潜在的假设。

历时解释的复杂性

正如我们说过的那样，主题建模适合用于文学史，因为它把单词按主题划分，承认单词有不同含义，并且用在不同的语境中。在这一方面，这种方法比人文主义者们最初设想的要更为巧妙、更有弹性。但是，那种巧妙性也引发了有关历史阐释的问题。比如，回想一下第 80 个主题*权力、暴力、恐惧、血*的趋势线：它在 1980 年之前一直稳步上升，之后下降。这是否意味着权力问题在最近几个世纪变得不那么重要了？未必如此，因为*权力*这个单词不局限于一个主题。在我们的模型中，它在许多其他主题中也很重要——尤其是在第 10 个主题*拥有*（own）、*权力*、*文本*（text）、*形式*（form）中，这个主题强调文字表述或者戏剧表现产生力量的方法，并且这个主题正是在第 80 个主题下降的时候开始上升的（见图 3）。简而言之，一个主题在时间上的轨迹与构成该主题的单个单词的时间轨迹并不是一回事。正如本杰明·施密特（Benjamin Schmidt）指出的那样，这把主题模型的解释大大复杂化了。[18] 但是，它并不是一种不可逾越的障碍。我们只是通过列出主题中最常见的单词来标记各个主题，然而，当我们阐释一个主题的频率为何随着时间的变迁而改变的时候，我们同样检查了单个词的时间轨迹，以便保证我们的阐释与这种更出色的分析层面是一致的。

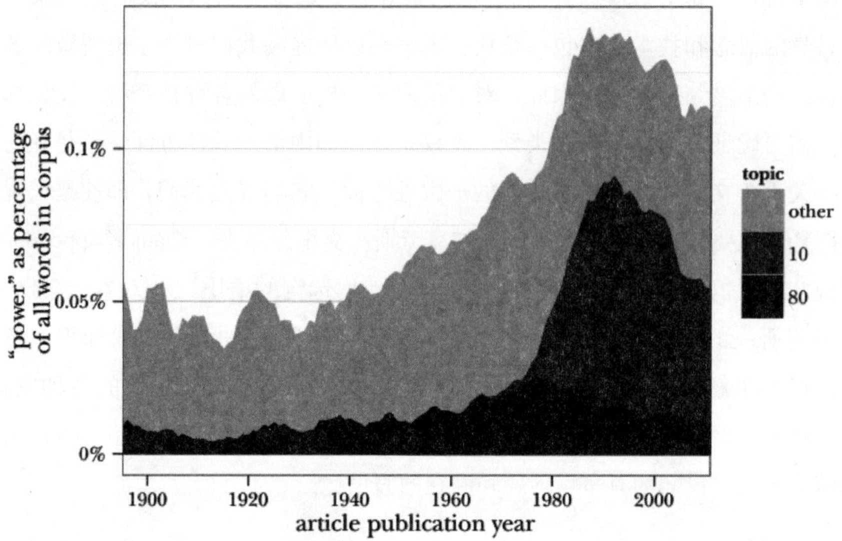

图 3　在我们的语料库中权力一词的每年使用频率。我们使用了五年移动平均值以使得线条更平滑，同时根据该词在模型中表述的不同主题将它分类。黑色区域显示的是它在第 80 个主题权力、暴力、恐惧、血中的使用频率；黑灰色区域显示的是它在第 10 个主题拥有、权力、文本、形式中的使用频率；浅灰色区域是该词在所有其他主题中的使用频率。

换一种说法说就是，单个主题总是需要放在更大模型的语境中去解释。所有历史证据也是如此：我们可能试图在一篇文章中追踪某个单个主题或者比喻，但是，总是有尚待解释的地方指向其他的问题，它们与我们要找的东西密切相关但是却并非完全相同。撰写文学史的技艺很大程度上就在于开发出一套动作，以允许作者用一种简略方式承认这些联系。

复杂性使得主题模型难以解释，但它也同样使得主题模型成为揭示相关社会趋势之间交叉点的出色工具。比如，力量、暴力、恐惧、血的上升弧线与 20 世纪文学研究中好几个其他的趋势平行。第 74 个主题死亡（death）、死（dead）、父亲（father）、生命（life）强调的是哀悼和挽歌。虽然它与暴力之间的联系并不是直接的，但是它和第 80 个主题同时出现在许多相同的文章中，而且共有相同的时间轨迹。这确实是一个独特的主题吗？它取决于解释框架。我们在本篇文章中花费大量精力所讨论的这种模型，把我们收集的文学期刊划分为了 150 个主题，但是即使是更大或更小的主题数目也同样适用。在我们建立的其他模型中，有一种模型划分出了100个主题，第74和第80个主题的一些关键词被纳入到一个更大的主题，即梦想（dream）、死亡、神话（myth）、魔法（magic）中，后者侧重于骇人听闻、恐怖和离奇。

这个包含100个主题的模型显示出截然不同的图景。它包括了所有相同的证据：同样的文章、同样的单词。但是这些证据是围绕一组不同的中心组织的。在我们使用同一个语料库的多种主题模型的过程中，我们发现它们令人吃惊地验证了最近批评理论的某些前提。语篇总是由多种因素决定的，而且本身适合于多种有效的阐释。这种多样性并不是在边际上产生的——因为我们可以改变一个语料库，比如，通过包括或者排除作家来改变它。在阐释行为的中心时也同样如此，因为同一个语料库可以用不止一种令人信服的方式来划分。我们总是通过排除某些范围来设立某个数字，而且通常我们能够建立起来的有趣模式也不止一种。这或许不是人文主义者期望从量化中学到的教训。我们的期望一直被更传统的论证形式所塑造，在后者中，数字被用来验证一个预定的论点。但是主题建模和当代其他的数据挖掘技术的使用指向了一种不同的阐释学，而人文主义者会发现这种阐释学惊人地合乎心意。

同时，我们也有可能从这些技巧中学到些具体的东西。不同的模型能够用不同的方法划分相同的语料库，但是这时候就会开始反复出现熟悉的模式。比如死亡和暴力的主题，在广义的解释中，它们在20世纪末文学研究中扮演的角色显然要比在20世纪初扮演的要大很多。此外，也有可能因为这一转变而出现排除某些阐释的可能性。比如，人们会倾向于设想，黑暗主题的批判性讨论的增多主要反映了对现代文学的讨论，而后者以朴实和坦率著称。实际上，并没有证据证明这一点。在我们的语料库中，最突显第80个主题力量、暴力、恐惧、血的20篇文章讨论的是但丁（Dante）、詹姆士一世时期的悲剧、玛丽·雪莱（Mary Shelley）（3次）、查尔斯·狄更斯（Charles Dickens）（2次）、丹尼尔·笛福（Daniel Defoe）、赫尔曼·麦尔维尔（Herman Melville）、陀思妥耶夫斯基（Dostoevsky）、拜伦（Byron）、莎士比亚（Shakespeare）（4次）和塞缪尔·理查森（Samuel Richardson）（2次）以及阿布格莱布（Abu Ghraib）。[19] 20世纪的批评家被暴力主题所吸引，很可能是出于与文学流派发展相同步的原因，但是学术研究中的这一转变并非主要是因为批评家讨论现代作家才发生的。

我们有理由猜测，暴力主题在 20 世纪学术研究中重要性的不断上升，反映了在为文学研究辩护方面发生的一个潜在转变。20 世纪早期的学术研究把相当大的重心放在文学的审美提升特征上［正如在第 66 个主题灯（light）、喜欢（like）、心（heart）、白天（day）中那样］。随着 20 世纪向前推进，对美学意识培养的强调越来越少，而且看起来它被一种我们可以称为伦理关怀的立场取代了。但是，文学研究中的这些理论基础之间的过渡并不是立即显现的。相反，20 世纪中期的学术研究似乎为文学研究保留了一种明显是美学的 / 形式的理论依据，同时又悄然把对形式的关注重新集中到那些在伦理道德上引发争论的主题上——暴力，或者哀悼，或者存在主义的个人主义［第 82 个主题生命（life）、世界（world）、拥有、人（man）］——以此消除了上述过渡中的鸿沟。如果你的学科史模型是按照方法论讨论来组织的，那你就很容易漏掉这种变化，因为它涉及的是一种话题的逐渐转变而不是一种新方法。

我们已经把这种解释描述为推理性的，因为这一转变的潜在原因在模型本身中显然并不是清晰可辨的。除了我们描述过的这个原因之外，别的原因也是可能的。但是，虽然主题建模可能无法完全解释社会因果关系，但它能够帮助我们抵制那些原本看起来有道理的过分简单化的因果解释。比如，把人们最近对权力和暴力的批判兴趣追溯到米歇尔·福柯（Michel Foucault）对这两个主题的兴趣，这或许看起来是很自然的做法（而且这种做法可能有些道理。我们的模型中第 10 个主题拥有、力量、文本、形式，看起来非常福柯式，它在 20 世纪 70 年代末开始迅猛发展）。但是，我们的主题模型的更大背景也表明，在整个 20 世纪，人们对权力和暴力的批判兴趣一直在稳步上升。主题建模抵制了我们想要把变化归因到著名的作家和“学派”的倾向，从而能够帮助我们发展出一种对学术史的细腻、多方面的叙述，在其中渐进的社会变化与特定观念的影响相互重叠。

超越“批评”史

我们把我们的研究描述为一种对文学学术史的调查，这样做就已暗示了这样一种论点：更传统的说法是，我们正在用像《剑桥文学批评史》那样的标准参考书的方式研究文学批评史。但是，正如杰拉尔德·格拉夫（Gerald Graff）在他的历史中所主张的那样，批评在文学学科的核心地位是相对较晚才发展起来的，是由一系列对立冲突带来的，如“学者对批评家”，正如他的好几个章节标题所表明的那样（之后是“历史对批评”）。他提出，在1915年到1930年之间，“学者对批评家”作为对立的术语出现了；随后的几十年，批评家为能在学术圈争得一席之地而奋斗；第二次世界大战后，批评取得了主导地位；之后，随着关于“理论”的冲突涌现出来，批评最终退居幕后。[20] 从长远来看，批评并不是一个详细全面的标签。

这些公认的历史为我们模型的有效性提供了很好的检验。我们跟踪了一些主题在历史上使用频率的变化情况，这些主题包括了批评家（critic）、批评家们（critics）、批评的（critical）和批评（criticism）等常用词：有两个这样的主题，一个是第16个主题批评、著作（work）、批评的、理论（theory），另一个是第94个主题文学的（literary）、文学（literature）、新的（new）、著作。还有几个其他主题只突出了批评一词。第16个主题看起来契合对文学批评的明确讨论，包括新批评主义在内的各种文学批评，都是该主题最重要的那些文章中的话题。[21] 该主题在1940年至1960年使用频率达到最高值，之后在整个20世纪80年代它的使用频率都在下降（见图4，上）。因此，看起来批判字眼被提到次数的增加以及第16个主题出现的频率，确实是与批评上升到统治地位的那个时期（当时批评是人们积极辩论的一个话题）相对应。我们可以就此打住，因为我们已经或多或少证实了我们最广泛的历史前提。但是，如果我们把主题的变化形态和某一个单词的历史使用趋势进行比较，一个更为耐人寻味的故事就出现了：批评这个单词在1980年左右再次达到使用高峰（见图4，下），而我们的模型把这些运用分配到一组新主题中，这些主题没有哪一个在20世纪80年代之前是重要的。这些新主题与后结构主义文学理论出现期间的种种辩论相对应：其中最重要的是第94个主题文学的、文学、新的、著作，同时还有第20个主题阅读（reading）、文本、读者（reader）、读（read），第39个主题阐释（interpretation）、意思（meaning）、文本、理论。[22] 这种转变也与格拉夫所描述的那种转变——从批评是讨论重点的时期转变到批评成为其他方法论讨论背景的时期——相一致。

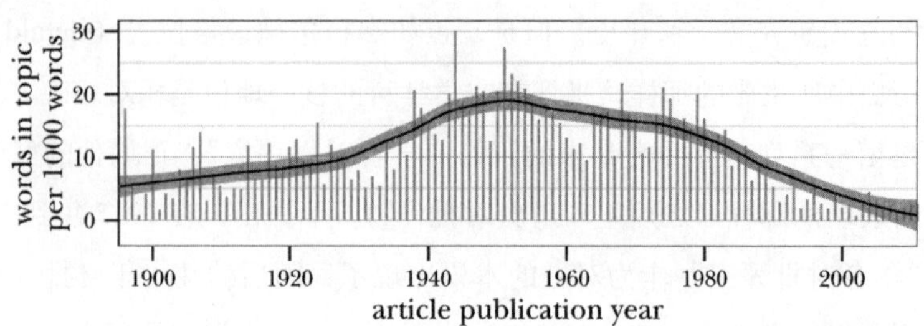

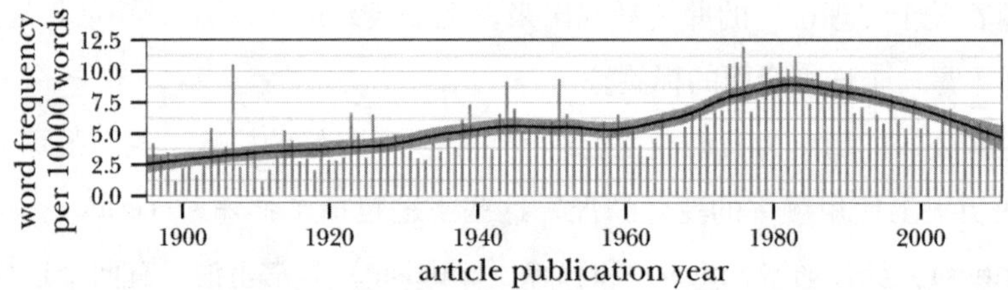

图 4 批评的兴衰。上图：第 16 个主题批评、著作、批评的、理论在语料库中所占的比例。下图：批评一词在语料库中所占的比例。

虽然大家都熟悉故事的这一部分，但是我们的模型为那些强调冲突中少数个体行为者的描述增添了细微差别。它展示了整个 20 世纪批判话语的出现及其后来的归化，提醒我们那种把文学研究学科视为批评的观点是历史发展的产物。当然，因为我们的语料库只包括学术期刊而没有包括小杂志或者大众性的期刊，所以，在我们的模型中批评这个词在 20 世纪早期并没有占据突出位置，这一点也就不足为奇了。但是，我们的模型确实强调的一点是，随着批评变成诸如《美国现代语言学会会刊》和《现代语言文字学》等专业领域学术期刊的话语主题，批评变得合法化。[23] 这个模型帮助我们明白为什么《批评探索》在 1974 年比在 1924 年更可能成为期刊名字。

确实，我们对期刊语料库的研究有助于把整个基本概念族群历史化（见图 5）。正如谢尔顿·波洛克（Sheldon Pollock）指出的那样，"谱系那令人心生卑微之感的力量必须成为各个学科实践的重要部分"[24]。我们的研究令人吃惊地发现，阅读作为一个学术研究的关键词出现得非常之晚：第 20 个主题阅读、文本、读者、读在 1980 年才开始迅速发展起来（与它同时出现的是另一个强调阅读的现代主题，即第 10 个主题拥有、力量、文本、形式）。虽然阅读一词在更早的时候也在语料库中出现，我们的模型表明，直到最近，阅读才作为文学研究中的一个主题问题出现。阐释这个词也是如此，它有时被认为是文学研究甚至是整个人文学科中不可或缺的核心技巧。第 39 个主题阐释、意思、文本、理论也出现时间不长，它在 1975 年到 1985 年这十年之间迅速达到顶峰（该主题很大一部分属于《批评探索》期刊上有关解构主义的辩论）。同样，在我们的模型中，阐释、阐释者和意义这些词也只是在文学研究史后期才成为关键词的。在某种意义上，“高级”文学理论时代对学术语言的改变甚至比我们预想的更大：从主题模型的这个角度，我们看到的与其说是对一种新的阐释方法的介绍，不如说是对阐释、意义和阅读的介绍，后三者本身就是学术讨论中的重要主题，在《批评探索》和《新文学史》这样新兴的学术期刊中尤其如此。[25]

确实，文学这个词本身虽然始终出现在语料库中，但它在 1970 年之后使用得更为频繁。第 94 个主题文学的、文学、新的、著作（见图 5）后来突然重要性大增，这为文学这个概念在学术价值上的急剧上升提供了另一条线索。这个模型表明，当代文学研究的基本概念组件仅仅是在战后的几十年中——有些直到 20 世纪 80 年代——才变成重要的学术关键术语。[26] 我们猜测性地提出，这种模式不是证明了学术研究中人们拒绝接受文学批评，而是证明了文学批评的归化。它成为文学研究里共有氛围的一部分，成为文学研究中常识话语的一个理所当然的部分。[27] 在一战前的几十年里，其他更具描述性的研究方式扮演了重要角色，然而 20 世纪 70 年代后的文学、阐释和阅读话语都表明，人们一致认为这些才是文学研究的真正对象和目的——正如批评家所相信的那样。如果批评自身不再是正在被讨论的最重要观念，这可能是因为人们已经心照不宣地接受了它的前提，而不是因为它被取代了。从这个视角，我们可以回到图 1 中提出的难题，并且提议，文学研究中计数的减少反映出下面这一设想的逐渐归化：从根本上说，这个学科的目的是批评和阐释，而不是描述。近几十年来历史决定论的复苏，迄今可能并没有怎么改变这一更深层的学科前提。

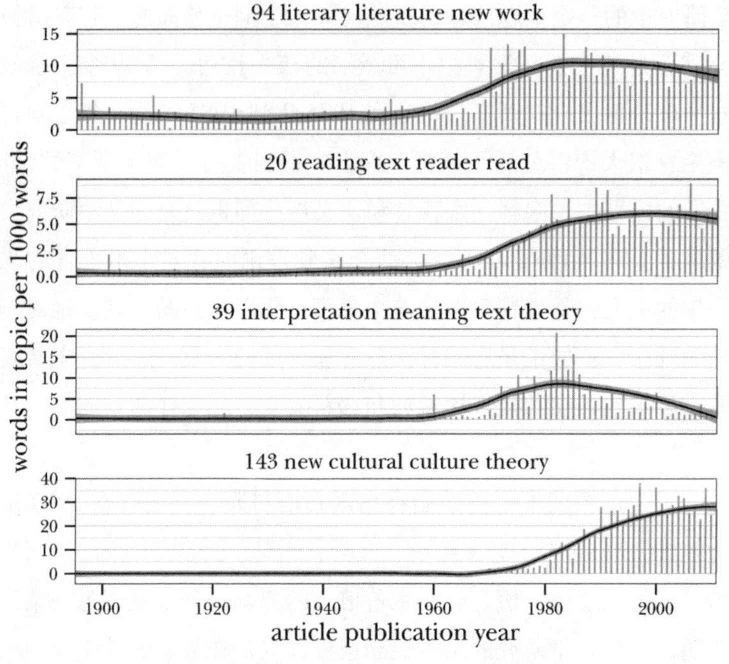

图 5　主题模型中“高级”理论的出现

主题建模表明，那些我们认为对这个学科至关重要的概念实际上是最近才出现的，因而它也挑战了现代主义在方法论辩论中的设想。它还通过分解那些我们倾向于视为历史统一体的各种概念，在另一种意义上挑战了我们的设想。许多关于 20 世纪文学理论的讨论，都是围绕着历史相对论和形式主义之间的冲突形成的。我们知道，有可能存在不同的研究形式的方法。我们倾向于把这些不同的方法与那些被依次称为“语言文字学”“新批评主义”“结构主义”和“后结构主义”的批评运动联系起来。但是，还可以用别的方法来分割这个故事。我们的主题模型并不是要展现一连串批评运动（这些运动都是在讨论一个被称为形式的对象），而是倾向于把形式这一概念本身分为不同的方面。这些方面的完整名单太长，无法在这里讨论，但是，图 6 形象地展示了其中的一些方面。为了让这幅图片更容易解释，我们选择绘制的是词组的出现频率而不是主题的出现频率，但是，这些词组是从我们的模型中的主题里提取出来的，而且它们与这些主题保持大致相同的时间顺序轨迹。[28]

“风格”和“方式”（manner）都是由来已久的概念。在 20 世纪早期，与它们同时存在的是人们对诗律的大力强调，后者此后趋于衰退。从 1940 年到 1980 年，一种强调意象和象征主义的批判性词汇开始在有关文学形式的讨论中占据统治地位；这与人们对“模式”（它把每一本著作组织成了一个整体）的兴趣密切相关。同时，字面语言与比喻性语言（尤其是暗喻）之间的鲜明差异占据了重要位置，我们如今依旧把它与这种重要位置联系起来。

这个叙述的有些方面并不令人吃惊：比如，我们可能已预料到 20 世纪 80 年代人们对所有这些形式方面概念的兴趣会下降。但是，它所描述出的整体情况完全不同于我们已经接受的那种对于相继出现的理论体系之间冲突的描述。除了别的方面之外，图 6 还表明，这个叙述与其说是竞争性的，不如说是渐增性的：尽管人们对形式的各种不同方面的兴趣一直不太稳定，这里所描绘的话语没有哪一个最终被取代了。相反，它们像是逐层建立起来，而且最终以大致相当的比例同时共存。

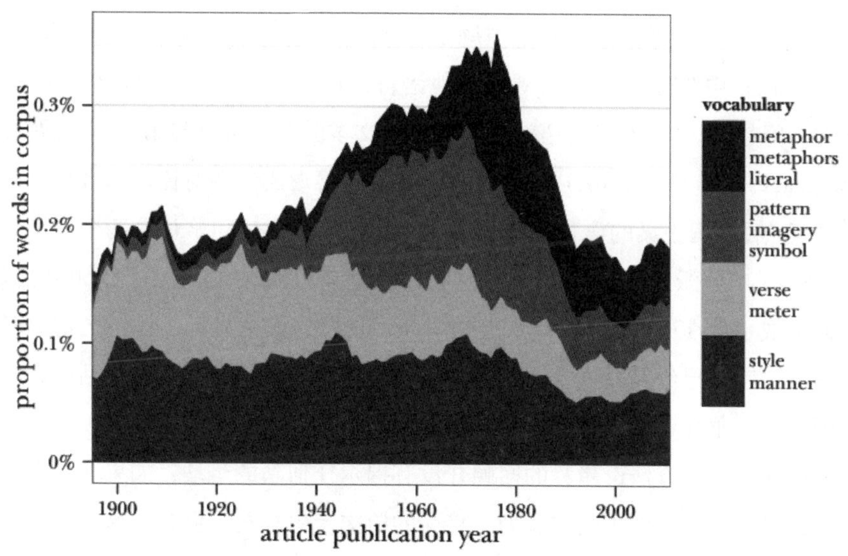

图 6　对形式的诸多不同方面的兴趣的重叠波形图

尽管有些主题横跨整个世纪，但是 1945 年之前的研究在其他方面都离我们非常遥远。语法方面的讨论曾经比现在重要得多：第 73 个主题是动词（verb）、例子（examples）、使用（use）、其他（other），这个主题的典型文章带有诸如

《德语中所有格的位置》（“The Position of the Genitive in German”）和《古西班牙语中非人称动词 *haber*》（“Impersonal *haber* in Old Spanish”）这样的标题，直到 1910 年，这个主题在《美国现代语言学会会刊》中都是非常突出的，但是 1925 年之后它在语料库中就很少出现了。同样，那些与文本研究有关的主题，比如第 117 个主题文本、手稿（ms）、行（line）、阅读，第 133 个主题手稿、底稿（manuscript）、跟随（fol）、诸多底稿（manuscripts）和第 142 个主题版本（edition）、第一个（first）、文本、印刷的（printed），在 1950 年之前比在 1950 年之后重要得多。

我们的模型还揭示了我们这个时期前半部分出版的研究与后半部分出版的研究之间的另一个区别：外语资料的使用。建模演算法通常从特定语言中识别出常用词和名称的“主题”：比如，第 34 个主题更（piu，意大利语）、塔索（tasso，意大利语）、长诗中的篇（canto）、因为（perche，意大利语）和第 95 个主题只有（nur，德语）、有（hat，德语）、你（man，德语）、还（noch，德语）。我们统计后发现，150 个主题中有 22 个主题侧重于英语（包括古英语，但是不包括中世纪英语）之外的其他语言；这其中有 15 个主题在 1940 年后出现下降趋势。[29] 明确的语法讨论和外语文本的并入可以与第 17 个主题语言（language）、话语（words）、单词（word）、意思形成鲜明对比，后者是一个结构主义/后结构主义的语言与暗喻主题。实际上，话语和单词这两个词本身是 20 世纪早期分派到我们上面描述过的语言文字学主题中的，但在 1960 年之后，它们都成了第 17 个主题的重要组成部分。我们的模型显示，世纪之初的多语种语言文字学已经转变成了一种有关语言的语种越来越单一的理论话语；非英语语言——尤其是中世纪语言——逐渐占据更少的空间。

这种对主要方法论趋势的回顾并没有揭示任何新的运动；如果有，那也只是让人对主题模型而不是对我们已接受的历史产生怀疑。但是，这个模式强调了文学研究对象发生主要历史变迁的广阔范围，它为我们提供了一个重要的负向结论：阐释、批评、形式、文本以及语言本身都不能被看作是文学研究这门学科的不变核心。即便是那些由来已久的核心概念，比如语言、形式和文本这样的概念，也正以它们那些不断变化的姻亲主题所显示的方式发生着变异。这种明显的历史变异的存在，会使任何试图让文学研究重新回到一个公认的学科核心的尝试变得复杂化。有关“回到语言文字学”或者“回到形式”的种种辩论，倾向于暗示一种比我们主题模式所揭示的更为统一的文学研究传统。因此，当马乔里·莱文森（Marjorie Levinson）描述“新形式主义”的时候，她谈到人们尝试“为以英语为载体的教学和研究找回它们传统上对审美形式所做的一些回应方式”；她说，这样的尝试都渴望复原“阅读，这种阅读按照传统的术语理解就是对文本维度的每一个成分所做的多层的、综合的回应”。[30] 但是，我们的分析把形式重新塑造为一种多层的、在历史上不断变化的概念，并且它让我们有理由怀疑所谓传统主义的“读者”是否反而正在参与相对更新的第 20 个主题阅读、文本、读者、读的话语讨论。[31]

现在的分歧

我们一直坚称我们的模型有能力揭示学科口号的变化倾向，人们很自然就会问：在过去的 20 年中什么主题开始变得举足轻重？关于这一点，主题模型显示的结果与人们对文学研究走向所持的普遍看法相吻合。在 20 世纪 70 年代或者 80 年代晚期开始升温而且一直到现在依然重要的一系列主题，证实了文学研究的历史和文化转向（见图 7）：第 15 个主题历史（history）、历史的（historical）、新（new）、现代（modern）；第 143 个主题新、文化的（cultural）、文化（culture）、理论；第 138 个主题社会的（social）、社会（society）、公共的（public）、阶级（class）；还有第 58 个主题社会的、著作、形式、拥有，带有马克思主义话语术语的标签。[32] 在我们的模式中，过去 30 年的文学研究已经非常明显地转向讨论（或者理论化，或者批评，主题模式没有告诉我们到底是其中哪一种）社会科学的论题了。其余的那些在过去 30 年呈上升趋势的主题（见图 7，右）涉及媒体和技术、政治学、科学、后殖民的与跨国的、经济学以及法律。只有两个最近的主题没有这样强调社会主题，它们分别关注的是哲学和感情。

虽然这次历史和文化转向是众所周知的，但是，我们的方法能够展示文学研究话语中这一转变的全面性。人们可能期望看到“新历史”的急剧兴衰契合我们上面讨论过的更早的批判性或解构性主题的急剧增加，这种“新历史”或许重点放在对历史决定论方法的讨论；相反，我们看到的是一个广泛进入整个新主题家族的运动，这些主题相互平行，而且都至少部分上是用新词汇表达的。图 7 中对这些最近主题的熟悉度掩盖了上一代文学研究取向上发生的巨大变化。在该情形中，与 21 世纪中期更早的从对语言文字研究的兴趣转到对批判的兴趣不同，日新月异的学术语言并没有为我们提供多少有关不断变化的方法的线索；从我们模型的视角来看，最为重要的似乎是主题的更迭。

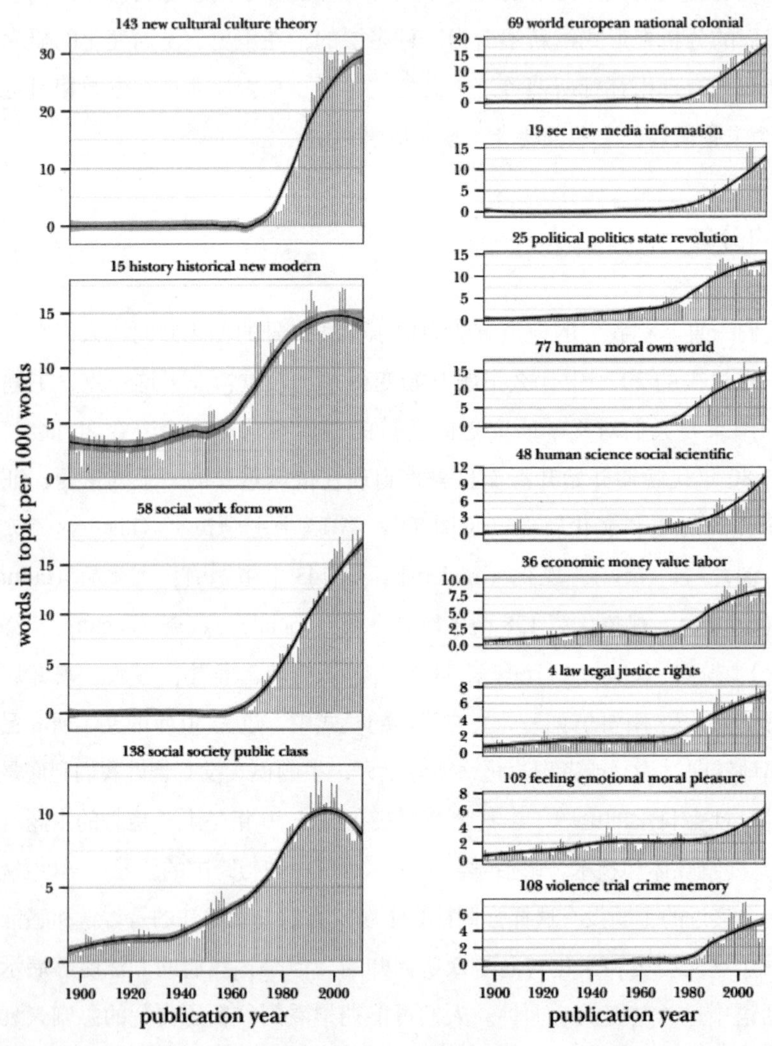

图 7　在过去的 30 年里兴起的主题与社会科学的主题明显重叠。注意：小图表的垂直比例尺并不完全相同。

这样的变化肯定在延续有关学科自主和文学研究的声誉的冲突中发挥了作用：独特性宣称的更早基础（在语言文字研究中、在“批评”中、在形式中或者在阐释理论中）对这个领域的话语来说已经不再重要。新兴的话语显然是跨学科的。这种跨学科转变可能是文学研究特有的。当我们建构《美国历史评论》近几年的主题模型时，我们并没有发现近些年有这样明显的向其他学科词汇的主题转变。我们的主题模型并不允许我们解释文学研究中这一转变的原因。但是，我们相信，它确实印证了文学研究远离文学独有的观念，进入了与其他学科共享的领域范围的说法。米歇尔·拉蒙特（Michele Lamont）在对跨学科委员会中的学术判断进行人种志研究时，把文学研究和其他学科做了比较，前者对研究对象和评价标准“缺乏共识”，而后者则有更为确定的合法性标准。她提出，在拓宽这一领域的过程中，“英语学者们可能已经间接地降低了纯文学分析工具在他们那涉及范围更广的分析工具包里的价值”[33]。分析工具的这种拓展也被20世纪90年代和21世纪最初的10年里期刊文章中不断变化的主题构成所证实。这些变化已经影响了学术写作的大片领域。

但是，那并不意味着我们的模式证明了文学研究中存在一种“危机”；这样的结论超越了我们的分析范围。而且，正如詹姆斯·英格利希已经为英语研究问题辩论过的那样，危机叙事忽视了英语文学研究在全世界大学课程中持续传播的影响。当然，我们对学术语料库的探索与他所描述的文学课程迥然不同，根据他的调查，文学课程依然聚焦在文学经典上，它们已经“极其成功地遏制了文化研究所构成的‘威胁’”[34]。文学经典的地位在我们的模型里很难追踪——专有名词给这一主题建模演算法带来了挑战，而且不管怎么说一篇学术文章是不同于教学大纲的。但是，在我们的模型中，文化研究时期里出现的社会、政治、历史和广义的文化词汇，并没有显现出与英格利希在课程中所发现的那种紧缩相似的下降。这表明了研究和教学之间有着非常重要的差异。

结　论

戴维·阿米蒂奇（David Armitage）和乔·古尔迪（Jo Guldi）最近提出，计算方法特别适合用来支持长时段的回归。[35] 这里所描述的漫长的21世纪在范围上并非完全是布罗代尔式的，但是我们已经同样表明，主题建模提供了一种新的探索长时间轴的方法，它允许文学史家戏剧性地表现那些可能太平缓、太分散或者太无意识以至于无法压缩到某一个个案研究中的变化。但是，我们旨在提供一种方法论的资源，而不是要对文学史的真正规律下个结论。我们使用的演算法并没有把连续性作为前提，而且我们的论证中也没有任何东西会阻止学者们提供一种福柯式的或者库恩式的断裂陈述。虽然我们强调了那些用别的方法难以追踪的长期趋势，但我们的模型也揭示了学术语言的快速转变，比如 1980 年左右那些与解构相关的语言学和修辞学术语突然达到顶峰。实际上，概览我们的模型，它的许多主题是从 1980 年左右急剧上升的，这表明在 20 世纪最后的 30 年里，文学研究的用词比之前变化得更快——这种加速变化我们也用其他证据证实了。[36] 定量方法可能尤其有助于描述缓慢的长期变化的特征，因为这种变化用其他方法很难捕捉到。但是，我们在本文中所使用的这些方法没有指定历史分析的特定规模；相反，它们的优点之一就是，它们能够揭示在不同规模上的重叠现象，或者甚至揭示变化本身速度的转变。

文学研究的转变是悄然的而且不同的，这些转变还没有结束，我们的读者可能想知道在本研究中使用的方法会在文学学科发展历史中占据什么地位。人们总是倾向于把计算方法设计为对熟悉的冲突进行的一种干预。杰罗姆·麦根（Jerome McGann）把数字方法描述为“哲学新解”；佛朗哥·莫雷蒂（Franco Moretti）和斯坦福文学实验室的成员谈到过“计量形式主义”；斯蒂芬·贝斯特（Stephen Best）和莎伦·马库斯（Sharon Marcus）提出了一些计算方法，这些方法倾向于放弃解释学的怀疑，而回到文学的“表层”。[37] 虽然我们的讨论是基于对语言的分析，但我们并不认为像我们这样的主题建模探索必然会导致形式主义、语言文字学或者表层阅读。我们的主题模型肯定揭示了我们所研究的学术期刊中语言表层的趋势：比如，英语之外的其他语言的相对重要性的下降。但是，它也揭示了在批评实践中以及在文学研究的潜在社会基础理论方面发生的变化。和表层阅读不同（但是和社会学的内容分析一样），它揭示了参与其中的个人可能看不见的各种表现模式。在这些方面，我们采用的定量方法非常适合我们所说的文学研究与社会科学之间建立起更紧密联系的最近趋势。

而数字被运用的这一事实，并没有赋予计算方法一种纯客观的特征。和人们更熟悉的其他证据种类一样，主题建模也需要阐释。有了深思熟虑的阐释，它就能支持那些我们通常可能不会与数字联系起来的必要干预。主题建模发现许多所谓传统的概念，实际上是最近才出现的，借此它能够帮助我们批判现代主义。它能够通过揭示那些与我们过去组织历史的口号不相符合的社会变化，来挑战具体化。最后，它通过显示趋势是如何重叠的，帮助我们应对历史变化的多重确定特征，并能汇集起来或者分割开来以产生不止一种有说服力的模式。定量方法在文学研究中并不常见，而且许多观察者已经推断说，它们一定是对与这个学科不同的价值观念进行了编码。但我们已经发现，主题建模是一种非常灵活的技术，它以一种新的角度展示文学研究的过去，并用出人意料的方式支持它现在的志向。

罗格斯大学，新不伦瑞克
伊利诺伊大学厄巴纳－香槟分校

附录：技术细节

我们在本文中使用的模型是由 MALLET 生成的，它正在成为人文学科中主题建模的一种标准工具：Andrew Kachites McCallum, “MALLET: A Machine Learning for Language Toolkit” (2002), http://mallet.cs.umass.edu。我们也用到了戴维·明诺（David Mimno）的文章：“MALLET: A Wrapper Around the Java Machine Learning Tool MALLET” (2013), http://cran.r-project.org/web/packages/mallet/。

下面的网址可以对本文所描述的主题模型进行互动式探索：http://www.rci.rutgers.edu/~ag978/quiet/。我们建立这一模型的 R 语言脚本也可以在网上找到，参见 http://github.com/agoldst/tmhls。如有需求，我们将会提供原始主题模型数据。

我们建模的语料库包括 21,367 篇文章和 13,221 位卓越的作者的名字（后者只是作者数目的近似值）。这些文章在这个网站可以找到：http://www.rci.rutgers.edu/~ag978/quiet/#/bib。

我们把语料库分成 150 个主题。在尝试用过不同的情境参数之后，我们选定了 150 个主题，建立了一个结果最容易按我们的目的来阐释的模型。我们用每个主题中最常被用到的四个词来标注该主题。在制作模型的过程中，我们赋予 MALLET 最优化“超参数”的特征，后者可以被理解为在分配文档和单词中的主题时人们对预期模糊程度的假设。

我们的 6,970 个“删除词”列表（建模过程中被排除的单词）可以在网上查到：http://hdl.handle.net/2142/45709。删除词列表体现的是这一假设：某些单词太常见（比如限定词、介词、情态动词）或者分布得太随意（比如名字、缩写），无法提供可以阐释的证据。这些列表能极大地影响一个模型。我们试图对我们所排除的单词持保守态度，但是，其他的方法可能一样有效。同时，我们统一采用美式拼写，并且去掉了低频词（语料库中那些不在前十万词之列的单词）。

JSTOR 的光学字符识别过程确实会出错。我们的处理方式是使用删除词表来排除一些常见的错误类别（比如，“of the”）。我们也注意到并更正了元数据中一些明显的错误。更多有关这些主题建模过程中理论基础选择的细节和解释，请参见 David Mimno, “Computational Historiography: Data Mining in a Century of Classics Journals,” ACM Journal on Computing and Cultural Heritage 5, no. 1 (2012): article 3.

在我们的图表中，纵轴显示的是一个特定年份里去掉删除词之后其他单词的比例。大多数图表中平滑的曲线是通过局部回归（loess）平滑制作出来的；浅色带是对平滑性标准误差的预估。色彩填充区域则用五年移动平均线进行了平滑处理。我们的图表描述的是 1895 年至 2010 年间的情况。虽然我们在模型中包括了期刊的全部期数，但是，最早的那些年份数据点太少，因而无法清楚地展示图表中的趋势，而最近几年的数据 JSTOR 覆盖不均。

注　释

[1] 关键的例子包括：Gerald Graff, *Professing Literature: An Institutional History*, twentieth anniversary ed. (Chicago: Univ. of Chicago Press, 2007); John Guillory, *Culturanl Capital: The Problem of Literary Canon Formation* (Chicago: Univ. of Chicago Press, 1993)；Michael Warner, "Professionalization and the Rewards of Literature: 1874–1900," *Ctiticism* 27 (1985):1–28. 最近一次对这一传统制度上的重点进行的挑战，可参见 Rachel Sagner Buurma and Laura Heffernan, "The Common Reader and the Archival Classroom: Disciplinary History for the Twenty-First Century," *New Literary History* 43, no. 1 (2012): 113–135.

[2] 图表中所用的单词计数是由 JSTOR 提供的，它不包括阿拉伯数字；但是，我们对那些扫描文章的样本所做的分析表明，20 世纪后期文学研究中各种形式的计数都减少了。

[3] James F. English, "Everywhere and Nowhere: The Sociology of Literature after 'The Sociology of Literature,' " *New Literary History* 41, no. 2 (2010):xiii.

[4] 主题建模是一个能够包括一系列特定演算法的专业术语（generic term）。我们在正文后面部分提到主题建模时，指的是我们所使用的特定技巧，即潜在狄利克雷分布（LDA, Latent Dirichlet Allocation）。我们这里只简略地解释一下这种演算法。马修・L. 乔卡斯（Matthew L. Jockers）在《宏观分析：数字方法和文学史》（*Macroanalysis: Digital Methods and Literary History*, Urbana: Univ. of Illinois Press, 2013）一书的第八章《主题》（"Theme"）中，讨论到用在 19 世纪小说中的 LDA 时，给出了很多细节。LDA 演算法是戴维・布莱（David Blei）、吴恩达（Andrew Ng）和迈克尔・乔丹（Michael Jordan）最早在《潜在狄利克雷分布》（"Latent Dirichlet Allocation"）一文中提出的［见 *Journal of Machine Learning Research* 3, no. 4–5 (2003): 993–1022］。我们使用的工具也反映了汉娜・M. 瓦拉赫（Hanna M. Wallach）、戴维・明诺（David Mimno）和安德鲁・麦卡勒姆（Andrew McCallum）在《重新思考 LDA：为什么先验重要》（"Rethinking LDA: Why Priors Matter"）（见 *NIPS* 2009: 1973–1981）一文中的观点。

[5] 有关主题、框架和复调的关系，参见 Pault DiMaggio, Manish Nag, and David Blei, "Exploiting Affinities between Topic Modeling and the Sociological Perspective on Culture: Application to Newspaper Courage of U. S. Government Arts Funding," *Poetics* 41, no. 6 (2013): 570–606.

[6] 参见 http://books.google.com/ngrams/graph?content=power%2Cviolence%2Cfear%2Cblood&year_start=1890&year_end=2000&corpus=15&smoothing=3&share=.

[7] 更早的研究可参见 Andrew Goldstone and Ted Underwood, "What Can Topic Models of PMLA Teach Us About the History of Literary Scholarship?" *Journal of Digital Humanities* 2, no.1 (2012).

[8] http://dfr.jstor.org.

[9] 有关这一方法的技术说明请参见附录，里面还提到了网上我们补充的信息。

[10] 为了这个初步研究，我们选用了现有的潜在狄利克雷分布最简单的版本之一。更复杂的版本确实存在，但它们把阐释结果的工作变得相当难懂。未来研究的一个重要任务是，用更实际的设想探索更复杂的模式。

[11] 罗伯特・K. 纳尔逊（Robert K. Nelson）在《采掘"新闻报道"》(*Mining the "Dispatch"*) 的前言中，从非技术的角度讨论了运用于一份 19 世纪报纸上的潜在狄利克雷分布的有效性（见 http://dsl.richmond.edu/dispatch/pages/intro）。凯文・M. 奎恩（Kevin M. Quinn）等人讨论过政治演讲中主题模型的有效性，见 Kevin M. Quinn et al., "How to Analyze Political Attention with Minimal Assumptions and Costs," *American Journal of Political Science* 54, no.1 (2010): 209–228.

[12] Alan Liu, "The Meaning of the Digital Humanities," *PMLA* 128, no. 2 (2013):414.

[13] 我们的方法在技术上被描述为"无人监督的"，但是这只是意味着人类阐释者并不是从描述特定主题的特征入手；在更广博的意义上，这个模型依然是从人类解释性假设开始的。比如，人类建模者不得不详细说明主题的数目和预计的模糊程度。

[14] 有关原始数据，参见 Lisa Gitelman and Virginia Jackson, introduction to *"Raw Data" Is an Oxymoron*, ed. Lisa Gitelman (Cambridge, MA: MIT Press, 2013).

[15] 有关内容分析的理论和方法，参见 Klaus Krippendorff, *Content Analysis: An Introduction to Its Methodology*, 3rd ed. (Los Angeles: Sage, 2013)。迪马乔（DiMaggio）、奈格（Nag）和布莱（Blei）都认为，潜在狄利克雷分布尤其与"利用相似之处"（Exploiting Affinities）做法中的文化社会学志趣相投。最近，政治科学家们一直对使用贝叶斯主题建模技术（Bayesian topic-modeling techniques）特别感兴趣，这些方法与我们一直使用的方法相似，参见 Quinn et al., "How to Analyze Political Attention"；Justin Grimmer and Brandon M. Stewart, "Text as Data: The Promise and Pitfalls of Automatic Content Analysis Methods for Political Texts," *Political Analysis* 21, no. 3 (2013): 267–297；以及 Justin Grimmer, "A Bayesian Hierarchical Topic Model for Political Texts: Measuring Expressed Agendas in Senate Press Releases," *Political Analysis* 18, no. 1 (2010): 1–35. 计算机语言学家已经在使用主题模型，尤其是在研究学术话语的时候。有一份调查着重分析了最近的研究，参见 Daniel A. McFarland et al., "Differentiating Language Usage through Topic Models," *Poetics* 41, no. 6 (2013): 607–625。有关社会学家对大规模计算机辅助的内容分析的看法，参见 Roberto Franzosi, *From Words to Numbers: Narrative, Data, and Social Science* (Cambridge: Cambridge Univ. Press, 2004).

[16] 对文学社会学中形形色色的新趋势所做的调查是用英语进行的，"到处都是"。在一篇最近的文章中，霍伊特·朗（Hoyt Long）和理查德·索（Richard So）清楚明白地阐述了量化数字人文学科和社会学之间的联系，重点关注了网络分析，见"Network Analysis and the Sociology of modernism," *boundary 2* 40, no. 2 (2013): 147–182.

[17] Krippendorff, *Content Analysis*, 40.

[18] Benjamin M. Schmidt, "Words Alone: Dismantling Topic Models in the Humanities," *Journal of Digital Humanities* 2, no. 1 (2012).

[19] "最突显"该主题的文档是指在那些文档中一个主题达到了最高比例。即使那些文档也总是含有其他主题。

[20] Graff, *Professing Literature*, 122.

[21] 引文见网上补充材料（见附录）。

[22] 大部分词（包括批评家和派生词）的一些用法被分到难以阐释的、语义上很广泛的主题上［比如第 68 个主题看见（see）、两者（both）、现代的（modern）、早期的（early）]，但是这并不足以影响我们此处讨论的随着时间的变迁而发生的变化。

[23] 第 16 个主题在 21 世纪早期出现孤立波峰，这是因为有少量的文章讨论了过去的批评：关于这个主题的在 1930 年之前的最重要的文章，是《美国现代语言学会会刊》上刊发的两篇长篇语言文字学专题论文，一篇是《弗里德里希·施莱格尔和歌德，1790—1802》（"Friedrich Schlegel and Goethe, 1790–1802", 1906），另一篇是《约翰·德莱顿的文学批评发展》（"The Development of John Dryden's Literary Criticism", 1907）。

[24] Sheldon Pollock, "Future Philology? The Fate of a Soft Science in a Hard World," *Critical Inquiry* 35, no. 4 (2009): 948.

[25] 当然，这并不是说更早的研究缺乏理论，它只是说"理论"的那些关键词确实是一种新分组。甚至这一说法也必须根据我们的模型来描述：宗教寓言和圣经阐释是文学研究中源远

流长的主题，而且在第 75 个主题上帝（god）、基督（christ）、神圣的（divine）、基督教的（christian）中，寓言（allegory）、寓言的（allegorical）和阐释（interpretation）都是常用词，1895 年至 1985 年这个主题在语料库中通常占 0.5% 到 1.5% 的比例。1980 年之后第 39 个主题才超过它。

[26] 读者们可能想知道的是，文学一词后来的重要性是否只是因为它出现在了《新文学史》的标题中。但是，即使我们把所有来自《新文学史》中的文章都删除，第 94 个主题在 20 世纪 80 年代后的大幅增长依然是显而易见的。我们用不同数量的主题建立起来的模型也确认了这一趋势。

[27] 关于文学意见（doxa），参见 Pierre Bourdieu, *The Rules of Art: Genesis and Structure of the Literary Field*, trans. Susan Emanuel (Stanford, CA: Stanford Univ. Press, 1996), pt. 2, chap. 1.

[28] 我们选择了在第 17、29、53、118 个主题中相对重要的，而且在时间轴上的轨迹与这些主题的轨迹紧密相关的单词，以此创造了这四个词组。

[29] 有两个主题除外，其中一个是第 124 个法语的主题更（plus）、这个（cette）、在（aux）、即使（meme），另一个是第 45 个西班牙语的主题西班牙语（spanish）、最（mas）、西班牙（spain）、之间（entre）。它们在大约 1980 年出现过，之后又消失了。在我们所建的过去 20 年的文章语料库中，外语主题所占的比重很少。

[30] Marjorie Levinson, "What Is New Formalism?" *PMLA* 122, no. 2 (2007): 559–560。我们很难不注意到的一点是，根据我们的模型，在这篇明显矛盾的关于形式主义的文章中，最为突出的主题是第 143 个主题新的、文化的、文化、理论和第 58 个主题社会的、作品、形式、拥有。

[31] 关于回归语言文字学，参见 Edward Said, "The Return to Philology," in Humanism and Democratic Criticism (New York: Columbia Univ. Press, 2004), chap. 3, and, most recently, Jerome McGann, "Philology in a New Key," Critical Inquiry 39, no. 2 (2013): 327–346. 波洛克（Pollock）的《未来的语言文字学？》（"Future Philology?"）对语言文字学漫长的过去和难以预测的未来进行了更为清醒的描述。

[32] 第 58 个主题一系列最重要的词语［拥有、意识形态（ideology）、社会、物质的（material）、生产（production）］和文档［包括前 20 位中的埃内斯托·拉克劳（Ernesto Laclau）、托尼·班奈特（Tony Bennett）、斯拉沃热·齐泽克（Slavoj Žižek）、弗雷德里克·詹姆森（Fredric Jameson）的好几篇文章］，都清楚表明了该主题特有的马克思主义风格。还有另一个出现更晚的主题，它很晦涩难懂，因为它包含了一些非常普通但是却多义的词语：第 10 个主题拥有、力量、文本、形式。但是，这个主题包括了像秩序（order）、话语（discourse）和权威（authority）这样的福柯式关键术语，而且它最重要的文章涉及了诸如东方学、"读者 - 功能"和归顺（submission）这样的主题。

[33] Michèle Lamont, *How Professors Think: Inside the Curious World of Academic Judgment* (Cambridge, MA: Harvard Univ. Press, 2009), 76, 72, 73.

[34] James F. English, *The Global Future of English Studies* (Chichester, UK: Wiley-Blackwell, 2012), 150.

[35] David Armitage and Jo Guldi, "The Return of the *Longue Durée*: An Anglo-American Perspective," *Annales: Histoire, science sociales* 69.（即将出版）

[36] 我们把主题模型放在一边，只检验《美国现代语言学会会刊》上单词词频每 10 年的变化（把其他的期刊都排除在外，以避免把新标题的增加与用词的整体变化混淆起来）。我们随机从每 10 年的《美国现代语言学会会刊》中选择了相同数目的文章，计算了该 10 年中平均单词频率，然后用余弦相似度度量标准，把每个 10 年与 20 年后的 10 年相比较。20 世纪 70 年代之后的整体变化速度比在早期的印数中要快很多——当然，这并不会降低那些依然在进行的缓

慢变化的重要性。

[37] McGann, "Philology in a New Key" ; Franco Moretti, *Distant Reading* (London: Verso, 2013); Sarah Allison et al., "Quantitative Formalism: An Experiment" (Stanford, CA: Stanford Literary Lab, 2011), http://litlab.stanford.edu/LiteraryLabPamphlet1.pdf; Stephen Best and Sharon Marcus, "Surface Reading: An Introduction," *Representations* 108, no. 1 (2009): 1–21.

叙事与人的存在：本体论、认识论和伦理学*

汉娜·梅雷托亚（Hanna Meretoja）著

赵培玲 译

目前，叙事研究已跨越多重学科，学者们也已或隐或显地表达了关于叙事是什么以及为什么对我们如此重要的问题的看法。大家似乎相对一致地认为，叙事不仅仅是列举所发生的事件，而是在事件或经验之间引出或创造有意义的联系，由此使它们能够（至少部分能够）为人所理解[1]。然而，对于叙事这一组织性活动的确切本质，学者们至今尚未达成共识。为了更好地阐明关于叙事本质的各类研究方法，理论家们被划分成两大阵线：其中一派主要视叙事为一种将有意义的秩序强加于人类现实或经验之上的认知工具［代表人物有海登·怀特（Hayden White）、路易斯·明克（Louis Mink）、丹尼尔·丹尼特（Daniel Dennett）等］；另一派则主要把叙事归于本体论范畴，认为叙事是人类在这个世界存在的方式，即叙事建构了人的存在［代表人物有保罗·利科（Paul Ricœur）、查尔斯·泰勒（Charles Taylor）、阿拉斯代尔·麦金太尔（Alasdair MacIntyre）等］[2]。这些观点可被看作是分别从认识论和本体论的立场来探究叙事之于人的存在的意义的。盖伦·斯特劳森（Galen Strawson）颇具影响力地将经验的叙事性划分为描述性叙事性和规范性叙事性（亦即他所称的“心理叙事论”和“伦理叙事论”）[3]。虽然这些概念上的划分从某种程度上来说是有益的，但我们也容易因此而忽视在叙事和人类存在的关系这个主题上本

---

* Hanna Meretoja, “Narrative and Human Existence: Ontology, Epistemology, and Ethics, ” *New Literary History* 45, no. 1 (2014): 89–109. 感谢本文中海蒂·博斯蒂克（Heidi Bostic）、延斯·布罗克迈耶（Jens Brockmeier）、马尔科·卡拉乔洛（Marco Caracciolo）、科林·戴维斯（Colin Davis）、丽塔·费尔斯基（Rita Felski）和瓦尔特利·维尔詹（Valtteri Viljanen）提供的深刻见解。

体论、认识论及伦理学之间复杂的关联性。

在本文中，我将论证这个观点：叙事之于人类存在的意义这个问题可以从上述三个哲学维度中的任何一个维度来着重讨论，但是问题的答案却是涉及所有三个维度中隐含的思想。尤为重要的是，我们需要更好地理解隐含于各叙事研究方法中的本体论假设，因为就目前来看，相关理论研究严重不足，学者们也大都忽视了在关于叙述与人的存在的争论中，本体论思想对认识论维度和伦理维度上观点的形成起着至关重要的推动作用。整个争论的核心是那些关于什么是普遍的真实、经验叙事有什么样的作用和本体论地位的一系列假设。为了阐明这些争论，我试图厘清这些假设，然后提出这样的观点：一方面，我们不把经验与叙事混为一谈是很重要的；另一方面，将两者均视为阐释活动所构建的现象将会是有益的。

我还想要大家关注小说——尤其是自"讲故事"危机以来的小说——是如何从多种角度探讨并巧妙地阐明叙事之于人的存在的作用与意义的，而这些角度也有助于我们理解叙事的三大哲学维度。我也将简要地描述 20 世纪一些知名的小说家对讲故事所持的赞成或反对的观点，探讨在叙事对人的存在之意义这一问题上，这些观点是如何为认识论、本体论和伦理学三个维度的相互交织提供有利的支撑的。这也意味着叙事理论研究与文学史上各种叙事形式的哲学基础之间的联系将更为密切，也更有创造性。

"反叙事"：认识论与本体论的交织

谈及认识论维度上对叙事的研究，就不得不提起诸如阿瑟·丹托（Arthur Danto)、路易斯·明克以及海登·怀特等历史哲学家们对此展开的辩论，他们认为历史叙事是回顾性地将叙述顺序投射于各事件之上。比如，明克曾说过一段著名的话，"故事不是被体验的，而是被讲述的"，因为"生活"本身"没有开端、中段或者结尾"[4]。他同意怀特所说的这些观点："(1) 世界并不是以现成的故事形式呈现给我们的；(2) 我们创造了这些故事；(3) 我们在想象世界是通过故事来表达它自己时，便赋予了故事以指称性。"[5] 怀特则声称，历史叙事"向我们揭示了一个假定'完成了'、结束了，而不是被消解了或者崩塌了的世界”[6]。因此，对怀特而言，“叙事在表现真实事件时所体现的价值源于一种渴望，即渴望使真实事件呈现出连贯性、整体性、完整性以及圆满性，而如此刻画出的生活是——也只能是——虚构的”[7]。所有这些观点都在表明，叙述将错误的秩序投射于无序的人的存在之上。在这些观点的接受方面，大家总体聚焦于历史哲学家们所阐释的人与历史和世界的认知关系上：讨论则围绕那些依赖叙事的各类知识形式及它们的价值与局限性。但由此忽视了这些历史哲学家们的观点其实是基于坚实的关于实在本质的本体论思想。丹托、明克和怀特承认，叙事在理解现实中发挥着重要的作用，但同时他们又认为，人类、直接体验的经验，以及人的存在——作为变幻莫测的实在的一部分，它们的深层本质是非叙事的。

从当代几个认知主义及神经科学的叙事研究方法中，似乎亦可发现类似的本体论思想。所谓的叙事“仅仅”是一个帮助我们接受实在的混乱的“认知工具”，这一立场并不是非本体论的：它是基于某种对实在的本质的理解，在此实在被视为非叙事的事件流，而有意义的秩序被投射于上。正是这样的本体论思想支撑着斯特劳森的观点，他发人深思地提出，自我是由一连串直接体验的瞬间构成，所有试图于个人现实生活中发现叙事连续性的自我阐释过程都是对这种现实的歪曲。据斯特劳森所言，现代神经科学已经表明，回忆过去，以及讲述过去的故事势必造成对过去的歪曲，因此：“愈是回忆、重述或叙述自己，离确切的自我理解或者存在的真理也将愈远。”[8] 斯特劳森反对被他称为“心理叙事论”的观点，根据这一描述性叙事论，人们通常不得不以叙事的方式体验他们的生活。虽然这可能适用于某些人，即所谓的“历时性自我经验者”，但斯特劳森认为大多数人都是“片段性自我经验者”，也就是说，他们的自我经验生活并不具备前者所有的叙事特征。在我看来，斯特劳森从心理自然主义的角度探讨叙事问题是有不足之处的，他认为“时间的本质特征是由基因决定的”[9]，该论断使其无法洞见人类经验叙事不仅仅是经验性的问题，也是一个关于人的存在，以及实在的本质这些本体论思想的哲学问题。

一般来说，攻击叙事的学者们认为，人类创造意义的过程相对于此时此地发生的经验而言，是次要的或者不真实的[10]。20 世纪的小说家和理论家们之于叙事的批判——从文学的现代主义到后结构主义的反叙事，也都是类似思维模式的变形而已。他们对故事讲述的怀疑主要源于我们每时每刻经验的无限复杂性与对这些经验必然进行选择性和简单化的叙事之间的矛盾。对弗吉尼亚·伍尔夫（Virginia Woolf）来说，真实就是大脑“接收无数的印象”时自然产生的意识的流动，相比之下，精心策划的叙事似乎成了值得怀疑的文学传统[11]。同样地，在罗伯特·穆齐尔（Robert Musil）的小说《没有个性的人》（*The Man Without Qualities*）中，主人公也批判性地分析了人们将生活视为“叙述顺序”的需求，在这种叙述顺序下，“事物的多重本质”以一种平静的、连续的方式呈现出来：人们“喜欢每个事实的有序排列，因为这看上去是必需的，而且也会让他们觉得自己的生活是有‘道路’可循的，这从某种程度上来说成了他们远离混乱的方式”[12]。

以萨特（Sartre）小说《恶心》（*Nausea*）中的主人公罗昆丁（Roquentin）为例，斯特劳森描述了那些声称支持“心理叙事论”而反对“伦理叙事论”的人（“我们的思维的确是高度叙事的……这并不是一件好事”）[13]。然而，罗昆丁或者萨特是在何种意义上接受这样的“心理叙事论”还是有争议的。小说是围绕着事物简单的重复，与人类排列、解释和叙述世间万物的需要之间的对立关系而展开的。罗昆丁认为，只有那些不可解释的——在不发声的状态下——才是真实的存在，而“被各种解释和理由所充斥的世界不是存在的世界”[14]。确实，小说阐明了人们经验叙事化的心理需求，但同时也暗示经验本身是非叙事的，而这种倾向则存在着根本性的错误与歪曲：“愚弄人的正是这种观点，人总是故事的讲述者，他的生活被他的故事以及他人的故事所包围着，他通过这些故事观察发生在他身上的一切，并且试图过上他在叙事中描述的生活。但是人必须选择，是生活还是叙事。”[15]因此，《恶心》所表明的是，即使我们努力通过叙述去理解个人经验，也需注意，经验就其更本原的意义来说，是非叙事的。实际上，在我看来，被斯特劳森归到这一类的人（即支持“心理叙事论”而反对“伦理叙事论”的人）倾向于将经验叙事视为一种歪曲经验本质的、次要的回顾性活动。

正是在这种反叙事的本体论思想基础上，萨特支持加缪（Camus）在《局外人》（*The Stranger*）中反对叙事，并视叙事为一种通过表现事物的“因果顺序”来妄加阐释世界的形式的观点[16]。的确，在加缪小说中，非叙事的经验与对经验的回顾性叙事之间的矛盾是最为突出的，具体表现为以下两方面之间的矛盾：一方面，法庭为了解释默尔索（Meursault）的一系列行为，而按照惯例，将这些行为通过确切的因果关系串联成一个故事；另一方面，默尔索本人对各事件的叙说则是简短的、不连贯的，充满着诸多的偶发性，不少事件也未得到任何解释。检察官描述了“一连串导致这名男子杀害死者的事件，他十分清楚自己在干什么”，但是默尔索却无法在这故事中定位自己，法庭对他的“‘灵魂’，以及其他部分”的无休止分析也使他更加困惑：“我发现我的思维已经变得模糊了。”[17] 默尔索坚持认为，现实是沉默无言的，是拒绝被叙事化的。这是使他成为“局外人”的关键原因，他也由此无法也不愿去为他的行为提供任何为社会接受的解释。这部小说暗示着，默尔索被判罪，与其说是因为他杀死了一个阿拉伯人，不如说是因为他与社会的疏远以及他对那掩盖了存在的荒诞本质的道德与习俗的背离。在小说《局外人》中，我们可同时发现两种叙事观：一种认识论上的观点，即叙事无法让人接近真实（实在本质上仍是不可理解的）；一种本体论上的观点，即人类现实是缺乏有意义的联系的，是不能通过叙述进行意义建构的。

同样，巴特（Barthes）关于小说和史学的主要语法时态——简单过去时（le passé simple）——的分析也揭示了认识论上的和本体论上的叙事观。前者认为，叙事是通过采用简单过去时来阐释世界的，且因为这一时态的使用，“动词间接地成了因果链的一个组成部分”；而后者则说明，“像这样的”现实是“无法解释的”，是“被杂乱无章地扔到我们面前”的。据巴特所称，叙事——作为“秩序的表达”，把“纷杂紊乱的现实”缩限为“单一纯粹的理性”，而叙述者则被置于“造物主、上帝或者吟诵家”的位置[18]。像这样的认识论和本体论维度的交织亦是新小说派在批判叙事时所具有的特征。毕竟，新小说对叙事的批评是对存在主义以及巴特叙事批评更为激进的表达。新小说家们都强调他们作品的认识论维度，即努力展现我们对现实的理解的极度不确定性——也就是娜塔丽·萨洛特（Nathalie Sarraute）所谓的“肯定的、完全的不可理解之物”[19]。克劳德·西蒙（Claude Simon）指出，能够将新小说家们联合起来的正是他们“时时刻刻脚踏流沙”的体验[20]，而阿兰·罗伯-格里耶（Alain Robbe-Grillet）的创作动力则是出于表达现实不可理解之本质的渴望：“曾令我感到不安的是，过去文学并没有讲述生活的本貌，并没有体现生活的不确定性和碎片化特征。现实世界永远都存在着各种无法解释的因素。”[21] 尽管新小说家们坚决反对对其小说进行“形而上的阐释”，但我们可以说，每一部作品背后都有着一定的本体论思想——关于人的存在以及现实的某种看法——就像它总包含着某种认识论思想，某种关于我们在世界中的认知情境的观念。即使是关于现实并非如叙事般有条理的看法——如叙事错误地“强加了一个稳定有序、连贯一致、清晰明了、完全可解的世界的形象”[22]——本身也是本体论上的观点。虽然新小说家们强调我们无法知道现实是什么样的这一认识论立场，但他们其实是在表达一个本体论主张，即现实是拒绝人为赋予意义的，是碎片化的和混乱不定的。

比如说，萨洛特就认为，叙事这一惯用的表达方式掩盖了现实那不断变迁的状态，而对罗伯 - 格里耶来说，生活的本质就是“一切都在变化，没有任何事是可以依赖的，一切都在移动”[23]。正是这些言论使得新小说家们不再对非人类的、从根本上不可知的世界保持冷漠的态度，而是去肯定尼采（Nietzsche）、柏格森（Bergson）及德勒兹（Deleuze）传统中的动态本体论思想，在这一思想中，现实被看作是一股拒绝被人类对其强加任何意义秩序的变化之流。事实上，弥漫在他们小说中的认识论上的不确定性主要基于以下本体论承诺：读者不能依赖任何东西，因为文本所呈现的世界是处于不断变化的状态之中的。为了传达这样的观点，新小说家们在他们的小说中采用碎片化的、难以捉摸的结构，并在主题上，如萨洛特的小说《天象馆》（*The Planetarium*）所表达的那样：“一切事物如流体般，浩瀚无边。一切都处于永恒的运动与变化之中。”[24] 总之，新小说家们反对线性的、连贯的叙事形式，他们不再认同叙事的哲学基础，即本体论上关于世事都遵循着某种意义秩序的设想，以及认识论上关于人们能够理解这种秩序的观点。

从这种战后叙事批评中可以看出，将认识论上的和本体论上的观点尖锐地对立起来，是多么的困难和武断：从认识论上看，人们对现实的认知能力是十分有限的；从本体论上讲，现实与人的存在基本上都是混乱的、没有任何内在意义和叙事顺序的。以上两种观点相互交织在一起。那个被认为是非人类的世界，同时也是一个人类没有能力去认识、去理解的世界，由此，叙事顺序则是一种被错误地强加于世界的秩序。所有叙事的批评家都依赖于这种实在与人类赋予实在的意义之间的对立关系，但在对立关系的强弱方面，他们的观点则存在着显著的差异。

尤其是新小说家们，他们的观点远比存在主义者和大部分现代主义者的观点更为激进。新小说家们强烈抗拒人类赋予世事以意义，因为对他们来说，正如罗伯－格里耶小说的叙述者所说的那样，“现实正是在意义变得不确定时才开始显露”[25]。罗伯－格里耶主张，文学应该描述“此时此地”的世界，那个有着“具体的、实在的和物质的存在”的世界，应该反映世界是如何“拒绝顺应我们的理解习惯及我们对世事的归类的”，应该比加缪的荒诞概念所体现的更为激进地反对神人同形同性论的观点：“世界不是有意义的，也不是荒诞的，它存在着，如此而已。”[26] 西蒙认同罗伯－格里耶的观点，并对此进行了改述，比如说，在其诺贝尔奖获奖演讲中，他谈道：“我游遍世界……整个世界，然而，并没有从中得到丝毫意义，除非这无意义就是它的意义。我认同继莎士比亚之后巴特的观点，即‘如果世界有意义，那它的意义就是虚无’——只不过它存在罢了。”[27]

然而，这些激进的观点是基于一种实证经验主义倾向，一种将个人所认为的直接感知视为最“真实的”倾向。当这样的直接感知被认定能够通达实在本身，那么抵达实在的途径势必要符合实在本身的本体性。这样的思维模式在过去几十年关于叙述的争论中反复出现。比如说，怀特的（同时是本体论上的和规范理论上的）观点——“真实事件应该仅仅存在着；……他们不应该构成叙事的叙事者”，就很有可能是出自罗伯－格里耶之笔；[28] 从中我们也可看出实证主义的观点，即对于纯粹的、各异的经验与事件，它们的意义都是在事后回顾时被强加的。尽管怀特后来缓和了其立场，但他的观点仍是基于“意义结构”与“事实情境”之间的对立关系[29]。总之，我认为我们应该更多地关注到，那些最激进的“反叙事”观往往是建构在经验实证主义思想传统背后的本体论思想之上的。所谓的叙事将意义秩序强加于真实之上的观点，就假定了预先存在着“未加工的”、非连续的经验单元，这使得只有那些免于人类意义赋予过程的才是真正“真实的”。正如我们现在所看到的，所有前述学者们的叙事观并非是毫无问题的。

作为人类存在构建的叙事

从现象阐释学的角度来看，从本体论上和认识论上把人和叙事存在的研究彻底划分开来，是尤其成问题的。在现象阐释学的思想传统中，阐释的基本结构，即“把某物作为某物的阐释学理解”，被认为是可以用来描述所有经验的，即使是最基本的感知体验。因此阐释经验的过程“不是一个额外的认识过程，而是构成了‘在世存在’的原有结构”[30]。查尔斯·泰勒总结道，我们是“自我阐释的动物”，是通过阐释自我和世界得以构成的存在。[31]

阐释学不赞同经验是无中介的、点状式的这一观点，主要出于如下原因。首先，经验的根本时间性意味着过去与未来的视域总是会渗透至现在。正如胡塞尔（Husserl）所言，即使是一份显然的直接感知，也是在过去、现在与未来的交织中“合成地”存在的：此时个人将过去的和现在的经验连接起来，并在一个持续的阐释过程的指导下，面向未来[32]。其次，阐释学强调，经验总是以文化和历史为中介。利科谈道，阐释学摈弃了笛卡儿式（Cartesian）直接通达自身的观点，并反思了主体性是如何总被“符号、象征和文本”的“长程迂回”介入的。[33]阐释环塑造了所有的经验过程，因为不仅过去形成的阐释视域限定了新的经验，而且新的经验也会为过去的经验提供新的阐释，挑战并改变我们关于我们是谁的前理解。[34]基于海德格尔（Heidegger）、伽达默尔（Gadamer）及阿伦特（Arendt）的思想，利科在他的著作《时间与叙述》（*Time and Narrative*）以及《作为他人的自我》（*Oneself as Another*）中，充分说明了关于叙事主体的阐释学理论。在此，他不仅强调了（自我）阐释以文化和历史为中介的特征，也指出了我们隐隐约约意识到的叙事的文化之网：它参与塑造了我们的阐释视域，并调解了我们与世界以及我们自己的关系。如果文化叙事本就影响着我们体验事物的过程，那么纯粹的、未加工的、直接发生的经验也就不复存在，对经验的叙事阐释也势必会是一种回顾性的曲解。[35]相反的是，我们总是被各种故事缠绕着，并在与文化叙事的对话中，编织着我们个人的叙事。值得一提的是，无论是文化叙述还是个人叙述，它们都是不断地被重新阐释的对象。因此，利科认为，“我们的存在离不开我们讲述的关于我们自己的各种故事”[36]（注意不是一个故事）。

从叙事阐释学的角度来看，关于是生活还是叙事的辩论是建立在一个值得怀疑的对立上的。既不是生活本身会自然而然地遵循着叙事的结构，也不是我们先生活，然后将经验的生活塑造成了一个故事。事实上，生活和讲述生活是彼此交织着的，两者关系是错综复杂、互惠并进的。这样看来，对经验的叙事阐释并不是一个歪曲真实的过程；相反，它建构了我们的存在本身。正如杰罗姆·布鲁纳（Jerome Bruner）所说的，“生活不是‘本来是怎样的’，而是被阐释和重新阐释、被讲述和重新讲述的”[37]。戴维·卡尔（David Carr）进一步扩充了这一观点，他谈道，“明克和其他学者们在这一观点上当然是对的，他们认为叙事构成了某种东西，创造了意义，而不仅仅是反映或者模仿独立于它而存在的东西”，但这并不意味着叙事阐释歪曲了经验，或者相对于经验来说，叙事在某种程度上是外在的或次要的：“我是人生故事的主体，而故事正是在我体验的过程中，不断地被讲述和再讲述的。”[38]这一思想传统强调，人的存在“本身”就蕴含着不断地阐释和创造意义的过程，因此，将生活与叙事对立起来，认为只有叙事才涉及阐释的观点是不恰当的。

然而，当卡尔提到“我们的经验中没有一个元素……是非故事化或非叙述化的”这一观点时，我认为他有点过于极端，因为经验和叙事在此被他等同起来了[39]。我们需注意到，叙事阐释构成了人的存在和所有经验都是叙事，这两个观点并不是一回事。后者如此粗略地理解叙事，将叙事和有着时间结构的经验等同起来，如此，叙事就有着被剥夺区分各种现象的能力的危险，使其很难或者不能去判断各个阐释的合理性。而前者则简单地认为，对我们个人经验进行叙述阐释是我们存在于世的一个重要方面。这使得人们可以远离稳定的核心自我：“叙事身份／认同并不是稳定的、统一的。就像同样的一些事件却可以被组构成多个情节一样（因此，这些事件不能完全被看作同样的事件），我们也完全可以把我们的生活编织成各样的，甚至相反的情节。”[40]克里斯平·萨特韦尔（Crispin Sartwell）曾谈道，在利科的阐释学中，“事件和自我是在对它们的叙事中得以建构的（在此应该理解成毫无遗余地产生）”[41]，在我看来，他的观点是毫无根据的；阐释学的观点应该是，经验总是“超于”叙事的，新的经验在不断地挑战我们的叙事阐释。不过，我认为利科的有些观点并没有充分考虑到叙事与经验之间的紧张关系，比如说，他声称：“时间变成人的时间，取决于时间通过叙事形式表达的程度。”[42]

我想提出的观点是，经验与叙事的关系可以在现象阐释学关于阐释的基本概念中得以厘清。如果经验，如现象阐释学所分析的那样，总是有着阐释的结构，那么叙述就可以被认为是有着“双重阐释”的结构，因为它是对本已是阐释的经验的阐释：叙事是通过展现经验之间的关系并在其间创造有意义的联系，才得以将各种经验编织起来的。[43] 利科运用模仿行动 II 这一概念来表征文学和历史叙事如何组构位于第一层的、每天发生的（“预塑形的”）阐释行为(即模仿行动 I)。他的“再塑形”概念——模仿行动 III，则标示了人们通过自己的具体生活情境来阐释文学和历史叙事，以及借由这些文化叙事来重新阐释个人生活经验的过程。这一过程我们可以用“三重阐释”来概括。它揭示了我们总是在意义符号系统的基础上阐释我们的生活，并且在与以文化为中介的各叙述形式的对话关系中，不断地再塑我们对自我的理解。因此，现象阐释学中的阐释环包括了从基本的感知阐释结构到更为复杂的意义建构过程（比如对经验的叙述阐释)。

阐释学的如上观点超越了或发现或强加有意义的秩序的二分观。利科所称的“情节化”并不是指一种表征先在的叙述顺序，而是指一种对现实进行创造性地重组或重构，即将各经验与事件“抓到一起”，将有序与无序——或者和谐性与非和谐性——融合为一，这也正是我们经验生活的本质特征。[44] 在这个叙事阐释过程中，揭示过往经验之间有意义的联系和建构个体当下的身份是同时进行的。利科表明，叙事身份 / 认同可以被看作是一项“建构性的活动”，它不是“外部”秩序的强加，而是一个再阐释的创造性的过程[45]：“我们叙述的总是比我们所真实体验的要更有秩序；叙述中过多的有序性、连贯性和统一性就是对叙述创造性力量的最好印证。”[46] 虽然利科在别处提到，神话倾向于意识形态，然而在阐述其叙事身份 / 认同理论时，利科却几乎没有解释我们的叙述阐释是如何受到这些典型的叙事模式的影响的，更何况这些叙事模式是当代社会中那些主要权力机构得以延续长存的原因。相反，他强调“叙事超越了人的存在的压迫性秩序，而面向一个更加开放的、完善的秩序”[47]。

然而，叙事模式近些年来之所以越来越受欢迎，正是因为它认为主体是在重新阐释以文化为中介的叙事中得以建构的，我们由此认可主体是施动者，是能主动建构意义的，并且认识到，我们作为“讲故事的动物”的存在是受到社会制约的。[48] 科林·戴维斯（Colin Davis）谈道，这些叙事模式吸引人的地方在于，它不仅考虑到了“主体的去中心化（即我们讲述的关于自己的故事不会完全是我们自己的）”，也认识到我们“可以成为我们个人欲望与焦虑的施动者，而非受害者”。[49] 这也就能解释为什么那些宣称“主体已死”的理论家们，比如说朱莉娅·克里斯蒂娃（Julia Kristeva），开始借助叙事术语来定义主体这一概念。和利科一样，克里斯蒂娃接受阿伦特的观点，即“叙事的可能性将人类生活束缚在具体的经验生活之中”，并且，如同瓦尔特·本雅明（Walter Benjamin）和阿德里安娜·卡瓦雷罗（Adriana Cavarero），她把讲述故事看作一种与他人分享经验的可能性。[50]

然而，我们需注意到，在关于经验和主体性的叙事理论得以发展之前，叙事小说就已经以类似的原因重兴“故事法”，虽然在此之前，讲述故事曾一度广受主流文学运动的严厉批判（比如说新小说和后现代文本主义）。[51] 一些小说家开始摒弃以往关于叙事是将秩序误加于真实之上的看法，并对讲述故事展开了探讨，认为故事的讲述建构了人存在于世的模式。显然，在探究故事对人们个人经验阐释的影响这一方面，叙事小说有着悠久的传统［比如《堂吉诃德》(*Don Quixote*)、《包法利夫人》(*Madame Bovary*) 等经典之作］。[52] 但经历了 20 世纪的“故事法”危机之后，文学关于个人经验阐释的探讨要更为敏锐，也更富自我意识。这在法国小说中尤其明显，当然其面临的危机也是最为突出的。在法国小说家中，最为明确地主张复兴“故事法”或叙事的当数米歇尔·图尼耶（Michel Tournier）。图尼耶说，我们是神话的动物：我们获得了“人的性别、心灵和想象力——仅仅通过故事的讲述和图像的万花筒来实现，而这个过程从我们出生那刻开始，就一直伴随着我们，直至我们进入坟墓”[53]。所谓神话，图尼耶指的是那些为人们塑造个人经验和愿望提供模型的文化叙事。他依循尼采的哲学传统，强调现代人也需要神话来“阐释他们的生活和挣扎困境”[54]。从图尼耶的分析中可以看出，叙事构成了人的存在，这个观点在他那个时代也是被广为认同的，原因是它不仅意味着通过叙事阐释个人生活经验是我们存在于世的不可分割的一部分，也标示着这一阐释过程是在与叙事赋意这样的文化模式的对话中得以实现的。

从某种程度上来说，由于第二次世界大战以及纳粹大屠杀的创伤性经历，文学开始以新的紧迫感反思个体和社群是怎样通过文化为中介的叙事来探索他们的存在，并进行身份建构的，以及反思我们周边的故事世界是如何塑造我们的所见所闻和个人生活经验的。比如说，在“但泽三部曲”（Danzig trilogy）和自传小说《剥洋葱》（*Peeling the Onion*）等作品中，君特·格拉斯（Günter Grass）就探索了孩子们成长的世界（在这些小说中指的是纳粹德国）是如何塑造他们的个人经验的。自传小说《剥洋葱》的叙述者坦白道，他是“一个年轻的纳粹主义者”，相信战争的合法性，也很容易成为故事影片播放之前的新闻短片中所宣扬的英雄主义和战争宣传运动的目标：“我偏向于相信这些新闻短片提供的美化了的黑白‘真相’……我看到德国被敌人重重包围着……抵御赤潮的壁垒。德国人正处于生死挣扎中。对抗英美帝国主义的欧洲壁垒损失惨重。”[55]

但当代小说不仅仅是揭示社会主流意识形态是如何决定个体的身份与价值观的，也暗示着反抗总是有存在的可能，这些体现在格拉斯的小说中，就是一个叫“我们不那样做”（“Wedontdothat”）的年轻男子拒绝拿起枪支[56]。事实上，个人可以从文化传统中获取反抗的方式和材料，编写图尼耶的叙事者所称的“自己的文化”[57]。在《午夜爱宴》（*The Midnight Love Feast*）中，框架叙事里的那对夫妻在宴席上听完朋友们讲述的故事后，都认为他们无须离婚了，因为这些故事给他们提供了如何建立起一个“和谐同心的家”的材料。[58] 图尼耶的一些作品，如殖民主义背景下的《礼拜五》（*Friday*）和《金色高脚杯》（*The Golden Droplet*）以及纳粹德国历史背景下的《桤木王》（*The Erl-King*），揭示了文化叙事是可以为某种毁灭性的政治目的服务的。但这又并不是一个机械的、注定了的过程。他的小说也强调叙事只能通过个体的阐释而存在，这是对阐释学思想的肯定，亦即意义文化系统并不能机械地控制个体或群体意义建构的过程。由于时间或者历史情境的不同，叙述阐释也势必会如伽达默尔所说的那样，有着“总是有不同理解”的结构特征。[59]

文化叙事和个体生活故事永远都能得到重新阐释，这是当代文学向我们展示的，同时也印证了詹姆斯·巴特斯比（James Battersby）所说的：“关于我们的生活，我们可以编造出许多种叙述，可以讲述无数的故事，长也好，短也罢，都呈现了我们生活中大大小小的各个方面，但我们所真正经历和体验的故事总是间断的，充满着诸多的不相干事件。”[60]毕竟，所谓的叙事是人的存在的构成部分，并不意味着人的全部生活就是一个不间断的、连贯一致的故事。前一个观点全面地考虑到了经验的叙述阐释是一个持续进行的过程，过去总是在现在和未来的视域下被重新叙述，它也表明叙事只是我们诠释个人经验生活的诸多方式之一。经验诠释并非是要把生活编织成一个统一的叙述，而是一个使无数叙述碎片相互作用的动态过程，它们重新组合、相互竞争、相互冲突，或者建立对话，因此处于无止境的变化之中。这就是利用（再）阐释的概念来理解叙事的优势之一。阐释——至少在尼采哲学和阐释学看来——永远不是确定的或可穷尽的：“阐释总是在路上……阐释一词就表明了人类的有限性以及人类知识的有限性。”[61]

对于那些坚持认为叙事对人的存在有着本体论意义的学者来说，另一个极其重要的优势在于，叙事阐释对我们的存在于世有着实质性的影响：它参与创造主体间性的世界（例如，格拉斯或图尼耶小说中呈现的纳粹德国的世界），影响着我们与他人交互的方式。阐释学强调阐释有着真正的、实质性的、组构世界的影响，这种思维方式挑战了那种要么阐释世界、要么改变世界的二分观[62]。

总之，那些否认叙述构成人的存在的学者在论及（自我）阐释的意义与作用时，显然会有不一样的见解；关于人的现实怎样才可算“真实的”和本源的，他们又心照不宣地持有另外的设想。立足于反实证主义的阐释学思想传统，我们完全可以质疑关于叙述阐释势必会歪曲“原始的”“纯粹的”经验的看法。当人的存在被看作是在过去、现在与未来的不断交织中进行的一段受时间制约的阐释过程时，那种认为存在一个真实的、没有扭曲的直接经验的看法就是很成问题的。如果纯粹的经验本就不可获得，那就完全没有理由将叙述阐释视为不真实的或者必然错误的。

叙事和反叙事伦理

在目前的争论中，很少有学者注意到，个人在判断叙事之于人的存在的价值时，其伦理立场很大程度上会受到主体性本体论思想以及个人对实在的理解的影响。将描述性叙事论和伦理叙事论严格分割开来的学者中最著名的当数斯特劳森，他分别批判了上节所述的“心理叙事论”，以及此处将提到的“伦理叙事论”。根据伦理假设，“将自己的生活体验为或者构想成一个叙事是有益的……对健康充实的生活来说是至关重要的”[63]。然而，他对叙事化经验的批判很大程度上是基于未经检验的本体论思想，即只有非叙事的才是真实的。这是那些持本体论观点的学者典型的伦理立场，他们认为叙事阐释势必歪曲真实。这个观点受到罗伯－格里耶和怀特等诸多思想家的一致赞同，正如我们所看到的，它是基于“纯粹的经验”这一假设，即此时此地直接发生的经验，因而其实质则是基于经验实证主义的“所予的神话”。

相反，那些认为经验的叙事阐释构成人的存在的学者大都强调叙事的伦理潜质。比如说，麦金太尔、泰勒和利科就曾表示，叙事式的自我阐释说明了个体有能力将自己的生活理解为一个需自我承担责任的、有意义的连续体。[64] 有时他们好像在暗示，叙事式的自我阐释会自然而然地让个人生活更有道德。比如利科，他就似乎隐晦地表达了这一观点。利科十分推崇那句“苏格拉底的名言，未经审视的生活是不值得过的”，并将“审视的生活”等同于“被叙述的生活”。在此，“被叙述的生活”不是“直接发生的”，而是经过阐释的生活，故事在其中扮演着重要的“中介角色”。[65] 据利科所言，如果没有叙事式的自我阐释以及由此给主体带来的意义与连续性，那么主体将瓦解成一连串散乱的、点状式的经验，无法与过去或者未来产生任何联系，自我责任感也因此完全丧失。

在我看来，利科和麦金太尔，尤其是后者，过分地强调负责任的、自省的生活必须构成一个连贯的线性叙事。[66] 从文学作品中我们就可以发现，许多人物并没有通过叙事来体验个人生活，但他们仍都有着非同一般的自我反省能力，比如萨特作品中的罗昆丁，以及穆齐尔笔下的乌利齐（Ulrich）。然而这种将自我叙事视为伦理上负责任的自我反省的做法，忽视了重要的一点，那就是人完全可能在没有反思生活本质及其存在原因的情况下，将生活体验为一个连贯一致的叙事，并于叙事的框架之下，阐释某些特定的个人经验。不少当代小说都表明了叙事本身并不能使身份认同合乎道德或者违背道德。比如，格拉斯和图尼耶的小说就展现了纳粹如何将神话系统转换成现实，以及如何伪装神话的构造，使其成为危险的权力工具。另外，茱莉娅·弗兰克（Julia Franck）的作品《心盲》（*The Blindness of the Heart*）中，有着半个犹太血统的女主人公伊莲娜（Helene），采用了虚假的身份来躲避纳粹的迫害，却不能再通过讲述故事这一将她的过去融入现在的方式，与儿子共享她的经历。这种能力的丧失造成人物极度的失落与茫然，最终导致其无法再继续承担母亲这一角色。这部小说促使我们思考，在特定的历史世界中那些被广为接受的叙事究竟是怎样界定个人经验的可能范围的。[67] 通过讲述一个女人最终丧失母亲身份的故事（改编自作者祖母的故事），弗兰克扩大了我们的经验范围，帮助我们想象那些本难以想象的事情，并迫使我们反思叙事身份认同之伦理上的复杂性。

许多当代小说家认为，即使在近现代晚期世界中，我们也需要各种叙事来给我们提供理解生活的模型，但他们却没有说明，我们必须意识到它们是叙事——是缺乏自然基础的、并非不证自明的文化建构。因此，叙事不应被悉数接受，我们必须以批判的眼光不断地去反思它们。正如利科在其关于神话是社会想象的一部分的探讨中所指出的那样，“现代人既不能摆脱神话，也无法只取其面值。神话将永远伴随着我们，但是我们必须始终批判地看待它”[68]。阐释学哲学思想也提醒我们，文化叙事——如同所有的社会系统和象征系统——只能通过不断地在特定历史语境下的重新阐释才能存在，因此叙事永远都可能被新的阐释所改变。[69] 当叙事被当成实在本身，而并非对实在的阐释时，它们就不再受批判性评论的影响，因而会很难建构一个在伦理上可持续的叙事身份。

鉴于上述讨论，我认为我们之所以不应该忽视叙事与经验之间的区别，是因为其有认识论、本体论以及伦理学上强有力的思想支撑。将经验与叙事相对立是不可取的，而把两者等同起来同样是不可取的，因为这只会削弱我们从伦理维度评价和讨论关于经验的不同叙事阐释的可能性。我们只有认可叙事的本质是阐释，才能将叙事和其所阐释的或者讲述的（亦即经验、事件）区别开来，并认识到所有叙事都是可以被质疑、被重新叙述的。

当代文学在深入反思叙事的本质和角色后，经常促使读者们意识到叙事是如何渗透到我们的生存中的。那些怀疑故事法的各类小说在促成这种认识方面起着至关重要的作用。比如说，伍尔夫、萨特和新小说家们就曾对叙事的伦理性提出质疑，他们甚至掩盖自己的叙事本质，来呈现出某种人为的、历史偶然性的秩序，并将其当作事物的自然秩序。在 20 世纪 50 年代，“去政治化言说”作为巴特神话学理论的关键所在，主张将特定的某段历史现实表现为自然的、必要的和不可改变的；在接下来的 20 年里，该批判传统又受到新小说运动和后结构主义的进一步推动，“自然的神话”和“宏大叙事”此时被大加批判。[70] 经历过这些批评之后，叙事在 20 世纪后期迎来了复兴，但这并不意味着朴素实在论的回归，而是指在承认叙事复杂的存在意义的基础上，以有意识地叙事运用为特征。当代文学向我们表明，叙事形式本身并不会使叙事变为道德的或者不道德的。决定其道德与否的恰恰是看叙事是否有意识地去组织我们的经验，因为这种意识能够使我们批判性地反思文化叙述是如何引导我们理解自我，以及规范我们和他人的相处方式的。

然而，上述观点并非不证自明的。比如说，斯特劳森就明确反对苏格拉底式的将美好的生活等同于审视了的生活，并认为自我反省这个目标纯粹是误导人的。据他所言，“清楚明了地、叙述式地阐释自我对于某些人来说，是自然而然的——或许可能是有益的，但对于另外一些人，则是极度不自然的、毁灭性的。我的想法是，它总是弊大于利”[71]。斯特劳森的这个观点和生物决定论有关，即每个人都有一种由基因决定的、自然的存在方式，如果自我反省并不包括在其中，那么个体的一切反省自我的努力都将是“不自然的”。尽管斯特劳森努力将主体性这一哲学问题转化成经验性的问题，即我们的基因决定了我们是“历史性自我经验者”还是“片段性自我经验者”，但他的论述还是基于这样的信念：片段性的存在在伦理上更有价值。其后又隐含着本体论上的思想，即真实的都是非叙事的，历史性自我经验者倾向于歪曲他们的经验生活，即使这是他们无法控制的，毕竟是基因不幸地决定了这一倾向。这种倾向似乎会造成自我理解的偏差，或者趋向于不诚实地叙述个人“原始的”、直接体验的经验。

然而，如果通常的意义建构过程并没有被视为“不真实的”，那就很难理解为什么我们通过在经验之间建立叙事联系来阐释自我的过程——即在与过去和未来的交互中阐释现有经验，并于现在的语境中重新阐释过去的经验——势必会是歪曲的或在伦理上是可疑的。这里，我们又再次回到我之前所说的，即使是那些没有把叙事看作一个本体论问题的理论家，他们关于叙事的论述依然是基于本体论中关于实在和人的存在本质的观念。因叙事是对混乱现实的有序组构，而将其视为在认识论上和伦理上值得怀疑的回顾性活动，这本身就是基于不可靠的本体论思想，即所谓的人的存在"本身"并不是一个不断的阐释和意义建构的过程。在此我并不是要表明，将叙述的各个哲学维度区分开来是毫无用处的，或者说我们完全可以把人的存在或经验和叙述等同起来。

同样重要的是，我们需注意，一定程度上那些支持或者反对叙事的学者们其实是在讨论不一样的事。分析历史事件是否按照叙述逻辑来展开是一回事，而探究我们个人的或者世界的经验是否存在某种意义上的叙述维度则又是另一回事。尽管这样，在关于叙事与人的存在之关系的微有重叠的讨论中，都会类似地涉及某些本体论上的问题。通过这篇文章，我想表达的是，虽然我们应该留心经验与叙事之间的差别，但认识到经验的叙事阐释对我们的存在有着建构性的作用，将会是有很大意义的。在层层分析这些关于叙事的争论中，我们更需注意，经验和叙事都是通过阐释性活动构建起来的现象。当我们要更为细致地探讨各个层次的故事讲述——从我们赖以交流日常经验的小故事到可以塑造文化自我理解的历史叙事——是如何参与编织、解开和重构我们叙事存在的脆弱结构时，经验和叙事共有的阐释结构将为我们提供一个有利的起点。

坦佩雷大学和图尔库大学（芬兰）

注　释

[1] 参见 Jerome Bruner, *Acts of Meaning* (Cambridge, MA: Harvard Univ. Press, 1990), 43; Mieke Bal, *Narratology: An Introduction to the Theory of Narrative* (Toronto: Univ. of Toronto Press, 1997), 5; Galen Strawson, "Against Narrativity," *Ratio* 17, no. 4 (2004): 443; James Battersby, "Narrativity, Self, and Self-Representation," *Narrative* 14, no. 1 (2006): 35. 最后两位作家视叙事为一种"连贯的讲述"。

[2] 关于这个划分，请参见 Andreea Deciu Ritivoi, "Identity and Narrative," in *Routledge Encyclopedia*

of Narrative Theory, ed. David Herman et al. (London: Routledge, 2005), 231; Lewis and Sandra Hinchman, introduction to *Memory, Identity, Community: The Idea of Narrative in the Human Sciences*, ed. Lewis and Sandra Hinchman (Albany, NY: SUNY Press, 2001), xix-xxx.

[3] Strawson, "Against Narrativity. "

[4] Louis Mink, "History and Fiction as Modes of Comprehension," *New Literary History* 1, no. 3 (1970): 557.

[5] Louis Mink, "Everyone His or Her Own Annalist," in *On Narrative*, ed. W. J. T. Mitchell (Chicago: Univ. of Chicago Press, 1981), 238–239.

[6] Hayden White, "The Value of Narrativity in the Representation of Reality," in *On Narrative*, 20.

[7] Ibid., 20.

[8] Strawson, "Against Narrativity," 447.

[9] Ibid., 431.

[10] 参见 Crispin Sartwell, *End of Story: Toward an Annihilation of Language and History* (Albany, NY: SUNY Press, 2000). 在该书中，萨特韦尔（Sartwell）戏谑地恳求大家摆脱叙述、意义和语言的枷锁和压迫。

[11] Virginia Woolf, "Modern Fiction," in *The Common Reader* (London: The Hogarth Press, 1925), 189.

[12] Robert Musil, *The Man Without Qualities* (*Der Mann ohne Eigenschaften, 1930–1943*), trans. Sophie Wilkins and Burton Pike (London: Picador, 1997), 667, 708, 709.

[13] Strawson, "Against Narrativity," 429.

[14] Jean-Paul Sartre, *Nausea*, trans. Robert Baldick (Harmondsworth, UK: Penguin Books, 1965), 185–186. 参见法语版："[L]e monde des explications et des raisons n'est pas celui de l'existence." Sartre, *La Nausée* (1938; Paris: Gallimard, 1978), 182.

[15] Sartre, *Nausea*, 61. 参见法语版："C'est ce qui dupe les gens: un homme, c'est toujours un contour d'histoires, il vit entouré de ses histoires et des histoires d'autrui, il voit tout ce qui lui arrive à travers elles; et il cherche à vivre sa vie comme s'il la racontait. Mais il faut choisir: vivre ou raconter." Sartre, *La Nausée*, 61–62.

[16] Sartre, "Explication de *L'Étranger*," in *Situations I* (Paris: Gallimard, 1947), 121.

[17] Albert Camus, *The Stranger*, trans. Stuart Gilbert (New York: Vintage Books, 1961), 125–126, 132. 参见法语版："[L]e fl d'événements qui a conduit cet homme à tuer en pleine connaissance de cause"；"je trouvais le vertige." Camus, *L'Étranger* (1942; Paris: Gallimard 1993), 153, 160.

[18] Roland Barthes, "Writing Degree Zero (1953)," in *Writing Degree Zero & Elements of Semiology* (London: Jonathan Cape, 1984), 26–27.

[19] Nathalie Sarraute, *The Age of Suspicion: Essays on the Novel* (*L'ère du soupçon*, 1956), trans. Maria Jolas (New York: George Braziller, 1990), 50.

[20] Claude Simon, [Untitled paper], in *Three Decades of the French New Novel*, ed. Lois Oppenheim (Urbana: Univ. of Illinois Press, 1986), 86.

[21] Leena Laaksonen, "Uudesta romaanista uuteen omaelämäkertaan [Alain Robbe-Grillet's interview]," *Parnasso* 43, no. 5 (1993): 266–267. 此处英译文是本文作者翻译的。

[22] Alain Robbe-Grillet, *For a New Novel* (*Pour un nouveau roman*, 1963), trans. Richard Howard (Evanston, IL: Northwestern Univ. Press, 1989), 32.

[23] Sarraute, "Nouveau roman et réalité," *Revue de l'Institut de Sociologie* 36, no. 1 (1963): 435. 参见法语版："[T]out bouge, tout est sujet à caution, tout est mouvant." Robbe-Grillet, *Préface à une vie d'écrivain* (Paris: Seuil, 2005), 25. 此处英译文是本文作者翻译的。

[24] Sarraute, *The Planetarium*, trans. Maria Jolas (Normal, IL: Dalkey Archive Press, 2005), 54. 参见法语版："[T]out était fluide, immense, sans contours. Tout bougeait à chaque instant, changeait." Sarraute, *Le Planétarium* (Paris: Minuit, 1959), 58.

[25] Robbe-Grillet, *Ghosts in the Mirror* (*Le miroir qui revient*, 1984), trans. Jo Levy (London: John Calder, 1988), 149.

[26] Robbe-Grillet, *For a New Novel*, 19, 21, 39.

[27] Simon, "Nobel Lecture," in *Nobel Lectures: Literature 1981–1990*, ed. Sture Allén (Singapore: World Scientifc Publishing, 1993), 30.

[28] White, "The Value of Narrativity in the Representation of Reality," 4.

[29] White, "Historical Discourse and Literary Writing," in *Tropes for the Past: Hayden White and the History/Literature Debate*, ed. Kuisma Korhonen (Amsterdam: Rodopi, 2006), 31.

[30] Hans-Georg Gadamer, *Gesammelte Werke, Band 2, Hermeneutik II* (Tübingen: Mohr, 1986), 339. 此处英译文是本文作者翻译的。亦可参见 Martin Heidegger, *Sein und Zeit* (Tübingen: Niemeyer, 1927), 149.

[31] Charles Taylor, *Human Agency and Language: Philosophical Papers I* (Cambridge: Cambridge Univ. Press, 1985), 45.

[32] Edmund Husserl, *On the Phenomenology of the Consciousness of Internal Time (1893–1917)*, trans. John Barnett Brough (Dordrecht: Kluwer 1991), 49. 关于胡塞尔（Husserl）所说的，自我是在"'历史'的统一"中建构的，请参见 Husserl, *Cartesian Meditations: An Introduction to Phenomenology*, trans. Dorion Cairns (1931; Hague: Nijhoff, 1982), 75.

[33] Paul Ricœur, *From Text to Action: Essays in Hermeneutics II*, trans. Kathleen Blamey and John Thompson (Evanston, IL: Northwestern Univ. Press, 1991), 15.

[34] 参见 Gadamer, *Gesammelte Werke, Band 1, Hermeneutik I: Wahrheit und Methode* (Tübingen: Mohr, 1990), 271–274, 359–368.

[35] 容我用感知的阐释结构来举例说明一下。比如，当一个人看见一头驯鹿时，他对驯鹿的感知具有"看作"的结构（即看作一头驯鹿或者某特定种类的驯鹿，假如这个人是北欧萨米人，那更是有数百个词来指称各类驯鹿了），与此同时，这个人以往的所有（和驯鹿有关的）经历，以及以文化为中介的叙事网络都在参与建构着他的阐释视域，并塑造着其当下的感知，即使这样的感知在被叙述之前仅有一种阐释结构。

[36] Ricœur, "L'histoire comme récit et comme pratique," *Esprit* 54 (1981): 156.

[37] Bruner, "Life as Narrative," *Social Research* 54, no. 1 (1987): 31.

[38] David Carr, "Narrative and the Real World: An Argument for Continuity," *History and Theory* 25, no. 2 (1986): 125–126.

[39] Carr, *Time, Narrative and History* (Bloomington: Indiana Univ. Press, 1991), 68.

[40] Ricœur, *Time and Narrative*, trans. Kathleen Blamey and David Pellauer (Chicago: Univ. of Chicago Press, 1988), 3:248.

[41] Sartwell, *End of Story*, 44.

[42] Ricœur, *Time and Narrative*, trans. Kathleen McLaughlin and David Pellauer (Chicago: Univ. of Chicago Press, 1984), 1:52.

[43] 安东尼·吉登斯（Anthony Giddens）和尤尔根·哈贝马斯（Jurgen Habermas）认为社会科学不同于自然科学，前者具有"双重阐释"的特征，因它是在阐释一个"预先阐释了的世界"。Giddens, *New Rules of Sociological Method: A Positive Critique of Interpretative Sociologies* (1976; Stanford, CA: Stanford Univ. Press, 1993), 86, 154.

[44] Ricœur, "Narrative Time," *Critical Inquiry* 7, no. 1 (1980): 178–179.

[45] Ricœur, "Life: A Story in Search of a Narrator," in *A Ricoeur Reader: Reflection and Imagination*, ed. Mario Valdés (New York: Harvester Wheatsheaf, 1991), 436.

[46] Ricœur, "The Creativity of Language," in *A Ricoeur Reader*, 468.

[47] Ibid..

[48] 参见 Adriana Cavarero, *Relating Narratives: Storytelling and Selfhood*, trans. Paul Kottman (Lundon, 2000); Seyla Benhabib, *The Claims of Culture: Equality and Diversity in the Global Era* (Princeton, 2002); Judith Butler, *Giving an Account of Oneself* (NewYork, 2005); Amy Allen, *The Politics of Our Selves: Power, Autonomy, and Gender in Contemporary Critical Theory* (NewYork, 2008); Matti Hyvärinen ed., *The Travelling Concepts of Narrative* (Amsterdam, 2013)，本文参考了该书中的多篇文章，尤其是马克·弗里曼（Mark Freeman）、延斯·布罗克迈耶（Jens Brockmeier）和梅雷托亚（Meretoja）编写的几个章节，正是他们建立起了用阐释学来研究叙事的方法，亦即"叙事阐释学"。

[49] Colin Davis, *After Poststructuralism: Reading, Stories and Theory* (London: Routledge, 2004), 150.

[50] Julia Kristeva, *Hannah Arendt: Life Is a Narrative* (Toronto: Univ. of Toronto Press, 2001), 8；另参见 Davis, *After Poststructuralism*, 129–151.

[51] 本文的一些核心思想都和"讲故事"的危机与回归有关，若想对此有更全面的了解，请参见我即将出版的作品《虚构与理论的叙事转向：从罗伯-格里耶到图尼耶时代讲故事的危机与回归》(*The Narrative Turn in Fiction and Theory: The Crisis and Return of Storytelling from Robbe-Grillet to Tournier*, Basingstoke: palgrave)。亦可参见 Shlomith Rimmon-Kenan, *A Glance beyond Doubt: Narration, Representation, Subjectivity* (Columbus: The Ohio State Univ. Press, 1996); Colin Davis and Elizabeth Fallaize, *French Fiction in the Mitterrand Years: Memory, Narrative, Desire* (Oxford: Oxford Univ. Press, 2000); Simon Kemp, *French Fiction into the Twenty-First Century: The Return to the Story* (Cardiff: Univ. of Wales Press, 2010).

[52] Cf. Gerald Prince, *Narrative as Theme: Studies in French Fiction* (Lincoln: Univ. of Nebraska Press, 1992).

[53] Michel Tournier, *The Wind Spirit: An Autobiography*, trans. Arthur Goldhammer (1977; Boston: Beacon Press, 1988), 158–159.

[54] Tournier, *The Wind Spirit*, 156, 158; Friedrich Nietzsche, *The Birth of Tragedy and Other Writings*, trans. Ronald Speirs (Cambridge: Cambridge Univ. Press, 2001), 108.

[55] Günter Grass, *Peeling the Onion*, 69–70. 参见德语版："Ein Bollwerk gegen die rote Flut. Ein Volk im Schicksalskampf. Die Festung Europa, wie sie der Macht des angloamerikanischen Imperialismus standhielt." Grass, *Beim Häuten der Zwiebel* (Göttingen: Steidl, 2006), 82.

[56] Grass, *Peeling the Onion*, 86–89. 更详细的讨论，参见 Meretoja, "An Inquiry into Historical Experience and its Narration: The Case of Günter Grass," in "Towards a Historiographical Narratology," ed. Julia Nitz and Sandra Harbart Petrulionis, special issue, *Spiel: Siegener Periodicum for International Empiricist Literary Scholarship* 30, no. 1 (2011): 51–72.

[57] Tournier, *Le Roi des Aulnes* (Paris: Gallimard, 1970), 18–19; Tournier, *Le miroir des idées* (Paris: Mercure de France, 1994), 121.

[58] Tournier, *The Midnight Love Feast*, trans. Barbara Wright (London: Minerva, 1992), 30. 参见法语版："Une maison des mots où habiter ensemble." *Le médianoche amoureux* (Paris: Gallimard, 1989), 42.

[59] Gadamer, *Gesammelte Werke*, *Band 2*, 8.

[60] Battersby, "Narrativity, Self, and Self-Representation," 34.

[61] Gadamer, *Reason in the Age of Science*, trans. Frederick Lawrence (Cambridge, MA: MIT Press, 2001), 105.

[62] 关于“新唯物主义”里“物质与文化的二分观”的批判性讨论，参见 Sara Ahmed, “Imaginary Prohibitions: Some Preliminary Remarks on the Founding Gestures of the ‘New Materialism,’ ” *European Journal of Women's Studies* 15, no.1 (2008): 35.

[63] Strawson, “Against Narrativity,” 428.

[64] 参见 Alasdair MacIntyre, *After Virtue: A Study in Moral Theory* (Notre Dame, IN: Univ. of Notre Dame Press, 1984), 204–225; Taylor, *Sources of the Self: The Making of the Modern Identity* (Cambridge, MA: Harvard Univ. Press, 1989), 47–52; Ricœur, Soi-même comme un autre (Paris: Seuil, 1990), 187–193.

[65] Ricœur, “Life,” 425, 432, 435.

[66] MacIntyre, *After Virtue*, 218–219.

[67] 有关莱因哈特·柯赛雷克（Reinhart Koselleck）的“经验空间”这一概念的讨论，参见 Meretoja, “An Inquiry into Historical Experience and its Narration: The Case of Günter Grass.”

[68] Ricœur, “Myth as the Bearer of Possible Worlds,” in *A Ricoeur Reader*, 485.

[69] 参见 Cf. Manfred Frank, *Was ist Neostrukturalismus?* (Frankfurt: Suhrkamp, 1984), 10.

[70] Barthes, *Mythologies* (Paris: Seuil, 1957), 251–252; Robbe-Grillet, “Sur le choix des générateurs,” in *Nouveau Roman: Hier, aujourd'hui. 2. Pratiques*, ed. Jean Ricardou and Françoise van Rossum-Guyon (Paris: Union Générale d ‘Éditions, 1972), 159–160; JeanFrançois Lyotard, *La condition postmoderne: rapport sur la savoir* (Paris: Minuit, 1979).

[71] Strawson, “Against Narrativity,” 447.

对抗毁灭的叙事*

阿德里安娜·卡瓦雷罗（Adriana Cavarero）著
李兰生　译

在《传记：极短的导论》（*Biography: A Very Short Introduction*）一书中，埃尔米奥娜·李（Hermione Lee）谈到过一种“对故事持续不断的普遍兴趣”，其言下之意是说传记叙事是一种人类学原型。在本人的《记叙叙事》（*Relating Narratives*）一书中，我提出了可叙述的自我这一概念，意指人人都有希冀自己的故事被讲述——或者换言之，希望听到自己的人生故事被别人描述——的正常欲望。确切地说，想要写出各种传记就必须做到：要么把普通读者放在心中，要么就应突出故事主人公与其叙述者之间的关系。在后一种情形之中，叙述行为和传记故事讲述之作用都会涉及许多哲学和伦理问题，这些问题令人瞩目。

其实，传记也许是我们这个时代最为通俗的一种叙事。尽管后结构主义不相信有一致、永恒的自我（这显然与其对个人主义现代性本体论的特别投入截然有别），但是讲述人生故事依然是当代文学的一种主要范式。很有趣的是，虽然古希腊人没有我们今天意指的“自我”这个概念，但他们对各种传记叙事也有同样的兴趣。我所说的并非普鲁塔克（Plutarch）的那本名著《希腊罗马名人传》（*Parallel Lives*），此人虽然被公认为真正的传记（作为一种文学体裁）之父，但作为希腊古典时代的一位代表他还是出世太晚。在这里，我指的是写于希腊文化黄金时代的那些传记，但不幸的是，这些文本在无法预知的历史更迭中已经永远遗失了。正如阿纳尔多·莫米利亚诺（Arnaldo Momigliano）所

---

* Adriana Cavarero, “Narrative against Destruction,” New Literary History 46, no. 1 (2015): 1–16.

言，“公元前5世纪的传记、自传文学我们一本都找不到，因此为了掌握公元前4世纪的传记的一些面貌，我们不得不依赖于”像色诺芬（Xenophon）所写的《阿格西劳斯传》（*Agesilaus*）和《居鲁士的教育》（*Cyropaedia*）这样几个不多的文本。[1] 由于大多数相关文本都已失散，因此揣摩希腊古典时代传记的作用实属不易。

然而，根据汉娜·阿伦特（Hannah Arendt）的研究，我们还没有发现希腊传统起源之时任何一位伟大、无与伦比的典范传记家所写的完完整整的文本，她认为只有荷马（Homer）——一位诗人和吟唱故事的歌手——才是个体故事和集体历史之父。实际上，探究阿伦特在故事和历史的关系之间所做的这种区别是很有价值的。她在《人的境况》（*The Human Condition*）一书中写道：“每人在诞生和死亡之间的个人生活最终能被讲述为一个有始有终的故事，此乃历史——这个无始无终的伟大故事——的前政治和前历史条件。但是，为何每个人的生活都能讲成故事，为何历史最终变成了人类的故事书，书中有众多的行动者和说话者，却没有实际的作者，乃是因为二者都是行动之果罢了。”[2]

在这里，阿伦特声称行动是传记故事和历史这部人类故事书的本源。也许，值得重温的是，关于行动她创造了一个与众不同的概念：行动植根于多元，且与政治平行；行动是一种涉及用言行来与其他人沟通的人类活动，它能互相揭示各自的动因是谁。她写道：“通过行动和言说，人们表明了他们是谁，积极地揭示出他们独特的个人身份，从而让自己显现在人类世界中。”[3] 即便每一位个体的生活都能讲成故事，或者更理想地说，即便每一种人生都能在身后留下故事，行动也是一种特殊的形态，通过这种形态人们可以相互显现，可以充当演员和观众，彼此透露各自表现出来的那些独特性，而这就把动因变成了故事的主人公。于是，我们也就明白了为何阿伦特把荷马视为希腊第一位传记家和历史学家。鉴于演员和观众都身处表演的时间语境，因此荷马既不是演员也不是观众，而是作为一位死后站在远处凝视的叙述者，讲述着那些集结在特洛伊城下的英雄的故事。这都是一些个体的故事，它们与希腊史最早、最重要的一章交织在一起，构成了人类故事书的一部分。

在最后一部著作《心智人生》（*The Life of the Mind*）中，阿伦特对《奥德赛》（*Odyssey*）中的一个具体片段进行了分析，这个片段能有效地证实荷马所起的作用以及行动和故事之间的密切关系。当奥德修斯（Odysseus）正在费阿刻斯人（the Phaeacians）的宫殿用餐之时，一位吟游诗人也在吟唱着特洛伊战争的诗歌，讲述着奥德修斯的故事。身披短袖束腰外衣的英雄悄然流泪，阿伦特指出，奥德修斯过去从未流过泪，即使是深陷在如吟游诗人所叙述的那些战斗中也从未流过泪。只有在此时此刻，当听到了自己的故事并且因此而意识到自己的主角身份时，他才悄然流泪。

显然，根据阿伦特的研究，我们每个人都不会知道自己是谁，若处在行动之中就更是茫然不知。行动带有间歇性与偶然性，行动只向他人即观众，而不是行动者即演员，透露行动者自己的独特身份。换言之，为了弄清楚我是谁，我总是需要他人，无论他们是观众还是叙述者；我要偶尔积极地通过行动向观众揭示我与众不同的独特性，而叙述者在讲述我的人生故事时则要通过语言来表现我的个性，使之超越我的死亡而长存。

以阿伦特之见，虽然从本体论上说行动源于出生，但是在传记叙事中起决定性作用的因素是死亡——人必有一死，生命有限，人都会从世上消失。一般说来，在荷马的史诗宇宙里，他讴歌的那些英雄都已作古，他们无缘像奥德修斯那样能够有机会聆听自己的那些故事。然而，据阿伦特所言，这些英雄的故事之所以很完美，恰恰是因为他们的生命，从出生开始便走向了终止；英雄的故事也包蕴死亡，亦即人生的最后一章，因此任何新鲜、意想不到和无法预知的事情都不再可能发生。在这种意义上说，奥德修斯是一种例外，的确是一种非常特殊的情形。事实上，在费阿刻斯人的宫殿里，他有幸从吟游诗人的口中直接听到了自己的故事，而且还情不自禁地流下泪来。然而在我看来，他那"回忆的眼泪"[4] 并没有流露出英雄对昔日的忧郁与悲伤；相反，那些泪水所传达的是一种他希望自己的故事被讲述的强烈而又藏而不露的欲望。他意外地发现了自己的身份，就像是从那吟游诗人的歌中获得了一件礼物，这一发现意味着他同时也发现了这种欲望，而阿喀琉斯（Achilles）、赫克托耳（Hector）和特洛伊战争中的其他各路英雄却无缘享有这一重要的经历。换言之，在奥德修斯身上，他那可叙述的自我通过一股强烈的情感自然地表达了出来，而其他这些英雄则失去了发现他们的这种自我的机遇。

在研究传记问题时，我们都是根据阿伦特对荷马的阐释来探讨像奥德修斯、阿喀琉斯、赫克托耳这样的勇士，此种情形当然可能极为令人担忧。然而，阿伦特在赞美荷马的世界时，这一颇具争议性的层面并不是她要详细讨论的问题。的确，她特别强调在行动的自我揭示效应与行动者声誉之间要有至关重要的联系，亦即那种能够让人生的故事超越行动者必死的生命而长存的叙述力。毕竟，直到如今我们仍然知道奥德修斯、阿喀琉斯、赫克托耳是什么人，那恰恰是因为荷马讲述了他们的故事。阿伦特将古希腊的叙事解读为疗救行动之脆弱的一种“药方”，其至关重要的一点是这种解读使行动者在人的世界里获得了不朽，这不朽即是行动者独特个性的不朽。在阿伦特看来，传记叙事不仅擅长于赋予某一个体的人生以意义——“不然的话，这种人生就是一系列无法忍受的事件”[5]，而且也擅长于以故事的形式来保存这种人生的记忆。

阿伦特指出，在荷马的英雄和“伟业”，或是值得铭记之业绩的宇宙里，人们对于记忆显然很在乎，他们将其与一种尘世的不朽亦即此世的声誉相等同。然而，即便追求不朽的名声才是典型的英雄，但那也并非只是英雄独有的一种禀性。人的存在基本上属于此世，这是古希腊的一种信仰，这一信仰由此把每一个体人生转瞬即逝的特点凸显出来，并通过使人免于被遗忘的故事，赋予不朽之举以更深远的意义。让我来强调一下这个问题：荷马既是故事叙述者又是历史学家，在他那里，世界无法超越是左右叙述作用的决定性因素。阿伦特在她的笔记中写道：“在古代，转瞬即逝的是人而不是世界；在基督教中，转瞬即逝的是世界而不是人。”[6] 这就意味着对古希腊人来说，人类无法通过留存其生命来超越此世，而这生命接着会在彼岸世界里获得永恒。然而，“人类超越的是自己，他们自己的生命朝着世界的方向活着”[7]。的确，在这里举足轻重的是俗世的内在性与尘世的向度：每一个人——并非只有荷马的英雄——都有其毋庸置疑的独特性和特殊性。这一共同的世俗现实是那片唯一的领域，人人生于其中、栖息于其中而又被其淘汰、归于灭亡。

阿伦特指出，如果没有叙述的救赎力，个体人生就会荡然无存。正是因为只要个体人生不能被替代、不能被重复，那么它的身后就不会留下任何痕迹。死亡——任何生于世者必将亡于世——将是决定性的，曾经在世上活过和属于此世之人的独特性都将被抹去一切痕迹。而那独具特色的个性，亦即自我的一种可叙述形式，也就为故事所保留并传给了后世与人类的故事书即历史，动情落泪的奥德修斯对此了如指掌。

独特性范畴与多元性范畴紧密交织，成为阿伦特语汇中一大众所周知的基本范畴。值得回味的是，在《极权主义的起源》(*The Origins of Totalitarianism*) 一书中，阿伦特在最可叹、最认真的一页中写到了独特性。在那里，她从历史事件的视角重温了古典文化，这一历史事件指的是拉格（the *Lager*）那座恰恰旨在“消灭独特性”[8] 的灭绝实验室。我们不能过分地强调后极权主义的视角，因为它在阿伦特的政治思想形成之前就已存在，而且它也成了她重新阐释包括荷马在内的西方传统重要概念的一个前提。尽管阿伦特在古典文本上训练有素，而且她也懂希腊语，但是她的荷马并非语文学家和文学学者们的荷马。恰恰相反，在奥斯维辛（Auschwitz）恐怖事件对人之境况在本体论上的尊严造成伤害之后，这一视角就成了西方政治传统的一大主题，亦即一种在政治框架内重新思考人之境况的基础。这种情形对叙事而言也是如此，对故事和历史之间的本质联系而言就更是如此，阿伦特将其归因于荷马诗学，但是根据阿伦特的思维策略，这乃是对极权主义意志的一种特殊反应，这种意志旨在消灭人生故事和人生本身，把种族观变成历史的引擎。在经历了灭绝集中营的事件之后，阿伦特有必要重温那些不是记叙古代英雄，而是描述关于拉格受难者的叙事。他们的名字和个人资料一开始就被抹去，他们的存在完全被忘却，尽管他们都活过，但他们却既不能成为故事，也不能成为历史的一部分。“他们生活在一个活人的世界里，但估计没有人知道他们究竟是生还是死，此种情形表明他们仿佛从未出生过。”(*OT* 444) 从这种意义上说，阿伦特和许多作家是一样的。面对种族灭绝这一事实，大战一结束，他们就能清清楚楚地认识到，在毁灭与叙事之间，在极权主义机器实施对人的摧毁与人生故事的拯救力之间，存在着至关重要的关系，因为人生故事能重新赋予受难者独特的人类地位。普里莫·莱维（Primo Levi）、让·埃默里（Jean Améry）和戴维·鲁塞（David Rousset）的典型叙述，以及迄今发现的大量关于大屠杀的传记和自传文学，均属于阿伦特为我们打开的同一问题领域。虽然阿伦特表面上是在谈论荷马和古代英雄，但她似乎也已经看到：一方面，很有必要运用一种新的文学体裁来记述那些在灭绝恐怖中消逝的生命；另一方面，为了使人类故事书重新获得意义，也应该讲述他们的故事。事实上，在极权主义体制下，“所有由警察控制的拘留所都变成了十足的湮灭之洞，人们偶然跌入其中，而在身后却没有留下任何像一具尸体和一座坟墓那样的表明曾经存在过的寻常痕迹”（*OT* 434）。因此，阿伦特强调为了抗拒完全的销声匿迹，我们必须保存他们的记忆。

荷马的传记和历史作品的背景是一场战争或一场战斗，阿伦特在赞赏古希腊好战精神时更喜欢称之为战斗。在那样的场景中，恐惧与恐怖同在，虽然荷马的一段详细而悲惨的描述让我们看到了到处都是残忍与屠杀，但是我们离那十足的恐怖和全然的恐惧还非常遥远，正如纳粹集中营所为，那是极权主义政权的“花样翻新”。阿伦特指出，“世上有太多的苦难”，然而在灭绝集中营体制中，“苦难却不是问题，受难者的人数之多也不是问题”。（*OT* 458–459）事实上，在集中营这一现实的背后，存在着一种“无法惩处而又不可饶恕的绝对的恶，这种恶再也不能被理解和解释为利己、贪婪、贪心、怨恨、权力欲和怯懦这样一些邪恶的动机”（*OT* 459）。

阿伦特补充说，灭绝集中营里发生的一切是那样恐怖，“再有想象力也都永远无法完全理解，个中原因就是这种恐怖已经超出了生死的范畴”（*OT* 444）。在谈及我们的认识范畴和判断标准时，阿伦特对集中营这一现实的不可理喻和残暴无度予以特别强调，这种现实与我们对人的理解大相径庭，因而也就显得不真实。几乎所有以各种方式写过大屠杀的作家、叙述家、学者——特别是回忆录作者——都表达过一种类似的观点。莱维在《如果这是一个人》（*If This is a Man*）——此书谈及了他在莫诺维辛－奥斯维辛（Monowitz-Auschwitz）的经历——一书中写道，当那些流放者一进入拉格，在经过一系列匪夷所思、旨在把囚犯都变成“可耻、肮脏的玩偶”的羞辱、抽打仪式之后，“我们才第一次意识到，我们的语言中居然没有词汇可以用来形容这种罪行——这种对人的毁灭”[9]。语言及其概念体系似乎也无法参破那些“‘非人’，他们默默行走和劳作，他们扑灭了神的火花，懵懂无知一点都不觉得痛苦。他们很难说是活着的，他们的死也很难叫作死亡；他们太累，无法理解死亡，因此也就不怕面对死亡”[10]。

最近一段时间，那些记述、档案文件和大屠杀文学堆在一起可以装满一座大图书馆，但在 2001 年的一次访谈中，W. G. 西博尔德（W. G. Sebald）依然宣称：“在我看来，写集中营几乎是不可能的。”即使那些关于集中营的图像、照片和电影也“无法使我们能够发挥发散性思维和反思这些事件的能力……因此，以我之见，我们能够了解这些事件的唯一方式不是通过直面相遇，而是要通过间接、附带的查阅”[11]。在那些人生故事的叙述中，这种附带、间接的方式首先得到了西博尔德的确认。那些故事写的是那些被纳粹镇压、迫害和受过精神创伤的人，为了避免种族灭绝，他们在童年时代就经常被迫以逃离和流放的方式“移居他乡”。对西博尔德来说，重写他们的传记成了避免直接面对那场匪夷所思的恐怖事件的一种方式，同时，在毁灭性机器注定了那些人的命运的个人故事中，这种方式也能保存那种匪夷所思所留下的种种印迹。正因为他书写的是那些饱受创伤的人，而他重构这些故事常常是重述他或多或少地公开寻找和追寻的那些自传故事，所以这一写法势必无法触及故事主人公所遭受的压抑。他们是一些并不情愿的讲述者，西博尔德在其访谈者中遇到了某种形式的抵制。实际上，他的叙述方式——把自传和传记形式、记叙、证据以及影像文献汇集在一起——是引起抵制的最大缘由。

尤其在《移居者》(*Emigrants*)一书中，西博尔德讲述了那场灾难的幸存者因最终无法承受记忆的负荷而在晚年自杀身亡的故事。在此书中，他选择不去触碰像埃默里、莱维或鲁塞这样一些著名的人物，这些人本身就亲历过集中营里的恶行；相反，他选择了那些逃离了拘留地且不为大众所知晓的芸芸众生。通过访谈和档案研究，他提炼出了一个故事；否则——由于那些主人公都沉默不语，加之他们又要压抑自己的创伤经历——这个故事将永远无法见到天日。一方面，西博尔德的目的是要对那种毁灭行径之不可名状的恐怖进行对比和保存，正是因其残暴无度，此种行径很可能会逃过作为人类故事书的历史的纠缠。另一方面，他的目的是要找回那些濒临湮灭的个体故事，不然的话，那些故事可能永远都毫无意义。当找回一个故事和找回与之相关的一段历史需要通过谈话或采访来追寻记忆时，那么这样的方式必然会带有扰人的成分。西博尔德在一次采访中宣称：

> 你确实打扰了其他人的生活，我之前在设法了解这些故事时就不得不那样做，而且你也不知道这究竟是在做好事还是在做坏事。谈论创伤是一件好事，这是一种普遍的看法，但也并非总是如此。特别是如

果你总是怂恿人们去回忆、谈论他们的过去和种种，你无法确定你闯入某个人的生活时，是否同时也会给他造成某种程度的伤害，而这种伤害本来是可以避免的。因此，在这方面存在着一个伦理问题。[12]

极权主义机器蓄意要把一个自我捣毁成废墟，而你又硬要从那堆废墟里催生一个不情愿的可叙述的自我，这当然会有某些压力。对此，我们不妨以问题的形式予以表述：如果吟游诗人向奥德修斯揭示了后者的身份后，奥德修斯在那吟游诗人面前哭泣了，那么，当那些极权主义灾难的受害者被迫向那个可能复述他们故事的叙述者讲述他们的故事时，他们又会流出什么样的眼泪呢？甚至比这更为重要的是，那叙述者会用文学形式来复述这些故事吗？是不是几乎会把它们写成小说呢？事实上，正像那些叙述犹太人遭受纳粹迫害之经历的其他作家一样，W. G. 西博尔德也经常受人指责，人们说他迷恋一种新颖的文学体裁，这种体裁将大屠杀小说化，并使之成为一部发迹小说。即使这是不可否认的，而且很明显还会引出更多的伦理问题，但是也存在这样一种情形，即很大一部分这样的文学——当然也包括西博尔德的文本——与某些人十分欣赏的那种缄默不语形成了反差，而那些人否认灭绝集中营的真实存在。不仅如此，这种文学的长处就是它本身与前述关于在毁灭和叙事之间存在着重要联系的命题直接吻合，这一问题在灭绝集中营和20世纪种族灭绝大屠杀之后已经成为必然。

西博尔德诗学的重要内核恰恰在于，他自己接过了据阿多诺所称的书写“奥斯维辛之后”这一难题，更广泛地说，他接过了书写毁灭史最重要一章之后的难题，而奥斯维辛乃是这一章的象征。在这里，重要的是他能直接面对叙述不可言说之事的内在矛盾。即便我们不在那些主人公面前，而且他们的所作所为也已铸就了令人难忘的故事，但是以一部叙述传记的形式流传下来的记忆依旧是个问题。去揭开那些免遭灭绝之人可叙述的自我可能违背他们本人的意愿，因为他们不希望别人来讲述他们自己“被压抑的”故事。然而，这种写法最重要的是它能够赋予具体的独特性以意义，而这正是纳粹实验室一直竭力想要从世间抹去的东西。查尔斯·西米克（Charles Simic）写道：“在他的书中，西博尔德总是对个人、集体和文化记忆处理经历的方式饶有兴趣，而那些经历却存在于语言表述的边缘地带。”[13]

这一问题一直是阿伦特和莱维已然认识到的：怎样去谈论那些不可言说之事，怎么去表述那种超越了我们的理解范畴和评判标准的恐怖情形？这对语言本身来说就是一场挑战。众所周知，在《论毁灭的自然史》（*On the Natural History of Destruction*）一书中，西博尔德将这场挑战加以引申，他把在第二次世界大战决战阶段中德意志的城市被炸弹夷为平地这一现象也包含在内；那些轰炸导致数千平民死亡，其中包括妇女、儿童和老人，但是在德国文学中，关于这一事件的回忆和主题却不见踪影，他对此进行了谴责。即使如此，如果这样的事件都不能在文学中被提及、被叙述、被转写，那么，那些匪夷所思的恐怖行径就会因那些无助的受害者的沉默不语而无法昭然于世；而西博尔德总是站在受害者的立场发声的。他宣称：“虽然有许多种写作形式，但是只有文学才能避免纯粹地描述事实，从而超然于学术之上，设法还原真实。”[14] 西博尔德的写作形式和他那独特的、优美绝伦的文体不仅塑造了一篇篇富有创造力的散文，而且也特别打造了一部与大屠杀有关的传记叙事作品。愚昧的恐怖行径摧毁了那些脆弱的生命，与其他任何一种话语形式相比，这部作品更能直面挑战，去还原这些生命的意义。用阿伦特自己的话来说，人生的故事“就是要揭示这种意义，而不是去犯界定这种意义的错误”[15]。与哲学和人类科学准确清晰的语言不同，传记叙事既不去阐释，也不会从一种概念框架，即一种赋予意义的体系出发去组织或理解那些事件；相反，传记叙事会把一种人生经历的碎片汇聚在一起，而这些碎片会透露出那种人生的独特性意义。甚至更重要的是，传记叙事能使这种意义不被遗忘。就大屠杀这一事件而言，遗忘并非单纯因时间流逝所致，而是采用暴力方式、蓄意进行毁尸灭迹的结果，这与荷马宇宙里发生的一切恰好相反。

和阿伦特一样，西博尔德也对“自主个体”（the autonomous individual）这个概念提出了批评。这种个体能主宰自己的命运，那就是说，自我可以通过选择和自觉的行为来掌控和创造自己的故事。在极权主义灾难的境况中，那些可怕的外力突然涌入人生的每一项进程，其目的就是要毁灭生命。尽管如此，叙述那些受到创伤的、被暴力拽出其正常轨道的生命的故事，恰恰能够成功地给这场毁灭的决定性胜利提供一种比照。

西博尔德的许多人物是在其与叙述者相聚（常常是偶然相遇）时讲述他们的故事的，奥斯特利茨（Austerlitz）的情形也是如此。此人与书中主人公同名，该书是作者的最后一部作品。与《移居者》截然不同的是，该书的主人公不是真人而是一位虚构的人物。他的故事是一些长长的独白，其中自传与叙述者重构的、创作的传记融合在一起，两者之间的界限总是不太分明，由于西博尔德抽离了那些惯有的支撑点，造成了迷惑，因此，他的文本读者才被弄得这般不知所措。另外，他新颖的叙述文体以糅合事实与虚构、人生与艺术著称，而且还要援用图像与照片——一些时真时假的人物照，这进一步加剧了局面的混乱。于是，对他把大屠杀小说化的指控似乎也在这里找到了有的放矢的正当理由。的确，正是这种背离任何文学经典的独特写法才善于打乱读者的基本理解框架，才能迷惑读者，目的是要把他们拖进那场打破真实与虚幻、正常与荒诞界限的事件；而这种事件已被阿伦特痛斥为极权体制的一大典型特征。阿伦特在《极权主义的起源》中指出："疯狂和虚幻的氛围是明显缺乏目的性酿成的，它是一块实实在在的铁幕，把各种形式的集中营掩盖起来，使其不为世人所见……可憎的罪恶发生在一个幻象世界里，然而，这个世界虽然充满了所有的现实感官数据，却缺乏因果和责任结构，如果没有这些，那些现实对我们而言就是一堆无法理解的数据。"（*OT* 445）西博尔德的叙述，甚至最重要的是他通过各种文体技巧和大胆曲折的符号关系，不仅使这种面对难以置信的恐怖而流落异国之事得以准确保存，而且还把读者变成了亲历者。

如许多人所言，从西博尔德的诗学中可以明显看出瓦尔特·本雅明（Walter Benjamin）"历史的天使"[16]之著名形象对其所产生的巨大影响。在西博尔德的著作存在着一种对历史的毁灭进程和过去的废墟的痴迷，叙述者可以从中找回和保留一些碎片，并将其改写为能唤起人性意识的人生故事，否则，它们就会碎片化、被埋没、被遗忘。事实上，这种上溯至普鲁塔克的传统，经历了圣徒传记文学后一路走来，进入现代性。根据这一传统，如果某种传记文学体裁希望通过对那些"典范人生"的叙述而获得一种普世价值的话，那么，关于大屠杀的传记文学可以通过那些受伤者和受害者的故事来为人性本身重塑一种可能的意识。

在本雅明看来，碎片、具体和细节都是有意义的，西博尔德对此也深信不疑，他并不迷恋任何后现代潮流。在这里，可叙述的自我——其碎片可以被搜集——首先是一个身心皆受创伤、被毁灭、被暴力推至野蛮深渊之边缘的自我。这里所讨论的并不是生命同一性的叙述统一，也不是自我同一性的叙述统一——用哲学家的语言来说，这种叙述统一常常似乎是一个“同”（*idem*）或“己”（*ipse*）的问题，是在后现代作家的意向中彻底消失殆尽之物。相反，我们所讨论的，不管怎样还是那个在人性话语中生命本身的可叙述性问题。

阿伦特提醒我们，在灭绝实验室里，“背后的一切恰恰是：那些人类个体杀害其他人类个体并非基于人的种种理由，而是出于以消灭人的概念为目的的一种有组织的图谋”[17]。纳粹意识形态坚称“劣等人与超人”（sub-human and super-human）[18] 之间天生就存在差异，于是也就人为地制造出了一种“后人类”（posthuman）。在关于自己在集中营的那段经历的自传故事中，瓦西里 · 格罗斯曼（Vasilij Grossman）重复了阿伦特的话语，他这样写道：“人类和法西斯无法共存，如果法西斯胜利了，人类就不会存在，留下的只会是一些类人动物。”[19] 因此，像西博尔德一样叙述生命故事，使这些故事免于毁灭，也就主要成了一种恢复人性的事业，一种从兽性的废墟中找回人的意义的事业。重要的是，在西博尔德的散文中，那些通过生命故事免于毁灭的人们，却还远远没有从创伤中解放出来，他们自己扛起了这种创伤，将其印刻在最终幸免于湮没的传记中。不过，这些伤痛却并没有消失，而是被突出地展示了出来。找回的人性也就成了一种受伤的人性，它深陷于无法排遣的忧伤之中，见证一场深刻而又令人费解的大灾难。那场恐怖事件的残暴程度达到了语言的极限，其匪夷所思的性质因而也无法消除；也就是说，这种匪夷所思不能通过一种表达或阐释结构得以消解。实际上，它就存留在这些生命故事里，它的痕迹得以保存。这种匪夷所思不但没有被忘却、被抹去，反而因此得到了罕见的强化，甚至是更直截了当地对我们进行质疑。

西博尔德的诗学中存在着一种基本的二元对立：“一方面是遗忘与掩盖毁灭，另一方面是记忆与揭示毁灭。”[20] 这种揭示不仅关乎毁灭的纯粹事实，而且尤其关乎那已知的事实，即记忆所保存、所呈现的那场前所未闻的毁灭是匪夷所思的。换言之，假如将来关于那场恐怖事件的遗忘还会继续发生，即便罪行尚未得到宽恕，沉默也将不可避免地继续存在。这会使我们自己不去追问那场恐怖事件本身的匪夷所思的性质。从压抑中挣脱出来的印刻在生命故事里的记忆反而成了一种叙事形式，在其中对匪夷所思的追问得以重现、得以保存。

毕竟，西博尔德似乎在暗示，奥斯维辛之后人性中留下的东西恰恰是质疑非人性的这一能力。既不去解释这种匪夷所思，也不冒险去消除、赦免并使之正常化，相反，这种能力揭开了那种匪夷所思，使其成为一种无法忘却的丑行：就像是一件无休无止的任务或一个警示，只有那些关于受伤、脆弱的生命的叙事才能将其表达和传达出来；或者像是一种伦理和政治的必然——阿伦特对此也持相同看法，要对人进行彻底的反思就必须审视其骇人听闻的破坏力。

西博尔德与阿伦特不同，他具有叙述者的优势，甚至更重要的是，作为一个叙述者，他在技巧上运用了最具创新性的元素，决定性地突破纪实与虚构、文献与创作之间的壁垒。他的叙事基本上是“合唱”形式和多视角的，由从毁灭与遗忘的共谋中抽离出来的单个生命交织而成。这些故事时而与那些转瞬即逝但却很开明的幽灵相遇，时而又去追溯从童年到死亡的一段历程；它们被置于这样一个的世界里，在那里实物与景色、人工制品与自然都发挥着很重要的作用。这种带有忧郁色彩的创作意旨从不遵循线性轨迹处理素材，其旨在保存生命与事物，使其尚有的痕迹不被强行抹去，而不是像那些古典忧郁标准所要求的那样，在时间的废墟中去保全生命与事物的或然性意义。西博尔德承认自己对过去与二战的灾难难以释怀，他在一次访谈中宣称自己“很难对未来感兴趣”[21]。在他的作品中，回忆常常伴随着这样一种信念：这场灾难并不仅仅是20世纪某一匪夷所思的野蛮时代的特有标志，相反，它是现代性驶向的终极目标；假如不是整个西方历史在此崩溃，那一定是现代性在此坍塌。[22] 因此，在西博尔德的叙事中没有历史的救赎，而只有那些从历史中挽回的故事的救赎；那些故事自己承担了一项永无止境的任务，即要在人类的巨大灾难之后去重构人的意义。

从这一角度来看，常常追溯童年时代的照片起到了非常重要的作用。这些照片描绘了大灾之前的故事主人公，那时人类还没有遇到过自己的毁灭之灾，或者我们不如说，还尚未发现这一毁灭之灾正在悄然逼近所描绘的那一主体。《奥斯特利茨》（*Austerlitz*）中的主人公是一位已经涤去了童年时代创伤事件的男人，他出生在布拉格，是一群犹太孩童中的一员，这些孩子在1939年被自己的父母送去英格兰的特别护送队，托付给一些英国家庭照管，目的是保全他们的生命。就这位主人公而言，正是住在威尔士的伊莱亚斯夫妇，这个不苟言笑、信奉加尔文宗的家庭，将其改名换姓，抹去他过去的每一丝痕迹。然而，由于无意之中听到一个关于犹太孩童特别护送队的广播节目，主人公通过断断续续的记忆痕迹和一次突然的发现，最终必须正视自己的过去。后来，奥斯特利茨发现自己直到那一刻都在实践着一种遗忘与启事的艺术形式。亦如他自己所言："我的记忆用得如此之少，相反，为了避免触及任何与我陌生的过去相关的一切，我过去一定总是经常竭力不去回忆。"[23] 奥斯特利茨一生潜心于建筑研究，尽力不去注意与大屠杀和二战事件相关联的任何信息。他对叙述者说："我没有读过报纸，因为现在我才知道，我以前害怕那些不受欢迎的发现，我那时只有在一天中的某些时刻才会打开收音机，我总是在完善我的防卫应变能力，去创造一种隔离或免疫系统，当我在一个越来越小的空间里维持生存时，这种系统使我不会受到任何事物的伤害，尽管这些事物遥不可及，但无论如何都与我自己早年的历史相关联。"（*A* 198）

奥斯特利茨早年的历史是通过薇拉（Vera）讲述给他的。薇拉是奥斯特利茨家的一位友人，在他孩提时代就照顾他，而他是在去布拉格追根寻祖的一次旅行中找到她的。令人忧伤的是，奥斯特利茨幸福的童年在他年方四岁时便戛然而止，通过薇拉的故事，那童年的记忆重现在他眼前：那时他被特别护送队送到英格兰，与父母永远天各一方，而父母不久后就被种族灭绝的血盆大口吞噬了。对于熟悉西博尔德这部非凡作品的传记性和自传性路数的读者而言，特别动人而又令人不安的是出现在该书某一页上的一幅照片，这是薇拉给奥斯特利茨看的一张后者小时候的照片。照片中的孩子身穿一件白色、闪亮的童仆装，正准备去参加一个假面庆祝会，这种打扮使他看起来几乎像幽灵一样缥缈。他那从被遗忘的世界里投来的好奇目光紧盯着奥斯特利茨和我们，仿佛是在央求看照片者接受挑战，去阻止"那场必然降临在他身上的悲剧"。奥斯特利茨对叙述者说："就我的记忆所及，我一直觉得我在现实中不存在，觉得我似乎压根就不在那里。在斯波科瓦的那个晚上，当玫瑰女王的书页审视着我时，这种感觉最强烈，之后便再未有过。"（*A* 261）

西博尔德的许多典型主题在此集聚，尤其不可思议的是，同时在此集聚的还有那些照片的叙述力。那些照片从被遗忘的世界里重见天日，“它们似乎有了自己的记忆，能记住我们，记住我们幸存者和那些不再与我们在一起的人在过去的人生中所扮演的角色”(*A* 258)。因为压抑着痛苦，书页上的那张照片有些难看；它不仅意味着记忆的觉醒，而且也恰恰是一种质疑的证据。这种质疑来自过去，但现在也仍然没有离场；它正在拷问着那场灾难的匪夷所思。毕竟，就一个生命故事主人公的独特性而论，其他任何材料都没有描绘奥斯特利茨的那张照片表现得如此真切。薇拉把照片和童年的故事一起都交给了奥斯特利茨，虽然这只不过是替代物，而且还有一种不真实感，但也就是在那个当下，奥斯特利茨知道了自己是谁；他认识到自己是一个被迫害的受难者，尽管他一直在设法忘却、不去理会，但那场迫害事件却处处与他如影随形。

的确，如果大屠杀传记文学是一种特殊体裁，那么，像西博尔德这类作家给我们呈现的这种形式就会使这种体裁变得更独特，也更难懂。在这里，这些生命故事的保存和救赎价值甚至获得了更大的提升；但是，由于这些生命都是一些深陷于压抑机制中的受伤的生命，因此他们就会对希冀获得一个“可叙述的自我”的欲求提出质疑，而且还甚至会对叙述者的角色与合法性提出质疑。这里的风险是：读者对故事的喜好与故事主人公的愿望南辕北辙。也就是说，主人公不希望别人去复原和叙述自己的人生。然而，西博尔德向我们暗示，这种叙述不仅必要，而且在伦理上，甚至在本体论上都存在着紧迫性。于是，几乎每一个从遗忘中夺回的和被讲述的故事似乎都可以把人的可能性意义从毁灭的绝对否定中拯救出来。

阿伦特在《在过去与未来之间》(*Between Past and Future*)一书中提醒我们，作为历史学家和讲故事者的荷马属于诗（poiesis）——制造、构造、创造——的领域。从这种意义上说，叙事（narration）与毁灭（destruction）是对立的，位于完全不同的两极。在传记写作中，甚至尤其当历史被极端的恐怖铸就之时，叙事也不只是对生命故事线索的“重构”；叙事最重要的是对那种已经吞噬了生命本身的毁灭之举的抗拒。叙事最终是一种对抗毁灭的塑造，一种对抗摧毁的创造，一场对抗消灭的行动。

荷马的意旨是要把人必有一死的人类处境与他所描述的英雄故事的不朽之功进行比照。西博尔德与荷马相反，他的创造性叙事是对一场大规模毁灭之现实的反抗，而这场毁灭远非人必有一死的问题，甚至远非暴力致死与谋杀的问题。在西博尔德的文本中，可叙述的自我经常被塑造为一个幽灵。通过混淆死者与生者之间的界限，那场灾难仿佛还在那里，仿佛还能将那些幸存者圈入过去那毁灭性的时间中。奥斯特利茨说道："我越来越觉得时间仿佛根本就不存在，只有各种空间根据一种更高形式的立体几何学法则相互交叠在一起，在其中生者与死者随意地来来往往。我们活着的人在死者的眼里是不真实的，我对此思考的时间越长，这种感觉就越真切。"（*A* 261）但显然，时间是叙述生命故事的艺术无法回避的一个维度。西博尔德也承认："小说是一种在时间中行进的艺术形式，它会走向终点，也会以一种负梯度来运作。因此，要用叙事中的那种独特形式去阻止时间的流逝是非常非常困难的。"他注意到，然而，照片却能"像屏障或堰坝一样起到遏制时间之流的作用"[24]。就像玫瑰女王书页上的那幅照片一样，其幽灵般的气息使从时间废墟里抢夺回来的人物显得更加突出。然而，在西博尔德的诗学中，这只是需要利用照片来发挥各种不同功能中的一种。实际上，如果把照片放在叙事结构的传记情节之中，这些照片既能进一步证实他所讲述的故事之"真"，还能像一道凝神而好奇的目光一样，去质疑那个故事本身的可叙述性。在叙事与照片之间，即使没有结构的含混，也存在着一种悬而未决的张力。至关重要的是，照片能遏制时间之流，因而能把那些受难者从过去灾难性的时间中解救出来，这种力量也许就是受创伤的自我压抑之后产生的副作用。就像奥斯特利茨一样，这个自我为了回避自己的人生故事也建造了一个免疫系统。

这就是为什么西博尔德非常不愿意简单地承认自己的创作扰乱了别人的生活，这也是为什么他采用一系列各式各样的文体、叙事策略，竭力对这种扰乱之举的必要性做出解释。自传的滔滔不绝与突然中断、自白与沉默、偶然相逢与不可思议的逃避，尤其是在这些因素的复杂交织中，这样的必要性才渐渐显露出来。当然，文中既有故事无法填补的各种空洞，又有既不能缝合又不能袒露的伤口，还有一些中断了故事线索又在他处续接的题外话。的确，西博尔德的叙事所复原和解救的人性是一种受伤的人性，这种人性深陷于那场迄今仍然令人匪夷所思的巨大灾难之中，那场灾难的恐怖程度仍然对我们的理解框架构成诸多挑战。然而，他的散文承载并展示了那场灾难的印迹，使得那些个体生命故事免遭湮没，让那些无法言表之物潜伏在沉默之中。这样做，他的散文反而使那些匪夷所思变得易于理解了。

维罗纳大学

注 释

[1] Arnaldo Momigliano, *The Development of Greek Biography* (Cambridge, MA: Harvard Univ. Press, 1993), 8.

[2] Hannah Arendt, *The Human Condition* (Chicago: Univ. of Chicago Press, 1958), 184. 此处采用了王寅丽的译文，译文有所改动。参见汉娜·阿伦特:《人的境况》，王寅丽译，上海：上海世纪出版集团，2009 年，第 145 页。——译者注

[3] Ibid., 179. 此处采用了王寅丽的译文，译文有所改动。参见汉娜·阿伦特:《人的境况》，第 141 页。——译者注

[4] Arendt, *Between Past and Future* (New York: Penguin Books, 1993), 45.

[5] Arendt, "Foreward," in Isak Dinesen, *Daguerrotypes, and other essays*, trans. P. M. Mitchell and W. D. Paden (Chicago: Univ. of Chicago Press, 1979), xx.

[6] Arendt, *Denktagebuch* (Munich: Piper, 2003), I: 482.

[7] Ibid., 482.

[8] Arendt, *The Origins of Totalitarianism* (New York: Harcourt, Brace and Jovanovich, 1966), 454. 下文中简称为"*OT*"。

[9] Primo Levi, *If This Is A Man* and *The Truce*, trans. Stuart Woolf (London: Abacus, 1987), 32.

[10] Ibid., 96.

[11] Michael Silverblatt, "A Poem of an Invisible Subject," in *The Emergence of Memory: Conversations with W. G. Sebald*, ed. Lynne Sharon Schwartz (New York: Seven Stories, 2007), 80.

[12] Eleanor Wachtel, "Ghost Hunter," in *The Emergency of Memory*, 59–60.

[13] Charles Simic, "Conspiracy of Silence," in *The Emergency of Memory*, 145–158.

[14] W. G. Sebald, *Campo Santo* (London: Penguin Books, 2005), 215.

[15] 参见 Adriana Cavarero, "A Stork for an Introduction," in *Relating Narratives* (New York: Routledge, 2000), footnote 2, 4.

[16] 参见 Elena Agazzi, *W. G. Sebald: In difesa dell'uomo* (Florence: Le Lettere, 2012), 179–187; Karin Bauer, "The Dystopian Entwinement of Histories and Identities in W.G. Sebald's Austerlitz," in *W. G. Sebald: History, Memory, Trauma*, ed. Scott D. Denham and others (Berlin: Walter de Gruyter, 2006), 233–250.

[17] 引文出自阿伦特（Arendt）1946 年 12 月 17 日写给卡尔·雅斯贝斯（Karl Jaspers）的一封信。参见 Hannah Arendt and Karl Jaspers, *Correspondence 1926–1960*, ed. Lotte Kohler and Hans Saner (New York: Harcourt Brace Jovanovich, 1992), 69.

[18] Arendt, "The Image of Hell," in Arendt, *Essays in Understanding, 1930–1954*, ed. Jerome Kohn (New York: Harcourt Brace & Company, 1994), 199.

[19] Vasilij Grossman, *Life and Fate* (New York: Vintage, 2011), 78–79.

[20] 参见 Markus Zisselsberger, *The Undiscover'd Country: W. G. Sebald and the Poetics of Travel* (Rochester, NY: Camden House, 2010), 323.

[21] Carol Angier, "Who Is W. G. Sebald," in *The Emergence of Memory*, 57.

[22] 参见 Jonathan Lames Long, *W. G. Sebald: Image, Archive, Modernity* (New York: Columbia Univ. Press, 2007), 1–8, 168–169.

[23] Sebald, *Austerlitz*, trans. Anthea Bell (New York: Penguin Books, 2011), 197. 下文中简称为"*A*"。

[24] Wachtel, "Ghost Hunter," in *The Emergence of Memory*, 41–42.

文学与文化理论的哲学前提：自我异化的叙事*

温弗里德·弗拉克（Winfried Fluck）著
曾竹青　译

一

文学和文化理论必须基于某些或明或暗的与人类有关的假设：人类生存的环境怎么样，人类有着怎样的特性，人类想要做什么、需要什么，社会对于这些需求作何回应，以及文学和文化在此语境下所扮演的角色。尽管批评家们通常不承认其前提或对此没有认识，无论人们的意愿如何，不可避免的是这些假设是每一种理论的基础。通常，我们解读文学作品或文化实践时，仅以自身熟知或喜欢的角度或方法来阐释，而不是首先思考我们潜在的哲学或者人类学前提。我们之所以这么做是因为这些视角和方法来自权威的理论，这也是我们觉得没有必要去分析和论证那些基于权威理论之上的不言而喻的假设的原因。

然而，这些前提，不管是有意识或无意识的，决定了任何一种理论方法的中心的形成和解释结果走向。可以肯定的是，一个形式主义者可能会说，为了判定文本的美学价值，只会对其形式特征感兴趣。但这类想法只有在这一假设语境中才有意义：艺术形式或审美对象在人类生活中，或资本主义社会生活中，或身份确立的过程中等所扮演（或应该扮演）的角色。事实上，这是我的观点。说到底，关键的分歧是关于前提的异议，因为这些基本的假设决定了下列所有的阐释选择：分析对象的选择，研究对象、研究问题的选择和阐释方法

* Winfried Fluck, "Philosophical Premises in Literary and Cultural Theory: Narratives of Self-Alienation," *New Literary History* 47, no. 1 (2016): 109–134.

的选择。然而，如果是这样，我们工作的最重要部分不只是找到能证实提出的观点的方法，而且是我们要找到其可靠的理论前提。这可能会让我们对文学和文化理论，更具体地说，对某些已经产生重大影响的理论有新的和不同的看法。

这是我在这篇文章中所要做的工作，我想把重点放在文学和文化理论中的一些关键方法上，以说明这些众所周知的理论多大程度上是由对人类状况的先验假设形成的。这些前提并非总是用哲学理论或观点来表达的，因而我的分析将包括那些证明其合理性和有说服力的叙事形式。文学和文化批评家不是哲学家，他们不会总为自己的抉择提供详尽的哲学论证，他们通常以叙述的方式阐明自己的理论基准，叙述不需要很精细复杂，实际上微型叙事似乎更合适，因而用海登·怀特（Hayden White）的元历史模式对不同的叙事风格进行宏大系统的分析的可能性微乎其微。然而，这里面会有独特的故事情节、主角、相反的体裁和不同的剧烈冲突；有敌对势力和对敌对势力的抵抗；有恶棍和受害者；有成功和失败；不可避免地，还有危机和化解危机方法。事实上，意想不到的是分析这类体裁会发现，其实没有许多不同的叙事要去讲。

当人们关注前提基础，就会很容易发现现代文学和文化研究在多大程度上受到一个特定的主题理论的影响。我指的是自我异化叙事（Selbstentfremdung），这些叙事将主体视为处于一种既不完全了解自己，也不能决定自己的命运的状态，通常会造成自我意识受损或内部分裂的症状。[1] 当我们提及这些理论时用复数形式是恰当的，因为自我异化就像其他任何理论概念一样，举个当前的例子，跨国主义或其他理论，不是一个固定的能指，却可用于不同目的的不同语境中。[2] 在这篇文章中，我想追溯自我异化思想的不同用途，特别是以下四种在文学文化研究中有影响力的理论方法：法兰克福（Frankfurt）学派批判理论［其在马克斯·霍克海默（Max Horkheimer）和狄奥多·阿多诺（Theodor W. Adorno）的《启蒙辩证法》（*Dialectic of Enlightenment*）有关文化产业那一章中显示出不同凡响的影响力］、由雷蒙德·威廉斯（Raymond Williams）所创立的英国文化研究、沃尔夫冈·伊泽尔（Wolfgang Iser）的接受理论、朱迪斯·巴特勒（Judith Butler）的后结构主义。这些批评家就怎样描述自我异化、它的根源是什么以及它能否克服而争论不休，但自我异化仍然是他们的研究中心，即使不是大多数，自我异化也是许多批评理论的起点。

二、法兰克福学派的批判理论

乍一看，你可能会惊讶地发现这些不同的理论方法都基于自我异化的前提，但这共同的前提能帮助我们确认其中的不同之处。比较著名的是霍克海默和阿多诺的《启蒙辩证法》，这或许仍是批判理论书籍中最具影响力的作品之一。这本书，特别是对文化产业的讨论，为我的发现提供了一个很好的例证，即要想使某种理论方法的讨论更有意义，就要将方法论和评价的分歧置于更广的理论前提语境中。由于近年来文化研究被当作大众文化研究，有关霍克海默和阿多诺关于文化产业章节的讨论都集中在高雅 / 低俗的区分以及到何种程度才能被称为精英文化的问题上。但这种"精英主义"应放在更为广阔的现代性批判理论的语境中来对待，在现代性批判理论中，作为启蒙主要价值观的理性已经变成了工具理性，[3] 工具理性获得了越来越强大的控制主体的力量——霍克海默和阿多诺认为，其性质在 20 世纪 40 年代的美国已几乎等同于极权主义 [4]。

这种发展也必然影响了文学和文化。在这些历史哲学中，越来越强势的工具理性观成了中心叙事，而（精英）文化通常被认为是少数仅存的尚未被工具理性占领的反工具理性领域之一。文化被认为是人类思想的最高表现形式，即使不是仅存的，也被视为一种关键的解毒剂。弥漫在霍克海默和阿多诺对于文化产业那一章中的震惊情绪是由担心现在最后的抵抗堡垒会遭到工具理性的入侵所引起的。[5] 美国大众文化的标准化和商品化，使得文化成为另一种标准化生产的产业和盈利的工具。在这种情况下，只有否定美学才能给予我们抵制这一趋势的希望。[6]

如果自我异化是由工具理性的盛行引起的，那么文学只有在其能保持非工具化对抗领域的有效性的情况下，才可能具有批判性的功能，只有在其具有一定的否定工具化的审美原则的情况下，才能保存一个非异化的乌托邦。要确立起可以反抗工具理性的文学，关键在于文学和文化研究能够担负起区分肯定文学和否定美学的责任。这里的叙事是进攻、撤退和英雄般坚持到最后的抵御的一种。河的另一边只有一小块土地，叫作高度现代主义，但它一直在变小；事实上，当那些退入到不受外界影响的否定美学界的批评家问“我们从这里走向何方？”时，他们已经是常常采用这种叙事的地域逻辑思维了。

我们可以进一步推进这一观点，工具理性是似乎从四面八方入侵的，并在最意想不到的地方出现，与这样一个如此强大的敌人战斗的剧本大大超出了英雄式的撤退和抵御的叙事范围，并暗含一种共谋和偏执的弦外之音。这使我们重回主体状态，因为霍克海默和阿多诺所提及的最可怕一面是，工具理性不仅侵蚀了文化，更糟的是心灵，而心灵是自我形成成熟主体的基础。[7] 因此，在试图解释爵士乐这样的文化现象的吸引力时——于阿多诺这样的传统古典交响乐研究者而言，爵士乐属于娱乐音乐——文化产业这一章对虐恋进行了精神分析，尝试解释一种看似叛逆的行为真的能有自愿服从的功能。“资本主义晚期生活不断地发展。每个人都必须表明他自己完全认同正在攻击他的权力。这出现在爵士乐的切分音中，在嘲讽不流畅的同时也将其作为一种规则。”(*DE* 153) [8]

现代性已进入了一个工具理性渗透到精神生活和主体性的阶段。因此，意外的是霍克海默和阿多诺以一种将托克维尔变成福柯（Foucault）的方式赞美亚历克西斯·德·托克维尔（Alexis de Tocqueville）:“托克维尔在一个世纪前提出的分析结果同时证明是完全正确的。在私人文化的垄断下，‘暴政使身体自由，并攻击灵魂’。”(*DE* 133) 因此，主体们心甘情愿地认为臣服就是自己的“自由选择”:“他们坚信着奴役着他们的意识形态。”(*DE* 134) 早于福柯，他们提出现代社会不再用压制的手段来约束主体。但理论上，有一个主要的显著差异。虽然两者通过聚焦心灵与身体，即人类生存似乎最私密、最亲密以及主观性最强的方面来强调文化控制各形式的包罗万象的性质，然而，对于霍克海默和阿多诺而言，心灵是最受现代性造成的损害影响的一个领域，而由于工具理性已入侵到不可驾驭的领域，福柯则更进一步，认为心灵就是规训身体体制下的一个结果。这个鲜明的转变尤为重要。在现代性条件下无论精神如何变化和被操纵，仍保留着颠覆的潜能，因为从弗洛伊德的观点来看，无意识总是不能被完全控制的。然而，福柯通过消除内部所有障碍来消灭这最后的，尽管已经是很微弱的抵抗前景。因此，在准行为主义的模式下，身体成为理论体制规训的被动对象。霍克海默和阿多诺的有关工具理性入侵的焦躁叙事，现在可以让位给一个全景式展示监狱日常的乏味纪录片报道，在这里再也没有反抗的主体，为抵制而上演的反抗剧也消失了，因为不再被压抑，正如福柯和福柯分子一直强调的，权力不仅是约束力也是生产力，没有它就没有主体。

三、雷蒙德·威廉斯与文化研究

法兰克福学派的极端悲观的观点最终削弱了法兰克福学派批判理论的不容置疑的地位，因为它几乎没有给予我们任何抵抗自我异化力量的希望。因此，在德国的学生运动中，最有影响力的是运动早期，那时其目标仍是分析“晚期”的资本主义和揭露其“压制性的容忍”。然而，当人们迫切质疑这种分析对文学和文化研究的影响时，研究兴趣开始转向另一种传统，即英国文化研究和至少最开始由威廉斯和他的两部极具影响力的著作《文化与社会》（*Culture and Society*）和《漫长的革命》（*The Long Revolution*）发起的传统，威廉斯的这两部著作应一同视为同一工程的一部分。[9] 与霍克海默和阿多诺不妥协的分析形成对比，威廉斯的研究方法近乎是社会民主的，但令人惊讶的是，他的研究出发点也是主体的异化和对文学和文化研究如何应对这种现实的探究。

与《启蒙辩证法》相反，威廉斯认为工业化才是理解现代社会自我异化的关键，而不是工具理性。两者差异显著。威廉斯认为工业化并非是一种完全消极的力量，相反，尽管代价很高，但它改善了人们的生活。它导致了阶级社会的产生和不同阶层之间的差距，这差距威胁了民主及其承诺的平等。工业化使生活的各个方面有了分工，包括文化，将文化形式与社会环境割裂开来，创造了一个独立的、掩盖了文学的社会功能的价值领域，即审美价值。在《马克思主义和文学》（*Marxism and Literature*）一书中，威廉斯认为美学理论是一种导致远离社会的避世思想艺术。“艺术与艺术思想得通过更彻底的抽象将自身与它们仍然置身于其中的社会分离开来。审美理论是避世思想的主要表达工具……因此，我们绝不把‘审美’当作一个单独的抽象维度和抽象功能。”[10] 从这点看，上层 / 下层阶级差距产生了问题，因为它是导致社会差距的原因之一。因此威廉斯自我异化的叙事与霍克海默 / 阿多诺的叙事相比，没有那么情绪化和夸张。他的叙事体裁不是一个反乌托邦式的侵略故事，而是一部社会小说，在这部小说中，不同的阶层被要求学会以关注彼此的方式来缩小社会差距。[11] 不幸的是，资产阶级仍然看不起工人，认为他们是文化和民主的威胁，正是这种社会差距的制度化导致了自我异化，其最明显的表现是使用贬义词，如用群众和大众社会来称呼不属于自己阶层的人。“我不把我的亲人、朋友、邻居、同事、熟人当作群众看待；我们没有人能做到这样。群众永远是别人，我们不知道他们是谁，也不可能知道。”[12]

如果我们认为自我异化是划分社会等级的、建立以商业为基础的稳定秩序的工业化进程的结果，接下来的挑战是如何扭转这一进程。其目标是让文化成为一个独立的领域，防止文化复制工业化的分工方式。其途径之一是把文学研究扩展到文化研究，将文学视作整个生活方式的一部分，而不是一个独立自治的领域，那么人们就会关注其他阶级的文化实践，学习如何将这些文化实践当作一种特殊情感结构表现形式来理解，这样资本主义社会中各社会阶层之间的阶级差距就会消弭。这就是威廉斯将文化重新定义为一种生活方式的原因（而不是一些模糊的人类学目的）。为此，他想赋予文化研究一种能够捕捉另一种难以捉摸的社会关系的功能，他称之为情感结构或生活经验。如果我们试图从工人阶级消费的文化对象中得出结论，例如，用思想史和批判理论来评价好莱坞电影或电视肥皂剧，将这些文化对象视为这些使用者的思想与心理表达，那么我们将无法理解工人阶级的生活。工人阶级的本质和价值是团结的社会关系，这是文化研究通过关注其生活经验，而不是大众文化消费情况而得出的群众特性。

换而言之，虽然整个社会的特征是可能导致自我异化的劳动分工，但如果认真考察工人阶级文化（霍克海默和阿多诺从来都不感兴趣）就会发现，事实上没有可以自我异化的一般条件。自我异化是历史变化过程的产物，通俗文化的发展仍可能会彻底改变这种异化。只有不良的文化研究，也就是说，将流行文化当作思想和心灵的表现形式的文化研究，才会导致长期的自我异化，一旦我们采用更好的方式——注重情感结构和生活经验，工人阶级就不会再有任何自我异化。相反，实际上工人阶级文化可以是避免自我异化的典范，因为其团结合作的文化，可能最好地体现了以威廉斯文化研究理论为基础的人类学前提。也就是说，人本质上是社会存在，而社会合作的破裂，或者如果是——

这是进行文化研究的必要条件——各阶层分离和社会的错误认知有制度化的危险，那么自我异化就产生了。

尽管威廉斯后来试图复兴马克思主义，但在其早期的作品中，他是一个实用主义者。他的研究的基本认知是，我们是社会人，因此必须关注社会关系的品质和特征。正是他的这种研究逻辑迫使他依靠实用主义前提，即人类活动和社会关系的创造性潜能。[13] 在实用主义中，主体重新定义为自我，而自我是社会关系相互作用的结果。因此，其本质是社会合作，大众只有在社会合作中才会有认同感。另外，与霍克海默和阿多诺对比就会发现一个有趣的现象。于霍克海默和阿多诺而言，大众媒体是自我异化的主要根源，因为它们扭曲了主体性。威廉斯回避这一问题，声称大众媒体不能告诉我们任何关于使用者状况的信息，只能告诉我们一种文化分工，这种文化分工可能会导致自我异化，但不是必然的，要视社会关系的状况而定。讽刺的是，工人阶级的团结精神为如何实现社会合作和化解自我异化做了典范。显然，自我异化的历史客体可以成为本体。毫无疑问，正是这种文化赋权的叙事使英国文化研究成为 20 世纪六七十年代法兰克福学派批判理论的替代理论。

四、伊泽尔与接受理论

每一种分析文学文本和审美对象的方法都需要一种效应理论，也就是，一个对象或文本是否能够直达读者内心并能对其产生影响的理论。《启蒙辩证法》中的效应理论是一种认同论：由于主体是在与本质隔离的意义上自我异化，因此它在面对利用其弱点造成情感和精神依赖性的文化产业时毫无抗拒能力。与此相反，威廉斯所持的效应理论是认识论的一种：如果我们认识到“我们一直都知道的”[14]，那么作为一种强化的经验组织的艺术，将发挥其最佳和最强的效果。在这两个例子中，决定接受者理解文本主旨和意义的仍是文学文本或审美对象。相反，接受理论首先质疑了这个假设，并提出了一种更复杂的效应理论，这一理论在伊泽尔的研究中得到了系统而令人信服的证明。文学文本，如果读者在阅读时没有产生同感的话，无论其多么精致，多么具有美学价值，也只是停留在纸上的文字而已。但读者都有自己的主见，因而阅读的感悟有时与文意大相径庭。所以，了解读者的意识活动是接受理论的关键。[15]

令人惊讶的是，鉴于接受理论中读者被赋予的积极角色，伊泽尔还是从自我异化的前提开始研究的，然而，这个前提并非源于工具理性无情扩张的叙事，也不是马克思主义对工业化社会阶级分层后果的分析，而是人类学对人类状况的剖析。这一剖析来自文化人类学家赫尔穆特·普莱斯纳（Helmuth Plessner）的研究，其中有伊泽尔喜欢引用的一句名言："Ich bin, aber ich habe mich nicht." 在伊泽尔《虚构与想象》（*The Fictive and Imaginary*）一书的研究中，这句话的英文翻译是："我们的存在是不可否认的，但又是难以解释的。"作为人类，我们是不完整的——例如，对于自己的起源和结局一无所知——因为我们不完整，才开始热衷于虚构，需要用虚构来弥补我们的缺失（且永远无法找回的缺失）。在这一语境中，自相矛盾的是，被认为是人类学条件的自我异化可以成为创造力的源泉，因为我们不可能完全克服自我认知不足这一问题，所以才会不断努力进行新的尝试。

伊泽尔对缺失所进行的人类学阐释导致了想象这一概念的产生，但不是拉康理论意义上的想象——依据拉康的理论，想象是永久自我异化的源泉，而是拉康的批评者科尔内留斯·卡斯托里亚迪（Cornelius Castoriadis）的理论意义上的想象——他认为想象是创造的源泉，即实际上，是询唤的反面和阻力。卡斯托里亚迪的想象是难以控制的，并不断暗中损害询唤，因为它是由一系列没有起点和终点，并不断满足我们自我形象的，没有结构的意象、联想、影响、情感和欲望之流所构成的。因此，想象可以产生持续的刺激，而小说，因为它的开放性，很适合为想象提供一种形式或"格式塔"(gestalt)，使其文化表达成为可能。事实上，这也是我们为什么从不抗拒虚构文本，尽管我们知道它们只是捏造的。虚构的文本为我们作为人类的想象提供了一个"格式塔"。

描述这是如何通过想象与伊泽尔所称的现实之间的相互作用得以实现的，成了伊泽尔接受理论的研究重点，并且为将接受过程再定义为传递提供了许多有趣的视角[16]。但在此重要的一点是伊泽尔从人类学角度阐释的缺失能为我们描述一个怎样的主体状态。事实上，伊泽尔在最初设想中就意识到他的观点与自我异化的激进派观点很相近。"马克思主义自我异化预设了一个人类理想主义基础，可以让真正的自我与低劣的区别开来。"[17] 相比之下，伊泽尔的自我异化不是一种反常的人类状态，而是人类状态的一种。伊泽尔的主体总是不可避免地处于一种自我异化的状态，因为其永远无法完全了解自己，因而无法完全获得自我认知和自我认同。但自我异化并没有让主体深陷错误认知的泥潭，它成了主体永无止境的动力之源，以弥补产生自我异化的人类学缺失，因此这种缺失构成了我们人类，让我们以不同的方式不断地生产和创新，永不停息。讽刺的是，伊泽尔自我异化叙事充满了有关不停运动的修辞词汇。他喜欢的词汇有插入某物（Zushuss）、敲入某物（Anzapfen）、动力（Antrieb）、过量（Ubershuss）、玩（Spiel），这些词传达了一种这个世界充满了既不可预测又不断出现的欢快的邂逅的意识，而这种意识的形成要拜将自我异化视为源源不断的创新源泉的观点所赐。

这又对文学和文化研究产生了影响。如果我们把主体的自我异化归结为人类学的缺失，这也可能会出乎意料地激发人类的创造力，因为它促使主体进行新的尝试来克服缺失，那么文学可以成为一种将自我异化转化为创造力的优势媒介。伊泽尔认为，这可以由空白和悬念连接构成的文本来高效完成，即现代主义和原现代主义文本用审美策略将现实表征模式陌生化并将其否定，因为后者会让我们难以意识到作为人类主体的我们缺乏了什么。但是现代主义现在有了一个不同于法兰克福学派批判理论的作用，即保证开放创新的渠道，因而伊泽尔用否定性美学取代否定美学。[18] 接受美学注重现代主义，不是因为它先锋运动的地位，而是因为它的审美策略会激发读者发挥创造力，使读者意识到自己的创作潜能。高雅和低俗的区分仍然很重要，但目的不是区分精英阶层：将自我异化转化为创造力的唯一途径是激发读者的创造力；因此，文学和文化研究应该认识到其主要任务在于识别那些计划通过抵制简单消费的策略来激发读者的参与度的文本。

然而，用文学的力量将自我异化转变为某种形式策略或审美流派意味着限制文学创作的潜力。因此就出现了将争论扩大化的挑战，不仅如此，还出现了把文学转变的潜力不仅与具体的美学策略和立场相连，而且还与文学总体相连的挑战。伊泽尔的范例“ur-scene”可以在哈姆雷特（Hamlet）的角色扮演中找到：

> 在这方面，接受者所需的活动类似于演员，表演一个角色要融入自己的情感、思想，甚至用肢体语言作类比来表演虚构的角色；要表演出虚构角色的特征，演员必须让现实世界的那个我退场。然而同时他也不知道谁是哈姆雷特，谁也不能正确地认出一个从未存在过的人物。因此尽管虚构的人物难以捉摸到无法确定其特性，但角色扮演仍赋予虚构人物一种现实感。[19]

不可知性又一次成了研究的出发点。主体不仅不了解自己，也不可能认识一个从未存在过的哈姆雷特。为了跨越这个鸿沟，读者不得不运用自己的联想力和社会经验在自己的脑海中构造出一个哈姆雷特的形象。在心里这样构造人物形象要遵从文本的描述，也要运用读者的联想力、情感和身体知觉，这样才能让纸上抽象的文字有生命，才能赋予文本意义。

在阅读行为中，文学文本同时象征着两件事物：文本世界和读者在阅读过程中所添加的想象元素。因而，我们的阅读模式具有在文本和我们自己的世界之间不断来回穿梭的特征，根据文本所刻画的哈姆雷特的形象，不断调整自己心中所想象的哈姆雷特的形象——反之亦然，这使我们置身于两个世界中。在阅读时，我们心中所想的哈姆雷特与文本所描述的不尽相同——因为我们消除自身对哈姆雷特的角色构建的参与——但同时我们在扮演“我们自己和其他人”时也忘记了自己的身份。[20] 这是一个复杂的心理活动，我们用自己生活着的真实世界在自己心里构造另一个世界，也用自己想象的世界来看待自己所生活着的真实世界。伊泽尔的阅读模式，就是演员用虚构构造出自己的分身，将自我异化变为自我延伸，但这不是永久性的条件，而是暂时性的开放试验。

五、后结构主义中给自我一种叙述

像伊泽尔一样，后结构主义也是从假设主体永久自我异化开始研究的。这解释了拉康在后现代主义形成过程中所起的关键作用。对 20 世纪 60 年代那些将政治变革希望寄托在选民增强的意识上的左翼而言，弗洛伊德和受弗洛伊德启发的精神分析学仍然有希望克服阻止主体投身革命的内心压抑。在拉康看来，治疗的希望没有了：因为身份认同是误认行为造成的，主体困于自我异化的永久状态中，尽管有些变化，但这种固化的自我异化多多少少在后现代主义中是主体的状态。[21]

与伊泽尔相同的是，后结构主义研究的出发点是人类学的不足和不完整性，但与伊泽尔相反的是，这个不足不是主体试图填补空白的创造力的来源，而是妨碍主体自我认知的永久性错误认知状态的来源。在后结构主义中，自我异化不仅在诸如工业化或工具理性这样的力量驱使下造成主体与本真的分离，而且从根本上来说这种分离是一种身份构建过程中所产生的悖论性结果。没有身份，主体不知道自己是谁，但在镜像阶段形成的虚假认同感必然导致误认，并且会固化自我异化，因此，在后结构主义中，主体不知道自己是谁，也难以理解自己。这是如巴特勒（Butler）的文章《给自我一种叙述》（“Giving an Account of Oneself”）的出发点。这篇文章解决了一个至关重要的问题，即一旦我们认识到自我的含糊不清，这个主体究竟还可以做什么。[22] 后结构主义学说很乐于解构主体，并消除自由主义对它的错误认知，但我们也逐渐看到了后结构主义以及反基础主义等众理论对解构之后果的思考。如果主体不能完全了解自己，它还能做什么呢？

答案之一是：即使我们没有获得彻底的自我认知，我们也必须继续对自我进行阐释。这是有道理的，但也出现了一个问题，在自由主义哲学中，自我认知是至关重要的（实际上并不是那么容易被忽视的），因为这样的自我认知是承担道德责任的基础。有了自我认知，我会认识并接受自己的道德责任，如果我做不到，也不能有任何的借口。但如果道德主体不了解自己的责任，那么道德责任又会如何呢？责任只能由共同的价值观产生，唯一可以分享的价值观是承认差异性和他者性。

在这样的语境中，巴特勒谈及一个关键问题，即在何种程度上这种责任表现、对差异以及他者的认知，也应被视作将主体定位为某种特定身份的强制行为。通过接受——或者应该说认同他人的认可，我也接受或认同他人认可的准则，这一准则将我定位于认可性的话语中，从而确定我为主体。为重新确定我为主体，认可性话语利用了我的模糊性，因为我的主体是模糊的，甚至对我自己而言。因此这些都可以被视为询唤形式。正因为归根到底主体是不可知且含糊不清的，所以它乐于接受这种作为询唤的认可形式。

这一点很有趣，因为我们可以在这里瞥见一个基本前提。为了强制确定身份，巴特勒必须先假定有认可之外的行动，在认可中主体被错误呈现，而且，讽刺的是她可以那样说，因为她是从一个主体不可知的前提开始研究的。我们遇到了进退两难的局面，因为主体是不可知的，我们不得不无条件地承认它，但当我们要认识它时，我们误认了它，因为我们确实不知道它是什么。在这个过程中，自我异化在意义和功能上发生了变化。在我们这篇文章一开始所论述的法兰克福学派批判理论中，自我异化是用来表达现代性对主体所造成的损害的一个词。在后结构主义中，自我异化成为一个论证道德责任的最强有力的论据，事实上也是唯一一个论据。如果我们不能了解我们自己，那么我们也就不能认知他者，因此，我们不能有条件地接受，必须是无条件的。

还有一个有趣的问题：如果这个主体是含糊不清的，甚至对它本身也是含糊不清的，那我们对于它还有什么可说的？鉴于主体的不可知性，它的每种表征都一定是错误的表征。然而，我们必须承认一些东西，一些我们觉得不得不保护或保存的人类基本条件，否则诸如误认、错误的表征或强迫性定位（或在其他语境中，被称为规训）就没有任何意义了。它们都意味着某些对理解主体起到关键作用的东西受到了限制、损坏或排斥。显然受到认可性话语控制的模糊的主体一定在某些方面受到了忽视和损害，因此应该给予拯救。或者，换句话说：是否有部分不可知的、含义模糊的主体需要特殊保护？如果是这样的话，我们如何知道这些，它又是如何显现的呢？

巴特勒主要地给了两个答案：第一个答案是自我认知不是完全模糊的。毕竟有些事情我们是知道的，例如疼痛。因此，我们知道我们很脆弱，而这一点我们似乎可以在与他人的相接触中放心地假设——事实上，应该假设。理查德·罗蒂（Richard Rorty）提出了相似的观点，其基本理论是这种脆弱性似乎让我们在伦理上难以达成共识。但可以把这个论点和第二个答案联系起来，第二个答案简单地认为主体是不可知的，但正因为它是不可知的，所以它不应该被约束，或者，如果它受到约束——它必然要通过语言、话语、文化认同等表达出来——那么我们应该集中分析这个约束的事实和机制，因为这些将会引导我们走向本不应被约束的事物。在话语主体定位之前，含义模糊不清、不可知的主体在这里是一个自由的、无拘无束的、非社会化的主体。尽管后结构主义者会拒绝这样的说法，然而，人们仍然认为，这仍是其批评性干预的默认准则。当巴特勒说到被剥夺了——她所说的——奇点的主体时，她所说的奇点必须假定为不是话语自我定位之外的实物。但这一奇点是不可知的；想要了解它将是另一种强迫。唯一的解决办法是，只有当我觉得自己被侵犯时，才能知道我自己的奇点；然而，因为它会不断地受到侵害，我们不断地遭遇约束和干预，这个奇点实际上是由约束产生的。[23]

可能还有一个以完全不同的方式提出的观点，自我异化是不会使人陷入困境的，而是驱使人们重新赋予意义。如果一个奇点不能完全表达（并因此总是被误认）为我的隐性前提，那么通过叙述（例如，以人生故事的形式）来保持奇点的活力显得更为重要。这些讲述是不完整的，归根结底，用自我认知的角度来看是失败的叙述。但是如果一个主体放弃讲述自我，它注定只能存在于别人强加在其身份上的文化叙事中。

因此出现了一些矛盾的观点。一方面，自我讲述会导致误认并且误认更多。另一方面，如果我不描述自己，这种强加身份的情况只会变得更糟。虽然一些后结构主义者认为，一定的形式特征或审美品质在解构强加的身份时比其他方式更有效，但这种语境中，美学不是特别重要。然而，巴特勒的主要目的不是追求美学，而是叙事。她试图将她无限制奇点的规范基准与伦理责任学说联系起来的叙述本身就是一种没有特性和“戏剧化”的叙事形式。但这篇文章主要集中在叙述问题上。如果主体本身不了解自己，主体的生活不可能完整地再现出来。我们可以依靠叙事来描述我们自己，但叙述形式会不可避免地歪曲我们的生活。[24] 那么我们如何从伦理的角度让我们仍然是可讲述的？不用整体叙事，用中断、转换的方式：换言之，即一种“精神分析式”的叙述，以散漫的病人似的第一人称叙述方式作为自我叙事的典范，因为在这种叙述中，连贯和可认知性规范没有立足之地。

玛格丽特·萨默斯（Margaret Somers）和其他本体论叙事学代表人物间接性回应此观点，“生活已经融入叙事形式中”，反对“生活叙事的可认知性规范”的观点[25]。但是巴特勒只能通过选择另外一种叙事传统，另外一种精神分析学的“可认知的叙事”来实现这一目标。于伊泽尔而言，能积极帮助我们转变我们未知的自我的是虚构；于巴特勒而言是精神分析学虚构。现代主义之于伊泽尔，如精神分析学之于巴特勒。然而，即便是这些个人描述会造成错误识别，这个研究也会一直持续下去。事实上，只有一个方法可以解决：放弃自我异化确立的前提。如果我们确实将研究方向转向批评理论其他有影响力的主要工作，这种情况确实会发生。

六、批判理论中主体间性的转向

自我异化叙事是 20 世纪批评理论和文学文化研究中的主要理论。因此第二代和第三代法兰克福学派批判理论学家，如尤尔根·哈贝马斯（Jurgen Habermas）以及下一代的阿克塞尔·霍耐特（Axel Honneth）在一开始的研究中便抵触自我异化理论，并用不同的主体构成理论来替代它。事实上，这种重新定位如此不同以至于在这里最好用术语范式转换更恰当。例如，哈贝马斯《交往行为理论》（*Theory of Communicative Interaction*）的第二卷一开始便直言反对自我异化的前提，这让人想起卢卡奇（Lucács）版的物化概念："从卢卡奇到阿多诺对韦伯的理性化理论的接受来看，理性化的社会后果都是以物化的方式概念化的；这种概念化导致的许多悖论表明，在意识哲学背景下这个问题不能被愉快地讨论。"[26] 按照这一说法，霍耐特在伯克利加利福尼亚大学分校的特纳（Tanner）讲座中深入地探讨了物化的概念。他的目标就是"重新定义西方马克思主义中的一个重要议题"，在卢卡奇开创性的研究《历史和阶级意识》（*History and Class Consciousness*）之后，"在社会物化占上风的环境下，推动整整一代的哲学家和社会学家分析生活的形式"[27]。

在这里，不管是哈贝马斯还是霍耐特，有计划地拒绝自我异化理论是在为主体建构替代理论铺路：从自我异化转变到主体间性，即从由现代性力量或人类学缺失所造成的主体与自我认知间分离的理论框架，转变到通过主体间关系建构主体的主体建构理论。从这种主体间性模式的角度来看，我们的理论获得了显著的发展。处于自我异化的状态中，我们无法完全了解对方。相反，主体间性理论认为我们不能不互相认识彼此，因为我们只能通过与他人的交流和接触来了解我们是谁。自我意识在交流和社会互动交往活动中形成，主体不再无助地暴露于外部的力量。主体建构理论的社会性质要求主体有不断的回应和行动；换句话说，它是准内在力量之源，然而它是有限的，因为主体为了能够行动必须确定情境并在社交活动中调整自己的角色。遵循实用主义理论，汉斯·约阿斯（Hans Joas）对德国社会理论确立主体间性范例起了关键作用，因此可以谈及行动内在的创造力，并将他的主要研究之一命名为《创造性行为》(*The Creativity of Action*)。[28] 哈贝马斯在他《交往行为理论》中将语言交流和行为活动联系在一起。霍耐特还提出了另外一种基于主体间性前提的批评理论，但他已经转向主体建构理论，认为非自我异化自我意识的建构依赖于成功获得互为主体关系。霍耐特用认可这一术语称呼这种主体间性关系。[29]

霍耐特的理论被认为是主体间性认可理论，与在查尔斯·泰勒（Charles Taylor）多元文化政治中衍生出来的跨文化理论形成了对比。[30] 从跨文化认可政治观来看，我们"知道"他者是某一族群的一员或基于性别共同体的成员，由于我们将成员身份视为身份建构的重要因素，为使主体避免损害或羞辱，由不同文化构建的不同群体必须在其不同的文化中得到认可。从主体间性认可理论来看，这个论点是成立的，但只说对了一半，因为一个群体中的成员身份不是主体建构唯一的，且通常不是主要的构成要素。即使我的文化差异得到充分认可，但我可能还得不到足够的认可以成为主体。由文化差异建构的群体可向外界呈现出统一战线，但在内部他们有着地位等级差异，为地位而抗争，也就是说，为主体身份得到充分认可而抗争。跨文化认知观念可能很重要，它使我们回到主体间性认知观念，因而探寻主体间性在主体建构的过程中的关键性作用。

在这里我们不得不回到哈贝马斯以及在某种程度上霍耐特所提出的主体间性理论的前提，他们的理论前提都源于乔治·赫伯特·米德（George Herbert Mead）的研究。[31] 在重新发现米德起了关键作用的约阿斯，称米德为"费尔巴哈与哈贝马斯之间最重要的主体间性理论家"[32]。米德开始的假设很合理：不与其他人交流，我们难以知道自己是谁。在米德的理论中，主体只能在社会交往中形成，只有透过他人看自己，才能获得自我感。作为一种内在社会存在，自我不是首先存在的（例如，在自我异化的状态），然后融入（或疏离）人际关系。恰恰相反，自我只有在与他人的关系中才能得以实现。然而，需要注意的是，这种交流活动可以发生在两个不同的层次上，因此，交流一词可以指两种不同类型的交流。其中之一是直接与他人面对面的交流，可以被概念化为一个正在进行的交互过程："在社会进程中影响他人的社会行为，刺激他人做出反应，然后自己再做出回应，这样构成了自我。"[33] 哈贝马斯指出，有机体并不只是在行为模式上对他人做出反应。它还在期待对方会做什么反应。[34] 当我们认为主体是由主体间性关系构成时，这是我们所能想到的最有可能的互动类型。

然而，不能仅仅基于面对面的交流来形成一个全面的社会理论，因此米德在他的自我建构理论中加入了第二种互动，他称之为与广义的他者的互动。这种广义的他者不是一个人，而是某种社会共识。在这种情况下，自我为了期待对方的反应，以社会的价值观和规范来衡量自己。因为自我在行动之前不能通过民意调查来了解这些价值观和规范是什么，所以它必须接受或者内化它们。可以肯定的是，"我"作为自我的一部分，对他人的态度提供了自发的、通常是不可预知的反应，包括广义的他者的态度。但是"I"的主张是由"Me"来评估和引导的，也就是说，一套社会的和文化的态度已经融入自我中。[35] 这就是为什么少数族裔会问这样的问题，是否主体间性理论的自我并不意味着身份是由"压制性的同一性"定义的，这种"同一性"有可能用来证明排他性是合理的。

哈贝马斯和霍耐特对如何避免主体间性仅仅是把主体转向另一种形式的服从的问题做出不同的回应。哈贝马斯以参与者之间的对话中有关系对称的理想话语情境的理论建构来回应，而霍耐特以只关注构建自我基础的人际互动中的移情形式来回应。自我是在主体间性关系认可中构成的，个人只有经历过才会有主体间性真正的经验，而且，为了使其有一定的意义，这些个人关系要有某些品质。在其关于物化的特纳讲座中，霍耐特认为移情是情感同情和对他人的关怀，这就解释了为什么他在希望确立主体间性对于非异化主体建构的作用时，所举的例子都是有关亲子关系研究的，也就是说，在人生的某个阶段会形成亲密的，且不可或缺的情感关系。在社会化和主体建构过程中，儿童很快就进入了一个其他的影响，诸如文化价值、实践和表征等，变得越来越重要的时期，但在霍耐特的论述中，这一点似乎被遗忘了。当然为了建立一个积极的自我参照物，儿童需要得到父亲或母亲的认可，但是当儿童长大并开始寻求独立时，其自我意识的发展便建立在一系列社会的和文化的影响上，包括文学文本和文化表征的影响。它们在自我身份建构中扮演着越来越重要的角色。

这为我们提供了一个重要的观点：就霍耐特而言（但归根到底也是哈贝马斯），以主体间性叙事替换自我异化叙事的一个代价是，分析上忽视了构建自我的文化表征和审美客体。霍耐特的主体间性认可理论认为文化没有任何作用。这确实是批评理论发展的重大逆转。文化对霍克海默、阿多诺是至关重要的，它既是自我异化的重要来源，也是少数仅存的仍有力量抵抗工具理性的领域之一，但现在文学和文化却沦为偶然被引用的脚注。在某种程度上，这是霍耐特理论前提的逻辑之果。因为如果主体间性的关系构建了主体（这样他们就可以不受自我异化的影响），那么关注完全实现了主体间性的实例，并使之成为社会理论的规范基础就显得尤为重要。当主体间性建立在相互性和互惠性上时，主体间性最为成功。然而，从文学和文化研究的视角来看，这是一个大问题，因为文学是不能相互交流的。在阅读文学作品中，我们不会遇到积极反应的人。那么文学是否应该被排除在主体建构的讨论之外呢？

七、自我异化的持续

近年来的批评理论认为，比起传统的自我异化理论，主体间性为解读主体是怎样形成的提供了更有说服力的理论。那么，为什么在文学和文化研究中，这一观点很少有人赞同呢？其中许多原因都与批判理论中此观点的作用相关：寻找另一种自我异化的叙事。后者非常适合于对资本主义或现代性进行根本性的批判。第二代和第三代法兰克福学派批判理论家们希望他们的社会分析能摆脱影响广泛的历史哲学，但如果它仍可以为社会批判提供基本规范的话，主体间性只能被用作可供替代的理论。主体间性理论超越米德，与特征为对称和真正互惠的社会关系密切相关——这便产生了一个即便是文学阅读也不能减轻的不良后果。此外，哈贝马斯和霍耐特提供的成功的主体间性模式，即理想的言语环境和亲密的亲子关系，并没有真正激起修正文学和文化研究的想象，而且似乎脱离了当下关注的事（例如，种族和性别）。因此，批判理论丢掉了其保持批评锋芒的诺言。最后，如果错误认知和屈从在一开始就站在主体形成的中心，正如后结构主义所说的，真正的互惠将是一种妄想。

虽然自我异化研究范围现已经缩小到后结构主义中，这一理论认为主体并非简单地脱离了它的本质，而是其本质是不可知且难以理解的，但当代文学文化研究在很大程度上仍以自我异化为前提。由于权力和话语遍及各个方面，非异化的乌托邦式生活难以维持，路易·阿尔都塞（Louis Althusser）很有影响力的著作就是一例。就像福柯的关键词屈从一样，只有通过规范话语（例如性别、种族或性）或询唤的方式认定只有一个固定的主体，主体才能存在。这与传统理论不同：异化不再是将主体与其本质分隔开来的强大的社会或经济力量作用下的结果；它是身份建构本身的结果。主体没有选择：如果它想要获得身份认同，它必须同意不属于自己的条款。[36]

身份可以将主体定位于错误认知中，因为它给了主体（错误的）连贯性。在讨论福柯的《规训与惩罚》（*Discipline and Punish*）时，巴特勒这样敏锐地总结道："如果话语通过应用和强制执行一个彻底渗透个体，并使个体总体化和整体化的可控的原则来生产身份，那么似乎每一个'身份'在其总体化的范围内，扮演着'囚禁身体的灵魂'的角色。"[37] 但是，如果在身份形成的过程中产生了自我异化，那么我们是否注定要自我异化呢？如果没有，我们还能做什么抵抗，或如何从这种命运中解脱出来？有什么办法不屈从吗？在过去几十年里这些问题一直是文学文化研究的焦点。在这里对已有的这些问题的解决方案做个简要的介绍。第一种是，用有限的经验打破身份不变的束缚，这种有限经验或许会起到非询唤的效用。第二种是，承认主体的多重身份，在主体位置间创造空间。第三种是，表述行为的再赋义的可能性。最后一种可以从自我关怀美学中找到，正如福柯在他职业生涯最后阶段所宣扬的那样。

所有这些解决方案有同一个目的，即如果连贯性的身份是自我异化的根源，那么唯一的方法就是破坏身份的一致性，虽然这样的"非同一性身份"只是暂时有效。然而，如果是误人导致的主体异化，它甚至没有意识到自己的异化状态，那转向非同一性身份的动力是什么？为什么主体觉得有必要逐渐削弱正常化？抵制的动机来自哪里？福柯和巴特勒等后结构主义者再三强调，被文化准则驯服和询唤并不一定意味着主体将完全由这些准则所决定。福柯认为，确立理性为理想准则前的古代提供了另一种视角："在古代，自己做苦行僧般的工作，不是民法或宗教义务强加给个人的，而是对个体生存的选择。人们自己决定是否照顾自己。"[38] 但是，如果没有监管准则的引导，又是基于什么而做出的选择呢？唯一可能的答案是这个选择本身的说服力，也就是终极审美标准。[39] 福柯恰如其分地把他所设想的新主体性描述为一种生存美学。这是一个巧妙的解决办法，但仍然留下了一个问题：为什么要驱使自我将他的人生创造为一件艺术品？

在巴特勒旨在批判屈从和反抗的《屈从，反抗，再赋义》（"Subjection, Resistance, Resignification"）一文中，她指出询唤可能是目标，但它始终不是结果，因为询唤可能被主体曲解。此外，仅仅一个呼唤的行为是不能确定身份的。为此，复述是必要的，它开创了逐渐再赋义的可能性。但是，为什么主体有必要再赋义？巴特勒给出了最有说服力的回答，"异化自恋""可能是询唤再赋义的条件"。[40] 因为主体别无选择，只能用伤害性的词语来获得社会认同，最终因自恋而驱使主体再赋义。换言之，同样的自我异化条件更容易让主体被询唤，或屈从也是追寻再赋义的驱动力。

在我看来，在作为可能的反抗之源的后结构主义自我异化叙事中，理由尽管多种多样，但都有一个共同点，即都是由认可的缺乏造成的。主体地位的多元化旨在吸引人们对主体早已忽略部分的关注；再赋义旨在改变认可的基础——更新和改进认知；生存美学追求构建独立于他人的自我认可的新基础。所有的"反抗"中，追寻认可是动力。主体中心的缺乏不仅会被他人强加身份，而且还是对身份被强加的长期不满的根源——相应地，为重新寻找认可提供了动力。然而讽刺的是，反抗或再赋义或生存美学的动力源自奇点，它是后结构主义者用以批判使人屈服的认可权力的基准，即主体的奇点。因为这种奇点永远无法被任何一种认可完全熟知，这就产生了促使主体在认可斗争中不断创新的动力。原因很简单。没有再赋义或生存美学的可能性，人可以生存，但没有认可人不能生存，无论其如何异化，因为认可是主体形成的中心：没有认可，我们就不知道自己是谁。

寻求认可最重要的文化领域之一是虚构的文本、审美对象，以及不断提供双倍新经验和主体身份选择权的文化实践。而且，我描述了文学在追求认可中的作用。[41]“为了认可而阅读”是追寻认可的重要组成部分。这种说法使我们再一次引入超越自我异化的主体间性维度——确切地说，不是在彻底实现个人互惠的意义上，而是在重新将阅读描述为一种交互模式的意义上。正如伊泽尔所说，在阅读中我们总是穿梭在两个世界之间，文本世界和我们自己的世界，我们必须把自己的世界与文本联系起来以理解文本的含义。在阅读中，我们总是处在两个世界之间，我们既是自己也是别人。这种概念化的阅读行为，作为一种互动活动，是指一种不依赖于具有反叛精神或极限经历的英雄叙事的非同一性的审美构建。阅读文学作品（或提供美学经验）不只是识别情节和接受它。它是一个人对自己叙事身份的持续研究，因此，把自我异化的叙事嵌入到认可叙事中似乎是很有道理的。

柏林自由大学

注 释

[1] 在大多数哲学版本中，异化意味着与人的本原或本性相背离。马克思认为，异化是由劳动分工和私有制造成的，即“工人既失去了劳动成果，又丧失了自己生产活动的意识”。Raymond Williams, “Alienation,” *Keywords: A Vocabulary of Culture and Society (New York: Oxford Univ. Press 1976)*, 31. 因此，工人与其世界的关系取决于非人性化的商品关系，物化是异化的一种具体形式。在后现代主义和后结构主义中，主旨是挑战理性，以主体为基准，异化通常指主体不可能认知自己。

[2] Rahel Jaeggi, *Entfremdung: Zur Aktualitat eines socialphilosophischen Problems* (Frak furt am Main: Campus, 2005) and Peter Zima, *Entfremdung: Pathologien der postmodernen Gesellshaft* (Tubingen: Francke, 2014).

[3] 在讨论马克斯·韦伯（Max Weber）的合理化理论时——马克斯·霍克海默（Max Horkheimer）和西奥多·W. 阿多诺（Theodor W. Adorno）的《启蒙辩证法》（*Dialectic of Enlightenment*, 1947; New York: Continuum, 2001）（下文中简称为 *DE*）中历史哲学的主要来源——工具理性和工具合理性这两个术语经常交换使用。我更喜欢“工具理性”一词，因为它违反了理性的启蒙理想，这些理论建立得更简洁。霍克海默和阿多诺融合马克思主义异化理论与韦伯物化理论，关注物化效应，关注的是最终手段的合理性，之后受到尤尔根·哈贝马斯（Jurgen Habermas）的批判。

[4] 本书于 1969 年再印版时，霍克海默和阿多诺说：“本书所认可的朝向整体性的发展被打断，但并未被废除。”没有必要修改他们的主要论点。重点仍然是这种发展“扬言要超越独裁和战争

发展。对启蒙转变为实证主义的预测，对事实的迷思，以及最后对智力的鉴定和对精神的仇视都完全得到确认”（*DE* x）。众所周知，这本书很难翻译，因此给出德语版本会比较有帮助：“Die in dem Bucherkannte Entwicklung zur totalen Integration ist unterbrochen, nicht abgebrochen: sie droht, über Diktaturen und Kriege sich zu vollziehen. Die Prognose des damit verbundenen Umschlags von Aufklärung in Positivismus, den Mythos dessen, was der Fall ist, schließlich die Identität von Intelligenz und Geistfeindschaft hat überwältigend sich bestätigt.” *Dialektik der Aufklarung* (Frankfurt am Main: S. Fischer, 1969)，ix–x. 因为理性的削弱，工具理性标志着“启蒙主义的自我灭亡”（*DE* xiii）。

[5] 在这个体系中，“控制”的根源是技术本身：“技术原理是统治者本身的理论基础。这是与本真分离的异化社会的强制性本质。”（*DE* 121）。

[6] 参见，例如：“伟大的艺术家从来都不是那些有着毫无瑕疵完美风格的人，而是那些将风格用作对抗混乱的受苦表现形式以及消极真理的人。”（*DE* 130）后来的著作中，阿多诺在否定的前提下创立了美学理论。

[7] 为了做完美的比较，揭示出阿多诺和福柯（Foucault）之间惊人的相似之处，参见 Axel Honneth, “Foucault und Adorno: Zwei Formen einer Kritik der Moderne,” in *“Postmkoderne” oder Der Kampf um die Zukunft*, ed. Peter Kemper (Frankfurt am Main: Fischer, 1988), 127–144.

[8] 参见以下文字：“动漫唐老鸭和不幸的人在现实生活中备受煎熬，这样观众就学会接受自己的处罚。”（*DE* 138）“文化产业不起升华作用，它起着抑制的作用。通过反复暴露欲望的客体、紧身衣中的乳房或者运动英雄裸露的身躯，它只能刺激不纯净的前期快感，在这种快感中，习惯性的被剥夺感已沦为受虐狂的一层外衣。”（*DE* 140）

[9] Williams, *Culture and Society, 1780–1950* (New York: Harper & Row, 1958) and *The Long Revolution* (Harmondsworth: Penguin, 1961).

[10] Williams, *Marxism and Literature* (New York: Oxford Univ. Press 1977), 154–156. 为了达成社会共同意义——在威廉斯看来，前提是克服社会差距——艺术必须摆脱传统美学理论的束缚，重新融入社会公众的生活。为此，它被重新定义为共同经历的组织，“与我们所有人和社会组织交流互动”（*The Long Revolution*, 50）。“将艺术看作人类创造性发现和交流的普遍性过程中的一个独特的过程，是在对艺术的地位和发现艺术与普通生活连接的途径进行重新定义。”（*The Long Revolution,* 53）《长期革命》（*The Long Revolution*）第一章的标题为“创造性思维”，提出了一种创造性的日常生活理论，与约翰·杜威（John Dewey）的“艺术即经验”有着惊人的相似之处。

[11] 参见威廉斯：“事实上，许多受过良好教育的人如此强调作为一种稳定习惯的阅读的重要性，以至于他们没有注意到还有其他有技术的、有智慧的、富有创造力的活动。不仅有性质类似的剧院、音乐会和美术馆等，还有一系列的常见技能，园艺、金工、木工、政治活动等。饱读诗书的人在内心中总是轻视这些活动，这种轻视表明他们的视界是有限的，并不是说这些读书以外的技能活动应该被轻视。普及度很高的这些活动是衡量生活质量的依据，对它们的忽视是强烈偏于某一选择的结果。”（Williams, *Culture and Society*, 309）“以这种方式看待问题有助于我们保持一种平衡感。”（309）

[12] Williams, *Culture and Society*, 299. 论民主与“大众社会”的关系是 20 世纪 50 年代社会学理论讨论的焦点，主题是大众社会的异化主体是否削弱了民主政治的功能。最有影响力的研究成果之一是戴维·里斯曼（David Riesman）的《孤独人群》（*The Lonely Crowd*），在该书中他认为现代社会已从“内在指向性”转向“他者指向性”。里斯曼的“他者指向性”体现了据说由大众社会引起的自我异化意识。

[13] 特别参见其第二本重要著作《长期革命》的第一章，他想建立一种能替换他在《文化和社会》

（*Culture and Society*）中进行过批判性讨论的立场。

[14] Williams, *The Long Revolution*, 46.

[15] 描述读者在阅读行为中的活动是伊泽尔（Iser）在《隐含读者》（*The Implied Reader*）（Baltimore: Johns Hopkins Univ. Press, 1974）中研究的首要目标；*The Act of Reading: A Theory of Aesthetic Response* (Baltimore: Johns Hopkins Univ. Press, 1978); *Prospecting: From Reader Response to Literary Anthropology* (Baltimore: Johns Hopkins Univ. Press, 1989); *The Fictive and the Imaginary* (Baltimore: Johns Hopkins Univ. Press, 1993).

[16] 例如参见 "The Imaginary and the Second Narrative: Reading as Transfer," in *The Imaginary and Its Worlds: American Studies after the Transnational Turn*, ed. Laura Bieger, Ramon Saldivar, and Johannes Voelz (Hanover, NH: Dartmouth College Press, 2013), 237–264 and "Reading for Recognition," *New Literary History* 44, no.1(2013): 45 -67.

[17] Iser, *The Fictive and the Imaginary*, 80.

[18] 参见我对伊泽尔理论发展的分析，"The Search for Distance: Negation and Negativity in Wolfgang Iser's Literary Theory," *New Literary History* 31, no.1(2000):175–210.

[19] Iser, "Representation: A Reformative Act," in *Prospecting*, 244.

[20] Ibid..

[21] 通过强调拉康的重要作用，我当然不想断言所有的后结构主义者都受拉康的影响。但他提出了最有影响力的连接所有后结构主义理论的范例，也就是主体无法了解其"本质"核心。通过消除本质，福柯以不同的方式得出了同样的结论。

[22] Judith Butler, "Giving an Account of Oneself," *Diacritics* 31, no. 4 (2001): 22–40.

[23] 在批判福柯使用"权力"一词时，南茜・弗雷泽（Nancy Fraser）准确描述了后结构主义的根本困境："显然，福柯需要和迫切需要的是区分可接受的和不可接受的权力形式的准则。"参见 Fraser, "Foucault on Modern Power: Empirical Insights and Normative Confusions," in *Unruly Practices: Power, Discourse, and Gender in Contemporary Social Theory* (Minneapolis: Univ. of Minnesota Press, 1989), 33. 巴特勒和其他人确认的约束同样如此。是否有任何标准来区分正当的或不正当的，必要的或不必要的对主体的约束？

[24] 巴特勒说："甚至可以说，让一个人对他或她叙述形式的生活负责，就是要以某种道德的名义歪曲生命。"参见 Judith Butler, "Giving an Account of Oneself," 34.

[25] Judith Butler, "Giving an Account of Oneself," 32.

[26] 参见德语版："An der Rezeption der Weberschen Theorie der Rationa-lisierung von Lukács bis Adorno wird deutlich, dass gesellschaftliche Rationalisierungstets als Verdinglichung des Bewusstseins gedacht worden ist; die Paradoxien, zu denen diese Begriffsstrategie führt, zeigen, dass dieses Thema im begrifflichen Kontext der Bewußtseinsphilosophie nicht befriedigend bearbeitet werden kann." Harbermas, *Theorie des Kommunikativen Handelns* (Frankfurt am Main: Suhrkamp, 1988), 2: 9.

[27] Honneth, "Reification: A Recognition-Theoretical Vies," *The Tanner Lectures on Human Values*, no. 25 (Salt Lake City: of Utah Press, 2005): 91, 92.

[28] Hans Joas, *Die Kreativität des Handelns* (Frankfurt am Main: Suhrkamp, 1996); English version, *The Creativity of Action* (Cambridge: Polity, 1996).

[29] 若进一步探讨认知概念，参见 Fraser and Honneth, *Redistribution or Recognition? A Political-Philosophical Exchange*, trans. Joel Golb, James Ingram and Christiane Wilke (London: Verso, 2003).

[30] Charles Taylor, "The Politics of Recognition," in *Multiculturalism: Examining the Politics of Recognition*, ed. Amy Gutmann (Princeton, NJ: Princeton Univ. Press, 1994), 25–73.

[31] 乔治·赫伯特·米德（George Herbert Mead）的自我形成的主体间性模式与批判理论有关，因为其为陷入死胡同的意识哲学指明了出路。有关后结构主义思想对米德理论的挑战的讨论，参见 Robert G. Dunn, "Self, Identity, and Difference: Mead and the Poststructuralists," *Sociological Quarterly* 38，no. 4 (1997): 687–705，and Joas, "The Autonomy of the Self: The Meadian Hertage and Its Postmodern Challenge, *European Journal of Social Theory* 1, no.1 (1998): 7–18.

[32] Joas, *G. H. Mead: A Contemporary Re-examination of His Thought,* trans. Raymond Meyer (Cambridge: MIT Press, 1997), 2. 约阿斯（Joas）把自己的论文命题为 *Praktische Intersubjektivität* (*Practical Intersubjectivity*, Frankfurt am Main: Suhrkamp, 1980).

[33] Mead, *Works of George Herbert Mead,* vol.1, in *Mind, Self, and Society: From the Standpoint of a Social Behaviorist*, ed. Charles W. Morris (Chicago: Univ of Chicago Press, 1934), 171.

[34] Habermas, "Der Paradigmenwechsel bei Mead und Durkheim: Von der Zwecktätigkeit zum kommunikativen Handeln," in *Theorie des Kommunikativen Handelns*, vol.2, 13.

[35] 为了更准确地描述自我与他者互动的阶段，米德将"I"和"Me"作为两个不同的要素引入："I"是有机体对其他人态度的反应；"Me"是其他人对自己所构想的态度。其他人的态度构成了有机体的"Me"，"I"对其做出反应。Mead, *Mind, Self, and Society*，175.

[36] 参见巴特勒对此所做的示范性总结："追求自我的存在需屈从于不属于自己的他人的世界……坚持他异性才能坚持自己的存在。由于易受自己从未创造过的术语的影响，在某种程度上，人们总是通过用以标志社会性主要异化的类别、名称、术语和分类来进行这种坚持。" Butler, *The Psychic Life of Power: Theories in Subjection* (Standford, CA: Standford Univ. Press, 1997), 28.

[37] Butler, "Subjection, Resistance, Resignification: Between Freud and Foucault," in *The Identity in Question*, ed. John Rajchman (London: Routledge, 1995), 231.

[38] Foucault, "On the Genealogy of Ethics: An Overview of Work in Progress," *The Foucault Reader*, ed. Paul Rabinow (New York: Pantheon, 1984), 361.

[39] 参见福柯对萨特的评论："我认为萨特所说的唯一可接受的实际结果是将理论洞察力与实践创造力联系起来——而不是真实性。自我不被给予，我认为只有一个实际结果：我们必须把自己塑造成一个艺术品。" Foucault, "On the Genealogy of Ethics," 351.

[40] 完整的论述如下："被人以一个有伤害性的名称称呼，我由此进入了社会存在，但由于有某种依附于我的存在的东西，某种自恋掌控了赋予存在的名称。我被引导去拥抱那些伤害了我的名称，因为它们在社会层面上构建了我。人们可能会将某些身份政治形式的自我殖民化的过程视为是接受伤害性名称这一矛盾行为的反应。更矛盾的是，正是只有通过占有伤害性词语，被伤害性词语占有，我才能抵抗和反对这个词语，从而那个建构我的权力被重铸为我反对的权力。这样，精神分析就有了保障，从这种意义上来说，任何反对服从的动员都将以服从为资源，通过必然的异化的自恋，对伤害性询唤的爱慕会成为使询唤再赋义有了可能性的条件。" 参见 Butler, "Subjection, Resistance, Resignification," 245–246.

[41] Winfried Fluck, "Reading for Recognition."

制造时间：时间性、历史和文化客体*

乔治娜·博恩（Georgina Born）著
曾竹青 译

皮埃尔·布尔迪厄（Pierre Bourdieu）的作品所受到的最尖锐的批评之一是他在时间、变化和历史理论上的贫乏，这一点一般尤其体现在他对艺术和文化生产的研究上。即使在他历史风格最明显的著作《艺术的法则》（*The Rules of Art*）一书中，他所做的分析也是顽固的结构主义。该书通过追溯福楼拜（Flaubert）、马奈（Manet）和波德莱尔（Baudelaire）职业生涯中文化生产的"自主"亚领域的起源，将艺术生产模式的演变过程历史化。在这部和其他有关文化生产的写作中，历史问题逐渐成为对这个领域结构动态的阐述——这些阐述首先基于布尔迪厄对 19 世纪后期法国的分析，然后使其本质化。[1] 关于艺术生产特定历史条件的讨论越来越少，取而代之的是对"主人公们"采取"策略"，进行"斗争""对抗""政变"和"革命"的好斗立场的共时阐释。[2] 布尔迪厄无法从理论上解释文化史的变革，与另外两个问题有关：他缺乏对美学传统、其历史生产力和变化不定的存活时间的确切解释，另外他对能动性的解释也存在问题。一些批评家也表述了与此相关的观点。在克雷格·卡尔霍恩（Craig Calhoun）看来，布尔迪厄精于艺术再生产理论但不擅长变革理论。[3] 之后，詹姆斯·博曼（James Bohman）也指出布尔迪厄对反思能动性的阐释难以令人信服，无法解释"创新和新的表现形式是怎样成为可能的"[4]。同时，理查德·詹金斯（Richard Jenkins）直言不讳："尽管（布尔迪厄）重视实践的

* Georgina Born, "Making Time: Temporality, History, and the Cultural Object," *New Literary History* 46, no. 3 (2015): 361–386.

时间性，但他的理论却成为抑制历史的机器。”[5]

鉴于布尔迪厄的这些缺陷，本文提出了一系列对文化生产的时间、变化和历史进行分析的主要思路。在这些问题上提出新观点的困难之处不仅仅来自对布尔迪厄的批评。在关于历史主义和“语境化”的问题上，《新文学史》本身就是近期的一个研究平台，其中有一期专门刊登了有关历史主义和“语境化”问题的文章，讨论文学研究的阶段划分的有限性以及批判性思考历史和文化变迁模式，这些模式与包括剑桥思想史学派和新历史主义在内的范式息息相关。[6] 因此，“正如本文所汇集的文章认为的那样，对历史语境主义狭隘的解释助长了人们对历史时间性和文化空间维度的忽视，而语境为深入这些领域提供了丰富的可能性。文学研究迫切需要更好的模式来推动创新、创造力和根本变革”[7]。但文学研究并非仅限于人文学科。音乐学也明确提出了对类似的革新需求。一位杰出人士提醒说，“对音乐的历史研究很少是基于对编史原理的认真反思”[8]，而另一位则批评将历史简化到一个时间轴上的倾向，在这一时间轴上，统一的人类意识是所有历史发展的起源，即“纯粹的继承”[9]。后新历史主义音乐学中，对方法论的深入反思在最近的会议上是讨论的重点。这些会议重塑了学科基本设想；因此引发出诸如这样的痛苦反思：“我们要从那些过去从未制定过标准的学科以及与其相关的价值体系中学习很多东西。”[10]

本文接下来试图提出基于人类学、社会理论和（少部分）艺术史的关于文化生产的另类时间观，这些观点通常存在于对话中。如果说历史音乐学走到了方法论的分岔路口，那么把时间问题置于首要位置，就能从以人类学为代表的学科中得到关于艺术和文化生产创造性过程的新思维。[11] 更重要的是，本文提出了几个相关的分论点：分析文化生产中时间的多样性需要；作为非人类行为者[12]的艺术或文化客体对时间生产在不止一个时间层面上的贡献，以及将这种思想与历史理论化联系起来的重要性。概念性练习是一般性的练习，但是它的主要特点之后将由音乐来阐明：本文反对将音乐视为艺术中的一个例外。相反，音乐表现出了对其他艺术在时间理论方面的洞察力。文章最后一部分则结合前面几节的工作对当代数字音乐进行民族志和历史研究。[13] 显然，音乐为时间和历史的重新理论化提供了一个有利的形势，而数字音乐则突出了这些潜能。

从时间人类学到过程和生成

人类学关于时间的研究的不断发展为我们提供了一扇窗口，让我们了解丰富的时间理论思潮，它们将社会过程和时间概念化为你中有我，我中有你的关系，并带有或多或少的人文主义取向。南希·穆恩（Nancy Munn）在一篇重要的综述中提出，时间是“社会经验和实践中不可避免的一个方面”[14]。她坚持认为所有的时间经验都是本体论的，而不是具象的，也就是说“人们‘处于’文化时间中，而不仅仅是构思或感知它”。时间的计算涉及一个将过去和未来贯穿到现在的持续过程：“这整个象征性过程可以被称为‘时间化’，［我们］可能将时间化视为以多种形式进行的过程，‘一直在进行’。”（*CAT* 100, 104）穆恩从人类学语料库中提取了一系列的时间形式，其中包括由日常“活动展开”所构成的社会节奏，体现在例如牧民群体从营地到村庄的季节性流动中的基于生态的时空周期，以及基于血缘的世系和世系群体所体现的代际时间性。在克利福德·格尔茨（Clifford Geertz）运用阿尔弗雷德·许茨（Alfred Schutz）的社会现象学的基础上，她认为社会时间的基础是“人们在日常互动的‘生动呈现’中积极创造主体间性与生命和谐感的联合过程”（*CAT* 99）。她还指出，体现血统延续的发展过程既打造了一种开始于祖先的历史进程感，又强调了后裔的“动态增长”。穆恩认为，在任何文化中，这种发展过程都植根于独特的经验，即“主体（个人或群体）的‘现在’是其回顾起源或‘过去’，以及展望未来可能出现的事物的参照点”（*CAT* 99–100）。她把这个论点与埃德蒙·胡塞尔（Edmund Husserl）联系起来：“过去、现在与未来的关系是所有时间化的本质，因为人们在一个交织着过去和未来的当下中生活，而且他们还正在进一步将过去和未来交织在一起，用胡塞尔的主体语言讲，就是用相关的‘滞留’和‘前摄’充实［原文如此］。”（*CAT* 115）[15]

穆恩文章的创造性和局限性都值得关注。就创造性而言，她认同时间生产中普遍存在的“暂时性实践”，放大了胡塞尔对人类生命和跨代动态的滞留和前摄，以及分析了时间的多重性和这些时间性之间的协同作用，这些都在她之后的其他学者的研究中重现。在局限性方面，她在文章表现出来的人道主义和从历史过程的描述中抽象出来的时间理论化都受到后来学者的质疑，反映出长期以来人类学与历史之间的问题。[16]

随后在时间人类学中出现了两种主要的思潮，它们在哲学和社会理论中都有相似之处，且它们的产生都与文化生产有关。一种是关于多重时间性的新思维，另一种是在亨利·柏格森（Henri Bergson）、阿尔弗雷德·诺斯·怀特海（Alfred North Whitehead）和吉尔·德勒兹（Gilles Deleuze）的影响下产生的新过程理论。后者的理论取向来自这些理论家所一致认为的反目的论的时间概念是一种突变的、开放的和生成的观点，伊丽莎白·格罗斯（Elizabeth Grosz）将之称为“不可思议的趋同”，“是分歧的一种形式……是差异”。[17] 尤其值得注意的是，一股兴起于21世纪的社会理论浪潮认为，德勒兹对柏格森“绵延”的解读有助于在时间维度上概念化“生成”。例如，威姬·贝尔（Vikki Bell）批评了巴特勒式（Butlerian）的述行性（performativity）的观点，德勒兹称之为“述行主义”(performism)，即“现实被认为是其能实现的可能性的形象，或者与能实现的可能性类似，［也就是说］每当分析声称是在描述主体被认为是模仿或实例化的理想形式时，述行性就是预定性的”。而她主张对差异的信仰，即一种“本体论假设”，这种假设在物质世界的创造性和自我组织中体现得较为明显，也就是“生命不是对外部环境活动的被动适应，而是一种积极的反应，一种分化”[18]。布赖恩·马苏米（Brian Massumi）则主张以突变和过程为主导，“与柏格森一起流化”，“位置不再是第一位的，运动成了有问题的第二位”。相反，“位置性是一种突变的量的远动……［如此］在质的转变下的连续性……只能通过一种逻辑来接近（掌握）一个事物的直接性与自身变异的自我分离的巧合”[19]。

各种过程理论从两个方面渗入人类学。一般说来，它们似乎试图重新塑造时间人类学。马特·霍奇斯（Matt Hodges）的论述引用了柏格森和德勒兹的观点，阐述了“绵延”是“‘历史’本身的多重实质”，并预示着“一场划时代的革命……从静态的、时间上的分析框架向基于社会生活存在于‘时间’‘流动’或‘变迁’的本体论假设的转变”[20]。但过程理论也出现在文化生产的人类学研究中，对蒂姆·英戈尔德（Tim Ingold）的作品影响最大。英戈尔德认为，形式不是可以根据产生它的设计来解释的，而是通过制造者和材料之间的接触而产生的。这一过程类似于增长或自我生产——“关系系统随着时间的推移而自我转变，在这期间，一种手工艺品就产生了”[21]。更广泛地说，英戈尔德和伊丽莎白·哈拉姆（Elizabeth Hallam）质疑现代主义者的观点，即创造性和模仿是相互对立的；他们认为恰恰相反，创造性应该被认为是无处不在的，它是“通过现有元素的重新组合来产生新奇事物，或者说是一个成长、成为和变化的过程”。的确，创造力必然是即兴的，即“我们所说的即兴创造力是一个世界的创造力……它‘总是在发生’”（*CC* 16, 3）。对英戈尔德和哈拉姆来说，这种即兴本质上是暂时的；他们把它与柏格森的“绵延”相提并论，称其受过去的指导但并不由过去所决定。他们转向了怀特海的融合概念[22]，这一概念认为创造力在于“世界在发展中不断超越自我”（*CC* 11, 47）。

无论这些变异过程理论的某些特征看起来有多吸引人——对目的论和时间的“空间”本体论的批判，克服主客体二元论的动力——它们仍然不足以在历史和文化生产方面重新思考时间。这是因为，在倡导“成为的单时性”时（*OTR* 243），他们没有认识到在人类和非人类生活以及文化生产中运作的多重时间性。因此，它们也不能着手应对速度的变化和质变的差异或社会进程和文化形式在时间上产生的多元节奏有可能影响的稳定性。[23] 为了满足这些至关重要的要求，需要采取新的方法来处理多重时间性问题。

论时间的多样性与突变性：进入非人类

为了扩大对时间多样性的讨论，可以动员一些同盟者。一个同盟者是20世纪早期的社会理论家加布里埃尔·塔尔德（Gabriel Tarde），他在过去的十年里作为情感和联想的原型理论家被重新认识，他也对德勒兹产生了重大影响。[24] 塔尔德的关系社会学阐述了模仿、分化和对立的动态关系，因为它们通过主体和客体传播，并促进了传染、多样化和抵抗。虽然塔尔德总是在空间层面上被解读，但在之前的一篇文章中，我揭示了他的著作中蕴含了一种不仅涉及空间，而且涉及时间关系和转换的方法论萌芽。我认为对于塔尔德来说一个单个的概念就具有时间和空间两个维度（*OTR*）。塔尔德所做的远远超出了生成分析方法范畴，他提醒我们这些过程会在不同的尺度上成倍增长而聚集在一起，而且存在升级和沉降的潜能，以获取变化的微分曲线及稳定期。

另一个同盟者是福柯，他在譬如《规训与惩罚》这样一类书中对多层时间性的阐释就证明了这一点。他在该书中描绘了18世纪发明的一种“权力机制”——一种对“顺从性的政治解剖”[25]。这是通过大量的“强迫技术”的传播和凝结而实现的，特别是在修道院上修建工厂模式，其严格的时间顺序催生了时间表的规训程序——这样不仅控制、测量和划分了时间，而且还必须通过不断的监督来确保时间的质量。正如福柯所坚持的，“这种新政治解剖学的发明绝不能被视为一种突然的发现。这更像是多个通常是次要的过程，其来源不同，位置分散，它们相互重叠、重复或模仿，相互支持，并根据各自的应用领域彼此区别开来”[26]。这是对塔尔德论述的回应。福柯以这些方式提醒我们，时间是多重的、中介的、已成形的和在形成的。[27]

第三个同盟者是艺术历史学家亚历山大·纳格尔（Alexander Nagel），在他的著作《中世纪现代：过时的艺术》（*Medieval Modern: Art Out of Time*）[28]中，纳格尔对潘诺夫斯基（Panofskyian）的人文主义艺术史的真实性提出质疑，认为艺术分期和风格的划分都是以作者或作品具有某种明显特征为标准而划分的。在文艺复兴时期和20世纪，年代错误一直是艺术生产的一个条件。他通过追踪那些“拒绝安稳地待在它们所处的时代的艺术作品”(*MM* 26）的“跨时表面”“年代时间的聚合或重叠”来说明他的观点，例如，关于早期的包豪斯，纳格尔以参照瓦尔特·格罗皮乌斯（Walter Groupius）、阿道夫·贝内（Aldof Behne）等人的作品研究“大教堂思维”（一种对中世纪艺术、建筑和社会大融合的迷恋）是如何融合在他们前卫的论战、社会主义理想和宗教言论当中的。当他把论述扩展至20世纪的安装、索引、复制、拼贴技术与中世纪和早期现代艺术之间的跨时空之弧时，他提出：“将艺术与时间剥离并不是说艺术是永恒的，而是说艺术与时间和历史的关系是多重的，这些艺术家与中世纪艺术的对话是真正的跨时间接触，使现代艺术受前现代时间意识形态影响的程度不亚于时间的另类模式。”(*MM* 23)

受到这些思潮的影响，在穆恩的基础上，多重时间性已经成为现代时间人类学的核心。因此，温迪·詹姆斯（Wendy James）和戴维·米尔斯（David Mills）指出了多元社会节奏之间有时存在的矛盾对立，以及个人与集体经验之间潜在的不和谐。他们强调说："时间尺度上的多元化在人类历史上是'正常的'而非反常的。除了时间之外，没有所谓的'社会时间'，这是我们通常所说的历史的一部分。"[29] 劳拉·贝尔（Laura Bear）追求的是"现代的异时性"，并努力将"不可比较的节奏和时间的表现同步化"。正如这篇文章的大部分内容一样，她关注的焦点也是与物质世界接触的人类主体，她还关注"通过劳动行为来调解冲突的社会节奏、表征和非人类时间"；事实上，继马克思之后，她提出的等级和冲突问题是分析现代社会时间时的核心。[30] 虽然从这一系列的工作中获得了很多好处，例如，西安·拉扎尔（Sian Lazar）在谈到当代阿根廷政治时，对"划时代"和"传统"时期之间由于政治事件而产生的干扰进行了强有力的分析，但有一个关键问题仍未得到解决。[31] 因为人类学的工作往往主要集中在人类主体上，同时相对忽视了长期影响社会变化以及包括艺术或文化客体在内的非人类世界时间生产的物质轨迹。在关注人类实践的时间起源时，人类学研究未能理解非人类实体和过程是如何对人类生活产生影响并陷入"时间性"的。

社会理论家威廉·康诺利（William Connolly）在理论上对这种对时间的忽视提出了强硬的挑战，他问道："是否在文化和人类活动中有真正的创造力，而在自然界和宇宙中却没有？"他的回应虽然是直白的形而上学式的，但却也是积极正面的，综合了前述的理论思潮。对康诺利来说，自然系统和人类系统都有潜在的自组织性和"紧急因果关系模式，这些模式既不能被还原为偶然性，也不能被还原为因果关系的经典概念"[32]。依据复杂性理论和怀特海的论述，他描绘了一个由不同规模的"多重的、相互作用的和部分开放的时间系统"组成的"生成世界"，每一个系统以不同的速度移动且都有各自的能动性（*WB* 9）。在这些各不相同的开放系统中，他为动态的长期轨迹腾出了空间，这些轨迹不仅由政治经济（例如，由全球资本流动、不断变化的法律和政策制度所推动的时间性），还由生物进化、物理"力场"[33]、气候变化和"软土地"[34] 所驱动。此外，每一个时间系统都"以具备与其他系统形成交汇的多重潜能为特征"（*WB* 38），通过它们之间的相互干扰而产生紧急因果关系。[35]

多重时间性、文化客体与体裁：近期的艺术人类学

正是最近有关艺术和文化生产的人类学著作对这些不断增长的领域做出了最充分的回应。在这些论著中，时间被看作是多重的，人类学的人文主义倾向在很大程度上得到了重新平衡。具体来说，就是艺术或文化客体被赋予了生产时间和空间的能力。总之，分析的重点总是放在时间中介的形式上，客体经由这种形式构成，并进而又引发时间中介，即文化客体如何在时间中生产和生产时间。

阿尔弗雷德·盖尔（Alfred Gell）、卡琳·巴伯（Karin Barber）和克里斯托弗·平尼（Christopher Pinney）这三位学者做了很好的阐述。虽然盖尔的《艺术与能动性》（*Art and Agency*）与时间无关，但我们可以从两方面将其视作是将艺术人类学与时间联系在一起的一本书。在他的论述中，创意能动性产生的艺术品——从美拉尼西亚（Melanesian）、非洲雕刻和神物到委拉斯开兹（Velazquez）、弗米尔（Vermeer）和杜尚（Duchamp）的作品——凝聚了人与人之间、人与物之间的关系。艺术品在流传的过程中，这些关系在空间和时间上都是分散的，即艺术品在空间和时间上调节和传递社会关系。但在这个过程中，客体和社会关系都发生了变化。艺术品“有了一种这样的生涯：它不仅随着其在展示或接受的过程中，人们对其产生的不同解读而变化，而且甚至可以发生物理形式上的变化”（OM 16）。

盖尔又更进一步，他和穆恩一样，借鉴了胡塞尔的内在时间意识模型，在这个模型中，过去和未来在认知时间中不断变化，因为它们是在一个不断变化的现在中被捕获的。这种时间模式的核心是滞留，即记忆或过去的痕迹，以及前摄，即预测或预期。因此，过去总是通过过往事件的滞留来经历的，正如未来是通过可能性的前摄来经历的一样。盖尔的创新之举是将这种胡塞尔模型应用于某一艺术家所有作品中各个作品之间的关系上：早期作品如何预期后期作品，后期作品如何保留早期作品。[36] 通过这种方式，他将胡塞尔模式的系谱解读（穆恩称其与跨代社会节奏有关）转换为艺术家职业生涯中由艺术或文物所产生的独特时间性。盖尔以杜尚的全部作品为例，认为杜尚的全部作品是“一个单一的分布式客体，因为杜尚的每一部独立作品都是在为他的其他作品做准

备或是对其他作品的发展，所有作品都可以通过直接或迂回的方式追踪到所有其他作品中”(*AA* 245)。但他认为，该模型可以应用于各种不同种类的创作作品上，即暗示可应用于任何集体生产的人工制品上，并且这些制品中的单个作品会随着时间的推移聚集形成一个较高层次的组合。为了说明这一点，他借鉴了罗杰·内奇（Roger Neich）对建造于1870年至1930年间的毛利人会见室之间的风格关系矩阵所做的“历史地理”分析，提出该建筑群体现了一种复合型“时空分布的客体”。[37] 盖尔认为，一种作品群或风格——或者我们可以加上，一种体裁——是一种时空客体，在这种客体中，单个客体之间的关系映射出一个由滞留和前摄组成的透视网。

盖尔的文本本身已经在许多学科领域获得了认可，但他的方法仍有很大的局限性。[38] 他暗示了一种人与物的关系本体论，并赋予器物和形式以独立的生命，他的涂尔干（Durkheimian）社会理论和认知倾向，以及他对将意向性和“心智”作为艺术创作动力的坚持，使主体 - 客体二元论完好无损。一面是创造的主体或艺术生产的社会形态；另一面是无声的、指示性的、迷人的、“陷阱”之类的创造客体。[39] 因此，马克萨斯（Marquesan）艺术的“每一件作品、每一个主题、每一根线条或每一条沟槽，都互相交流着。这就好像它们彼此之间有血缘关系，并且可以像它们的创造者一样被定位在一个共同的系谱中。最重要的是，马克萨斯艺术的每一个片段彼此产生了共鸣，因为每一个片段都独一无二地经过一个马克萨斯人的头脑，并且每个片段都指向一个马克萨斯人的心灵”(*AA* 221)。盖尔理论的问题还体现在它将艺术与胡塞尔动力学之外的文化生产和历史进程所产生的其他时间性相分离，而他自己的材料则要求与历史和睦相处——正如杜尚创作时参照立体主义一样——以便阐明任一文化或时代艺术能动性的“语义”。[40] 盖尔最具有创新性的地方体现在他通过对文化作品的滞留和前摄来识别由它们所启动的时间相互关系网络。

巴伯的研究论证了这一观点。巴伯侧重于文本制作，而非个人作品，并主要参考了非洲流行的语言艺术。通过强调体裁和解读文本的时间动力，她生动地展示了文本是如何从文本中产生并重新溶入“文本性领域”的。“文本和文本材料被分发、回收、组装、扩充或以其他方式用于新文本的构建。它们可能被接受和重复，或者被忽视和遗忘。发生于田野上的文本可以标记为永久保存，也可以在一次表演后将其溶解在田野上。”[41] 巴伯认为，要理解文本流传中的这种消失和重现，需要弄清楚某种体裁是如何制度化的，它们是如何“嵌入和脱离社会生活形式的，它们是如何塑造群体权力和社会差异或如何被群体权力和社会差异塑造的，以及题材差异如何保持及经典如何形成的”（*AT* 224）。同佛朗哥·莫雷蒂（Franco Moretti）一样，巴伯以更敏锐的社会学眼光追踪体裁随着时间推移所出现的起起落落，获得了对体裁变化的非目的论的解读，这一解读整合了“文本制作的地方特性和更大的历史力量……在没有完全确定的情况下产生了深远的影响”（*AT* 223）。[42] 在她的论述中，文本呈现出它们自己的生命，因为它们凝结形成了聚集体或群体，然后重新个体化。体裁的出现、发展壮大和消散，同时是文本的、时间的和社会的过程。

除了巴伯和盖尔，还有一位印度视觉文化人类学家平尼（Pinney）分析了文化生产的多重时间性，认为其影响了历史的变化又受到了历史变化的影响。在他的印度摄影考古学中，平尼描绘了自 19 世纪 40 年代以来印度城镇和村庄的日常生活中肖像摄影的生态变化（*CI* 43）。相比以往的作者，他将人种学与历史相结合，揭示了媒介变化的时间性：他追踪了审美系谱与不断发展的摄影媒介的关系，并从美学和语义潜能角度考察了摄影的不稳定物质性能提供什么。与此同时，平尼详细描述了在早几十年前参与这些动态的其他长期发展轨迹，其中包括殖民国家动员摄影以便获取部落和种姓的分类清单，以及同时发展起来的一种精英肖像视觉文化，在这种文化中，种族被“淡化”，盛行模仿欧洲的审美规范（*CI* 97）。他描绘了这些轨迹是如何推动摄影体裁分化的，描绘了 19 世纪晚期的一个分歧：一个是“救助”范式，其原始主义美学适用于所谓的“脆弱的部落社区”；另一个是“侦探”范式，人类学摄影为确定殖民地国家的人口提供了指导（*CI* 45）。平尼的作品在追踪这一时期摄影与其他文化和话语制度之间的相互关系方面也堪称典范。他阐明了 20 世纪流传的印地语经典和方言叙事，因为它们在印度大众视觉文化的不同流派之间，注入了密集的“眼间”参照网（*CI* 189–195）。

从他对物质、社会和理论系谱的大量分析来看，我们可能会认为平尼过度强调文化产品的历史条件，剥夺了它的自主性。然而，他是对将文化产品简化为“语境”的强烈批评者之一。他旨在反对那些赫尔德式（Herderian）或涂尔干式的解释——“客体和文化在国家的时空中紧密联系在一起”或者“特定的时代，[特定的‘文化’]和特定的客体可以结合在一起，一个用另一个来解释”(TH 261–262)。与纳格尔的观点类似，他的观点特别有说服力，即在研究视觉文化时，我们应该警惕物质的“扭矩”，注意“图像与其历史位置的分离。图像并不总是简单地反映其他地方发生的事情。它们是构成历史的美学、具象领域的一部分，而且它们所处的时间性并不一定与更传统的政治时间性一致(TH 265–266)。平尼坚持认为，艺术品和文化产物体现了特定的时间性，以及它们本身又构建了历史。他的观点质疑了任何想要在时代、艺术家、批评家、观众与艺术文化产品之间发现统一性的意图。相反，同巴伯一样，平尼提醒我们，要与时间性分离。他指出了时代、艺术家 / 作曲家、观众和艺术文化产物是如何互相脱离时间的。

音乐“时间化”历史：四种音乐时间性

平尼、巴伯和盖尔汲取了人类学和其他领域的能量，在文化生产中对时间的概念化做出了富有想象力的贡献。他们还为进一步进行实验性思考奠定了基础。那么，我们应该如何处理这些与音乐有关的问题呢？从这个冗长的序言出发，以下概述了音乐和时间的双向中介：音乐如何通过对其几个时间性的偶然表达来产生时间的，而社会、文化、政治和技术变革的内在的各种时间性反过来又会调节音乐和音乐流派的演变。用康诺利的话来说，正是这些多重运动的复杂纠缠——每一个都表现出“多重潜力”，特定的节奏、速度和变化曲线——产生了最终沉淀成历史的紧急效应。

接下来，我确定了音乐过程中四个内在的时间性，同时我也承认可能还有更多。在这四个中，前三个是音乐客体或事件在生产时间时产生的时间性。值得注意的是，第二和第三个时间性包含的时间弧比通常在关于过程和生成的文献中以及音乐中的许多时间概念中所描述的都要大，这些概念仍然与单个音乐客体或事件的时间形式联系在一起。随着规模的变化，其他时间维度变得显而易见。

第一个时间性是公认的：音乐声音的时间展开性。它激发了音乐的社会经验和人们对音乐的关注——在其他艺术中，这相当于叙述或死亡时间。[43] 这种时间是音乐分析、音乐理论和音乐感知等学科的焦点；争论的焦点是创作、即兴创作和以表演为基础的时间顺序，这些顺序被认为是西方和非西方音乐的内在规律，诸如节奏、韵律、速度、持续时间、措辞、形式的构造等等。[44] 这篇文章感兴趣的是，从 20 世纪 80 年代开始，人们对这些领域所依据的基于分数的时间分析的视觉和空间偏差提出了批评。作为回应，朱迪斯·洛克黑德（Judith Lochhead）、戴维·卢因（David Lewin）、克里斯托夫·黑斯蒂（Christopher Hasty）、乔纳森·克雷默（Jonathan Kramer）等人对这些音乐中的特质进行了现象学分析，如音乐中“时间的流逝，关系前后，以及未来和过去的作用”。[45] 克雷默更进一步，借鉴时间人类学的观点，尤其在 20 世纪的音乐中，来识别音乐内部时间的五种类型：定向线性时间、非定向线性时间、瞬间时间、垂直时间和多重时间，即他所说的“重新排序的线性”。[46] 对克雷默来说，许多 20 世纪的作品“在每一个层次上都不能始终如一地表现出一种音乐时间”，而是表现出多元的时间性。[47] 因此，即使是这种音乐内部时间性的第一阶，其本身也具有多样性。

第二种时间性是由音乐客体的过去和未来（或虚拟）所提供的滞留和前摄的动态所产生的，其中滞留指的是每个客体或事件对系谱的制作和重构，前摄指的是每个客体如何预期新的机遇——潜在的音乐未来。[48] 这里，我扩展了穆恩和盖尔对胡塞尔的解读。回想起盖尔追溯了艺术作品之间的滞留和前摄网络，把它想象成艺术作品或集体语料库，而穆恩则将胡塞尔和许茨的联盟概念混合在一起，展示了社会时间是如何通过不断展开的系谱和设想的未来的跨代亲缘关系节奏产生的。[49] 两者都强调以主体为中心的世界的时空构成，“将过去和未来融入当下的”人类活动。相比之下，我更感兴趣的是追求一种从根本上以客体为中心的、死后的视角，即任何音乐客体或事件本身都是通过其滞留和前摄——通过与先前和未来的客体或事件的联系——以这种方式及时发挥作用，来激活时间性的。这种时间性既由个别客体或事件产生，也由它们之间的关系运动所产生，因为它们通过滞留和前摄将艺术作品群虚拟化为一种类型，这些作品群本身可能合并，也可能无法合并。

然而，从音乐客体的角度来看，存在着不对称，因为前摄比滞留更具有投机性和不确定性。如果一个音乐客体的前摄不被采纳，就不能开辟新的方向；它们也不能令人信服地成为一个更大的新兴作品群的参与者，一个流派形成的参与者。的确，如果我们把发明定义为那些音乐作品的属性——它们“不仅为下一个事件，而且为预期一系列有进一步发展的客体和事件而开辟新的可能性”——那么什么都不具有创造性了（*OM* 21–22）。另外，正如巴伯和纳格尔所证明的，物体的前摄可能处于休眠状态，但最终通过“跨时表面”或“按时间顺序折叠”——数年、几十年或几个世纪之后——才得以实现。正如康诺利所言，“没有采取的方向以后可能会成为一个具有多重潜力的开始”（*WB* 116）。因此，我的目的是将这种观点从盖尔和穆恩的人道主义中剥离出来，并将其用于分析音乐（文化）作品所表现的时间性——它们对过去和未来的肆意创造——因为它们通过自身的差异来预示它们可能发起并参与的流派的未来，或它们可能会自相矛盾地对历史性或身份认同，既感到困惑又给予蔑视。

第三种时间性是指易变的时间性，是由特定流派以任何流派的典型元节奏的重复和差异、惰性或变化为幌子所产生的。[50] 这种时间性是几项研究的核心。威尔·斯特劳（Will Straw）指出了 20 世纪 80 年代另类摇滚音乐和舞蹈音乐这两种世界性流行音乐流派在演变过程中所显示的独特时间性，即由时间的流逝而定的、以构建价值观的方式所形成的时间性，原因是这适用于美学转变的发展曲线。[51] 另类摇滚展现了一种建立在经典、沉淀和永恒古典主义，甚至是“历史复兴工程”基础上的时间性。他认为，时间性在舞蹈音乐中则表现为新颖性、通俗性、技术和风格变化的快速性，是一种与俱乐部文化中充满活力的“区分和界限划分”相匹配的特质，所有这些都通过分支亚类的不断生成、迅速崛起和被取代，推动了一股不安定的创新之流。[52] 一个对比鲜明的例子是巴伯对古卢旺达宫廷文化中一种王朝口头赞美诗《伊吉西戈》（*Igisigo*）的时间性的描述。这是一种以“倾斜”风格为基础的体裁，没有线性叙述或生动的意象，据说可以追溯到十四代人以前，至今并没有发生重大变化，创作的目的是“第一次听起来无法理解”。巴伯认为，它之所以能持续这么久，是因为它的贵族赞助者们通过“进行大量的训练，花费很多时间和努力去掌握和传播一种流派”，来维持他们的地位。因此，该流派“成功地传播了很长一段时间，同时这也是其享有巨大名誉的原因、结果和标志”[53]。

如果到目前为止所确定的三种时间性都是由音乐客体、事件和类型产生的，那么第四种则通过时间本体论回归到人类：去适应文化的生活方式和构思时间。[54] 这种本体论可以被随意地阐述，但是它们不可简化为话语。这是为了突出音乐历史时间的反身性建构，体现在“古典主义”“传统”“现代主义”“后现代主义”“先锋派”等概念中。正如彼得·奥斯本（Peter Osborne）借用赖因哈特·科泽勒克（Reinhart Koselleck）的观点所指出的，这些概念是“文化经验媒介中的历史整体性范畴”。每一个概念都带来了“一种独特的时间化‘历史’”——通过这种方式，现象学或生命时间的三个维度（过去、现在和未来）在一个单一历史观的动态和古怪统一体中被连接在一起。[55] 这样，奥斯本提醒我们，独特的时间本体论、“时间化历史”的特殊方式是如何进入创造性和批判性的实践的：通知音乐家的机构，监督音乐客体的创作和体裁的构成，在前文所描述的三种时间性中以不同的方式和不同的程度表现出来。

为什么对这四种音乐时间性的分析是有意义的？一方面，分析突出了四种时间性的奇异性和能动性，为音乐产生时间的多种方式做出了贡献。另一方面，分析表明有必要审查四种时间性之间的相互关系，包括它们之间的平行和协同作用或分离的可能性。反过来，这又使人们能够抵制对音乐历史和音乐变化的目的论描述，特别是通过将时间本体论（第四种）和体裁的时间性（第三种）对立起来。[56] 来自数字音乐的两个例子可以说明这一点。第一个来自我在 20 世纪 80 年代末对国际计算机音乐学院（声学 / 音乐协作研究院）IRCAM（Institut de Recherche et Coordination Acoustique/ Musique）的研究，它也是蓬皮杜中心（the Centre Pompidou）的音乐系。在该研究中，我将人种学与音乐现代主义的系谱结合起来，研究了声学及音乐协作研究院在这一长期的审美形成中的地位。[57] 受现代主义美学影响的 IRCAM 所创作的音乐让重复战胜了差异，体现了一种永久的现代主义思潮，这可以让我用来阐明第三种时间性，而以断裂、革新和进步为核心的 IRCAM 现代主义时间本体论音乐正好体现了第四种时间性。通过这样阐明第三种时间性，并将第三种时间性与第四种相比较，我指出了本体论与 IRCAM 音乐生产的一般曲线之间的差距。到目前为止，被称为“噪音”的类型音乐呈现出明显的断裂。这种类型音乐的关键支持者雷·布拉西尔（Ray Brassier）将它的时间本体论确立为新先锋派。对他和其他人来说，噪音标志着流派的解散："它指的是诸如后朋克和自由爵士之间、电声学音乐与民间音乐之间……随机创作与非艺术领域人士创造的音乐之间等不同流派之间的反常干涉区。"[58] 他认为，他的榜样洛杉矶的"生存与毁灭"（To Live and Shave in L. A.）和"朗泽斯特恩＆古格尔斯托克"（Runzelstirn & Gurgelstock）组合通过"长期的苦行而打造出来的……一般性反常的噪音"，避开了对体裁的公式化前卫的否定。[59] 然而，在观看或聆听这些组合时，他们展示的美学具有明显的共性，纠正了几十年之久的流派，诸如后工业和无政府主义流派（To Live and Shave），人体艺术和人体音乐（R & G）等，表现出发展的连续性，而不是对由各自流派生产的正常曲线的颠覆性背离。因此，关键是要揭示这些差异及其历史影响，避免将其减化为无争议的一致。

打造数字音乐时代

在最后一节中，我将把前面的框架应用于当代数字音乐的三个例子中。第一个例子指出如何将这种思想纳入到历史理论中来。它关注的是 21 世纪初肯尼亚内罗毕涌现出的一批新的数字流行音乐类型，其中包括 Ogopa Deejays 唱片公司发行的卡普卡（*kapuka*）。就第一种时间性而言，这种新类型是经过几年的美学"研究"而产生的。在这种研究中，那些研究者寻求一种新的音乐内部时间，即一种乡土韵律感，其目的是首先吸引来自肯尼亚各族裔的青年。最终，卡普卡这种新的节奏出现了，它是牙买加舞曲和刚果流行音乐的混合，这一类型音乐由此得名。就第二种时间性而言，这种成为卡普卡的新混合音乐，是通过滞留和前摄而创造的。滞留的是美学和文化元素，其中不仅包括舞曲和刚果音乐，还包括嘻哈音乐和内罗毕"河流之路"的声音。而就卡普卡节奏和该类型音乐的其他创新方面而言，尤其特别的是歌词使用的是当地语言，目的是使肯尼亚的青年大众成为听众。这是第一次设想在音乐上产生"情感联盟"[60]。因此，卡普卡的前摄既是音乐的，也是社会的，并且两者相互交织，卡普卡节奏成就了卡普卡类型音乐。卡普卡类型音乐不仅催生了随后产生的大量的肯尼亚青年类型音乐，而且在由声音召集起来的听众的要求下，继而打造了肯尼亚城市青年音乐这一概念。的确，该类型的前摄被证明是有效的。因为通过第一种和第二种音乐时间性之间的协同作用，它借助音乐聚集了一类新的听众和一种新的肯尼亚社会类别：城市青年。[61]

但是，如果对它置之不顾，就会忽略一系列长期的时间性。它们合力推动了该类型的出现及其在历史上的表现力。由于一系列政治、社会、技术和美学的转变，“多重的、相互作用的和部分开放的时间系统”具有不同的规模和速度，每种系统都“有自己特定的能动性”（*WB*），这些都导致了卡普卡的出现。其中最重要的是：(1) 政策节奏。20 世纪 90 年代末由莫伊（Moi）政府实行的媒体自由化，引发了调频广播的兴起，结束了国家广播公司（肯尼亚广播公司）的垄断及其数十年来基于种族的流行音乐审查制度。(2) 广播节目节奏。调频广播节目播出后，先是掀起了一股美国青年音乐的热潮——嘻哈、摇滚、R&B，之后为了回应建立新肯尼亚风格的呼声，打造了一批新的世界混合类型音乐，其中包括卡普卡。(3) 基础设施节奏。20 世纪 90 年代晚期数字化对音乐生产的影响，如迷笛音序器和数字音频工作站等价格低廉的数字音乐技术的大量涌入。这促进了肯尼亚的数字音乐产业的发展，同时，数字化在支持新电信产业的发展上产生了同样的影响，反过来，21 世纪中期出现的大规模移动电话消费也开启了数字音乐消费。(4) 审美 - 政治节奏。审美环境发生变化，典型的例子是，肯尼亚广播公司禁播乡土音乐压制了人们对乡土音乐的需求，而 20 世纪 80 年代和 90 年代基地位于沿江大道的“海盗”音乐产业满足了人们这种需求。在专制的莫伊时代，牙买加雷鬼（Jamaican reggae）也被肯尼亚广播公司禁止，然而由于其具有反权威和泛非主义思想，它吸引了沮丧的肯尼亚青年。20 世纪 90 年代，当一种新的、政治色彩较低的牙买加类型音乐“舞厅”在俱乐部中流行时，肯尼亚广播公司解除了禁令，牙买加流行音乐重新兴起，它的声音将被重新混合到包括卡普卡在内的新的肯尼亚音乐中。这些和其他变化轨迹都具有独特的时间性和多重潜力，正是他们之间的共同作用，促使内罗毕音乐舞台上出现了像卡普卡这样的类型音乐，它们促使和实现了音乐、社会、历史的共同变革。[62]

第二个例子来自数字艺术音乐，特别是一种有着广泛影响力的叫作微声的跨国类型。它表明了数字声音合成所带来的第一、第二和第四种时间性之间的紧密联系。[63] 微声的新现代主义、唯物主义的时间本体论（第四种时间性）

与其基于第一种时间性的审美取向有着密切的联系；事实上，这一类型的名字来源于对音乐声音的微观时间性的唯物主义分析，这种分析最初是由作曲家伊安尼斯·泽纳基斯（Iannis Xenakis）在 20 世纪 70 年代提出的。泽纳基斯提出，“所有的声音都是粒子、基本的声波粒子、声波量子的集成。每个都有三重性质：持续时间、频率和强度。所有的声音，甚至是所有连续的声波变化，都被认为是大量的基本粒子在时间上得到充分处理的集合”[64]。柯蒂斯·罗兹（Curtis Roads）、巴里·特鲁克斯（Barry Truax）、基姆·卡斯康（Kim Cascone）和阿戈斯蒂诺·迪·西皮奥（Agostino di Scipio）之后的加入，20 世纪 90 年代强大的实时计算机合成工具的发明，以及颗粒合成和颗粒处理技术，都极大地促进了这一音乐类型的发展。对于第一种时间性，即音乐内部时间，微声并不仅仅集中在极小尺度上的音乐声音的合成和操作，因为这些“声波”需要更高层次的组织。在已有的正规模式中，有一种控制论衍生的“应急自组织”方法，以及一种模拟“一直延伸到中观和宏观时间尺度的多规模尺度行为”的操作。[65] 这些音乐内部的发展奠定了微声的美学基础，与其占统治地位的时间本体论相一致。它们还参与产生了第二种时间性，即该流派的滞留和前摄。

由微声生产的过去并没有定论，它不断遭到质疑。因为根据这一视角，这一类型不仅对泽纳基斯进行了滞留，还对其他一些一般所认定的先行者进行了滞留——其中包括约翰·凯奇（John Cage）、卡尔海因茨·斯托克豪森（Karlheinz Stockhausen）、赫伯特·艾默特（Herbert Eimert）、皮埃尔·舍费尔（Pierre Schaeffer）和物理学家丹尼斯·伽柏（Dannis Gabor）。但微声前摄的未来同样不稳定，因为这一类型与其几个规模不一的邻近的类型比起来出现了膨胀和变形，其中包括低频干扰、环境、小写和电声音乐。事实上，正如克里斯托夫·霍沃思（Christopher Haworth）所观察到的那样，微声滞留和前摄的结构本身是透视性的，而且是不断变化的：只有当下才产生（这种）效果。泽纳基斯和凯奇通过罗兹和卡斯康的追溯的“召唤”来改变自己……因此，微声在以某种方式“聆听”过去时配置其祖先，将他们视为先驱安置在当前正在积极组装的美学形成过程中。[66] 事实上，滞留－前摄的时间性仍然比较复杂，因为正如霍沃思所说，泽纳基斯自己晚期电脑音乐带动的微音发展方向与他所谓的“接班人”罗兹和特鲁克斯完全不同。如果泽纳基斯前摄微声，那么它的实际历史路径并不是他创立行为的目的论展开，而是存在于随后的参与者通过滞留和前摄对类型形成的变化再现所导致的多种不同路径中。这种“时间化的操作”在一般意义上和历史意义上都致力于生产微声过去和未来；然而这些做法无论是促成还是抵制，总是通过非人类行为体——音乐客体和声音本身——所施加的物质、审美“行动”或“扭矩”来进行调解的。

最后一个例子表明数字音乐领域在当下涉及时间和历史时有着很强的高度反射性特质，反映了其对理论框架的迫切需求。这种理论框架等同于当今创造性实践的复杂性。音乐实践、强调以新的审美视角看待声音和音乐媒介的各类型，以及由它们提供的各种声音的“连续统一体”正岌岌可危。评论家称这种连续统一体为“表演者”或（参考德里达）“幽灵缠绕论”[67]。这些具有争议性的类型（如幽灵缠绕论、催眠流行音乐、寒流等）有意循环使用以前的音乐、文化和媒体材料以及它们的关联物，以便通过令人不安的、怀旧的、深情的或讽刺的方式修复之前的音乐，并总是将其作为一种跨时代的实践。[68] 帕特里克·瓦利奎特（Patrick Valiquet）分析了一个有趣的案例，强调在音乐客体作用下滞留和前摄的时间性。该案例显示了媒介如何成为随着时间推移的反射性游戏场所。[69] 它涉及歌曲“Rouge”的死后重生，这是由蒙特利尔老牌电脑音乐作曲家让·皮切尔（Jean Piche）制作的一首曲目。时隔 30 年后，这首歌曲在 2011 年蒙特利尔的喧嚣场景中被“重新发现”。当时它是皮切尔的首张专辑——1982 LP Héliograms——上的第一首歌，有人把它上传到一个实验音乐爱好者们的 MP3 博客上。“Rouge”被实验音乐人罗杰·特利尔 – 克雷格（Roger Tellier-Craig）收录。他是后摇滚乐团——“黑皇帝，祝你成功！”乐队的前吉他手。特利尔 – 克雷格被皮切尔的早期作品所吸引，并认为他的作品具有预言性。皮切尔早期的作品受到前卫摇滚和极简主义的启发。特利尔 – 克雷格获得了皮切尔的许可，翻唱了“Rouge”并修改了曲目，将其重命名为“Data Daze”。对于特利尔 – 克雷格对皮切尔早期作品感兴趣这件事，皮切尔表示欢迎。但当他听到改编后的歌曲后，他认为特利尔 – 克雷格在模拟声音娱乐中选用的媒介是错误的。作为回应，皮切尔再次改编了自己早期的曲目。他从早期的专辑 LP 中提取了一些片段，将它们重新制作成高清数字格式，并为它创作了一个配套的新高清视频。皮切尔更喜欢可以用数字手段实现的高分辨率，他作品的新版本于 2012 年 5 月在蒙特利尔的厄勒克特拉（Elektra）节上首次公演。

通过对比皮切尔为再次发行的歌曲“Rouge”制作的数字视频与塞布丽娜·拉泰（Sabrina Ratte）为特利尔－克雷格的歌曲“Data Daze”制作的歌曲视频，瓦利奎特认为两者都具有节奏感强的极简主义模式和不断移动的棋盘图像。但是，“皮切尔的新视频是由精密分层的高清数字视频制作的，而特利尔－克雷格和拉泰对‘Rouge’的改编过于迷恋 1982 年 Héliograms 中的‘复古’特点。实际上，‘Data Daze’将‘Rouge’重新想象成为稀有的历史对象，”瓦利奎特评论道，“听着这两首歌，仿佛连接这两首曲目的历史序列是颠倒的：‘Data Daze’无论是听起来，还是看起来都似乎是距离‘Rouge’创作的年代十分遥远的前作。”[70] 2012 年，在对 1982 年的曲目进行修复时，特利尔－克雷格和皮切尔采用了两个相反的时间方向：皮切尔将它打造成了一个嗜好高清晰的未来主义者，而特利尔－克雷格赋予了原版“Rouge”前摄性和预言性的特质，并在这种特质上建立了一种新颖的历史主义。在将歌曲“Rouge”改编成新歌曲“Data Daze”时，特利尔－克雷格赋予了这首新歌曲比 1982 年的原歌曲更为深厚的历史底蕴。具有讽刺意义的是，其前提是这种怀旧声音更具现代感！如果皮切尔的歌曲版本延续了线性现代主义的时间性，那么特利尔－克雷格的歌曲版本就是通过媒介的反射性美学，循环使用前摄和保留，实际上它具有多重的时间方向。[71]

所讨论的这三个例子当其被赋予人类参与者的本体论，当其可能脱离时间本体论以及当其与历史变化中产生的异质轨迹交互作用时，它们以不同的方式阐述了音乐客体所传达的多重时间性。但是，这三个案例具有的一个显著特征是必须归因于媒介时间性的意义：每个案例中的时间性在技术上、概念上和美学上都与所讨论的音乐时间性相互干扰。在肯尼亚，数字化催生了数字音乐产业和大众移动音乐消费，推动了新的审美融合、新的流派和新听众的产生，催化了音乐时间多重秩序之间的有效干扰。在微声上，数字综合成为实现、扩展和争夺流派的哲学和审美滞留和前摄的媒介——它的过去和多种可能的未来。在修复皮切尔的歌曲“Rouge”过程中，数字声音媒体成为分离时间本体的支点——分化音乐历史性的结构和美学。在这三个案例中，由不断演变的媒体引发的时间性都与新颖的声音、流派、实践、本体论以及社会形态（肯尼亚案例）的出现有关。承认媒体时代的意义和其本身的多样性和开放性，并不是要具体化或沦为粗俗的媒体决定论，而是要将日新月异的媒体和物质基础设施定位为时间性复杂关系下的多重互动系统中的一种。这种复杂的时间性联结对音乐产生了影响，同时又通过音乐和文化生产焕发活力。[72] 这为本文中提出的新兴词汇增加了另一种非人类时间和概念性标记。这些词汇的产生不仅受到音乐学的推动，而且还受到人类学、社会学、艺术和文学理论的推动，以应对分析文化生产中的时间性和历史的挑战。

后　记

本文发现布尔迪厄的著作并未建立时间、变化和历史理论。我们可能会问："社会理论与变化无根本联系，但与停滞和社会再生产有显著关联，那社会理论的作用到底有多大呢？"[73] 事实上，布尔迪厄在一篇文章当中确实提到时间。和穆恩与盖尔一样，他主要参考了胡塞尔的记忆保留理论，尤其是记忆前摄的部分。事实上，布尔迪厄的文章回应了，其中详述了"实践时间化"理论来源于与习惯有关的"游戏逻辑"：因此，"时间感产生于习惯与社会世界的关系"[74]。然而随着布尔迪厄的进一步研究，他的理论体系也逐渐显现出了无效循环以及封闭的缺陷："因此社会动因在实践中，并通过实践将自身时间化。但是只有被赋予适应场域的习惯时，也就是说，适应游戏的意义（或投资），这些动因才能'创造'时间。这种习惯又可以理解为在实践模式中的预测能力。这种前瞻性能让动因自身呈现于游戏结构中。"[75]

这篇公认的实验性文章已让自身对立于上述与历史无关的社会学抽象概念。对于那些研究文化生产的学者来说，这篇文章已经确认了跨越多个学科的现有作品中显而易见的一系列进展，这些进展回应了重构时间的需求。它指向文化生产的时间多样性，凸显在由音乐有关因素导致的多个暂时性顺序，以及非人类作用物和过程对生产时间的贡献中，如文化客体、审美轨迹、流派、媒介、基础设施。这篇文章超越了哲学过程理论，但吸取了其中反对论和后人道主义的教训，提出了一个唯物论框架来分析"部分开放的、相互作用的多重时间系统”。这类系统包括独有的规模、速度、节奏，以及由文化客体和事件揭露并引起的变化形状，并通过它们之间复杂的相互作用，参与到被我们称为历史的自然发生过程中。[76] 通过强调时间本体论、探讨时间反思意识，以及把玩当代审美实践中的多层时间，不仅仅局限于音乐范围内的以及叙事实践，这篇文章让我们重视时间如何在人类艺术行为中起作用。希望文章提出的概念性进展——尽管是以独特的方式——能在艺术和文学研究方面得到更广泛的发展，即具备更实用的前景，可以反馈于社会理论，使时间理论化得以充分发展。

牛津大学

注 释

[1] 这在皮埃尔・布尔迪厄（Pierre Bourdieu）的《文化生产领域：艺术与文学论文集》（*The Field of Cultural Production: Essays on Art and Literature*）一书中介绍得很清楚。Pierre Bourdieu, *The Field of Cultural Production: Essays on Art and Literature*, ed. Randal Johnson (Cambridge: Polity, 1993).

[2] 引自 Bourdieu, *In Other Words: Essays Towards a Reflexive Sociology* (Stanford, CA: Stanford Univ. Press, 1990). 托尼・班尼特（Tony Bennett）将这些数字追溯到盛行于 19 世纪末文学和艺术领域的达尔文斗争和生存隐喻，布尔迪厄的分析就是以此为基础的。参见 Bennett, “The Historical Universal: The Role of Cultural Value in the Historical Sociology of Pierre Bourdieu,” *British Journal of Sociology* 56, no.1 (2005): 141–164. 讽刺的是，布尔迪厄本人也批评了结构主义的“即时性”效应［Bourdieu, *Outline of a Theory of Practice* (Cambridge: Cambridge Univ. Press, 1977), 9］，然而，他对时间的处理方式在他的实践理论中仍然是内在的，并没有超越这一理论——见后文。

[3] Craig Calhoun, “Habitus, Field, and Capital: The Qustin of Historical Specificity,” in *Bourdieu: Critical Perspectives*, ed. Calhoun, Edward Lipuma, and Moishe Postone (Cambridge: Polity, 1993), 72.

[4] James Bohman, “Practical Reason and Cultural Constraint: Agency in Bourdieu’s Theory of Practice,” in *Bourdieu: A Critical Reader*, ed. Richard Shusterman (Oxford Blackwell, 1999), 142.

[5] Richard Jenkins, *Pierre Bourdieu* (London: Routledge, 1992), 61. 关于布尔迪厄艺术社会学局限性的广泛的批判性讨论，参见 Georgian Born, “The Social and the Aesthetic: For a Post-Bourdieuian Theory of Cultural Production,” *Cultural Sociology* 4, no. 2 (2010): 1–38, esp.6–12.

[6] 参见 *New Literary History 42, no. 4(2011).* 对于《新文学史》关于艺术史上“风格”概念的周期性批判的类似讨论，参见 Andrea Pinotti, “Formalism and the History of Style,” in *Art History and Visual Studies in Europe: Transnational Discourses and National Frameworks*, ed. Matthew Rampley, Thierry Lenain, And Hubert Locher (Boston: Brill, 2012), 75–90.

[7] Herbert F. Tucker, "Introduction," *New Literary History* 42, no. 4 (2011): vii，x；亦可参见 Felski, "Context Stinks!" *New Literary History* 42, no. 4(2011): 573–591.

[8] Leo Treitler, "The Historiography of Music: Issues of Past and Present," in *Rethinking Music*, ed. Nicholas Cook and Mark Everist (Oxford: Oxford Univ. Press, 199), 356.

[9] Kevin Korsyn, "Beyond Privileged Contexts: Intertextuality, Influence, and Dialogue," in *Rethinking Music*, ed. Cook and Everist, 66.

[10] 加州大学伯克利分校音乐系于 2014 年 10 月召开了"怪诞历史主义"（"Quirk Historicism"）研讨会。从该研讨会网站可以看出人们对新的基本原则的需要："Quirkhistoricism: The UC Berkeley Symposium Website," https://kikHistory icism.wordpress.com (accessed April 25, 2015).

[11] 主要参见，Born, *Rationalizing Culture: IRCAM, Boulez, and the Institutionalization of the Musical Avant-Garde* (Berkeley and Los Angeles: Univ. of California Press, 1995); Born, "On Musical Mediation: Ontology, Technology and Creativity," *Twentieth Century Music* 2, no. 1 (2005):7–36（下文中简称为 OM); Born, "On Tardean Relations: Temporality and Ethnography," in *The Social After Gabriel Tarde: Debates and Assessments*, ed. Matei Candea (London: Routledge, 2010), 232–249（下文中简称为 OTR); Born, "The Social and the Aesthetic," Born, "Multitemporalities In/And Music—Beyond Becoming," paper for the Barwick Colloquium, Music Department, Harvard Univ. (March 2014); Alfred Gell, *Art and Agency: An Anthropological Theory* (Oxford: Oxford Univ. Press, 1998)（下文中简称为 *AA*); Gell, "The Network of Standard Stoppages," in *Distributed Objects: Meaning and Mattering After Alfred Gell*, ed. Liana Chua and Mark Elliott (1985; Oxford: Berghahn, 2013); Christopher Pinney, *Camera Indica: The Social Life of Indian Photographs* (Chicago: Univ. of Chicago Press, 1997)（下文中简称为 *CI*); Pinney, "Things Happen: Or, From Which Moment Does That Object Come?" in *Materiality*, ed. Daniel Miller (Durham, NC: Duke Univ. Press, 2005), 256–272（下文中简称为 TH); Tim Ingold and Elizabeth Hallam, "Creativity and Cultural Improvisation: An Introduction," in *Creativity and Cultural Improvisation*, ed. Hallam and Ingold (Oxford: Berg, 2007), 1–24（下文中简称为 CC); and Ingold, *Making: Anthropology, Archaeology, Art and Architecture* (London: Routledge, 2013).

[12] 我谨慎地使用了拉图尔（Latour）的术语：拉图尔还没有对时间理论做出重大贡献。

[13] 这项工作源于欧洲研究委员会资助的"音乐、数字化、调解：走向跨学科音乐研究"（数字音乐）（"Music, Digitization, Mediation:Towards Interdisciplinary Music Studies"）(MusDig）五年研究项目（高级赠款计划，项目编号为 249598）。该项目由博恩（Born）负责，涉及发达国家和发展中国家的人种学研究，通过数字化和数字媒体审视音乐调解的不同方面：http：//musdig.music.ox.ac.uk。

[14] Nancy D. Munn, "The Cultural Anthropology of Time: A Critical Essay," *Annual Review of Anthropology* 21 (1992): 93–123, esp. 93, 99. 下文中简称为 *CAT*。

[15] 穆恩（Munn）在这里引用了 Edmund Husserl, *On the Phenomenology of the Consciousness of Internal Time (1893–1917)* (Dordrecht: Springer Science & Business Media, 1991). 亦可参见 Eric Hirsch and Charles Stewart, "Introduction: Ethnographies of Historicity," *History and Anthropology* 16, no. 3 (2005): 261–274.

[16] 最近的例子参见 Wendy James and David Mills, "Introduction: From Representation to Action in the Flow of Time," in *The Qualities of Time: Anthropological Approaches*, ed. James and Mills (Oxford: Berg, 2005), 7. Matt Hodges, "Rethinking Time's Arrow: Bergson, Deleuze and the Anthropology of Time," *Anthropological Theory* 8, no. 4 (2008): 207.

[17] Elizabeth A. Grosz, *Becomings: Explorations in Time, Memory, and Futures* (Ithaca, NY: Cornell

Univ. Press, 1999), 3–4.

[18] Vikki Bell, *Culture and Performance: The Challenge of Ethics, Politics and Feminist Theory* (Oxford: Berg, 2007), 106, 105, and 108, and chap. 6.

[19] Brian Massumi, *Parables for the Virtual: Movement, Affect, Sensation* (Durham, NC: Duke Univ. Press, 2002), 6–8.

[20] Hodges, "Rethinking Time's Arrow," 413; and Hodges, "Immanent Anthropology: A Comparative Study of 'Process' in Contemporary France," *Journal of the Royal Anthropological Institute* 20, no. S1 (2014): 33.

[21] Ingold, *The Perception of the Environment: Essays on Livelihood, Dwelling and Skill* (London: Routledge, 2000), 345 and 347.

[22] Alfred North Whitehead, *Process and Reality: An Essay in Cosmology* (Cambridge: Cambridge Univ. Press, 1929), 410.

[23] 关于对过程理论的批判，参见 Born, "On Tardean Relations: Temporality and Ethnography," 242–244，巴伯（Barber）对英戈尔德（Ingold）和哈拉姆（Hallam）的反驳，参见 "Improvisation and the Art of Making Things Stick," in *Creativity and Cultural Improvisation*, ed. Hallam and Ingold (Oxford: Berg, 2007).

[24] Gabriel Tarde, *Les Lois sociales: Esquisse d'une sociologie* (Paris: Les Empêcheurs de penser en rond, 1898); Tarde, *Psychologie Économique* (Paris: Félix Alcan, 1902); Andrew Barry and Nigel Thrift, ed., Special Issue on Gabriel Tarde, *Economy and Society* 36, no. 4 (2007); Barry and Thrift, "Gabriel Tarde: Imitation, Invention and Economy," *Economy and Society* 36, no. 4 (2007): 509–525; Candea, ed., *The Social After Gabriel Tarde: Debates and Assessments* (London: Routledge, 2010).

[25] Michel Foucault, *Discipline and Punish: The Birth of the Prison* (London: Allen Lane, 1977), 138–142, esp. 138.

[26] Ibid., 138.

[27] 令人惊讶的是，人们对福柯的评论关注更多的是他在空间理论方面的论述，而不是他对多元化时间的考察。

[28] Alexander Nagel, *Medieval Modern: Art Out of Time* (London: Thames and Hudson, 2012),（下文中简称为 *MM*）；亦参见 Nagel and Christopher Wood, *Anachronic Renaissance* (New York: Zone Books, 2010).

[29] James and Mills, "Introduction: From Representation to Action," 9.

[30] Laura Bear, "Doubt, Conflict, Mediation: The Anthropology of Modern Time," *Journal of the Royal Anthropological Institute* 20, no. S1 (2014): 18–20.

[31] Sian Lazar, "Historical Narrative, Mundane Political Time and Revolutionary Moments: Coexisting Temporalities in the Lived Experience of Social Movements," *Journal of the Royal Anthropological Institute* 20, no. S1 (2014): 91–108.

[32] William Connolly, *A World of Becoming* (Durham, NC: Duke Univ. Press, 2011), 8, 9, and 19. 下文中简称为 *WB*。

[33] 康诺利（Connolly）将"力场"定义为"任何缓慢或快速运动中的能量模式，它们周期性地显示出一种变形能力，如气候系统、生物进化、政治经济或人类思维"，每一种模式都表现出"不同的能动力"（*WB* 5）。

[34] 康诺利对人类与非人类能动性之间互动的关注是及时的，因为它们是围绕人类世观念的激烈争论的核心［例如，Dipesh Chakrabarty, "The Climate of History: Four Theses," *Critical Inquiry* 35, no. 2(2009): 197–222］，聚焦的是对长期物理过程和人类与地球的接触之间相互作用的解释。

[35] 也许康诺利关于时间本体论最清晰的表述是："时间成为的概念至少涉及三个假设：第一，存在多个成长区，每个区域都有一定程度的开放性；第二，设定在一层时间上的进程与其他层次的进程之间的定期相遇，并不总是可预测的，从而产生合并、碰撞或发展新媒介的潜力；第三，存在于几个这样的时间层的多重潜能的不确定程度，使得两个或更多个人之间的新相遇可以触发一种新的自我组织能力，从而推动它朝着超越外部压力、其以前的组织模式和它们的简单组合的方向发展。"(*WB* 151–152)

[36] 参见 Gell, *Art and Agency*, 245 and chap. 9.

[37] Roger Neich, *Painted Histories* (Auckland: Auckland Univ. Press, 1996), 255.

[38] 参见，例如与盖尔（Gell）的《艺术与能动性》（*Art and Agency*）有关的一系列原理，Gell, *Art and Agency*.

[39] Gell, "Vogel's Net: Traps as Artworks and Artworks as Traps," *Journal of Material Culture* 1, no. 1 (1996): 15–38.

[40] 令人惊讶的是，盖尔在早先的一篇文章中为后来《艺术与能动性》中的观点埋下了伏笔，他将艺术与更广泛的历史进程联系起来，参见 Gell, "The Network of Standard Stoppages." 但是这个历史维度由《艺术和能动性》来操作，更全面的讨论参见 Born, "Music: Ontology, Agency, Creativity," in Chua and Elliott, ed., *Distributed Objects*, esp. 134–137.

[41] Barber, *The Anthropology of Texts, Persons, and Publics: Oral and Written Culture in Africa and Beyond* (Cambridge: Cambridge Univ. Press, 2007), 218. 下文中简称为 *AT*。

[42] Franco Moretti, *Graphs, Maps, Trees: Abstract Models for a Literary History* (London: Verso, 2005), 223.

[43] 关于音乐娱乐，参见 Martin Clayton, Rebecca Sager, and Udo Will, "In Time with the Music: The Concept of Entrainment and its Significance for Ethnomusicology," *ESEM Counterpoint* 1 (2004): 1–82.

[44] 关于非西方音乐中时间的开创性分析，参见 Clayton, *Time in Indian Music: Rhythm, Metre, and Form in North Indian Rāg Performance* (Oxford: Oxford Univ. Press, 2008).

[45] Judith Lochhead, "Temporal Structure in Recent Music," *Journal of Musicological Research* 6, no. 1–2 (1986): 49–93, esp. 51. 亦可参见 Lochhead, "Some Musical Applications of Phenomenology," *Indiana Theory Review* 3, no. 3 (1980): 18–27; Lochhead, "The Temporal Structure of Recent Music: A Phenomenological Investigation," (doctoral dissertation, State Univ. of New York at Stony Brook, 1982); David Lewin, "Music Theory, Phenomenology, and Modes of Perception," *Music Perception: An Interdisciplinary Journal* 3, no. 4 (1986): 327–392; Jonathan Kramer, *The Time of Music: New Meanings, New Temporalities, New Listen- ing Strategies* (New York: Schirmer, 1988); Christopher Hasty, *Meter As Rhythm* (New York: Oxford Univ. Press, 1997).

[46] Kramer, "New Temporalities in Music," *Critical Inquiry* 7, no. 3 (1981): 552, 553, and 545.

[47] Ibid., 553.

[48] 关于可能性或潜能的概念与德勒兹关于虚拟与虚拟的否定的区别，参见 Hodges, "Rethinking Time's Arrow," 409–417.

[49] Alfred Schütz, *Collected Papers I: The Problem of Social Reality* (The Hague: Martinus Nijhoff, 1962).

[50] 使用历史上升和下降、文学类型的周期和振荡的定量映射将这种时间性与莫雷蒂（Moretti）的分析区分开来是很重要的（Moretti, *Graphs, Maps, Trees*）。如果莫雷蒂的方法确定了体裁变化的外部历史弧线，那么它就不能捕捉到随着时间的推移，特定流派的内部时间性，作为跨越个别文本或对象的审美体验维度的分析焦点。

[51] Will Straw, "Systems of Articulation, Logics of Change: Communities and Scenes in Popular Music," *Cultural Studies* 5, no. 3 (1991): 374.

[52] Ibid., 379.

[53] Barber, "Improvisation and the Art of Making Things Stick," 37.

[54] 我引用了彼得·奥斯本（Peter Osborne）的《时间的政治：现代性和先锋派》[*The Politics of Time: Modernity and Avant-Garde* (London: Verso, 1995), ix] 和赖因哈特·科泽勒克（Reinhart Koselleck）的《未来过去：关于历史时间的语义》[*Futures Past: On the Semantics of Historical Time* (Cambridge, MA: MIT Press, 1985)] 以确定需要分析时间本体论的主要历史参与者：音乐家、作曲家、艺术家、批评家。当然还有另一个时间本体论维度，即分析人员的维度，这两个维度不应该被忽略：这一点参见 Born, "On Tardean Relations," 232–233.

[55] Osborne, *The Politics of Time*, ix.

[56] 对于支持反目的论历史叙述的类似论证，参见 David Nicholls, " 'Each... is at the Center': Thoughts on a Cagean View of (Music) History," *Contemporary Music Review* 31, no. 1 (2012): 91–109.

[57] Born, Rationalizing Culture, especially chapters 2, 10, and 11.

[58] Ray Brassier, "Genre is Obsolete," in *Noise and Capitalism*, ed. Mattin Attiarch and Anthony Iles (Donostia, San Sebastian: Arteleku Audiolab, 2009), 62, 72.

[59] Brasier, "Genre is Obsolete," 71.

[60] 关于音乐可能产生的"情感联盟"，参见 Straw, "Systems of Articulation," 374, and Born, "Music and the Social," in *The Cultural Study of Music: A Critical Introduction*, ed. Martin Clayton, Trevor Herbert, and Richard Middleton (London: Routledge, 2012), 261–274.

[61] 关于在成功开创的新风格中，如何通过音乐和社会的结合产生新的观众，参见 Born, "Music and the Materialization of Identities," *Journal of Material Culture* 16, no. 4 (2011): 376–388, esp. 379–385.

[62] 对于肯尼亚数字流行音乐产业的更全面分析，参见 Andrew J. Eisenberg, "Soundtracks in the Silicon Savannah: Digital Production, Aesthetic Entrepreneurship and the New Recording Industry in Nairobi, Kenya, " in *Digital Musics: A Global Anthropology*, ed. Born（即将发表）. 艾森伯格（Eisenberg）的研究是穆迪格（MusDig）研究计划的一部分（见注 13）。

[63] 这篇关于微声音的论述来自 Christopher Haworth, "Protentions and Retentions of Xenakis and Cage: Nonhuman Actors, Genre, and Time in Microsound," *Contemporary Music Review*（即将发表），也构成音乐穆迪格研究计划一部分的研究（见注 13）。

[64] Iannis Xenakis, *Formalized Music: Thought and Mathematics in Composition* (Stuyvesant, NY: Pendragon Press, 1992), 43–45.

[65] Curtis Roads, "From Grains to Forms," in *Proceedings of the International Symposium Xenakis: La Musique Électroacoustique/Xenakis*, ed. Makis Solomos (Université Paris 8, 2012), 23: http://www.cdmc.asso.fr/sites/default/files/texte/pdf/rencontres/intervention16_xe-nakis_electroacoustique.pdf.

[66] Haworth, "Protentions and Retentions of Xenakis and Gage."

[67] Jacques Derrida, *Spectres de Marx* (Paris: Galilée, 1993). 关于一种有影响力的理解，以及"连续体"流派的概念，参见 Simon Reynolds, *Retromania: Pop Culture's Addiction to its Own Past* (London: Faber & Faber, 2011).

[68] 对于这些流派的详细分析，参见 Born and Haworth, "For a Digital Musicology: Mapping Musical Genres Online—from Microsound to Hauntology to Vaporwave," *Twentieth Century Music.*（即将发表）

[69] 参见 Patrick Valiquet, "'e Digital Is Everywhere'：Negotiating the Aesthetics of Digital Mediation in Montreal's Electroacoustic and Sound Art Scenes" (doctoral dissertation, Univ. of Oxford, 2014). 瓦利奎特（Valiquet）的研究也是音乐挖掘研究计划的一部分（见注 13）。

[70] Valiquet, "The Digital Is Everywhere," 198.

[71] Reynolds, *Retromania*, and Mark Fisher, *Ghosts of My Life: Writings on Depression, Hauntology,* and *Lost Futures* (Winchester: Zero Books, 2014）这两本书把弗雷德里克·詹姆森（Fredric Jameson）对后现代怀旧的描述与"神话学"音乐联系在一起［Jameson, *Postmodernism, or The Cultural Logic of Late Capitalism* (London: Verso, 1991)］。但是，从这一分析中应该可以清楚地看出，对于詹姆森来说，特利尔－克雷格（Tellier-Craig）对媒介历史性的反思性审美关注与历史性的衰退具有不同的取向和独特的审美效果，这对詹姆森来说是后现代主义的组成部分。

[72] 解决中间时间的问题，就要回顾伯纳德·施蒂格勒（Bernard Stiegler）关于"时间与技术"的论述［Stiegler, *Technics and Time 1: The Fault of Epimetheus*（Stanford, CA: Stanford Univ. Press, 1998)］。但是继吉尔伯特·西蒙顿（Gilbert Simondon）之后，施蒂格勒强调"技术系统本身的演变"的自治 [Simondon, *Du mode d'existence des objets techniques* (Paris: Aubier, 1958), 39]。这或许低估了变化的多种轨迹，这种技术演变被卷入到变化中，并受到影响。

[73] Lisa Adkins, "Practice as Temporalization: Bourdieu and Economic Crisis," in *The Legacy of Pierre Bourdieu: Critical Essays*, ed. Simon Susen and Bryan S. Turner (London: Anthem Press, 2011), 348.

[74] Bourdieu, "Social Being, Time and the Sense of Existence," in *Pascalian Meditations*, trans. Richard Nice (1997; Cambridge: Polity, 2000), 206, 208.

[75] Ibid., 213.

[76] 本文所倡导的方法与乔治·库布勒（George Kubler）对时间"形状"的以物为中心的描述密切相关［Kubler, *The Shape of Time: Remarks on the History of Things* (New Haven, CT: Yale Univ. Press, 1962)］，它本身也受惠于人类学家和考古学家 A. L. 克罗伯（A. L. Kroeber）。对于与本文相一致且具有说服力的考古学讨论来说，文化对象在实现历史连续性和变化（包括族谱和正式相关对象"聚集"的"生命周期"）中的作用机制，参见 Chris Gosden, "What Do Objects Want?" *Journal of Archaeological Method and Theory* 12, no. 3 (2005): 193–211.

作为个别性的平等：反思文学与民主*

桑德拉·M. 古斯塔夫森（Sandra M. Gustafson） 著

黄红霞 译

今天，做一名民主主义者并相信民主自治的价值意味着什么呢？民主的观念是如何正随着政治、社会和经济的改变而改变的？民主在多大程度上与象征化和语言有密切联系？它又会如何与跨国语境下理解的美国文学产生共鸣？在本文中，我将比较分析政治理论学家皮埃尔·罗桑瓦隆（Pierre Rosanvallon）和丹尼尔·艾伦（Danielle Allen）的著作，以探讨上述这些问题。他们的著作重点讨论了"平等"的新含义，为民主思想和民主实践的发展提供了补充性见解。这些理论学家值得被纳入有关民主和文学的跨国对话中，因为他们重回民主革命时代那些充满活力的理想，以便根据各种扭转了传统上人们对民主的理解的社会变革，来重新阐释那些理想。他们揭示了语言所具有的那种清楚表达并实现政治价值的力量——以及政治语言的那种伸展和变化的能力。

我提出的民主批判实践，重点关注的是罗桑瓦隆把平等作为个别性的重新解读以及艾伦对政治判断的强调。我的这种方法以民主概念的重建为基础，它和最近的其他批判方法一样，也为司法认定提供了基础。[1] 它超越了后结构主义批评家们常常青睐的实验写作，涉及更广阔的形式和风格，而且，它开发出很多不是高端艺术但仍能带来审美享受和知识奖赏的作品。这种方法与文化研究的不同之处还在于，它把民主不仅仅看成是对亚文化身份的颠覆或者建设，而且看成是一套正在出现的观念、实践和机制，后者涉及语言，并且在不同风

---

* Sandra M. Gustafson, "Equality as Singularity: Rethinking Literature and Democracy," *New Literary History* 45, no. 4 (2014): 595–614.

格和不同作者的文学作品中表现出来。我把这些主题与我们从罗桑瓦隆和艾伦著作中得出的更大的民主意义的建构框架连在一起。

在建立了这个框架之后，我考察了两位美国作家，索尔·贝娄（Saul Bellow）和厄普顿·辛克莱（Upton Sinclair），他们的小说还没有受到最近的政治和文学理论发展的影响。罗桑瓦隆研究作为个别性的平等的方法和艾伦对政治判断的强调，有助于我们理解上述两位作者的小说对民主思想和实践的跨国展开所做的贡献。贝娄曾在长达几十年里一直是美国最有名的作家之一，但如今因为他对新左派激进主义和身份政治持批判态度，他可以算是学术界的一个弃儿了。贝娄在他的突破性小说《奥吉·马奇历险记》（*The Adventures of Augie March*，1953）中，考察了轻松的自我的形成，这个自我精心地挑选它要做的承诺，在协商不确定的现在时却并不严格遵守这些承诺，及至最后又紧紧抓住它们。奥吉（Augie）对他自己的独特性的专注推动了一种性格观念，它呼应了罗桑瓦隆把个别性看作一种民主平等性形式的观点。此外，贝娄热爱激烈而开放的辩论，他把辩论视为大学生活的理想，他对辩论的信奉与艾伦对政治判断的信奉是一致的。

辛克莱的《丛林》（*The Jungle*，1906）凭借它对世纪之交的芝加哥工业剥削进行的浓墨重彩的书写和生动的描述，在文学上取得了不朽的成功。很少有在美国写作和出版的小说取得过辛克莱的小说所取得的全球影响。但是，虽然《丛林》依然在国外有很多读者，奇怪的是，它作为美国小说经典之作的地位却一直不稳固。在辛克莱自己那个时代，人们批评他过于公开地致力于社会主义事业，或者批评他的马克思主义不那么正统；如今，注重理论的批评家们常常忽略他，他们拒绝那种受《汤姆叔叔的小屋》（*Uncle Tom's Cabin*，1852）影响的抗议型小说传统中的耸人听闻的事件和情绪。如果我们把注意力转移到辛克莱对立陶宛移民尤格斯·鲁得库斯（Jurgis Rudkus）的性格形成过程的描述，我们就能够看到他是如何揭示罗桑瓦隆通过个别性这个概念重新改装的平等主义政治与身份之间的复杂关系的。辛克莱的小说也提供了特别激烈的辩论场景和达成共识的场景，它们有效地阐明了艾伦的政治判断方法。如果我们按逆时间顺序从贝娄转向辛克莱，我们就会看到进步主义和社会民主遗留下来的那些悬而未决的冲突如何在当代政治和文学理论中回响。我认为罗桑瓦隆和艾伦提供的对平等的新阐释，能够帮助我们超越这些冲突，拥抱更广阔的文学作品，同时还能提供一种研究当代文学的政治回应的独特方法。

一、文学和理论之间的民主

正如雅典阿格拉广场的经典演说家形象地指出的那样，民主这一观念与语言紧密相关。1941 年，左派批评家马西森（F. O. Matthiessen）把民主的含义作为他对美国文艺复兴作家们进行研究的中心。马西森说："我研究的这五位作家，他们的一个共同特征就是他们都致力于民主的种种可能性。"他所指的作家是拉尔夫·沃尔多·爱默生（Ralph Waldo Emerson）、纳撒尼尔·霍桑（Nathaniel Hawthorne）、赫尔曼·梅尔维尔（Herman Melville）、亨利·戴维·梭罗（Henry David Thoreau）和沃尔特·惠特曼（Walt Whitman）。马西森描述了一种摆脱启蒙运动那"更古老的自由主义"的转变，后者提供了"我所研究的这些作家出现的背景"。到 19 世纪 40 年代，启蒙运动的自由主义在与工业资本主义所释放的"越来越强大的剥削的力量"进行殊死搏斗。马西森所研究的那个 19 世纪中期前锋作家群所阐述的民主新表述，探讨了那些破坏旧民主平等概念的经济和社会变化。马西森的研究一直被人们诟病，因为它遗漏了许多方面，而且它为美国冷战议题服务。但是，它在很大程度上依然是一个关键的检验标准，因为它巧妙地协调了那些以民主之名重塑了全球政治，并把文学转变为一个美学和社会领域的历史和意识形态的力量。[2]

就在马西森撰写《美国的文艺复兴》（"American Renaissance"）一文的时候，"民主"正作为一个主词（god-term）在政治话语中出现，人们用它来描述各种实践和政治制度，来包括一系列成就以及掩盖各种罪恶。这是一个戏剧性的而且用历史术语来说非常突然的转变。因为从柏拉图时代到革命时代的两千多年里，民主一直在西方政治理论中处于边缘位置。[3] 这个古老概念在大约两百年的时间中被相对快速的吸收利用，造成了罗伯特·A. 达尔（Robert A. Dahl）这位已故民主思想和实践的出色研究者所称的一堆"庞大并经常令人费解的有关民主的观念"。[4] 在《民主：一部历史》（*Democracy: A History*, 2006）一书中，约翰·邓恩（John Dunn）的叙述从古雅典延伸到美国和法国的民主革命时代，再到1945年后民主作为一个霸权术语出现在全球政治话语中。邓恩指出："有关该词如何扩散的故事，同样也是一个不断探寻该词意味着什么或者它应该意味着什么的故事。"（137）[5] 邓恩区分了美国民主和法国民主。他认为美国民主推进了一种与资本主义经济一致的开明个人主义；而法国民主的激进革命作用力就如格拉古·巴贝夫（Gracchus Babeuf）的著作所展示的那样。

把民主作为一个"不断探寻"的过程来研究，这是罗桑瓦隆最近著作的一个重要元素。罗桑瓦隆从2001年开始就在法兰西学院担任近现代政治史学院的主席。他用比较方法来研究民主，这一点也是区分他与雅克·朗西埃（Jacques Rancière）以及阿兰·巴迪乌（Alain Badiou）的哲学著作的一个重要特征。朗西埃关注歧见，把它作为政治和文学中的一个民主元素，而阿兰·巴迪乌的左翼好战包含了一种柏拉图式的对民主的鄙视。[6] 历史主义是罗桑瓦隆的著作的另一个显著特征。罗桑瓦隆在他的法兰西学院就职讲座中提出，政治历史主义的历时性结构为民主思想提供了一个"活跃的实验室"，他呼吁"过去和现在之间的一种永久对话"。他宣称，民主不是仅仅有历史，"民主就是历史。它在试图理解和详尽阐释它自己的过程中，已经变成了一种无可化简地涉及探索和试验的工作"[7]。他提供了一种既有历史依据又兼顾制度之道的研究民主理论的方法，这种方法受哲学实用主义影响，尤其带有约翰·杜威（John Dewey）著作的痕迹，它同时也关注民主的阐释中语言和艺术的位置。他把个别性看成是对平等这一革命概念的更新，这为审视文学和民主政治之间的关系提供了巨大的潜力。

罗桑瓦隆研究民主理论的方法与丹尼尔·艾伦最近的著作有重合之处。艾伦是普林斯顿高等研究院的古典文化研究者和政治理论家。她的学术研究在古希腊和美国之间游移，关注希腊的例子能够教给现代民主主义者们什么，同时也关注基于种族的奴隶制度如何为美国民主留下了丑化其形象的遗产。她把拉尔夫·埃里森（Ralph Ellison）看成政治哲学家，并且在《与陌生人谈话：自布朗诉教育局案以来公民身份的焦虑》（*Talking to Strangers: Anxieties of Citizenship since Brown v. Board of Education*，2004）一书中将他的著作与亚里士多德和霍布斯的著作放在一起阅读。在《我们的宣言：读〈独立宣言〉为平等辩护》（*Our Declaration: A Reading of the Declaration of Independence in Defense of*

Equality，2014）一书中，她强调平等，并采用一种杜威哲学式方法重新用符号表现《独立宣言》。她的结论是，个人判断和政治判断在《独立宣言》中起着核心作用，这与罗桑瓦隆强调个别性是重获生机的民主意识的关键如出一辙。她建议把“民主写作”作为一种公民参与服务平等的模式。

罗桑瓦隆和艾伦都是以实用主义的复兴为基础的，后者将哲学家们引入了有关文学在民主社会中的地位和价值的辩论。[8] 那种复兴很大程度上是美国的一种现象，这使得罗桑瓦隆与杜威的联系变得非常引人注目，也使得他对语言和文学的兴趣非常吸引人。[9] 新实用主义哲学家们已经指出杜威式文学分析的潜力，这种文学分析研究民主和文学的方法不同于意识形态批判或者诸如克里斯托弗·卡斯蒂利亚（Christopher Castiglia）、拉斯·卡斯特罗诺沃（Russ Castronovo）和戴纳·纳尔逊（Dana Nelson）这些研究美国问题的学者所用的那种以情感为取向的唯物主义批评。[10] 理查德·罗蒂（Richard Rorty）在《筑就我们的国家：20 世纪美国左派思想》（*Achieving Our Country: Leftist Thought in Twentieth-Century America*，1998）一书中，建议把鼓舞“社会希望”作为艺术和人文的中心任务，他在书中推测：“只有那些依然为了灵感而阅读的人，才有可能成为建立合作共同体的有用之人。”[11] 罗蒂提到惠特曼和杜威的影响，他指出艺术和民主之间的联系在于，艺术能够“提供那种我们希望民主社会将越来越有能力进行的勇敢自我转变的例子——那种有意识的、有意志力的转变，而不是在半清醒状态下承受的转变”（*AC* 122）。

玛莎·努斯鲍姆（Martha Nussbaum）是另一位在杜威的著作中发现了一种围绕艺术和人文的自我理解和群体理解的作家。在《不是为了盈利：为何民主需要人文》（*Not for Profit: Why Democracy Needs the Humanities*，2010）一书中，她以之前她对文学的道德潜力的研究为基础提出，各式各样的现代民主若要想取得成功，人类“想象别人……的经历”的能力“需要大大加强并改善”。文学在拓宽想象力方面扮演着重要的角色。正如努斯鲍姆在《诗意的公正：文学想象和公共生活》（*Poetic Justice: The Literary Imagination and Public Life*，1995）一书中所指出的那样，文学不是民主社会中公众推理的充分依据，但是，它是必要的依据——不仅是为了爱德华·萨义德（Edward Said）在《人文主义和民主批评》（*Humanism and Democratic Criticism*，2004）中所强调的批判和反对的目的，而且也为了去探索诸如正义和和平的属性，因为正义和和平贯穿了有关民主的思想。[12] 当代民主理论中的这种实用主义张力，是在文学作品中而不是在后结构主义理论、后殖民理论等这些批判形式中看到了可能性。迈克尔·罗斯（Michael S. Roth）详细说明了这一思路，他指出，从实用主义中得到的批判可能性包括探索规范性，而不是仅仅挑战它并把批判纳入各种更大的意义建构的结构中。[13] 像罗蒂和努斯鲍姆一样，罗斯也强调批判对民主——以及文学——来说必不可少，但是批判并不足以保证民主。这是努斯鲍姆和艾伦之间又一个共同点，他们把批判纳入更大的民主意义和行为的结构中。

人们对以民主之名所进行的一切感到沮丧失望，这给民主近代的发展投下了阴影，而且，自 1968 年以来，这些矛盾已经凝为一种以抗议为基础的反对姿态，后者在民主理论和政治中扮演着重要角色。罗桑瓦隆摆脱了广为流传的民主失败叙述，他讲述的是“民主”一词的不确定性是如何加剧了抱负与幻灭之间的摇摆的，在历史上，这种摇摆体现在各种各样的制度、情感和社会实践中。罗桑瓦隆在《反向民主：不信任时代的政治》（*Counter-Democracy: Politics in an Age of Distrust*，2008）一书中把民主的幻灭称为一种政治现象，他不是把“反向民主”定义为反对民主，而是把它定义为一种通过揭露并质疑通常的选举民主的限度而“增强了通常的选举民主的民主形式”。[14] 反向民主表现出“一种长期的不信任的民主”，并通过提高投票所提供的有限的表达异议和寻求责任制的机会，补充了民主选举。罗桑瓦隆强调，这种“反向民主”已经很好地“在整个社会中传播”，并且它还提供了种种机制以便“用一种积极的方法把不信任制度化”（*C-D* 8–9），其中“三个主要监督模式”是“警惕、检举和评价”（*C-D* 13）。

反对者的人数代表了对否认的肯定，后者是反向民主的一个重要形式。罗桑瓦隆认为，梭罗和爱默生这两位马西森的文学和哲学核心人物是民主反叛的主要理论家。他区分了梭罗式反叛和爱默生的不服从方法：梭罗式反叛是为了“个人的道德进步和最小限度政府”（*C-D* 163）而抛弃政治，爱默生则是把不服从看作不断质疑国家的行为。梭罗在《论公民的不服从》（“Civil Disobedience”）一文中提供了无政府主义和自由主义思想，众所周知他在该文开篇的警句是“管得最少的政府是最好的政府”。但是，对爱默生来说，对国家进行批判本身并不是目的。爱默生认为：“深入的公民对话能使每一位个体找到他在世界上的位置和在群体中的声音。”因此，即使是在爱默生赞同民主批判的时候，他也“希望能有可能建构一个要求更高的、更协商式的民主”（*C-D* 164）。[15]

罗桑瓦隆强调反向民主扮演着必不可少的作用，但是他也指出，反向民主有“黑暗的一面：非政治性”（*C-D* 306）。那种会伴随反向民主的去政治化，如今导致了“一种模糊但是持续的不适感，说起来有点矛盾的是，尽管公民社会已经变得比以往任何时候更积极、信息更灵通、更能够干涉政治决定，这种不适感却增加了”（*C-D* 306）。罗桑瓦隆强调，需要通过恢复“一个共同世界的愿景、一种认为有可能克服分裂和瓦解的感觉”，来消除反向民主可能造成的冷漠，他认为这需要三种“民主运作”：制作一个普通人能读懂的政治世界；用符号来表现集体力量；以及对社会差异进行检验（*C-D* 306–307）。他引用了杜威的实用主义哲学作为一个“极好的例子”，来说明社会如何能够形成“一种对世界的客观表现，在其中政治主体能够认识他们自己并采取相应的行动”（*C-D* 308），他还呼吁“政治重新符号化”（*C-D* 312），这涉及识别社会冲突的特征和根源，并“找到方法克服障碍，以创造出一个以互惠承诺为基础的政治体系”（*C-D* 313）。换句话说，批判需要用积极方法来补充。

正如杜威在《公众及其问题》（*The Public and Its Problems*，1927）一书中所讨论的那样，当环境改变或者现存的符号不足以满足社会需求的时候，政治符号化会遭遇失败。在《民主合法性》（*Democratic Legitimacy*，2011）一书中，罗桑瓦隆展示了这种符号化失败的一个显著例子：19 世纪政党的崛起导致了人们几十年里普遍对民主不抱幻想。这种不抱幻想被认为是一种与政治语言的关系。[16] 到那个世纪后半叶，“之前带来过期望和想象的人民和国家这两个词，不知怎么就减少了，它们在一定程度上淹没于党派间的争吵和竞选活动中。早期民主理论家们都未曾预见或者分析过的政党体系，此时到处被确立为政治生活的真正中心，而政府陷入了个人和宗派之间的斗争中”（*DL* 2）。罗桑瓦隆接着指出，“整个 1890—1920 年间出版了数不胜数的致力于解释‘民主的危机’的书籍，那种认为一党多数选举制能够在某种程度上体现整个社会利益的想法完全失去了可信性”（*DL* 3）。而且，他观察到20世纪80年代以来一种更新的转向，该转向涉及“新颖的词汇，以用来描述政府与社会之间人们所期望的联系”，这些词汇“首次强调了专注、开放、公正、怜悯、认可、尊重和风度。诸如参与和临近性这样的词来源于传统词汇，因此相对容易获得，它们如今已经在公共话语中变得越来越普遍”（*DL* 11）。

但是，民主词汇的这种转变还没有被如此记录下来——相反，人们没能把民主（它被理解为一种选举的、以政党为基础的现象）与不断发展演化并以新的形式重塑民主的那些词汇联系起来。罗桑瓦隆关注政治语言，认为它是民主变化的一个晴雨表，这使得他察觉到一个实际上属于概念层面的危机：我们缺乏一套符合我们期望和经验的民主思想。而他在《民主合法性》一书中的目的，正是要通过提供那些缺失的、能够解释非中心化民主形式的概念，来着手消除这个危机。一旦我们开始认识到民主是如何转变的，我们就能更好地运用它的潜力。

罗桑瓦隆在《平等的社会》（*The Society of Equals*）一书中揭示了语言是变化的记录器，追溯了“自由、平等、博爱”这一革命口号的演化，同时密切关注核心术语。[17] 革命时代出现的平等理想摒弃了贵族式区别精神，把阶序人（*homo hierarchicus*）转变为平等人（*homo aequalis*）（*SE* 20）。相似性成为启蒙运动中平等概念的基础。美国革命在白人之间等级制度相对不太明显的背景下提出了这一理想。那些促进独立运动的激进主义分子养成了种种沟通理解能力，后者为强健的公民社会提供了基础，而这种公民社会被托克维尔认为是美国民主的特征。同时，随着“民主雄辩术”在美国革命和内战时期之间成为新的公共术语，本地化的美式英语成为政治语言。[18] 美国的平等和欧洲的等级制度之间的鲜明对比是19世纪美国民族主义话语的重要内容。但是，正如罗桑瓦隆很恰当地强调过的那样，这两个革命的相似之处比我们通常所认为的更多。一场“礼仪上的革命”对于建立法国民主来说是至关重要的，因为它“在法律上完成了革命”（*SE* 56）。通过消除等级制语言，共和主义礼仪创建起了新的情感联系，并允许人们“想象一个能用强大的共同体存在感模糊个体之间差异的社会”（*SE* 58）。礼仪法律后来被撤销了，但是它为法国奠定了一个与美国社会转变类似的社会平等基础。

罗桑瓦隆发现，那种支撑着后革命时期平等概念的相似性，在我们当代的理解看来是一个不够充分的基础，他把异质性放在他修订后的概念的核心位置。当代各种社会运动使得身份的激增成为可能，这种身份激增破坏了“作为相似性的平等”（equality-as-similarity），后者被视为民主参与的一个合理依据。在最近这些年，马克思主义和其他一些以阶级为取向的政治形式一直在与人种和种族、性别以及性的身份政治做斗争。诸如沃尔特·本·迈克尔斯（Walter Benn Michaels）的《多样性的麻烦：我们如何学会爱认同并忽视不平等》（*The Trouble with Diversity: How We Learned to Love Identity and Ignore Inequality*, 2006）这样的著作，强行在承认与重新分配之间进行错误的选择。[19] 为了解决这种分裂，罗桑瓦隆通过强调“个别性”来重塑平等，他发现爱默生在《自助》（“Self-Reliance”，1841）一文中很详尽地论述过个别性这个主题，他称这篇文章是“个人主义和独立自主的伟大颂歌”，认为它把“特立独行当作一个真正平等社会的首要条件”来对待（*SE* 68）。他这里呼应了杜威的《爱默生——民主的哲学家》（“Emerson—The Philosopher of Democracy”，1903）一文，杜威撰写该文的时候，正在酝酿后来改变了19世纪美国教育的教学法。[20] 杜威强调爱默生的著作中出现的“对智慧的赞颂，对思想那种创造一切、干扰一切的力量的歌颂”（E 409），后者引导了爱默生把人与性格等同起来（E 413）。他还赞美爱默生的哲学方法，这种方法涉及为了制造出“施用于普通人的各种用途的符号”而在“现在的和即时的体验”下检验声明（E 410）。人（Being）和性格、经验、普通人——这些是杜威从爱默生那里获得的核心术语。杜威得出的结论是，爱默生是“民主今后可能构建并坚持的任何体系的先知和先驱，而且当民主阐释完自己的时候，它将毫无费力地发现自己早已在爱默生的著作中被提到过了”（E 412）。

爱默生的民主情感的特征和局限性近年来一直备受争论，有些批评家在他的著作中发现了一种自由个人主义维度。[21] 当罗桑瓦隆强调个别性是一个关系概念的时候，他区分了自由主义和爱默生思想的民主可能性。他这里的观点与杜威在早期的文章《民主伦理学》（“The Ethics of Democracy”，1988）中明确表明的观点很相近，杜威的那篇文章部分上是受了惠特曼的《民主的前景》（“Democratic Vistas”）一文的启发。在《民主伦理学》中，杜威为民主这一正在演化的理想提出了经典论证。他坚称社会是一个有机体，而个体既创造了社会团体，又被社会团体所创造。[22] 罗桑瓦隆同样强调，一个人在以他人为取向的时候，就变成了个体的人。相比于被工业资本主义变得过时的革命性平等理论，“各个个体的平等并不意味着‘千篇一律’。相反，每一个个体试图凭借他或她独有的品质来引人注目”（*SE* 260–261）。他接着说，这种形式的平等“既不是抽象的普遍主义，也不是以身份为基础的社团主义，而是独特性的动态构建和认识”（*SE* 261）。我们在这里还看到了审美维度对于罗桑瓦隆的政治观的重要性：他认为如今个别性理想的典范人物是浪漫艺术家，后者反对大众社会，并创造了许多与众不同的作品（*SE* 225）。[23]

当然，罗桑瓦隆这里让法国思想界更广泛地关注个别性，同时他也把个别性向着实用主义哲学的传统推进。和让－吕克·南希（Jean-Luc Nancy）一样，他发现语言和多元化在个别性产生中发挥着重要作用，而且他强调浪漫艺术家是一个典范例子。在为南希的概念提供一个更具体的政治化维度的过程中，罗桑瓦隆朝着玛莎·努斯鲍姆和阿马蒂亚·森（Amartya Sen）所提倡的“能力方法”（capabilities approach）的方向发展。[24] 单个的个体试图以“他们独有的特征而不是他们共有的特征”为基础参与社会（*SE* 261）。如果要把这种想象民主社会并将其指向公民生活和政治制度的方式按比例增大，那涉及许多能把“社会政策当成构建个人主体的一种工具”对待的策略，它借助于一个“能力促进型国家”（enabling state, *SE* 267）打开了自我创造的途径。能力促进型国家既不是自由主义也不是社群主义，它试图把“作为个别性的平等”（equality-as-singularity）发展成为建立一个更为强健的民主团体的方法。[25]

一种类似的对平等的兴趣（它被理解为人类繁荣），和一系列有关民主以及民主与写作关系的相关问题，激发丹尼尔·艾伦写出了那本有关独立宣言的著作。在《我们的宣言》中，艾伦对那份建国文献进行了她所谓的“缓慢阅读”，以便找出平等的含义，她把平等的含义与强调民主评议和民主写作的政治过程联系起来。[26] 这些过程需要“脚本”（*OD* 242），它们导致了种种使得“一个道德观念在世界上成真的”新“习惯”（这是亚里士多德的一个概念，杜威也强调它）（*OD* 243）。她的目的是帮助读者们察觉并理解《独立宣言》中出现的民主行为的脚本，时间的流逝和各种涉及该建国文献的历史矛盾早已模糊了这些脚本。简而言之，该书强调的是一种本质上为文本及符号创造的民主。

艾伦关注的是在任何《独立宣言》的解读中都很突出的那个矛盾："所有人都生而平等"这句话，是一位奴隶主写出来并由其他奴隶主们所签署的。艾伦并没有试图消除读者的这种不适感，她指出，有两个历史事实缓和了该文本的虚伪感：独立战争之后，确实有好几个州采取行动结束奴隶制；南部邦联的领导人们明确否认了《独立宣言》中颂扬的人类平等，把白人至上主义当作他们新政府的基石。她认为，许多在《独立宣言》上签名的人都赞同它宽泛平等的价值观，但是他们没能提出"与奴隶或者美洲印第安人沟通的新脚本"（*OD* 241），没能提出建立在互惠而不是奴役基础上的脚本。[27]

艾伦从该文档的语言中，提取出平等理想的五个相互联系的方面：作为国家和个人免受奴役的平等；涉及"承认并准许一般人政治判断的能力"以及有权使用政府工具的平等（*OD* 268）；源自亚里士多德"聚餐法（potluck method)"的平等，根据聚餐法，个人贡献出他们特殊形式的知识以促进社会公益；互惠性或者相互回应，它们有助于机构的平等；以及"作为共同创造"的平等，在这种共同创造中，"许多人一起平等地参与创造世界"（*OD* 269）。上述每一种理想都能在罗桑瓦隆的著作中找到类似物。两位作者都援引了"免受奴役的自由"，这一词组已经被菲利普·佩蒂特（Philip Noel Pettit）变成了现代共和思想的核心。[28] 两位作者都强调互惠和共同特征或者共同创造。罗桑瓦隆呼吁建立更完整更透明的统计信息为民主行为提供基础，他的这一呼吁是从制度角度对艾伦那种更具象征性的"聚餐法"所做的思考。艾伦是从亚里士多德的《政治学》中一个著名段落找到的这个方法。她强调公民要贡献知识而不仅仅是消费知识，这就需要设计好国家的官僚组成部分，以便促进并响应公共评论。

正如艾伦所定义的那样，平等最广泛的方面就是政治判断的普遍能力和接触政府的机会，后者需要人们理解她所称的"民主写作"。"从根本上讲，人类平等是以判断能力为基础的，"她写道，"这种能力我们在日常生活中都在运用。"（*OD* 145）她发现《独立宣言》第二句包含了一个三段论推理，这个推理将人性与社会中个体创造了政府的这一事实等同起来（*OD* 163, 168）。她注意到，人类共同的愿望是生存、免受奴役以及快乐，这些愿望也表现在政治行为中。《独立宣言》确定，“我们已经有了心智能力、精神和身体，以使我们能生活，能自由，并通过政治追求幸福”（*OD* 173）。她进一步剖析这一观点，宣称平等就在于人们自己去评判自己是否幸福，去计划如何获得那种幸福，并去参与种种确立了自己获取幸福的途径与他人获取幸福的途径之间关系的政治对话。当她把个别性与互惠性联系起来的时候，她也是在响应杜威的观点，她写道：“我们需要建立一种集体智慧，这需要平等主义的学习和发现方法，以及以平等主义的方式分析现在是如何与未来联系起来的方法。”（*OD* 191）

这还需要协作写出《独立宣言》这种文件的能力。艾伦追溯了托马斯·杰斐逊（Thomas Jefferson）和委员会其他成员参与的起草过程、全体大陆会议对草稿的修订，以及复制传播《独立宣言》的那些题写者和印刷者们所插入的（在艾伦看来，无论是好还是坏的）微小改动。她把这种人们协力合作共同起草、编辑和出版的方法称为“民主写作”。她的目的是鼓舞各个年龄的人们缓慢地、从容地阅读《独立宣言》，思考而且在必要的地方批判它的观点，并把它的产生过程和它阐述的价值观作为未来公民行为的榜样。

二、为民主阅读

罗桑瓦隆和艾伦的研究课题中的语言和象征层面，为一种强调民主的实用主义批判实践提供了基础。这种批判实践可能会采取各种各样的形式，探讨一系列阐释性问题。我们如何能够做出不仅仅停留在愿望和长期失败上的各种更厚重的民主文学史呢？作家们一直以来是如何协商美学实践和民主政治之间的关系的，以及我们要如何评价他们的努力？哪些文学著作充当了政治角色，是什么（如果有的话）把它们与宣传区分开来？当富含政治色彩的单词随着时间的流逝获得了以及摒弃了各种含义的时候，文学著作是如何记录甚或促进这些转变的？从过去的文学中产生过哪些引起共鸣的共同符号象征，还有什么新的这样的符号象征能够被发现或者创造？被艾伦称为“民主写作”的那种合作写作方式是否与“文学”的种种观念一致？在文学领域中是否有类似的实践？那种作为个别性的平等的理想在文学作品中是如何出现的？它采取了什么形式，这些形式是如何随着时间的流逝而变化的？在接下来对索尔·贝娄和厄普顿·辛克莱的讨论中，我将对以上许多问题做出初步回答，同时也追踪民主理论中罗桑瓦隆和艾伦试图弥合的那种概念和实践之间的裂痕是如何出现的。

上述那些问题的一个共同点是，它们都从笼统的批判，从一种认为“未来的民主（democracy to come）”是脱离了目前环境的纯粹潜能的乌托邦式观点，转向一种更细腻的视角，试图识别我们自己这个时代的成就和局限，并更好地理解语言和文学在民主演变中的位置。雅克·德里达（Jacques Derrida）在讨论未来的民主的时候，强调自由和平等之间的冲突（有些人称之为矛盾），罗桑瓦隆借助作为个别性的平等解决该冲突，而艾伦把该冲突调整到政治判断和民主写作的协作行为上。[29] 作为个别性的平等并不是把平等阐述为千篇一律的，而是把它阐述为一种以他人为导向的独特性，以此在概念上调整了现代民主思想中的一个重要困境。同时，艾伦认为，《独立宣言》所赞成的那种激进的、去中心化的政治参与模式具有平等主义的潜力。和德里达以及接受了德里达“未来的民主”观念的朱迪斯·巴特勒（Judith Butler）或者在《民主的真相》（*The Truth of Democracy,* 2010）一书中颂扬 1968 年精神的让－吕克·南希一样，罗桑瓦隆和艾伦强调民主思想中的潜在活力，同时关注它丰富的符号、语言和文学起源及其变化过程。

关注“未来的民主”的那种理论的一个中心主题，是当前对民主的理解与资本主义的重叠。这一关系对于西蒙·杜林（Simon During）在《反对民主：解放时代的文学经验》（*Against Democracy: Literary Experience in the Era of Emancipations,* 2012）一书中提出的批判至关重要。杜林也像我一样宣称，1945 年以来民主已经成为一个霸权术语，他接着描述了这个术语是如何被具体化为一种他所谓的“强制民主”或者“民主的国家资本主义”（类似于“新自由主义”）形式的，后者有效地吸收了更真实的民主平等形式。杜林拒绝这种含义的民主，在这一过程中，他转向欧洲先锋文学和理论，在那里“拒绝（被）转移到文学”[30]。这种把文学理解为对民主的拒绝的做法，源于 20 世纪的各种保守的、反民主和反启蒙的政策。杜林提到了莫里斯·布朗肖（Maurice Blanchot）的影响，对布朗肖来说，“民主根本不适合文学。它实际上使得文学难以理解，因为文学有能力创造出新的和其他的东西，并因而彻底击溃我们所拥有的世界，凭借这一能力它容许我们体验任何事物”（*AD* 35–36）。虽然在其他语境中，这种延展经验的能力使文学向民主敞开大门，但杜林得出的结论是，“直到第二次世界大战，严肃文学与民主化的目的和过程一直格格不入，至少在欧洲如此”（*AD* 58）。相反，欧洲学术传统注重文学，因为文学展示了审美丰富性，探讨了性欲以及潜意识的那种对民主自由主义构成挑战的任性固执。杜林对索尔·贝娄的讨论通常无比精彩，这把他的著作也纳入了同样的传统中。在他的解读中，贝娄享有与埃德加·爱伦·坡（Edgar Allan Poe）相似的地位，后者因为对民主持敌对态度而被马西森排除在美国文艺复兴时期的伟人之外，而且艾伦·坡的著作也影响了杜林所研究的欧洲文学传统。杜林认为贝娄对美国民主的抵制是在为一个更真实更激进的民主服务。

但是，贝娄在他 1976 年的诺贝尔奖获奖演讲中，前瞻性地拒绝了杜林给他的欧洲取向，并且强调了这种拒绝的学术传统的界限范围。相反，贝娄极力主张“最重要的就是要我们轻装上阵，放下各种包袱，包括教育的包袱和一切听起来头头是道的陈词滥调，就是要独立做出判断，就是要独立采取行动”[31]。在这一点上他又回到了《奥吉·马奇历险记》的课题，支持与杜威的实用主义相似的一个课题，并重申了他大力支持的《美国学者》（“The American Scholar”）一文中的那句爱默生式宣言：“我们要用自己的脚走路；我们要用自己的手劳动；我们要说出自己的思想。”贝娄提出，拒绝必须与自我创造和世界创造搭配起来。在这个演讲中，贝娄把自己视为一名美国作家，因为他发现在美国文学中有着轻装上阵的巨大潜力，他认为那种潜力是最佳写作的源泉。[32] 惠特曼的《民主的前景》号召作家塑造“民主个性”，对贝娄来说它是另一个检验标准。[33] 同时，他也按照常规承认他在文学上受英国和欧洲作家们的影响：戴维·赫伯特·劳伦斯（D. H. Lawrence）、约瑟夫·康拉德（Joseph Conrad），詹姆斯·乔伊斯（James Joyce）、俄罗斯现实主义者。贝娄在他的诺贝尔奖获奖演说中所拒绝的那种包袱和陈词滥调，包括了欧内斯特·海明威（Ernest Hemingway）在《永别了，武器》（*A Farewell to Arms*）中所批判的那种肤浅的、破坏性的爱国主义，以及欧洲先锋对文学人物的背弃，他认为这种背弃与条件反射性的持异议以及虚无主义的立场相关。贝娄对人物的兴趣和他对轻装上阵的自我的探索，与罗桑瓦隆的作为个别性的平等有着相同的领域范围，它源自美国和法国的民主传统。

贝娄经常告诫作家不应该过度参与政治事业，因此，他的小说可能看起来与艾伦对民主的理解以及她研究民主写作的方法没有多少共同之处。但是，他时常思考经验的本质以及审慎判断的位置，这提供了丰富的——而且有时候是相反的——反思版本，艾伦发现这些不同版本对平等主义的民主政治来说至关重要。艾伦的亚里士多德式方法与贝娄的小说之间的联系，出现在贝娄对自己如何成为一名作家的描述中，贝娄把这追溯到他年轻时代的经济萧条时期那生机勃勃的大众文化。他注意到，那时候文学是娱乐的主要手段和精神生活的主要兴奋剂。在图书馆的台阶上和自助餐厅里，来自各行各业的人们会“争论观点”，贝娄把这一环境描述为“一种真正民主的现象”。[34] 在《奥吉·马奇历险记》中，贝娄描述了这样的民主争论对他的主人公成长产生的影响，展示了一个轻装上阵的自我，而不是一个不受约束或者不合群的自我。奥吉的探险将他带到了芝加哥的黑社会、革命的墨西哥以及美国军队，贝娄描述了奥吉在这些地方如何试图以一种伦理上负责而又非刻板说教的方式来应付一个复杂的世界。年长富有的人们（包括一些富有的漂亮女人）认为奥吉是“可收养的”(adoptional)，但是他只愿意和他们发展到这一步，之后就会去维护自己的自由。奥吉所代表的理想人物谨慎选择自己的责任，而且他承担责任时的轻松足以让不同观念的人们与之交谈，这种谈话随意而断断续续地促进了一个共享的民主世界的产生。

民主政治与人物之间的关系对厄普顿·辛克莱的《丛林》一书至关重要。辛克莱深受哈丽雅特·比彻·斯托（Harriet Beecher Stowe）和列夫·托尔斯泰（Leo Tolstoy）的影响，他的小说大众化、伤感，而且其中的反资本主义批判直截了当，以至于它经常近乎宣传。罗桑瓦隆和艾伦的著作帮助提出了另外几种维度，这些维度增强了这部小说的文学主张，并扩大了它对民主思想贡献的范围。《丛林》一书在情节上效仿约翰·班扬（John Bunyan）的《天路历程》(*The Pilgrim's Progress*)，它描述了尤格斯·鲁得库斯身上新教性格的形成。鲁得库斯是来自立陶宛的一名天主教移民，他发现他的祖国的社会制度无力满足美国工业资本主义的环境。在小说发展过程中出现的性格是个人的而不是团体的，易变的而不是根深蒂固的，而且涉及的是意识形态方面而不是圣礼方面。当尤格斯·鲁得库斯与家人分道扬镳并开始拥有某种个人的自我概念时，他发现社会党最能代表他的平等愿望，在他皈依新教的阶段完成之后，他紧接着加入了社会党。他的政治皈依导致了小说后面延伸出来的一个体现了艾伦的许多理想的场景：尤格斯参加了一位基督教社会主义者和一位无政府主义者进行的一场时间不限的辩论，这场辩论达成了有限但却重要的共识，并引领社会主义者获得了选举成功。这一幕可能很难引人入胜，因为它详细描写了意识形态论争，但是作为一种对政治磋商和共识形成的描述，这一幕却有着更为特殊的意义。

这部小说也表明，妇女和非裔美国人都被排除在政治磋商和投票过程之外，这证明了在艾伦之后，我们所指出的那种制作新民主脚本的需求。实际上，在发表于社会主义期刊《诉诸理性》（*Appeal to Reason*）上的那个《丛林》版本中，这样的新民主脚本已经初步显现出来。该版本的《丛林》中有这样一个场景：以南卡罗莱纳州赞成种族迫害的议员为原型的人物本杰明·蒂尔曼（Benjamin Tillman），对抗那些呼吁跨种族的劳动者联盟的社会主义者。辛克莱刻画了一位自信、善于言辞的女士，她挑战蒂尔曼，而且面对他的轻蔑依然坚持自己的立场。这一幕再现了历史上的种种排斥，但后来在书本版中却被删除了。书本版与期刊版之间有差异的原因我们依然只能推测。联想到艾伦研究《独立宣言》的方法，我们可能会问，辛克莱的修订过程是否构成了民主写作。他是被迫删除这一幕吗？如果是的话，是谁为了什么目的强迫他这样做的呢？显而易见的是，辛克莱对他采用的两种故事结尾方式都不满意：书本版的结尾是选举结果大有希望，预言社会主义会胜利；期刊版的结尾是简短的后记，里面提到尤格斯被捕入狱。在书本版中，尤格斯彻底卷入政治运动之中，以至于他从叙事中消失了；而期刊版保留了他的个体身份，但是是在惩罚性的语境中。[35] 罗桑瓦隆的著作让我们得以看到“作为个别性的平等”起初是如何出现在辛克莱的小说中的，虽然它并没有被完整地表达或者考虑；而艾伦帮助设计了一种研究那部小说形式的方法，这种方法显示出我们需要新的社会脚本来培养民主内容。

《丛林》表明了阶级政治是如何与种族和性别政治产出冲突的，它还表明了一位作家协商这种冲突的努力是如何导致一种强调个体人物问题的僵局的，辛克莱把这个僵局看成是一种新教式构成。贝娄尊敬他的犹太遗产但同时与它保持距离，这表明宗教的异质性——无论是在城邦中还是在宗教团体自身中——是如何必须把“作为个别性的平等”这一概念考虑在内的。宗教对民主理想构成的挑战在奥尔罕·帕慕克（Orhan Pamuk）的《雪》（*Snow*）一书中充分表现出来。帕慕克在 2006 年获得了诺贝尔文学奖。《雪》出色地描述了女权主义和多元文化（尤其在宗教差异方面）之间的冲突，并阐明了民主精神所面对的许多与个别性和政治判断紧密联系的复杂情况。《雪》所描绘的世界徘徊在东方和西方、伊斯兰和现世主义之间，殖民主义的遗留问题和民主革命深深改变了这个世界。“戴头巾的女孩们”的自杀为诗人卡（Ka）提供了一个回到土耳其城市卡尔斯的机会，而她们自杀的动机到小说结尾依然还是一个谜。正如纳各斯·厄尔图克（Nergis Ertürk）指出的那样，帕慕克预先拒绝了作者文化翻译的身份所预示的一种简化的救助式批判形式：“如果《雪》体现的是一个事先做好的决定，即被边缘化的人们无法发声，除非他们装成一种早已受制约的声音，那该著作也无法让这位跨国作家有能力代表他们自己说话。”[36] 然而，即便我们记住了这至关重要的一点，一种强调作为个别性的平等和政治判断的解读方式仍然不得不讨论这些戴头巾的女孩，她们的选择是多因素决定的，以至于有时看起来她们那样做与其说是出于绝望，不如说是因为害怕她们自己根本就没有一个核心自我。某种能接受这种明显不足的修复性阅读，再加上一种以承认为指向的解读方法，将会是对这一复杂的著作进行全方位解释的第一步。[37] 自帕慕克的小说问世以来，一股限制戴头巾的法律和法规的浪潮已经席卷了欧洲。伊斯兰妇女挑战了这些限制束缚，这表明这样的一种解读如果是由一位位置合适的批评家来进行的话，可能具有相当大的重要性。[38]

正如我所举的这些例子试图要表明的那样，民主文学并不是由作者选择的主题、风格或者政治表达来定义的。我们也不能说从所有文学都致力于民主理想的这个意义上讲，所有文学都是民主的。此外，正如杜林所指出的那样，多数文学抵制强制性的民主或者资本主义国家形式的民主，而且我要强调的是，这也包括了多数美国文学。只要“民主”既不是一个单一概念，又不是一个静止的概念，一部文学著作是否是民主文学的问题最终就是无关紧要的问题。民主分享了种种霸权概念的一个关键特征，那就是它们繁衍出各种含义并渗透到各个认知和写实领域。[39] 至少自民主革命时代以来，一系列各种各样的文学作品讨论过民主实践和民主理想，而且，文学从根本上推动了民主思想的展开。由于民主并不是一个有预先设定的方法和目的的固定概念，我们可能会发现，一些表面上反民主的作家实际上与惠特曼的继承者们一起促进了民主的展开。民主一直在发生，而且罗桑瓦隆和艾伦也指出，民主现在最显著的迫切需要就是要强调作为个别性的平等，再加上政治判断和行动。他们的著作为文学和政治理论家们提供了研究民主文学的一种更广阔更积极主动的方法。

圣母大学

注 释

感谢里尔大学保拉·科萨尔（Paula Cossart）和她的合作者；感谢尼克·布罗梅尔（Nick Bromell）和2014年民主展望研讨会的成员；感谢圣母大学的朱莉娅·杜思韦特（Julia Douthwaite）。同样也感谢丽塔·费尔斯基（Rita Felski）在本文成文过程中所提供的指导。当然，所有错误和不当言辞概由作者本人负责。

[1] 近年来的其他重要批判方法包括伊夫·科索夫斯基·塞奇威克（Eve Kosofsky Sedgwick）在《触感：情感、教育、述行性》（*Touching Feeling: Affect, Pedagogy, Performativity, Durham*, NC: Duke Univ. Press, 2003）中提出的修复性阅读；丽塔·费尔斯基在《文学的用途》（*Uses of Literature*, Malden, MA: Blackwell Publishing, 2008）中包含的认识、陶醉、了解和震惊；史蒂芬·贝斯特（Stephen Best）和莎伦·马库斯（Sharon Marcus）在《表现》（*Representations* 108, Fall 2009: 1–21）的一期专刊前言中描述的“表面阅读”。本文中所用的解决这些问题的方法受阿曼达·安德森（Amanda Anderson）的《我们如今辩论的方法：理论文化研究》（*The Way We Argue Now: A Study in the Cultures of Theory,* Princeton, NJ: Princeton Univ. Press, 2005）一书的启发。

[2] F. O. Matthiessen, *American Renaissance: Art and Expression in the Age of Emerson and Whitman* (New York: Oxford Univ. Press, 1941), ix. 沃尔特·本·迈克尔斯（Walter Benn Michaels）和唐纳德·E. 皮斯（Donald E. Pease）在《美国文艺复兴新解》［*The American Renaissance Reconsidered* (1985; Baltimore: Johns Hopkins Univ. Press, 1989)］中收集的论文，提供了各种对马西森的著作的回应。蒂莫西·B. 鲍威尔（Timothy B. Powell）扩展了马西森的框架，以包括《残忍的民主：美国文艺复兴的多元文化解释》［*Ruthless Democracy: A Multicultural Interpretation of the American Renaissance* (Princeton, NJ: Princeton Univ. Press, 2000)］中的多文化美国文学。

[3] 詹妮弗·托尔伯特·罗伯特（Jennifer Tolbert Robert）在《审判雅典：西方思想中的反民主传统》［*Athens on Trial: The Antidemocratic Tradition in Western Thought* (Princeton, NJ: Princeton

Univ. Press, 1994)］一书中对这段历史进行了延伸讨论。

[4] Robert A. Dahl, *On Democracy* (New Haven, CT: Yale Univ. Press, 1998), 37. 在《美国宪法的民主批判》［*How Democratic is the American Constitution?* (New Haven, CT: Yale Univ. Press, 2001)］一书中，达尔（Dahl）尖锐批判了美国不同于许多更新的民主社会的宪法安排，重申了他 1998 年著作中的结论。

[5] John Dunn, *Democracy: A History* (New York: Atlantic Monthly Books, 2006), 137.

[6] 一群顶尖的理论学家，包括朗西埃（Rancière）、巴迪乌（Badiou）和让-吕克·南希（Jean-Luc Nancy）在吉奥乔·阿甘本（Giorgio Agambem）等人主编，威廉·麦克维格（William McCuaig）翻译的《哪个国家的民主？》［*Democracy in What State?* ed. Giorgio Agamben et al., trans. William McCuaig (2009; New York: Columbia Univ. Press, 2011)］一书中考察了民主现在的含义。

[7] Pierre Rosanvallon, "Inaugural Lecture, Collège de France," in *Democracy Past and Future*, ed. Samuel Moyn (New York: Columbia Univ. Press, 2006), 31–58; 39, 38. 在法国理论的语境中，罗桑瓦隆的历史主义在皮埃尔·布尔迪厄（Pierre Bourdieu）和米歇尔·福柯（Michel Foucault）那里可以找到先例。

[8] 除了我后面要讨论的理查德·罗蒂（Richard Rorty）和玛莎·努斯鲍姆（Martha Nussbaum）的著作之外，实用主义复兴方面的主要著作还包括：康奈尔·韦斯特（Cornel West）的《美国人对哲学的逃避：实用主义的谱系》［*The American Evasion of Philosophy: A Genealogy of Pragmatism* (Madison: Univ. of Wisconsin Press, 1989)］；莫里斯·迪克斯坦（Morris Dickstein）在《实用主义的复兴：社会思想、法律和文化新文》［*The Revival of Pragmatism: New Essays on Social Thought, Law, and Culture* (Durham, NC: Duke Univ. Press, 1998)］中编辑的文章；以及杰弗里·斯托特（Jefferey Stout）的《民主和传统》［*Democracy and Tradition* (Princeton, NJ: Princeton Univ. Press, 2004)］。

[9] 为了找出美国文学的新批判方式，我追踪了罗桑瓦隆的研究谱系，爱默生（Emerson）、梭罗（Thoreau）、惠特曼（Whitman）和杜威（Dewey）在其中占有突出位置。这些当然不是唯一相关的影响或者情境，而且我关注他的美国起源也会有造成误解的风险。罗桑瓦隆刻意广泛保持了跨国的知识观念和历史观念。法国和美国是他的主要资料来源，同时其他欧洲国家和英国也做了很大贡献。他用实质性的但是有限的方法探讨奴隶制和殖民主义，并偶尔转向印度和其他非西方国家。美国民主是他的主要参考标准之一，但是它并不是唯一的甚或是占支配地位的模式。在这方面，他与更民主的理论中那些大致属于比较主义的元素是一致的。

[10] Christopher Castiglia, *Interior States: Institutional Consciousness and the Inner Life of Democracy in the Antebellum United States* (Durham, NC: Duke Univ. Press, 2008); Russ Castronovo, *Necro Citizenship: Death, Eroticism, and the Public Sphere in the Nineteenth-Century United States* (Durham, NC: Duke Univ. Press, 2001) and *Beautiful Democracy: Aesthetics and Anarchy in a Global Era* (Chicago: Univ. of Chicago Press, 2007)；Dana D. Nelson, *National Manhood: Capitalist Citizenship and the Imagined Fraternity of White Men* (Durham, NC: Duke Univ. Press, 1998). 卡斯特罗诺沃（Castronovo）和纳尔逊（Nelson）合编了《实现民主：向着一种复兴的文化政治》一书［*Materializing Democracy: Toward a Revitalized Cultural Politics* (Durham, NC: Duke Univ. Press, 2002)］。

[11] Richard Rorty, *Achieving Our Country: Leftist Thought in Twentieth-Century America* (Cambridge, MA: Harvard Univ. Press, 1998), 140.（下文中简称为 *AC*）

[12] Martha C. Nussbaum, *Not for Profit: Why Democracy Needs the Humanities* (Princeton, NJ: Princeton Univ. Press, 2010), 10; *Poetic Justice: The Literary Imagination and Public Life* (Boston:

Beacon, 1995), xvi; Edward W. Said, *Humanism and Democratic Criticism* (New York: Columbia Univ. Press, 2004), 22–23, 81–82, 135.

[13] 迈克尔·罗斯（Michael S. Roth）援引了杜威、罗蒂和努斯鲍姆来为他在《实用主义文科教育》（“Pragmatic Liberal Education”）一文中提出的文科教育做辩护，见“Pragmatic Liberal Education,” *New Literary History* 44, no. 4 (2013): 521–538. 在《实物教学课》[*Object Lessons* (Durham. NC: Duke Univ. Press, 2012)] 一书中，罗宾·韦格曼（Robyn Wiegman）邀请读者重新思考那种把各式古怪研究规范化了的反规范性。

[14] Pierre Rosanvallon, *Counter-Democracy: Politics in an Age of Distrust*, trans. Arthur Goldhammer (Cambridge: Cambridge Univ. Press, 2008), 8.（下文中简称为 *C-D*）

[15] 我在《想象美国共和国早期的商议民主》[*Imagining Deliberative Democracy in the Early American Republic* (Chicago: Univ. of Chicago Press, 2011, 213–214)] 一书的后记中提出过一种对梭罗的相关解读。我在该书第 100—102 页讨论了爱默生对商议民主的浓厚兴趣的起源，在第 211 页讨论了他所认为的商议民主的局限性。

[16] John Dewey, *The Public and Its Problems* (1927; Athens, OH: Swallow Press/Ohio Univ. Press, 1954). Pierre Rosanvallon, *Democratic Legitimacy: Impartiality, Reflexivity, Proximity*, trans. Arthur Goldhammer (Princeton, NJ: Princeton Univ. Press, 2011)（下文中简称为 *DL*）

[17] Pierre Rosanvallon, *The Society of Equals* (Cambridge, MA: Harvard University Press, 2013)（下文中该书简称为 *SE*）

[18] Kenneth Cmiel, *Democratic Eloquence: The Fight over Popular Speech in Nineteenth-Century America* (New York: William Morrow & Co., 1990), *esp. chap. 2.*

[19] Walter Benn Michaels, *The Trouble with Diversity: How We Learned to Love Identity and Ignore Inequality* (New York: Metropolitan Press, 2006). 罗桑瓦隆在《平等的社会》（*The Society of Equals*）一书第 357 页注释 8 中引用了迈克尔斯的著作。

[20] John Dewey, “Emerson—The Philosopher of Democracy,” *International Journal of Ethics* 13, no. 4 (1903): 405–413.（下文中简称为 E）

[21] Christopher Newfield, *The Emerson Effect: Individualism and Submission in America* (Chicago: Univ. of Chicago Press, 1996). 约翰·卡洛斯·罗（John Carlos Rowe）在《在爱默生的墓前：美国经典文学中的政治》[*At Emerson's Tomb: The Politics of Classic American Literature* (New York: Columbia Univ. Press, 1997)] 一书中探讨了爱默生研究“美学异议”的方法的潜力和局限。

[22] John Dewey, “The Ethics of Democracy,” *The Early Works of John Dewey*, vol. 1, 1882–1898: *Early Essays and Leibniz's New Essays Concerning the Human Understanding* (Carbondale: Southern Illinois Univ. Press, 1969), 227–250.

[23] 冈特·莱波尔特（Gunter Leypoldt）在《新文学史》期刊（*New Literary History* 45, no.1, 2014: 71–88）上对“个别性和文学市场”的讨论，与努斯鲍姆在该语境中使用的术语类似，虽然它是朝着另一方向发展的。对莱波尔特来说，美学价值是由“社会制度‘个别性的空间’赋予的，后者富有魅力的气氛塑造了我们的文化权威感和我们对文学存在的感知。”莱波尔特把奥普拉·温弗莉（Oprah Winfrey）也作为文化权威之一，这表明个别性融合成了爱默生式自为和文学的个别性，“组织”自己的生活这个流行概念也是如此。莱波尔特低估了通过诸如“好书分享”这样的图书俱乐部或者网站分享喜欢的书会赋予这些书如此大的文学价值。詹姆斯·柯林斯（James Collins）在《拿出人人都爱的书：文学文化如何变成流行文化》[*Bring on the Books for Everybody: How Literacy Culture Became Popular Culture* (Durham, NC：Duke Univ. Press, 2010)] 一书中，讨论了新阅读平台的影响和文学文化的流行。

[24] Jean-Luc Nancy, *Being Singular Plural*, trans. Robert D. Richardson and Anne E. O'Byrne

(Stanford, CA: Stanford Univ. Press, 2000). 努斯鲍姆在《创造能力：人类发展方法》[*Creating Capabilities: The Human Development Approach* (Campbridge, MA: Harvard Univ. Press, 2011)] 一书中，描述了能力方法。

[25] 夸梅·安东尼·阿皮亚（Kwame Anthony Appiah）在《认同伦理学》[*The Ethics of Identity* (Princeton, NJ: Princeton Univ. Press, 2005)] 一书中提出了一种相关的方法。

[26] Danielle Allen, *Our Declaration: A Reading of the Declaration of Independence in Defense of Equality* (New York: Liveright/Norton, 2014)（下文中简称为 *OD*）。戴维·阿米蒂奇（David Armitage）在《独立宣言：一部全球史》[*The Declaration of Independence: A Global History*, Cambridge (MA: Harvard Univ. Press, 2007)] 一书中阐释了独立宣言的影响。

[27] 艾伦（Allen）也用微妙的方法探讨了对妇女的排斥。我在《想象美国共和国早期的商议民主》一书中，尤其该书第五章中，提出了与她的观点相关的观点。

[28] Philip Pettit, *Republicanism: A Theory of Freedom and Governmen*t (New York: Oxford Univ. Press, 1997).

[29] 德里达（Derrida）在《盗贼：两篇有关理性的文章》[*Rogues: Two Essays on Reason*, trans. Pascale-Anne Brault and Michael Naas (Stanford, CA: Stanford Univ. Press, 2005)] 一书中最充分地阐释了"未来的民主"的观念。

[30] Simon During, *Against Democracy: Literary Experience in the Era of Emancipation* (New York: Fordham Univ. Press, 2012), 36.（下文中简称为 *AD*）

[31] Saul Bellow, Nobel Lecture, accessed October 9, 2014, http://www.nobelprize.org/ nobel_prizes/literature/laureates/1976/bellow-lecture.html.

[32] 全面考察贝娄（Bellow）与犹太认同之间的复杂关系并不在本文讨论范围之内。他对轻装上阵的自我的强调并没有妨碍他对欧洲和美国的知识文学中反闪米特主义［或者反犹太主义，他如今仿效戴维·尼伦伯格（David Nirenberg）可能用这个更准确的术语］的一贯敏感。比如参见《纽约书评》上《一位犹太作家在美国》一文 ["A Jewish Writer in America," *The New York Review of Books* (Oct. 27, 2011), accessed October 10, 2014, http://www.nybooks.com/articles/archives/2011/oct/27/jewish-writer-america/]。David Nirenberg, *Anti-Judaism: The Western Tradition* (New York: Norton, 2013).

[33] 穆罕默德·A. 加尧姆（Mohammad A. Quayum）在《索尔·贝娄与美国超验主义》[*Saul Bellow and American Transcendentalism* (New York: Peter Lang Publishing, 2004)] 一书中探讨了贝娄与爱默生和惠特曼的联系。贝娄在访谈和讲座中间接提到了"民主的前景"，比如在下面两篇文章中：Sven Birkerts, "A Conversation with Saul Bellow," AGNI, http://www.bu.edu/agni/interviews/print/1997/46-Bellow. html; Saul Bellow, "The Art of Fiction No. 37," *The Paris Review*, accessed October 9, 2014, http://www.theparisreview.org/interviews/4405/the-art-of-fiction-no-37-saul-bellow.

[34] Birkerts, "A Conversation with Saul Bellow," n.p.

[35] 相关文本收集在克莱尔·维吉尼亚·伊比（Claire Virginia Eby）主编的诺顿批评版的《丛林》[*The Jungle*, ed. Claire Virginia Eby (New York: Norton, 2003)] 中。

[36] Nergis Ertürk, "Those Outside the Scene: Snow in the World Republic of Letters," *New Literary History* 41, no. 3 (2010): 646.

[37] 科琳·安·卢茨·克里曼斯（Colleen Ann Lutz Clemens）在《"自杀女孩"：奥尔罕·帕慕克的〈雪〉和当代土耳其的抵抗政治》[*Feminist Formations* 23, no. 1 (2011): 138–154] 中剖析了这些问题。她认为，帕慕克的小说回应了佳亚特里·斯皮瓦克（Gayatri Spivak）的文章《底层能说话吗？》("Can the Subaltern Speak?")，此文载于《马克思主义和文化的阐释》[*Marxism*

and the Interpretation of Culture, ed. Cary Nelson and Lawrence Grossberg (Urbana: Univ. of Illinois Press, 1988), 271–314］一书中。

[38] 莱拉·艾哈迈德（Leila Ahmed）在《一场静悄悄的革命：面纱的复苏，从中东到美国》［*A Quiet Revolution: The Veil's Resurgence, from the Middle East to America* (New Haven, CT: Yale Univ. Press, 2011)］一书中，探讨了头巾政治学。伊恩·沃德（*Ian Ward*）分析这部小说时候所采用的法律和文学方法为我们提供了重要的语境，参见"Shabina Begum and the Headscarf Girls," *Journal of Gender Studies* 15 (July 2006): 119–131。其他有关这里所提问题的讨论，参见我在《想象美国共和国早期的商议民主》一书中的结论，尤其是第214—220页；同时参见我在《西塞罗和奥古斯丁之间：美国的宗教和共和主义及其他》一文中的讨论，参见"Between Cicero and Augustine: Religion and Republicanism in the Americas and Beyond," in *Religious Transformations in the Early Modern Americas*, ed. Stephanie Kirk and Sarah Rivett (Philadelphia: Univ. of Pennsylvania Press, 2014).

[39] Ernesto Laclau and Chantal Mouffe, *Hegemony and Socialist Strategy*, 2nd ed. (1985; London: Verso, 2001).

例证思考：日常语言哲学能为女性主义理论做些什么*

陶丽·莫依（Toril Moi）著

赵培玲　译

在本文中，我认为日常语言哲学可以为女性主义理论提供一种观念的转变，即 J. L. 奥斯丁（J. L. Austin）所说的“哲学革命”[1]。我所说的“日常语言哲学”是指路德维希·维特根斯坦（Ludwig Wittgenstein）和奥斯丁（Austin）之后由斯坦利·卡维尔（Stanley Cavell）建立和拓展的哲学传统，而“女性主义理论”则指的是各种各样的女性主义思想。至于我的目的，不是关于理论与哲学的区别的探讨：维特根斯坦对“普遍性渴望”的批判对于二者都是同等重要的[2]。在这篇文章中，我阐述了维特根斯坦教我们如何通过例子思考，在这样做时，他告诉我们如何规避滥觞于现今女权主义理论的表现逻辑，即包容 / 排斥的逻辑[3]。

本文对女性身份理论提出了根本性的批判。我想表明，普遍存在的“排他性”概念痴迷于一个错误的、适得其反的概念和理论图景，这图景实际上预设了女性主义理论家急于抹灭的“排他性”或“有界性”。我选择了女权主义身份（或反身份）理论的最新发展，即交叉性理论，作为我的女性主义与概念斗争的主要例子。我认为女性主义理论中的最新概念和理论图景致使女性主义理论家无法对特殊案例给予哲学上的关注，从而无法提供具体的、有助于理解女性生活的女性主义分析。

这篇文章中的论点是基于我阅读的维特根斯坦的《蓝皮书》（*The*

---

* Toril Moi, “Thinking Through Examples: What Ordinary Language Philosophy Can Do for Feminist Theory,” *New Literary History* 46, no. 2 (2015): 191–216.

Blue Book），及其对“普遍性渴望”的批判，以及我对他在《哲学研究》（*Philosophical Investigations*）中对概念分析的理解。现在鲜有熟悉维特根斯坦作品的女性主义思想家。因此，我的任务中一个重要而富有挑战性的部分是阐明维特根斯坦的这些思想，然后得出一个激进的结论，并表明它与当代女性主义理论中的基本问题息息相关。

最后，在目前的理论氛围中，我可能不得不解释为什么我仍然使用诸如“妇女”和“女权主义”之类的词语。就像所有激进的政治运动一样，女权主义把批评和乌托邦结合起来。女性主义既是对妇女压迫和剥削的批判，又是对妇女自由、正义和平等的一种看法。在这一点上，有人总是这样提醒我：第一，还有其他种类的压迫和剥削；第二，世界上有很多人不符合传统的“妇女”。但是，正如我在《什么是女人？》（*What Is a Woman?*）中讨论的，并不是所有诸如“女权主义”和“妇女”之类的词的使用都注定是“排他的”。[4] 因为妇女不仅仅因为她们的生理性别（sex）或社会性别（gender）受压迫，而且许多妇女也遭受着其他形式的压迫和剥削。对于一个女性主义者来说，在众多复杂性中分析女性的具体经历仍然很有必要。

为什么是日常语言哲学？

对于有兴趣研究女权主义理论的人来说，乍一看，日常语言哲学并不是一个有前景的出发点。这种哲学没有提供关于生理性别（sex）、社会性别（gender）或性征（sexuality）的理论，它也不主张权利是语言本身固有的一部分，它甚至不相信“语言本身”。然而，关于成为一个具象的生物并与其他事物共享一个世界意味着什么，它确实有话可说。它趋向于把身体与灵魂联系在一起，许多女权主义者会嘲笑他们，认为他们应该对一些称为“灵魂”的东西感兴趣。此外，日常语言哲学，对于社会性别化的组织没有什么要说的。维特根斯坦、奥斯丁，或卡维尔都未曾提及成为一个女人的任何经验。卡维尔曾对电影与戏剧中女性角色进行讨论，而这业已遭到一些女性主义者的强烈批评，除此之外，再没有任何关于女性的资料。[5]

简言之，像我这样坚持认为日常语言哲学为女权主义提供了理论革命的，似有刚愎自用之嫌，但我仍然坚持。日常语言哲学对“理论工程”提出了深刻的挑战，而这种理论工程自 20 世纪 70 年代以来一直盛行于女权主义理论和许多人文学科。相较于“做理论”的标准尝试，日常语言哲学更注重对细节和个人经验的思考，更适应我们实际使用语言的方式，对实际生活中出现的问题也更开放。

日常语言哲学并没有提供任何理论。我不是在建议大家“使用”或“应用”日常语言哲学，就如我们“使用”或“应用”马克思主义或精神分析学理论。日常语言哲学是帮助我们对困惑的问题有一个清晰的认识。维特根斯坦写道，“一个哲学问题有其固有形式：‘我不知道我该怎么走’”[6]。真正的哲学开始于个人的失落感。因此，从一开始，日常语言哲学就鼓励我们从女权主义思想普遍开始的地方，即以女性为中心的痛苦和困惑的经历开始。

因为其普遍和日常的特性，日常语言哲学与许多当代理论所共有的怀疑特性形成鲜明对比。[7] 日常语言哲学也有助于我们认真思考特殊情况，以及日常的、普通的和低等的事情，这对女性主义有很大的帮助。[8] 这篇文章的重点是关于日常语言哲学对哲学和理论最根本的贡献，即其对概念与理论的标准的挑战。

女性主义理论与具体案例的力量

为什么女权主义理论需要一场革命？因为它已经变得抽象，以偏概全，并且缺失了女性的具体经验。而理论家们令人讨厌的散文风格对其却没有任何帮助。许多女权主义理论家似乎普遍认为只有某种特定难度的概念和风格可以使我们免受既定事实、意识形态和常识的支配。[9] 但我的主题不是写作，而是要厘清女权主义理论变得如此抽象并且脱离女性日常生活的哲学原因。[10]

玛里琳・弗赖伊（Marilyn Frye）认为，女权主义的任务是“让女性的经验和生活变得让人容易理解”，辨明“让女性从属处于男性的力量”。[11] 对此，我们已经取得很大进展。我个人喜欢弗赖伊对妇女压迫的个人和整体方面的强调，我也喜欢她的观点，即“衡量理论成功与否的标准是相比之前的不合理的地方，现在到底合理了多少”[12]。在这方面，弗赖伊让我想起了西蒙娜·德·波伏娃（Simone de Beauvoir），她也强调个人经验与哲学之间的联系。谈到创作《第二性》（*The Second Sex*）的时候，她说："事实上，哲学与生活之间并不是分裂的。"于是一部开创性巨著诞生了，它从哲学角度探讨女性最普通的日常生活经验，同时使哲学终于意识到了女性的存在。

弗赖伊坚持认为，尽管因为经验范畴自身的原因，女性经验业已从女性主义观点中消失，但女性主义理论应该阐释并发扬光大这种女性经验。现在女性主义者已经对弗赖伊的这种坚持颇有微词。在 20 世纪 70—80 年代，女权主义者经常呼吁对女性经验的关注。一本当时很流行的女性主义文学批评选集叫作《经验的权威》（*The Authority of Experience*）[14]。然而，到了 80 年代末，我们对这一范畴有了合理的批判态度。对于许多女权主义者来说，琼·斯科特（Joan Scott）在 1991 年发表的一篇非常具有说服力的文章《经验的佐证》（"The Evidence of Experience"）则解决了这个问题。斯科特反对女权主义历史学家们"把经验作为无可争辩的证据，作为解释的原点"的倾向，她提醒我们："经验已经是并且永远是一种解读和需要被解读的东西。所谓经验，既不是不言而喻的也不是直截了当的，它总是有争议的，因而也总是政治性的。"[15]

如果斯科特意指我们经常忽略了我们自己存在的美妙，往往不了解自己的经历，并且对他人的经历熟视无睹，我当然同意。但我不同意她极端强调解释的观点，这是一种怀疑的认识论。然而，我大体上同意斯科特的结论，即"经验不是我们解释的起源……而是我们试图要解释的东西"（EE 797）。至少在某些文选中，斯科特的观点与弗赖伊的愿望完美地一致，他们都希望让女性的经验更容易为人理解。

对自己或别人的经验感兴趣不是去假设这经验是女性的或男性的，或者去说明他或她的经历是无误的，或公正的，或超越政治的，[16] 也不是假设个人经历不受较大的社会和历史条件的影响，或者否认我们的理解范畴是完全历史的。但是即便同意所有这些观点，也并不妨碍我们认识到个人经验是重要的，尤其对于女性主义理论的重要性不言而喻。

在这篇文章中，我将用大量女权主义观点的例子从交叉性理论来阐述女性主义理论与概念。当然，我并不是要反对交叉理论的基本原理，我把这理论初步定义为去理解各种形式复杂的压迫经历，在压迫下形成的身份认知，以及产生上述种种结果的力量构成。我选择用交叉理论有三个原因。首先，因为“交叉性”这个概念本身就已经争论不断。其次，因为交叉性理论家经常有担心使用“排他”概念的危险。这种讨论为我研究女性主义理论中主流的概念图景提供了丰富的素材。最后，我个人认为交叉理论异常难懂。对我来说，这对于研究与具体情况相抽离并使之变得抽象化是一个很好的例子，在如此多的当代理论中，这种问题也已困扰我许久。

我不是说交叉性理论代表（体现）所有其他形式的女权主义理论，也不是把它当作女性主义理论的一个范畴。相反，我认为这是一个典型的例子，一个值得思考的例子。如果引用得当，交叉理论可以很好地阐释其他案例。但我并不是说我的分析适用于任何一种可能的交叉理论案例，更不用说适应所有的女性主义理论。（至于原因，我接下来会进一步阐释，我怀疑任何分析都有可能实现这样一个崇高的目标，而想要达到圆满的目标本身就是一个错误。）

关于交叉理论，或当代女性理论，无论我说什么总会有例外。在两种理论中都有不同的例子，在概念和理论上有不同的方法。问题是这些例外意味着什么（如果有例外的话）？它们对原有的分析有什么改变？新例子和不同的例子总是吸引人去进一步分析。哲学始于我们认识到你的例子与我的例子针锋相对的时刻。我们必须探究新例子究竟意味着什么，它们是否影响或如何影响原有的分析，它们又帮我们勾画了哪些认同或不认同的范围。“分歧不是否认，”卡维尔写道，“它如认同一样，是我们进行哲学探讨的一个论据。”[17]

通过例子的思考是诉诸读者经验的。卡维尔写道，日常语言哲学家试图让读者根据自己的经验测试某些事情。她说：“看看你是否能看到我所看到的，希望说出我想说的话。”[18] 这不是命令，而是一个邀请，即波伏娃所称的这是一个对别人的自由的呼吁。[19]

普遍性渴望

在《蓝皮书》中，维特根斯坦为现今理论的顽疾提供了一个敏锐的诊断。他将其命名为“我们对普遍性的渴望”（*BB* 17）。维特根斯坦解释说：如果不说是“普遍性渴望”，那我也可以说它是“对特殊情况的蔑视”（*BB* 18）。蔑视是一个程度很重的词，但我同意他的看法。受“普遍性渴望”的限制，理论家们只对一般概念感兴趣，而不是特殊情况。或者说，即使他们被一种想要理解女性群体中存在的巨大差异的愿望刺激，他们也只能产生一个一般的理论（关于差异、身份、语言、力量等等）。他们希望能将特殊情况一般化，并得出一个适当的理解。我认为，这种以一般见特殊的做法迟早会失败。由普遍性渴求得出的理论将总会与实际人类经验相左，并且重新复制维特根斯坦曾提出的对特殊情况轻蔑视之的态度。

“普遍性渴望”支配着我们的思想，它是一种未被人注意的思考态度，是控制我们的思维定式。（*PI* §115）在本文中，我将集中讨论这一渴望的三个特征，尤其与女权主义理论相关：(1) 它倾向于要求概念有明确的界限；(2) 它希望模仿自然科学关于解释是什么的理解；(3) 对完整性的要求。我现在要说明在每一个特征中什么是最紧要的。

(1) 维特根斯坦挑战了概念必须有明确界限的观点。（这是他在《哲学研究》中谈到的一点）。[20] 普遍性渴望始于“试图寻找所有在广泛归类中的实体的共同点”（*BB* 17）。这似乎无伤大雅。然而，这是根本的：除非我们放弃这种信念，否则我们永远逃脱不了对普遍性的渴望。

认为在一个概念下的所有实例一定具有共同点的看法通常被称为本质主义。维特根斯坦对本质主义的强烈批判似乎使他与当代反本质主义形式达成一致。但不同的是，当代反本质主义没有提出其他观点：他们陷入否定的泥沼而无法自拔。这听起来可能很晦涩。简单来说，我的意思是，当代反本质主义通常只给我们两种选择，要么肯定本质主义观点，要么就否定。现在有一些人为本质主义辩解。几乎所有的女权主义理论家都在质疑本质主义。但否定本质主义并不能逃避它的控制。无论我们解构、消除、批判，或取代原来的概念，无论我们让概念处于流动之中或证明本质的东西实际上都是演现性的效果，我们始终都逃脱不了原始概念的影响。除非我们有可以解构的东西，否则我们永远不能开始解构主义的工作。这就是为什么许多当代理论家断言我们只能破坏、颠覆或讽刺地模仿传统的概念（例如“妇女”）。对他们来说，概念就是监狱：我们可以反抗监禁，但我们不能逃脱。日常语言哲学中最有益的成果之一就是把我们从这监禁中解放出来。

维特根斯坦没有陷入肯定 / 否定的逻辑。他选择了更激进的路线，即提出了一个关于概念如何运行的不同的想法。（*PI* §65-§71）在著名的关于词语“游戏”的讨论中，他展示了在我们从棋盘游戏到纸牌游戏再到球类游戏的转换中，相似点和差异性出现了又消失，但是在所有我们称为游戏的事物中，却没有发现任何一个共同特征，这些考虑的结果是：我们看到的是一个相似性盘根错节的复杂的网络，相似性有大有小（*PI* §66）。如果有人奇怪为什么维特根斯坦没有提到不同之处，答案便是，他在试图解释是什么把给定的概念结合在一起。我们表达差异的时候，要么是使用同一个概念而用不同的方法，要么使用不同的概念。维特根斯坦对差异非常感兴趣，甚至考虑引用《李尔王》（*King Lear*）中“我将教你差异”这句话作为他的书《哲学研究》的题词。

对普遍性的渴望依赖于不同实例必有共同特征这一信念。这不仅仅是一种关于概念的信念也是对理论的一种信念。这种态度在平常的讨论中是如何表现出来的？下面这个例子可见一斑。多年来，我发现，如果我以一种轻微的批判的方式使用“后结构主义”这个词，那些对此概念深信不疑的人就立马否认我所说的任何关于后结构主义的论断。他们反驳我，要么是因为我的论断不适用于每一个后结构主义理论家（他们会说，“但是，德里达呢？或者拉康呢？或福柯呢？”或者会说，“某某从来不自诩为后结构主义者”），要么是因为根本就没有“后结构主义”。换句话说：我的对话者否认我的例子能代表后结构主义。但是，既然我并不把例子作为代表，而是作为具体案例的描述，所以我没有感到那些指名道姓的反驳有什么分量。此刻，争论便逐渐停息。

反驳我的人想当然地认为，在同一概念下不同的具体案例的存在，自然而然地使我说的任何一个具体的案例变得无效。对于他们而言，即使是最具体的、精确的、证据充分的例子也站不住脚，没有理论意义，除非我能证明其他受同一概念影响的人有完全相同的信念。这当然是不可能的，因为在任何思想运动中，总会有例外，有与主体相背离的人。

这些论调潜在的假设是，所有的“后结构主义者”必须有共同之处。后结构主义要么是一个本质的概念，要么它根本就不存在。对我来说，这就像是说不能称象棋为一种游戏，只是因为它与网球或手拉手转圈游戏没有共同之处。（*PI* §7）或者是对网球的深刻分析并没有告诉我们游戏的本质，只是因为其他游戏同样存在。

这种分歧来源于对同一个词（概念）的意义的分歧。当我讨论后结构主义理论的时候，我的对话者便认定所有围绕这一术语的讨论，都一定适用于此术语名下的所有可能的案例。（他们把这归之为代表逻辑。）对我来说，对一个例子的具体分析是要“细致地看一看”（*PI* §65）的。正如维特根斯坦所暗示的那样，如果一个概念中有许多相似的东西在纵横交错着，那么我们便不能用其他方式继续下去：任何调查都必须从具体案件开始（*PI* §66）。为了理解一场比赛如何与另一场比赛相联系，除了检查他们的具体用法，他们在连接世界和词语的文法中的位置，别无他法。[22]

维特根斯坦不反对明确的定义或被清晰定义的概念。他认为，我们为了某一特定目的总能给出一个非常具体的概念。我们的错误在于假设这是必然的，其实我们并不总是需要最清晰、最精确的概念以完美准确地传达我们的经验。正如奥斯丁提醒我们的，潜在的改进和进一步的精确性并没有逻辑上的终结点，因为“对某些目的来说，足够精确的定义对于其他的就可能显得过于粗糙、不完善”[23]。看一下这两句话的区别：“我住在离奥斯陆约 40 公里远的地方”和“我住的地方离奥斯陆市政厅有 42195 米”。每句话相对于其目的而言都可能是完全精确的。我是不是想告诉你出来见我开车要花多长时间？或者说服你马上在我屋外开始马拉松赛跑？我们掌握关于距离的语言游戏是为了知道什么时候该说这个，什么时候该说另一个。具体而言，如果我们总是给出精准到米的确切距离，我们就会给人留下古怪的印象，似乎觉得我们尚未掌握周围生活的语言。

就维特根斯坦而言，词语只有在使用的时候才会有意义。使用是无限的、开放的、本质上不可理论化的。维特根斯坦写道，使用并不是被规则无处不在地限制。（*PI* §68）没有理论可以预测一个单词在未来的所有用法。在这一层面，关于语言的普遍性的一般理论并不存在。[24] 因为使用总是精确的、具体的，如果没有事先解释“妇女”在普遍意义上一定意味着什么，那么我们可以确定并对“排他性”的用法做出回应，就好像把用法和意义剥离开来也是可以的。[25] 我们可以确定，这个词语在某些例子中是用一种贬损的或排他的方式使用的。问题不在于词语，而在于它的用法。

我们不可能在说出一个单词之前，通过规定一个单词必须有或必须不能有何种含义，来解决政治包容和排斥的问题。这些要求没有任何力量：它们所揭示的是我或你希望这个词所含有的意思。但语言中的意义不能由个人或某一委员会决定，意义是在使用中被揭示的。那种想要对词语意义做明确规定的尝试都是对普遍性渴望的表现。我们不是应邀去"细致地看一看"，进一步研究两个不同例子之间的区别和使用方法的异同，我们总是努力去概括。这就是为什么概念必须有明确的界限这种观念是对普遍性的渴望的重要组成部分。

（2）维特根斯坦声称，渴望普遍性的哲学家被科学方法所诱惑："哲学家们不断地看到科学方法并且不断地被诱导用科学的方式去提问和回答问题。这种倾向是形而上学的真正根源，它使哲学家陷入完全的黑暗之中。"（*BB* 18）他举了例子，他提到"把对自然现象的解释减少至最小数目的原始自然法则"，并且"用概括法统一处理不同的主题"。（*BB* 18）这是非常有勇气的论断。对维特根斯坦来说，"完全的黑暗"与哲学家们帮助我们逃离困惑并获得清晰认知的本职责任背道而驰。

但这似乎与当代理论的困境无关。虽然大多数当代理论家屈服于泛化诱惑，他们对"原始自然法则"并没有表现出很大兴趣。他们也没有明确地将自然科学作为一个规则去效仿。但维特根斯坦并不是在说，哲学家，或从更广泛的意义来说，人文学科的学者们真的在谈论自然规律。相反，他的批评是针对一种具体的思维态度，那种不断寻找将所有具体案例归置于一种概念或一种理论之下来解释的态度。

科学理论必须具有解释功能和预测未来事件的能力。至于女权主义理论家，他们处理自己的概念的方式是，"用概括法来统一处理不同问题"。在我看来，"交叉性"的概念本身就是这样一种概括。（我将回来对之再做论述）。毋庸置疑，这种态度在当代许多理论中——无论是在女性主义内部还是外部——都在起作用。乔纳森·卡勒（Jonathan Culler）曾用他一贯清晰的观点表达了这样一个共识："原则上，言语行为理论必须能够详细说明文本的每个特点，因为这可能影响一个既定言语行为的成功或失败，或可能影响某一具体言语行为的有效表现。"[26]"交叉性理论"以同样的方式，极力地用精准的语言表达交叉性的概念，指望以此来囊括所有过去、现在、将来的案例。这不可避免地迫使理论家远离具体案例，而走向令人眩晕的抽象高度。于是乎，理论本身就变成了一种对死板僵化概念的追求。

(3) 对普遍性的渴望是由追逐完整性的梦想所驱使的。这种完整性是寻求所有事物共同元素的另一种变体，这个元素可以联结一个术语或概念的所有实例。例如，在一篇关于苹果的论文中，维特根斯坦对其完整性并没有什么可以反对的，因为在这个例子中，关于什么是完整并无任何异议。[他指出：“事实上，这里我们有关于完整的标准。”(*BB* 19)] 但是，游戏呢？“假设……有一种类似国际象棋的游戏，但更为简单，并且没有卒。我们能说这个游戏不完整吗？”(*BB* 19) 这问题是无法回答的，因为在这个例子中我们不知道完整的标准应该是什么。这种要求接近于一种根本做不到的、形而上学层面的要求。维特根斯坦写道，合乎语法的概念和表达并不能以一种有意义的方式满足我们对于完整的需求：“如果我们学习一些词语——比如说‘愿望’‘思考’‘理解’‘意义’——的语法，当我们能够描述各种各样的愿望和想法时，我们不会感到不满。如果有人说，‘当然这不是所有所谓的“愿望”’。我们应该回答，‘当然不是，但是如果你喜欢的话，你可以自己创建更复杂的例子’。毕竟，所有有关愿望的例子并没有一个明确的特征……”(*BB* 19)

这里，维特根斯坦说的“语法”，其实指的是使用一个词或短语的标准、规则和情景。(维特根斯坦说的“语法”不是单纯的语言学范畴：语法与我们的生活形式息息相关。) 他认为，没有一组特定的特征能构成一个概念，也没有一系列的特性可以解释现在或将来所有可能的用法，不管他说的这个概念是“思考”“愿望”或“游戏”，道理都是一样的。我们所能够得到的只能是具体用法的例子。理论上的泛化不可能彻底探讨一个概念或抓住所有细微差别。我们要通过检查具体的例子来明确它们特定的使用范围。(这就是维特根斯坦所说的“语法”调查。)

维特根斯坦在一个尤其重要的段落里，阐明了对一般性的渴望导致了对具体案例的蔑视的种种原因：“为了弄清一个通用术语的含义，就必须寻找它的所有用法中共同的元素，这种想法束缚了哲学研究；因为它不仅没有任何结果，而且使哲学家摒弃不相关的具体案例，而这些案例又恰恰对理解这个通用术语的用法有很大的帮助。”(*BB* 19–20) 请注意这里的语感之强烈。维特根斯坦说，对“通用术语”的追求正是哲学的桎梏，因为它使我们忽视了从具体案例调查中应吸取的教训。

几年前，我用挪威语写了一篇文章，探讨了在后结构主义性别理论中我认为极为执迷不悟的几个语言观。[27] 虽然我经常用“妇女”这个例子，但我也有意使用我认为没有任何争议的关于“水”的例子，主要因为我在之前的文章中已经详细讨论过“妇女”这个话题了。通过“水”这个例子我想证明语言学意义并不总是产生于二元对立思想。如果我们把水与火、土、空气联系在一起，或是与依云矿泉水、毕雷矿泉水或巴杜阿矿泉水一起讨论，那么，我们或许可以看到二元对立的局限性。可是，“妇女”这个例子也是这样吗?

维特根斯坦认为，如果有人反对上述观点，其唯一可能的理由是：当然，“妇女”有其特定的用途，而且人类对女人和水有着不同的兴趣。所以我劝你们“建立更复杂的案例”(*BB* 19)。对语言具体使用情况进行分析或说明，只能是语言邀请我们去“细致地看一看”，并考量一下相对于我们的目的我们是否可以使用这个语言或能够将这个语言使用到什么程度。但这正是哲学（理论）讨论的开始，而不是结束。通过讨论新的例子，我们可以解释为什么你看不到我所说的我能看到的意思。也许我无意中限制了词语的使用，也许我忽略了一个明显的特征。通过对具体案例的具体分析，我们可以从哲学层面慢慢理解手头上的这个紧要问题。(这种观点还有另外一个含义：这种哲学讨论总是要求我们把自己的经验、观念、判断放置到讨论中去。)

这种对理论工作应该是什么的探讨，既不是新鲜事，也不是闻所未闻的怪事。相反，它在人文学科的许多分支中都占有很重要位置，尤其是文学研究、艺术史以及思想文化史领域。通过对为数不多的几部作品进行深度的细节考察，文学批评家会对一般范畴——如“现代主义”“现实主义”——有新的见解。然而，同时也让人吃惊的是，我们往往会因为理论探讨的是细节问题而拒绝用“理论”这个词来讨论这些作品。对普遍性的渴望让我们无法欣赏到一些人文科学中的伟大思想的真正魅力。(另外，“人文”一词是一个由各种相似的东西纵横交错成网络的经典例子。)

在人文学科中，我们对具体案例——如某一诗歌、小说或电影，具体的艺术家、绘画，或文章——的热爱给我们的作品提供了能量。但是，如果我们内化了对普遍性的渴望，我们可能受这种渴望的影响而瞧不起我们自己的作品，因为这种渴望会让我们觉得我们的细节式解读似乎有些低人一等、差强人意，似乎对一本（甚至四本或五本）小说、一个历史人物传记、某些考古发掘结果的精读，或者对一幅画或一个雕塑的仔细观察并不能对严肃思考绘画、雕塑或古希腊文化有任何裨益。

对于某一具体案例的解读，如果我们不用自己的信念、看法和经历去检测这些观点，我们往往会仅仅因为这一案例没有抓住概念的本质（即它没有针对所有相关案例的共同点），或者因为它没有覆盖这个概念的所有案例，就对之全盘否定。这样做的后果是，我们将被钳制着而无法继续下去。这就是对具体案例采取轻蔑的态度所导致的结果。女性主义理论家渴望普遍性，这种渴望阻碍了他们去密切关注那些他们想要阐述的具体经历。

身份理论——普遍性渴求的一种表现形式

女权主义理论家经常让“妇女”这个词受到普遍性渴望的摧残。他们的假设是，所有属于概念的案例都必须具有一些共同的特征。但很明显，没有一个特征是所有女性共享的。同样，很明显，对什么是女人的定义或理论无法涵盖所有可能的相关实例。通常的结论是，这个词本身就具有“排他性”。而“女人不能被定义”这个说法表现了在追求共同特征的道路上的退缩。因此，试图完全避免女性这个词也是一种退缩，例如，建议女权主义者不用“女性”而采用“具有女性身体标志的个体”。[28] 但如果它们用法相同，那么“具有女性身体标志的个体”的含义也是相同的。其他有关身份的表达（黑人女性、奇卡诺女人、残疾妇女，等等）也是如此。其结果是，一个难以逃脱的双重枷锁：我们迫切需要的这些词语恰恰是我们认为已经受到污染而坏死的词语。

在这一问题上，日常语言哲学提供了一个真正开放的视野。因为如果维特根斯坦是对的，就没有必要假定“女人”或“女人们”这个概念有共同的本质。相反，我们可以把这个词看作是相似性纵横交错的网络，在具体使用中不断地被构建和扩展。这并不是说“女人”的概念是个“相似性纵横交错的网络”。

我的观点并不是说维特根斯坦对“概念”提出了一个新的、标准的定义，即“纵横交错”。他显然并没有暗示这是所有有关“概念”的例子所共有的本质。如果一个像“游戏”这样的概念变成一个相似性纵横交错的网络，那是得力于我们使用它的方式。用法在每个特定的情况下建立意义。正是因为用法总是与我们无限变化的行为和目的联系在一起，所以它是无限变化的。为了特定的目的，没有什么能阻止我们在某个概念上附加一个明确界限，例如，想想数学概念。我在这篇文章中的论点仅仅是，它不适用于任何女权主义的目的，即在“女人”这一概念上强加一个定义的界限。而我们今天的普遍做法是强加这样的界限，只是为了哀叹她们的存在，并建立一个极其抽象的理论机制来推翻她们，这是大错特错的。任何人想弄清楚女人究竟意味着什么，都必须调查具体案例。如果我们对个别案例置之不理，我们无疑给我们的探究套上了枷锁，因为这样做不会带来任何结果。(*BB* 19)

具有讽刺意味的是，许多女性主义理论家希望关注特定的、具体的情况和案例。但是他们也认为他们需要建立一个关于身份、性别、女性气质（或语言、权力、影响或物质）的一般理论。通常他们的目的是建立一个理解身份的复杂体系，即把所有可能的身份归置于这个体系之中。这种身份认同理论总是表现出对普遍性的渴望。为了实现对包括所有人的身份的理解，这种理论常常达到惊人的抽象程度。例如，苏珊·斯坦福·弗里德曼（Susan Stanford Friedman）在她对性别和其他身份的互动形式进行探索的著名作品《映射》（*Mappings*）中，提出了六个“在新的地理定位中的身份话语……：多重压迫、多主体地位、矛盾的主体位置、关系性、情境性和杂糅性”[29]。这些论述使我们对性别是什么的理解变得更加复杂。弗里德曼认为，如果我们想“超越性别”，就必须考虑超越“性别是唯一的，是单一的，是本质的”信念。弗里德曼的结论是，“区位女权主义批评”必须不断地“关注性和性别差异……对多方面的矩阵进行审查，其中性别只是许多身份轴中的一个”[30]。因此理论家在不转旋转的抽象漩涡里规定了“女人”（或“性别”）的含义。[31]

本文的一个匿名评审宣称：“所有身份［是］情境的和交叉的。”从她的角度出发，我慨然地同意这个观点。然而，从我的观点来看，这种主张是另一个渴望普遍性的例子（我将回到这个话题）。但这并不意味着我试图否认身份具有情境性，或交叉性，或别的什么。[32]（否认它便等同于认可了这个问题的表达方式。）相反，我要质疑的是最初导致这种问题产生的那个理论框架，也就是女性主义理论在做任何事之前需要一个高层次的、包罗万象的身份理论。似乎女性主义理论的任务就是要在彻底普遍意义上和抽象意义上彻底而永远地解决女性身份问题，似乎正确的理论可以保证政治正确，保证女权主义对具体案例的正确理解。（在早期的一部书里我称这种态度为理论主义。[33]）就好像我们对身份的理解无法从对具体案例的细节关注那里产生。似乎身份始终是一个问题，一个在女权主义者说或做任何事情之前必须解决的问题。为什么我们认为女权主义政治首先需要一种身份理论？什么样的政治观念使我们认为身份而不是行动（我们是什么，而不是我们做什么）始终是女权主义的关键问题？[34]简言之：身份问题回答的是什么问题？

这些都是真正的问题。特殊而又具体的身份可以回答某些问题。一个犹太学生被指控不能做到公正；一个黑人遭到警察的骚扰；男同性恋者被折磨致死。在这种情况下，为什么这个人被挑选出来的答案往往是身份：因为她是犹太人；因为他是黑人；因为他是同性恋。如果我们屈服于对普遍性的渴望，产生一种涵盖所有情况的普遍身份和权力的理论，我们就不会对具体情况给予足够的重视。这不仅仅是一个道德问题，它更是一个理性问题，因为现在我们无法从具体的例子中学到任何东西，无法从特殊情况中学到任何东西。

一个能阐述女性理论家对包罗万象的概念的追求的最重要的例子是身份理论本身。对身份理论的否定也是如出一辙，他们声称身份没有本质，总是不稳定的，总是被建构的，总是受权力或话语矩阵的影响，无法逃避身份理论的框架。恰恰相反，它们只是变成了不同的身份理论。当身份变成一个问题时，当我们遇到身份困惑时，当我们的理论范畴与具体的身份或情景不匹配的时候，我倾向于研究身份问题。朱迪斯·巴特勒（Judith Butler）的《性别麻烦》（*Gender Trouble*）的影响力来自作者对一直困扰着自己的身份问题的长期探索。事实上，巴特勒一直在构建一个关于意义的一般理论，这个理论后来又变成了身份的一般理论（身份总是述行的），但在我看来这种方法毫无裨益，不过这又是另一个问题了。[35]

交叉性概念

今天，许多女权主义者会用“交叉性理论”这个术语讨论弗里德曼的《映射》(1998)。然而，在那本书中，弗里德曼本人从没用过这个词。这并不令人惊讶，虽然这个词是在 1989 年被创造的，但在女权主义研究中却是直到 21 世纪初才开始流行。这表明，我们现在所称的“交叉性研究”并不是离了“交叉性”这个术语就无法开展。

在论述之前，我应该解释一下什么是“交叉性”，因为这是一个由具体的名词名词化而来的术语，并非家喻户晓。这一术语在女性研究之外还不为学术界所熟知。(我经常被问到是不是我指的是“雌雄间性”。) 在 2005 年一篇有影响力的文章中，莱斯利·麦考尔（Leslie McCall）说:“交叉性是妇女研究至今做的最重要的理论贡献。”[36] 2013 年，盖尔·刘易斯（Gail Lewis）指出:“在社科领域中，几乎没有学科领域没被它触及。”[37]“交叉性”指的是人们的经验同时被暴露在多种形式的歧视中。但交叉性同时也是一种方法，一个领域，一种想要了解种族和性别，并对身份与边缘化与压迫的交叉形式进行理论化研究的一般性尝试的代名词。

为更好地解释这个概念，我要回到起点，看看法律学者凯姆博乐·克伦肖(Kimberlé Crenshaw)(1989) 的一篇具有里程碑意义的文章《种族和性别的交集的去边缘化》(“Demarginalizing the Intersection of Race and Sex”)[38]。克伦肖首先列举一些法律案例来说明美国对反歧视法的一些解读对黑人女性十分不利。如果这个问题是种族主义，法院则宣称因为她们的性别，所以她们不能代表黑人阶级。如果这个问题是性别歧视，则是因为她们的种族，所以她们不能代表这个阶级的妇女。一些法院希望黑人妇女能够证明，她们所遭受的任何歧视要么只是由她们的种族引起的，要么只是由她们的性别引起的，从而有效地避免考虑一个人同时遭受多种歧视的情况。克伦肖并不是说所有的反歧视案件都用这种方法来排除黑人女性从而否认她们的权力，但有时会发生这样的事实，这就足以说明她的观点。

克伦肖将黑人女性比作一群被夹在街道交叉口，被来自四面八方的车流所困扰的行人:“如果一个黑女人是因为她在路口而受伤的，她的伤害有可能来自性别歧视，也有可能来自种族歧视。”（DI 149）即使经过彻底调查，我们也不知道这个事故该由哪个司机负责。此外，黑人妇女的经历并不能被清楚地划分为“纯粹”的种族主义和“纯粹”的性别主义。通常，这两者的汇合会创造一种新的伤害，而这伤害根本不属于任何一个旧的范畴。因为女权主义和反种族主义理论，以及法律理论都是“单向的”，克伦肖称，它们将黑人女性从它们的描述分析和理论中排除在外（DI 149）。如果我们无法理解“种族主义和性别主义的交叉”，我们就会做出不公正的法律判决，使用排斥理论。（DI 155）

克伦肖认为，我们必须在充分重视有关黑人妇女的所有复杂情况的前提下来寻找问题的解决办法。克伦肖写道，索杰纳·特鲁斯（Sojourner Truth）用她自己的生活揭示了当时白人女性主义的矛盾。同样地，克伦肖也分享了自己的一个故事，她曾被拒绝进入一个成员均为男性的哈佛俱乐部的大门，不是因为她是黑人，而是因为她是女性。但解决办法也需要对同时承受的多重压迫有一个新的认识。从克伦肖使用该术语的意义来看“交叉性”可以作为对一种情况或经历的描述；作为一个对智力问题的诊断和批评；同时也可以作为一个解决方案，一个希望大家关注黑人女性的生活经验的告诫。它不是一般的身份理论。（在我看来，这是克伦肖文章的力量所在，而不是弱点。）

为了使克伦肖的术语变得无处不在，相应的理论被迫被建构起来。2008年，凯茜·戴维斯（Kathy Davis）描述了“交叉性”这一术语在女性主义理论中的快速崛起，并问自己为什么它如此快地变成了一个流行词。单凭克伦肖的文章是做不到这一点的，因为将黑人女性纳入女性主义理论并不是由克伦肖最先呼吁的。在戴维斯看来，这个概念的成功在于它抓住了女性主义理论中最基本的东西，即它对妇女的多样性和差异性的长期关注，同时，它又用最新的后现代主义理论将二者结合起来，从而给了它们一个“新的转折”：[39]“交叉性不仅有望解决对差异性和多样性‘根本的、普遍的关注’，而且它这样做能够让传统的女性主义理想——创造一些可以关注所有女性的问题的理论——得以延续。”[40]（IB 71–72）

2008年，“交叉性”已经成为一个流行词。然而，戴维斯写道，这个词仍然含糊不清，没有定论，经常产生“不确定性和混乱”（IB 69）。这种情况引发了关于交叉性概念的本质的激烈争论。2008年，珍妮弗·纳什（Jennifer

Nash）写道，交叉性理论家尚未解决他们想要建立何种学说的问题。[41] 是一种主体性边缘化的交叉理论？身份理论？是所有的主体都是交叉的？还是只有多种边缘化的主体？2012 年，帕特里夏·希尔·柯林斯（Patricia Hill Collins）认为“交叉性”仍亟待解决：“交叉性是一个概念？是一个范例、一个探索工具？抑或是一种理论？交叉性可能是指上述的一个，一些，全都是或者全都不是。”[42] 一年后，巴巴拉·汤姆林森（Barbara Tomlinson）提醒她的同事，许多交叉性理论学者研究“权力结构”和“结构性的不公正和从属关系”，不只是研究身份和主体性。[43] 2013 年，克伦肖和一些学者把交叉性作为一种“理论”，一个“框架”或一个“半成品”，简而言之：是除了“包含的实体”之外的任何一种东西。[44]

社会学家朱丽亚·奥鲁巴博（Julia Orupabo）写道，现在交叉理论的当务之急是找到一个合适的比喻来表达“复杂的社会现实”，这本身已经成为一个理论课题。奥鲁巴博的例子是：“动态过程”“一个正在变得凌乱的空间”“分层的奶油蛋糕”“窗帘的褶皱”，甚至“糖”。[45] 如果你感到困惑，这是情有可原的。然而，其实这种多样性也不奇怪，因为交叉性理论家正试图了解那些多如繁星的一系列现象。理论家们想要让所有可能的“交叉性”案例都归至这一术语之下，但这个术语也随之变得空洞起来，因为太包容万象，它已经不再具有任何特殊意义。

交叉性可以是一个“包含的实体”，对这种想法的拒绝考虑映射出这个领域与概念之间的关系。[46] 据麦考尔所言，社会科学中的所有形式的交叉性研究都对范畴呈批评态度。（她指的是社会范畴，如“女人”“男人”“黑人”“工薪阶层”等等。[47]）对“有边界的”概念的恐惧无处不在。他们认为概念，仅仅因为是概念，永远是“排他的”。这种想法往往与一些模糊的想法——通过简单的声明便可以产生完美的“无边界”概念的想法——结合在一起。

我只举一个向往无边界概念的例子。在 2014 年的一篇文章中，奥莱纳·汉克夫斯基（Olena Hankivsky）指责护理理论家使用“有边界的范畴”，如“女性”“可怜的女性”“被边缘化的女性”“有色女性”“黑肤色和工人阶级的妇女”“移民”或“家政工人”等单词或短语。但汉克夫斯基希望他们用哪种说法呢？我们是否应该用“无边界”单词？答案是否定的。汉克夫斯基说，问题不是那些术语而是护理理论家们的态度，他们没有对“组内的多样性给予合适的关注和调查”[48]。但是，汉克夫斯基自己却大量地用这些词。唯一的区别似乎是，她坚持认为我们在说出冒犯性的词语之前要考虑“群体内的多样性”。

汉克夫斯基对“有边界”范畴的担心似乎不是源于一个特定的问题，而是源于对普遍性的渴望，那种希望找到不会将任何东西排除在外的词语的渴望。似乎这种渴望要求能够在所有有争议的词语的意义在被使用之前就已经被大致确定了。这让我想起了佳亚特里·斯皮瓦克（Gayatri Spivak）著名的“策略性本质主义”：在女性主义分析之前要先承认“女性”概念是本质的，同时认同本质主义与女性主义是根本不相容的。但考虑到我们使用这个词是出于政治目的，斯皮瓦克建议我们继续使用有问题的范畴，但强调我们只能有策略性地去做。[49]

但是，使用和策略性地使用之间有什么区别呢？如果我心理上有所保留，我就能策略性地使用“女人”这个词吗？（当我说“女人”时，我的本意却不是指女人。然而，我仍然用了这个词。）正如说“我保证”时，我通常无法回避承诺，当我说出口时，我无法做到只要认为我说的不是我所想的，就能避免这个词给我的暗示。我应该怎样有策略性地说“女性”这个词的时候，才能让它不是指女性呢？事实上，“策略性地”说话的想法很奇怪：好像我们的意图就能决定我们话语的意义一样。它同样也指出了我所知道的与我所做的之间的分离，我知道“女性”不是个条理清晰的范畴，但是我假装它就是那样，仍然很有策略性地去使用这个词。[50]

交叉性理论家不是忽略或对具体案例不感兴趣。相反，整个交叉性课题都是基于希望避免“排他的”一般化。然而，在其后，对普遍性的渴望起作用了。汉克夫斯基宣称她要关注移民工人的具体保健活动，然而她的文章中却从来没有讨论过这些工人的具体经历。[51]我们得到的信息不过是，这些“移民工人”并不是一个同质的范畴。

同样的，理论家对限定“交叉性”的概念略有担心，因为他们想让这个概念可以涵盖从个体经验到一般权力结构、各种社团，以及与每个身份地位相关联的所有东西。戴维斯认为，交叉性理论表达了“传统的女性主义创造了一些可以关注所有女性的问题的理论的理想”（IB 72）。我们已经看到，一些交叉性理论家认为“交叉性”关注每个人的问题——或者身份。在其对多样性和差异性的特别关注中，无论是对所有女性的还是对全人类的多样性和差异性的关注，交叉性理论都成为渴求一般性的极端例子。

我来详细梳理一下这里的逻辑。在反对“排他的”概念中，交叉性理论囊括了所有身份类别：黑人、白人、女人、男人、工薪阶层、年轻人、老人、残疾人、同性恋、女同性恋、女奇卡诺人、非洲人，这个清单可能延伸至无限。此外，身份不是“附加的”，即它不是一系列离散的、完全有界限的种类的总和。根本没有一个纯粹的“女性”或“女人”身份靠其自身存在，并不受任何来自女性可能拥有的其他身份特征的干扰。[52] 相反，交叉性理论假设一个人的交织在一起的不同身份之间的联系是无限复杂的。这样，“交叉身份”成为一个极其抽象的一般术语（理论），所有身份情况都可以归其名下。（我不是说所有的交叉性理论家关注的都是身份。）但如果身份是交叉的，这个术语就没有任何意义。我的意思是：这个术语与其他没有任何不同。至多，交叉性可以作为一种形而上学的名称，表明这个理论家拒绝相信排他的概念和身份。

另一种选择是什么？对维特根斯坦来说，那就是我们要注意细节。如果我们从一个真正的问题开始，承认我们对某一特定问题或情况感到迷惘和困惑，那么我们只有通过对特定情况的仔细审查才能找到解决办法。维特根斯坦经常把这称为“描述”（与解释相反）。通过这样的调查，我们最终可能会发现导致我们混乱的原因。对事情的原委进行描述这个行为本身就可以证明它不是强制性的，而且选择是存在的。[53]

综上所述，交叉性理论的问题不在于它致力于研究差异，复杂的身份问题，了解女性（或男性）是如何应对各种不同的形式复杂的压迫。这些都是值得称赞的目标。但根本问题是理性层面的，即关于概念是如何运作的整体框架。这个框架支撑着人们对普遍性的渴望，它同时也束缚了人类的探索。

纵横交错：维特根斯坦之后的思考

我在这篇文章开始时说，妇女的压迫是系统性的并且广泛的。然而，现在我似乎在讨论，我们不能为任何东西提供一般理论，包括妇女的压迫。那这如何与我所说的系统性相匹配？能否产生一种能够避免对普遍性的渴望的一种类似理论或哲学的东西？如果我们认为维特根斯坦、奥斯丁和卡维尔都是严肃的思想家，因为他们至少偶尔能有一些真知灼见，那么答案是肯定的。如果他们能做到，我们也可以。然后问题就变成了：他们如何去解决那些对他们来说很重要的问题呢？这个问题很大，在这里不能充分讨论。让我简单地谈几点看法。

这种寻找“交叉性”或“妇女压迫”名下的所有实例的共同之处（它们的“本质”）的做法注定会失败。但是，否认它们有共同之处也会使研究无法进行，因为这种否认仍然把我们牢牢地束缚在旧的理念中。在旧的理念中，意义取决于共同特征。与其费尽心思去规定交叉性的含义，或者说与其试图阐述一个传统的交叉性理论，我们不如把交叉性当作我们需要学习的一种语言，这可能会有助于我们思考。在这里，我所说的语言是维特根斯坦意义上的语言，它是无限数量的言语，有无限种具体的用法。（这与索绪尔所理解的语言有很大的不同，即由有限的不同元素所组成的封闭语言系统。[54]）

对于日常语言哲学家来说，语言不能在普遍理论下产生。卡维尔写道：“维特根斯坦最终的愿望是给语言的普遍性一个一般的解释，这是根本行不通的。”（*CR* 188）同时，语言其实是非常系统的，不管这个系统是明显的还是不明显的。任何想学外语的人很快就会发现，为某些用途领域制定语法规则是相当容易的。因此，我们不难发现拉丁语中未来时的语法规则，或英语中的一般现在时的第三人称单数规则。

然而，语言的其他领域似乎根本就不受规则约束。任何想学英语的人很快就会意识到学习介词和副词是没有捷径的。一个接一个的，每一种情况似乎都不同，每一种情况都必须学习。我可以把车倒出来，但是除非我在山上，否则我不能把车退下来。然而在和我聊天时，你可以很容易地在没有汽车的情况下就轻易地退缩了。我可以试着不让你继续，但你不会松懈。那场篮球赛令人失望。我拒绝给你一个借口。[55] 别人怎么能知道这些短语的意思？然而，如果这是我们母语，我们就知道它们的意思。到底是什么在支配着单词和短语的应用？

“我们使用的语言是普遍的，并且是非常系统的，”卡维尔写道（*CR* 29）。

他认为是约定俗成的标准在控制着语言的用法。当我们试图弄清楚某事时，我们会进行维特根斯坦所谓的“语法”调查。“语法会说清楚什么是什么。”（*PI* §373）这就意味着，如果某件事令我们困惑，如果某件事情造成了疑惑和误解，我们就可以用我们的标准去比较和分析它们。通过询问具体案例（比如刚才我们所说的），我们可以找到我们讨论某事的标准。“在什么情况下，或在什么具体情况下，我们说……”是一个典型的阐述方式。[56] 如果说了解女性的压迫就像学习一门语言，那么声称妇女的压迫（或交叉性）曾经复杂之极、变化多端而且非常系统，那就很符合逻辑了。这和语言一样。

在日常语言哲学启发下的女性主义不会试图对“交叉性”或“身份”进行理论化。相反，它会专注于一个困扰它、让它疑惑的具体问题，也许它可以用一些例子来说明。理论工作则是努力找到一个清晰的视角来弄清楚这个问题。我们可以认为，这是在揭露那些在某个领域（或交叉领域）压迫妇女的准则。我们可以称之为维特根斯坦式描述，它试图展现出构成这个概念的那些在某个领域纵横交错的各种表达。这通常是极其艰难的理论或哲学工作。但它从来没有让我们脱离具体的案例和实际经验。恰恰相反，它要求我们对具体案例进行研究。

科拉·戴蒙特（Cora Diamond）写道，维特根斯坦在哲学层面上最基本的信念是让我们放弃思考大问题。所有我们能做的是一个一个地弄清楚具体问题[57]（*PI* §133）。她认为，维特根斯坦尽力避免对大问题的讨论，这也就可以解释《哲学研究》的特殊形式了。[58] 在《哲学研究》的序言中，维特根斯坦指出，“［他］的调查的本质”迫使他“在一个广泛的思想领域中四处探寻”（*PI* 3）。维特根斯坦的纵横交错哲学帮助我们了解到，为什么理论在实际实践时阻碍我们充分参与到关注女性经验的女权主义课题中。它使我们摆脱了对“有边界的”或“排他的”概念的无意义讨论，使我们能够认真而系统地摸索思考无限变化的具体经验的新方式。

我认为，我们不能像较传统的理论家那样去“使用”维特根斯坦式的观点。原因已然很清楚了：如果我对概念和理论的分析是正确的，那么它就解决了女权主义理论中的一个问题。如果问题解决了，它就消失了。（没必要去反复解决同一个问题。）维特根斯坦的分析帮助我们摆脱了“事情必须是怎样的”

理论枷锁。它让我们用一种全新的眼光去审视我们感兴趣的领域，洗刷掉陈旧的思想，提出新的、更有趣的问题。

我们应该问一些什么问题？日常语言哲学从未提及，它没有规定我们必须对什么感兴趣，当然它更没有告诉我们该如何看待女权主义。为了了解女权主义，我们仍然需要阅读《一间自己的屋子》（*A Room of One's Own*）和《第二性》，以及其他能给我们启示的女性主义作品。对我来说，《第二性》是哲学式的女性主义写作中一个极好的例子，它完全符合日常语言哲学的精神，但却不是以任何哲学为基础的。波伏娃从存在主义对具体经历、个人行为和选择的意义的探究，以及她那个言说就是行动，就是对他者的诉求的假设，帮助她完成了一部伟大的女性主义分析作品。《第二性》的涉及范围以及跨学科性是波伏娃对女性独特经历以及她们形形色色的差异感兴趣的结果。有时，她就像是在堆砌一些例子，像是要强迫我们看到它们并没有共同之处。但所有这些仍有一种系统性，一个模式，那就是波伏娃所说的"女人是他者"。

像"女人"和"黑人"这样的词并不比其他词更复杂或更具排他性，但它们在政治上更具争议性。我们不能只着眼于词的定义来解决政治分歧，而要具体问题具体分析，分析那些真正困扰我们的案例。我们还需要学会表达政治判断，并要试着通过分享自己的看法来说服他人。[59] 这都要求我们去关注具体案例。

注　释

在此，我要感谢在 2012 年约隆达・威尔逊（Yolonda Wilson）以及次年萨拉・佩尔托宁（Salla Peltonen）在百忙之中抽空阅读我的交叉性文章。不过，他们并没有对我的观点有任何干预。我诚挚感谢莎拉・贝克威思（Sarah Beckwith）、丽塔・费尔斯基（Rita Felski）、萨拉・佩尔托宁（Salla Peltonen）和琳达・泽利利（Linda Zerilli）在起草文章时给我的评论意见。最后，我要感谢我的匿名读者，他让我思考得更多。

[1] J. L. Austin, *How To Do Things With Words*, 2nd ed. (1962; Cambridge, MA: Harvard Univ. Press, 1975), 3. 对这项革命的本质的讨论，可参见 Stanley Cavell, "The Politics of Interpretation (Politics as Opposed to What?)," in Cavell, *Themes Out of School: Effects and Causes* (Chicago: Univ. of

Chicago Press, 1988), 27–59.

[2] Ludwig Wittgenstein, *The Blue and Brown Books: Preliminary Studies for the "Philosophical Investigations,"*2nd ed. (1960; New York: Harper Torchbooks, 1965), 17.（下文中简称为 *BB*）

[3] 我本想在“代表逻辑”和“例证逻辑”之间构成一个简单对立。但最终，似乎显得太过死板。我不想暗示所有有代表性的陈述都是例证，或者说我们应该把代表替换为例证：二者都有各自的用法。

[4] 参见 Toril Moi, *Sex, Gender and the Body: The Student Edition of What Is a Woman?* (Oxford: Oxford Univ. Press, 2005), in (a reprint of the first two chapters of)*What Is a Woman? And Other Essays* (Oxford: Oxford Univ. Press, 1999).

[5] 参见 Tania Modleski, *Feminism Without Women: Culture and Criticism in a"Postfeminist" Age* (New York: Routledge, 1991), esp. chapter 1. 卡维尔（Cavell）的回应可参见 *Contesting Tears: The Hollywood Melodrama of the Unknown Woman* (Chicago: Univ.of Chicago Press, 1996), 32–36. 莫蕾斯基（Modleski）单独挑选出卡维尔关于 *Now, Voyager* 的讨论，认为他没有引用和讨论这部电影的女性主义写作。确实，卡维尔没有在他的分析中援引任何女性。但是，他指出，他也没有援引任何男性。卡维尔的想法是合理的，他认为他关于音乐剧的作品，尤其是 *Now, Voyage*r 是自成一格的，且源于之前的再婚戏剧作品（参见 *Contesting Tears*, 33）。我同莫蕾斯基一样，都对男性理论家整体忽略女性主义的贡献而感到无奈。然而，这样的控诉只有在我们证明因为这样的疏漏导致他们的关键理论有瑕疵的时候才是最有效的，但是，这可能不适用于卡维尔关于陌生女人的情节剧作品。

[6] Wittgenstein, *Philosophical Investigations*, rev. 4th ed., trans. G. E. M. Anscombe, P. M. S. Hacker, and Joachim Schulte (Malden, MA, and Oxford: Wiley-Blackwell, 2009), § 123.（下文中简称为 *PI*）

[7] 本人关于维特根斯坦（Wittgenstein）对哲学从含混到清晰的探讨的认识，可参见“‘Nothing Is Hidden’: From Confusion to Clarity, or Wittgenstein on Critique," in *Rethinking Critique*, ed. Elizabeth Anker and Rita Felski (Durham, NC: Duke Univ. Press, forthcoming 2016)，并解释了为什么这个观点对怀疑论的阐释学是一个强有力的选择。

[8] 费尔斯基（Felski）即将付梓出版的新书《批评的限度》[*The Limits of Critique* (Chicago: Univ. of Chicago Press, 2015)] 就是帮助我们理解什么是“批评”，以及它如何风行于当代理论研究。我同意她的“批评不应该是我们研究的全部”的观点。至于对普通和日常语言哲有的研究，我认为费尔斯基关于中下层阶级的文章是研究对日常语言忽略的绝佳例子 [“Nothing to Declare: Identity, Shame, and the Lower Middle Class," *PMLA* 115, no. 1 (2000): 33–45]。另外一个完全不同但又高度相容的关于日常经验的女性主义分析的例子，可参见 Carolyn Steedman, *Landscape for a Good Woman: A Story of Two Lives* (London: Virago, 1986). 我发现西蒙娜·德·波伏娃（Simone de Beauvoir）和皮埃尔·布尔迪厄（Pierre Bourdieu）的作品总是与我对日常生活的研究意气相投。参见 Beauvoir, *The Second Sex*, trans. H. M. Parshley (New York: Vintage Books, 1989) and Bourdieu, *Distinction: A Social Critique of the Judgment of Taste*, trans. Richard Nice (London: Routledge Kegan Paul, 1984). 另参见 Moi, “Appropriating Bourdieu: Feminist Theory and Pierre Bourdieu's Sociology of Culture," *New Literary History* 22, no. 4 (1991): 1017–1049.

[9] 人们普遍认为，全新难懂的概念就应该要打破常识的束缚，这导致思想家们，比如欧内斯特·盖尔纳（Ernest Gellner）和赫伯特·马尔库塞（Herbert Marcuse）宣称日常语言哲学注定要接受常识的要求，我目前计划的关于日常语言哲学和文学研究的新书中，同样说明了为什么这样的说法是不可信的，同时也讨论了“常识一定总是保守的”的观点。参见 Gellner, *Words and Things: An Examination of, and an Attack on, Linguistic Philosophy* (New York: Routledge, 2005)

and Marcuse, *One-Dimensional Man: Studies in the Ideology of Advanced Industrial Society* (Boston: Beacon Press, 1964), 170–199.

[10] 当然也有非哲学原因，比如，当代女性主义理论已经成为一门学科。

[11] Marilyn Frye, *The Politics of Reality: Essays in Feminist Theory* (Berkeley, CA: Crossing Press, 1983), xi.

[12] Frye, *The Politics of Reality,* xii.

[13] Beauvoir, *L'Existentialisme et la sagesse des nations* (Paris: Nagel, 1948), 12.

[14] 参见 Arlyn Diamond and Lee R. Edwards, eds., *The Authority of Experience: Essays in Feminist Criticism* (Amherst: Univ. of Massachusetts Press, 1977).

[15] Joan W. Scott, "The Evidence of Experience," *Critical Inquiry* 17, no. 4 (1991): 797.（下文简称为 EE）

[16] 关于文学批评经验的探讨，即女性意识提高的群体，参见 Moi, "The Adventure of Reading: Literature and Philosophy, Cavell and Beauvoir," *Literature and Theology* 25, no. 2 (2011): 125–140, particularly 130–133.

[17] Cavell, "Aesthetic Problems of Modern Philosophy," in *Must We Mean What We Say?* (Cambridge: Cambridge Univ. Press, 1969), 95.

[18] Cavell, "Aesthetic Problems," 95–96.

[19] 西蒙娜·德·波伏娃关于呼吁他者自由的做法的讨论，参见 Beauvoir, *Pyrrhus et Cinéas* (Paris: Gallimard, 1944). 玛莉贝思·蒂默曼（Marybeth Timmermann）将其翻译为"Pyrrhus and Cineas"，参见"Pyrrhus and Cineas," in *Philosophical Writings*, ed. Margaret A. Simons, Timmermann, and Mary Beth Mader (Urbana: Univ. of Illinois Press, 2004), 89–149.

[20] 关于"清晰的界限"，参见 Wittgenstein, *Philosophical Investigation,* § 71. 本人有关维特根斯坦和德里达（Derrida）在"清晰的界限"概念上的差别的探讨，可参见" 'They Practice Their Trades in Different Worlds' : Concepts in Poststructuralism and Ordinary Language Philosophy," *New Literary History* 40, no. 4 (2009): 801–824.

[21] 在《哲学研究》(*Philosophical Investigation*) 第 67 节中，将之称为"家庭相似性"，我没有借用这个术语，因为担心它被人们轻易当作是维特根斯坦的概念的"理论"("theory" of concepts)，我同意卡维尔的观点："所有的'家族相似性'观点都打算或需要做的，是让我们不满意把共性思想作为语言的解释，或一个单词怎样指向这个或那个或其他事物，暗示它没有满足'我们的真正需求'。" Cavell, *The Claim of Reason: Wittgenstein, Skepticism, Morality, and Tragedy* (New York: Oxford Univ. Press, 1999), 187.（下文中简称为 *CR*）

[22] 用法和语法是维特根斯坦的两个重要术语，在即将出版的新书中，我将详细讨论。

[23] Austin, *Sense and Sensibilia*, ed. G. J. Warnock (Oxford: Oxford Univ. Press, 1964), 127–128.

[24] 参见 Cavell, *The Claim of Reason*, 188.

[25] 在《女人是什么》(*What Is a Woman?*) 的第一章，本人用"女人"这个词详细讨论了女性主义的不安。

[26] Jonathan Culler, *On Deconstruction: Theory and Criticism after Structuralism* (Ithaca, NY: Cornell Univ. Press, 1982), 123.

[27] 参见 Språkets tvangstrøye: Om poststrukturalistisk språkteori og queer teori," in Når heteroseksualiteten må forklare seg, ed. Trine Annfelt, Britt Andersen, and Agnes Bolsø (Trondheim: Tapir Akademisk Forlag, 2007), 223–241.

[28] Dorte Marie Søndergaard, "Poststructuralist Approaches to Empirical Analysis," *Qualitative Studies in Education* 15, no. 2 (2002): 190.

[29] Susan Stanford Friedman, *Mappings: Feminism and the Cultural Geographies of Encounter* (Princeton, NJ: Princeton Univ. Press, 1998), 20.

[30] Friedman, *Mappings*, 34–35.

[31] 我在写关于弗里德曼（Friedman）建立性别的初步尝试时，我并不是说她的书缺少例子，而是说她在调查具体案件时不需要预先存在的性别理论。

[32] 参见 Wittgenstein, "What Gives the Impression that We Want to Deny Anything?" in *Philosophical Investigations,* § 305.

[33] 参见 Moi, "What is a Woman?" in *What Is a Woman?* and in *Sex, Gender and the Body*, 59, note 86.

[34] 新近一篇关于交叉性理论的文章例证了我们在厘清政治之前需要将身份概念化的假想，参见 Anna Carastathis, "Identity Categories as Potential Coalitions," *Signs* 38, no. 4 (2013): 941–965. 卡拉斯塔斯（Carastathis）也曾对交叉性理论进行过精彩绝伦的批判性分析，参见 "The Invisibility of Privilege: A Critique of Intersectional Models of Identity," *Les Ateliers de l'éthique: La revue du CREUM* 3, no. 2 (2008): 23–38.

[35] 本人对朱迪斯・巴特勒（Judith Butler）的评论，参见 "What Is a Woman?" particularly 30–59. 亦可参见 Pär Segerdal, "Gender, Language and Philosophical Reconciliation: What Does Judith Butler Destabilise?" in *Ethics and the Philosophy of Culture: Wittgensteinian Approaches*, ed. Ylva Gustafsson, Camilla Kronqvist, and Hannes Nykänen (Newcastle, UK: Cambridge Scholars Publishing, 2013), 172–211.

[36] Leslie McCall, "The Complexity of Intersectionality," *Signs* 30, no. 3 (2005): 1771.

[37] Gail Lewis, "Unsafe Travel: Experiencing Intersectionality and Feminist Displacements," *Signs* 38, no. 4 (2013): 869.

[38] Kimberlé Crenshaw, "Demarginalizing the Intersection of Race and Sex: A Black Feminist Critique of Antidiscrimination Doctrine, Feminist Theory and Antiracist Politics," *Univ. of Chicago Legal Forum* (1989): 139–167.（下文中简称为 DI）

[39] Kathy Davis, "Intersectionality as Buzzword: A Sociology of Science Perspective on What Makes a Feminist Theory Successful," *Feminist Theory* 9, no. 1 (2008): 73.（下文中简称为 IB）

[40] 戴维斯（Davis）把"基本的和普遍的"作为引用，并不是因为她引用了一个特定的文本，而是因为在她的文章中，她用这句话作为默里・戴维斯（Murray S. Davis）对有些社会理论能"抓住广大学者的想象力"的解释的简要引用。Davis, "Intersectionality as Buzzword," 69

[41] 参见 Jennifer C. Nash, "Re-Thinking Intersectionality," *Feminist Review*, no. 89 (2008): particularly 9–10.

[42] Patricia Hill Collins, "Looking Back, Moving Ahead: Scholarship in Service to Social Justice," *Gender & Society* 26, no. 1 (2012): 22.

[43] Barbara Tomlinson, "To Tell the Truth and Not Get Trapped: Desire, Distance, and Intersectionality at the Scene of Argument," *Signs* 38, no. 4 (2013): 999–1000.

[44] Devon W. Carbado, Crenshaw, Vickie M. Mays, and Tomlinson, "Intersectionality: Mapping the Movements of a Theory," *Du Bois Review: Social Science Research on Race* 10, no. 02 (2013): 304.

[45] Julia Orupabo, "Interseksjonalitet i praksis: Utfordringer med ? anvende et interseksjonalitetsperspektiv i empirisk forskning," *Sosiologisk tidsskrift* 22, no. 4 (2014): 334.

[46] Carbado, Crenshaw, Mays, and Tomlinson, "Intersectionality," 304.

[47] 在《交叉性的复杂性》("The Complexity of Intersectionality"）一文中，麦考尔（McCall）区分了 anticategorial，intracategorial，intercategorial (or simply "categorial"）这三种方法。第一种方法认为范畴"简化了社会虚构"(1773)，第二种是"范畴的策略性使用"(1773)，第三种

则促使“范畴的短暂使用”（1785）。

[48] Olena Hankivsky, “Rethinking Care Ethics: On the Promise and Potential of an Intersectional Analysis,” *American Political Science Review* 108, no. 2 (2014): 256.

[49] 斯皮瓦克（Spivak）写道：“我认为必须坚决反对本质主义……但是策略上我们不能。尽管我们在谈论女性主义实践，或特权实践的理论，但我们只是在概括，不止于此，更是泛泛而谈。” Gayatri Chakravorty Spivak, “Criticism, Feminism and the Institution:Interview with Elizabeth Gross,” in *Intellectuals: Aesthetics, Politics, Academics*, ed. Bruce Robbins (Minneapolis: Univ. of Minnesota Press, 1990), 166.

[50] 琳达·泽利利（Linda Zerilli）帮我认识到了这一点。

[51] Hankivsky, “Rethinking Care Ethics,” 253.

[52] 我当然同意这种说法。一个人可以以某种方式把某人的种族与性别或性（等等）分开的想法是荒谬的。在《女人是什么？》中，我通过身体的概念来讨论波伏娃对身份和性别的不同解释。（详见第 59—84 页）

[53] 我讨论了维特根斯坦在“什么也没有隐藏”（“Nothing Is Hidden”）中的看法，在我新近出版的书中也讨论了日常语言哲学与文学研究的问题。

[54] 我新近的书中展示了索绪尔关于语言的看法是如何区别于维特根斯坦和奥斯丁（Austin）的观点的。

[55] 对应的英文原文分别是“I can back the car up or out, but unless I am on a hill, I can’t back it down.” “Yet in conversation with me, you can back down quite easily without a car.” “I may try not to let on, yet you won’t let up.” “The basketball game was a let-down.” “I refuse to give you a let-out.” ——译者注

[56] 参见 Cavell, *The Claim of Reason*, 30.

[57] 交叉理论理论家纳什（Nash）也得出结论，我们应该避免一般性的交叉性理论。她引用了受布尔迪厄启发的社会学家华康德（Loïc Wacquant）的观点，他建议放弃寻找起源，或者“寻找一个单一的总体概念来发展种族统治的分析”。Nash, “Re-Thinking Intersectionality,” 13.

[58] 参见 Cora Diamond, “Criss-Cross Philosophy,” in *Wittgenstein at Work: Method in the Philosophical Investigations*, ed. Erich Ammereller and Eugen Fischer (New York: Routledge, 2004), 201–220.

[59] 参见 Zerilli, *A Democratic Theory of Judgment* (Chicago: Univ. of Chicago Press, forthcoming 2015), chap. 1.

认知就是识别：文学知识和文本的“脸孔”*

詹姆斯 · 辛普森（James Simpson） 著
赵培玲 译

尽管我们用于描述文学事实的语言具有改良主义和唯名论的色彩，我们的阅读体验却是惯性的和唯心的。批评家们热衷于探讨文学作品中表达的具有自由解放意义的新知，实际阅读活动却基于那些长久以来存在的识别规则。每当我们阐释文本时，我们总是回忆起某种深层的、内在的、循环的准则，它们将我们引向文学经验这一特殊领域中的内在真相。作为阐释者，我们依赖偏见来识别某些已经存在的事实。

以上就是本文的核心论点：文学知识拥有两张对立的脸孔，一张决绝地向前远眺，另一张深远地凝视着后方，而两者的对立既不导致矛盾，也不会抵消文学的价值。英美文学教育最基本的立场建立在文学能带来自由的信仰之上，这无疑是正确的。我们关注新颖的、能颠覆现有官方文化根基的，以及那些挣脱现有规则束缚的事物。我们也珍视每部作品的独特性，一方面我们重视独特性本身，另一方面这也对学科前途有利：只要每部作品及其物理文本都是独特的，其中就有我们开展研究的空间。本文并不想否定这种基于启蒙主义的对自由的重视，也不想去质疑那种完全合理的，对于学科发展的考量。

然而，我所考虑的是：如何说明我们的阅读活动实际上是基于完全相反的原则展开的。事实上，阅读活动总是依赖某些内在准则，并要求我们假设某一个既定体裁中的每部作品都是“一样的”，我们在阅读“新”作品之前就已经

---

* James Simpson, “Cognition is Recognition: Literary Knowledge and Textual ‘Face’,” *New Literary History* 44, no. 1 (2013): 25–44.

“知道”这部作品。换言之，文学知识的产生依赖于识别。我们之所以能获得新知识，是因为我们已经具有某些知识。因而，文学认知从根本上来说是一种识别 / 再认知。

上述默认的阅读观无疑与那种强调完全脱离传统约束的原创性和新颖性的革命式文学教育模式有分歧。此处介绍的“再认知”阅读活动与传统的改良主义和唯名论视野下的作品解读并不形成对立，因为对文学经验的识别并不只是简单的重复；恰恰相反，对文学作品的识别之所以值得关注，恰恰是因为我们看到了某种真相——熟悉的地点，似曾相识的面孔——并以一种全新独特的视角关注它们。识别是一个古老而广泛使用的观念，而识别的力量却是改良的、具体的。当但丁（Dante）在炼狱顶端刚与他的导师维吉尔（Virgil）分别，第一次遇见贝亚特丽斯（Beatrice）时，他的识别活动既是文学的，也是个人的，他惊叹道：“我认识了我旧时情火的暗号！”（“cognoscoi segni del’antica fiamma.”）（《炼狱》，*Purgatorio* 30.48）[1]，此处引用了狄多（Dido）的话“我再度感到我曾经拥有的火焰”（“agnosco veteris vestigia flammae”）（《埃涅阿斯纪》，*Aeneid* 4.23）[2]。尽管但丁用一种古老的、衰亡而普适的说法来表达这种识别带来的情感，识别的力量本身却是复活性的，具有令人痛苦的改良倾向，并且带有但丁独有的特点。[3]

古老、衰亡和一般性恰恰是产生新生、改良以及独特性的前提条件。因此真正经久不衰的文学经典从来不会过时，因为它对每一代读者来说都是新鲜如初的。在拥有充分知识积累的情况下，与久负盛名的、自古以来处于自由主义文学教育传统中心的经典进行对话，这恰恰是面向未来的改良运动的条件。

一

虽然本文关注的是实际阅读过程本身，但我想从一篇着重描写识别活动的文学作品开始讨论，并借此机会说明为何革命主义者（与改良主义者截然相反地）可能并不喜欢识别这个概念。我选取的例子来自一篇 14 世纪早期的英国短篇骑士小说《奥菲欧爵士》（*Sir Orfeo*）中的识别场景，这个场景曾经被用来佐证这样的观点：识别只是一种旧的、意识形态操纵的象征。我首先反驳了该观点，然后基于这个故事建立了一个关于识别的阐释模型。

这篇题为《奥菲欧爵士》的骑士文学作品讲述了一个奥菲欧的皇后欧律狄刻（Eurydice）被冥王普鲁托（Pluto）掳去，又被奥菲欧解救回来的故事。五月的一个中午，欧律狄刻在一棵果树下午睡，梦中她听到预言说第二天她将被带往冥王的阴府中，醒来之后她把自己抓得浑身是伤。第二天，欧律狄刻果然在卫兵的层层保护下消失不见了。奥菲欧立即放弃王位并指定他的总理为王，换上简朴的衣衫，仅带着一把竖琴离开了王国。整整十年间，他在森林中独自居住，不分冬夏地向动物演奏，聊以慰藉。他常常观察冥王在尘世的游行，有一天他遇见一群来自冥界的妇女在跳舞，其中就有他的妻子。他们认出了彼此：奥菲欧“热切凝望着她，她也注视着他 / 但谁也没有说一个字”（第 323—334 行）。[4]

他们又一次分别了，但奥菲欧跟随着她们穿过一块巨石进入了地下世界，其中心是一幢精妙华美的城堡。他以为宫廷演奏竖琴为由得到进入的许可，但一走进城堡，他就惊讶地发现城中所有的居民都瘫痪一般僵硬不动，其中许多妇女还保持着被劫持来之前午睡的姿势。在这些妇女中他认出了自己的妻子。奥菲欧的演奏极为优美，冥王大为感动并许诺赐予他任何想要的奖励，奥菲欧请求把欧律狄刻赐给他，而冥王以奥菲欧的丑陋配不上欧律狄刻的美丽而拒绝了，但奥菲欧答复道，比他丑陋的容貌更丑陋的是不守诺言。冥王意识到奥菲欧论辩的合理性，于是将欧律狄刻交与他带走。

回到人间之后，奥菲欧将欧律狄刻留在原先在丛林中栖身的小屋里，自己打扮成一个流浪歌手回到城中。总理接待了他，并允许他在宫廷中演奏。总理认出了奥菲欧的竖琴，而假扮成流浪者的奥菲欧告诉他，竖琴是十年前他在丛林中的一具死于狮子爪下的尸体旁发现的，总理痛哭不止。看到总理伤心的眼泪，奥菲欧感叹道，假如他本人就是归来的国王，看到他这样忠诚，也会宣布他为继承人。此时，所有人都意识到他们的国王确实回来了（第 579—580 行）。总理推开桌子跪在了国王面前。他们为奥菲欧沐浴更衣，将欧律狄刻从森林中接出来，两人重新以国王和王后的面貌出现，并在许多乐手的陪伴下永远快乐地生活下去。

童话故事就这样以一种肯定传统秩序的方式结束了：政治秩序依赖婚姻作

为基础。识别在故事中扮演了重要的角色：奥菲欧和欧律狄刻默默地认出了彼此；冥王以一种隐喻的方式意识到了语言的力量；总理先是认出了竖琴，后来又认出了国王奥菲欧本人。识别成为构建叙事的方式，在识别发生之处，骑士文学中的离心能量反转自身而回归中心。在叙事的结尾，由于这些识别的存在，每个人都回到了自己“天性”所决定的、“恰当”的位置。

大团圆结局中的保守主义色彩正是这类故事受到口诛笔伐的原因。政治上的激进主义同样不能接受对旧秩序的肯定；而那些将自我认知与危机或异化联系在一起的传统，或世俗的或宗教的，同样会反对故事所表现出来的对身份的完整恢复。该故事维护社会秩序的方式是让所有人回归：奥菲欧重新为王，欧律狄刻重新为王后，忠诚的总理重新成为值得信赖的属下，即使冥界的冥王也被纳入文明的范畴之内。不过，此类故事的情感内核暗示着某种特殊的“天性”观念，它既是自我保全的、保守的，又是天真的。在这些故事中，年轻的主人公并未成长，而是逐渐展现他们固有的优秀天性。通过下述的例子可以看出，这些故事中常见的冒险或机遇实际只是幌子：贵族主角凭借着他的遗传基因在一个上天眷顾的宇宙中无往不胜。叙事者的最大内在驱动力是对高贵血统的坚持，而后者总会脱颖而出。为了隐藏和推延这必然的、由遗传决定的揭示场景，叙事中往往大量运用隐蔽、巧合和推延这些情节手段。尽管如此，在这类故事世界中不存在永久的隐藏，没有真正的巧合，也没有无限的推延，故事总是在对身份的发现以及随之而来的对社会结构的恢复中快乐地结束。在我看来，仅仅将《奥菲欧爵士》中的识别当作逃避主义的伤感幻想，或者当作操纵意识形态的方式的看法都是片面的。毕竟这个故事最终恢复了“文明”的秩序，虽然这是一个贵族的秩序。事实上，《奥菲欧爵士》中的社会意识形态远比这复杂丰富得多。

的确，在故事的结尾处一切如初，这种环形结构看起来的确十分保守，历史发展陷入停滞，社会僵死的危机迫在眉睫，任何事物都不会发生任何改变。然而在表象之下可以发现，故事结尾和开头并不完全一致：那些关键的政治人际关系经受住了考验。

的确，奥菲欧恢复了过去的身份，但是这种恢复的前提条件是他首先愿意无条件地放弃身份地位，并忍受持续十年之久的孤独和疏离。

的确，该叙事聚焦于贵族男性，但在这类故事中男主人公为了重返权力中心往往必须结成各种同盟。这类同盟（此处结盟的对象是总理、冥王，以及欧律狄刻）体现了贵族男性主体对他人的依赖，而这些依赖往往揭示了表面上相对立的双方在本性和利益上的一致性，比如该故事中人间的国王与冥界的国王都意识到了遵守诺言的重要性，并且同样受到了音乐的非理性但却文明的力量的影响，就像林中野兽一般。

的确，这个故事表现了男性对女性的拯救，肯定了骑士文学中骑士拯救少女于危难的常见情节，及其所代表的性别观念。但该动机在本故事中只是一个伪装，事实上正是少女通过沉默凝视中的识别反过来拯救了骑士。

于是，一个特定的文明秩序在结尾处得到了肯定，但该秩序却借助那些对它产生威胁的力量而获得了扩展和改良。在故事的结尾处我们不免回忆起作品开头交代的一个细节：冥王正是奥菲欧的祖父（第 29 行）。社会秩序一方面展示了自身对外界的依存以及意料之外的血统渊源，另一方面展现了自身在社会和心理层面具有的内在合理性，因而其存在不完全依赖法律的强制力量。社会秩序由于以上两方面原因而得以重新确认，因此故事中的保守主义同时也具有改良色彩。

事实上，此类故事表达了某种更深层次的智慧：如果一个“文明”的秩序要维持自身的平衡，它就必须与一切威胁进行交流和对话。单纯的对抗只会更清楚地表明自身的脆弱。此类叙事也是关于控制的，它展现了“自我管理”的真正含义：社会秩序只能通过与挑战者们进行对话才能维持自身的平衡，尽管向荒野中探索似乎只会带来湮灭。从根本上来说，这类故事并不是关于伦理的，但它关注的却是我们在讨论伦理之前文明和野蛮必须到位的生态系统。在叙事中，没有一个叙事声音在进行分析故事，文体学特征也无足轻重，故事结构已经足够表达全部要旨，而故事结构的设计恰恰参照了理想中的社会结构。

这种操纵叙事得以表现的时刻正是曾经说过的再认知的瞬间。这种瞬间迥异于那些标记着对过去重复的瞬间，这种瞬间不仅面向未来，而且引领回归。社会结构恰恰在社会中的那些心理、政治、生态系统密切交结的地方得到重新肯定。再认知往往伴随着强烈的情感：夫妇身处险境，相视无言，心有灵犀且热切地渴望着对方；总理情绪激动地推翻桌子，以表对从前的国王的忠心。再认知的瞬间不仅有强烈的情感，也伴随着对于此刻处境的彻底清醒的认知：奥菲欧和总理无须出声，而整个宫廷均“意识到这就是奥菲欧”。在这些再认知的瞬间，情感和认知活动双双达到高潮。

二

总的来说，那些认为此类简单叙事过于天真或“保守”的批评忽略了很多东西。他们确实忽略了很多：该作品的天真具有欺骗性，它的保守主义也绝非故步自封的。该故事不是反动的，而是改良的；通过再认知，它指引人们回归一个令人向往的世界并为之注入活力。无论读者是否对这样的识别产生同情，我现在要指出一个更深刻的观点：作品原本预设的阅读经验本身就依赖识别。[5] 读者在阅读过程中一直寻找过去熟悉的面孔、特点和主题。如要有效地阅读该故事或任何故事，我们都需要理解故事是如何运作的，以及习惯上故事会提供或不提供哪些意义。在某种意义上，我们需要再认知它们的面孔。简言之，我们需要理解文学体裁的运作机制。

古英语的学者在研究这类故事时往往语焉不详。[6] 比如某个学者在陈述了骑士文学这一体裁在定义上的困难之后，声称“任何完整的研究都应当赋予读者足够的自由，允许他们对英国骑士小说这一范畴的宽度和广度形成自己的印象，而不应该强加给他们关于作品理想形态或核心特征的定见”[7]。这种自由主义的观点的确能够鼓励人们培养一颗不拘于陈规陋习的自由心灵。然而不幸的是，阐释不能离开习惯而存在，因而任何阐释活动都依赖偏见；如果不对作品可能具有的意义做一些基本的假设，或者至少对所寻找的意义的类型做一些猜测的话，我们就无从精准地理解作品的意义。[8] 历史文物总是预设其产生的历史环境，因而离开了历史知识就无法被理解。同理，文学体裁包括了我们从过去的文本中总结出的基本特点，从而为文本阐释提供了重要的指引。

那种拒绝阐释规约的观点没能理解阐释的基本前提：在理解交流行为的意义之前，我们总是需要明白该交流活动具体会产生哪一类意义。在解读交流行为之前我们必须理解它，识别它的“脸孔”。这类认知活动暗示着再认知。换言之，只有理解了某个交流行为的类型或者体裁之后，我们才能开始把握其含义的范围，或者进一步准确地理解它的意义。离开了预设、习惯和偏见之后，我们的感知就无从开始，小到识别某一个辞格，大到识别作品的体裁都是如此。

在这一节的余下部分，我会简要地依照从局部到整体的顺序给出一些修辞效果的例子，以说明意义的产生依赖于根据习惯进行的识别。[9] 这些例子不限于骑士小说，而是按照这样一个原则来选择：如果不能识别作品中的文本特征，我们的理解将极为有限。书页上的字词并不能自己产生意义。作为读者，我们必须建立我们对于文本的预设，从而赋予词句以生命，而阅读的预设离不开对于文体的识别。如果我们不去感知言外之意，不去假设文字背后的意图，那么一切语言符号（无论是文学还是非文学的）都将永远遥不可及，只能像典籍的残片一般在一个永恒的、无法理解的海洋中飘荡。书页上的或者交谈中的词句都无法直接表明自己的意义，我们需要通过识别它们的类别，进入阐释圈，然后才能解读它们的具体意义。

这里先考虑的是一个比喻。多恩（Donne）说“没有人像岛屿一样独自存在”[10]。倘若仅从字面上看，这句话无疑是对的，但它并没有提供什么信息：人本来就不是岛屿。只有当我们将岛屿理解为比喻时，这句话的意思才能被我们把握。然而即使这样一个简单的识别活动也需要我们推测文本字面意思之外的信息。一种伦理上的本能促使我们进行这样的推测：首先我们假设多恩没有发疯，然后我们假设他必然有所暗示，因为他大概不会存心浪费读者的时间，也不会对单纯的岛屿进行冥想。在识别比喻的过程中，我们和多恩建立起的那种联系恰恰证明了他的观点是正确的，的确没有人是完全孤立的。我们假定多恩的陈述中包含有哲学家以及实证研究的先行者格赖斯（H. P. Grice）所称的“会话含义”（implicature）的性质，即包含着不具有逻辑必然性的潜在意义。[11] 在我们结束对该例子的讨论之前，我们应该注意，真正决定一个陈述是否有外延或包含比喻的是我们；绝对指示性或者比喻性的语言并不存在：我们根据语境决定一个交流行为是否包含外延意义。

我的第二个例子是关于反讽的。在古典以及中世纪修辞学中，反讽是寓言的一种：寓言即“言及一物而意指其他”；反讽即“言及一物而意指相反”。当我们寻找反讽现象的时候，我们同样需要识别先于文本存在的作者意图。斯威夫特（Swift）在《一个温和的建议》（*A Modest Proposal*）（1729）中指出应当将爱尔兰的婴儿卖作食物，从而同时解决了食品短缺和人口密度过大的问题。斯威夫特的主张从字面上来看无疑让人十分不安，但这的确是它们原本的意思。该文巧妙地表现了对公共事业的关切、理性的论证以及自己浑然不觉的残忍这三者的结合，因而对于那些按照字面意义来解读的人而言无疑会产生相当大的伦理压力。当然，一旦我们识别出未经说明的反讽的策略，我们就能够对文中的野蛮观点进行“文明”的解读，从而消解那种伦理上的压力。

我们是凭借什么来假定作者“意指相反”的呢？我们只能先做假设，然后检验该假设是否能带来有意义的隐藏信息。由于我们体会到反讽的意味，所以我们更加大胆地去假设隐藏意义的存在，并且根据它来识别文本意义。一旦我们从阐释策略中有所收获，我们便倾向于接受它。正是通过识别生成文本的那种观念，我们才能超越文字原本的意义而得到作者借助它们传达的意义。通过识别言语的言外语力（我们所猜测的作者试图表达的意义），我们将夸张的言内语力转换为一个可信的修辞策略。[12]

我们通过不断地尝试识别语言背后的策略，来参与对于文本意义的建构。即使我们对于策略的识别完全凭借文本内的信息，而不诉诸语境的帮助，我们仍然至少在概念层面上认为那种策略或者意图先于作品而存在，因而也处于文本的“外部”。而在我们进行阐释的时候，我们却不得不进入阐释圈，而非脱离它。我们从对作者意图的假设出发进行阐释，最后却总要反过来得出关于作者意图的某种结论。在经历了由阐释的不确定性带来的那种疏离感之后，我们需要进行识别，从而回归对于作者意图的清晰明确的把握；识别的瞬间伴随着充满愉悦的、剧烈的情感和认知体验的紧密结合。有些人或许会批评骑士文学情节的意识形态色彩，但是我们的阅读过程本身就遵循着骑士文学情节的范式。

在考虑两个辞格（比喻和反讽）之后，让我们再次以《奥菲欧爵士》为例，说明将整个文本理解为某种文学类别的个体阅读行为本身也是一种识别。

对文体的感知依赖对一系列文学特征的灵活的组合：相同的作品、特定的文本长度、特定的语言风格或者结构，或者某种视角都可能被我们理解为特定文体的特征。对不同文体而言，这些元素以及它们的组合都或多或少地在依据文体进行阅读的过程中发挥作用。[13]

诸如《奥菲欧爵士》这样的骑士文学大都具有以下的共同特征。它们都具有一个三阶段的故事结构：一个稳固或至少潜在地稳固的统一状态，随后是一个裂解的状态，在完成考验之后则进入一个重新稳固的状态。主角地位的重新巩固也影响了故事本身：作品中所有的机缘巧合都促成主角回归他或她的“正当”的地位。每个章节都发挥了相应的作用；因此故事的结构呈现出层叠交错的状态，经过一个具有清晰阶段特征的发展过程向前推进，直到主角处于失意落寞的顶点，然后经过完全相反的路径向我们展现主角如何恢复他 / 她的身份。这些故事有一个快乐的结尾，失去的东西被寻回了。故事的中间章节的结构被故事结局的逻辑所支配；故事结构巧妙地定义了哪些事件将以何种方式必然导致最后的快乐结局。

这样的叙事暗示了悲剧中无可挽回的分崩离析，但又不让悲剧真的发生，人物往往与悲剧擦肩而过。《奥菲欧爵士》与悲剧的联系，在于它与更为著名，也更为震撼的俄尔甫斯（Orpheus）的故事的高度相似，在后者中，俄尔甫斯回望欧律狄刻的那一瞬间就永远地失去了她。这些叙事的故事内核都基于二元对立的原型：比如男人与女人、人与野兽、城堡与森林、教化与天性。代表着文明秩序的年轻主角凭借文明秩序带来的资源，进入那种试图颠覆文明的领域中进行冒险，进而发现那些看上去无法战胜的荒野的力量实际上是可以被掌控的。通过经历和战胜荒野的考验，年轻主角重新获得稳固的地位，寻回了在历史中失去的东西，把历史的混沌倾向拒之门外。

对于这些故事基本范式的了解有助于我们理解《奥菲欧爵士》这个特定的文本。我们在其中识别出了固有的特征，因为我们熟悉许多类似的故事，并且多少在某种程度上把它们当作“同一部”作品来读。我们对于故事生效方式的经验知识，让我们能识别这一部作品中的关键因素。我们关注一些特定的可能性，而忽略其他的可能性。在《奥菲欧爵士》中我们并不会期待或者寻找悲剧式的社会灾难，或是挽歌式的不可挽回的失落，或是尖酸辛辣的讽刺。文体的概念包纳着一系列紧密联系的，特别是具有生成力量的子概念。那些显著的、令人折服的意义帮助我们把文本从随机的、无限的能指游戏中拯救出来。对于文体生效方式的已知知识让这种识别成为可能，这些知识标识出那些已经无数次促成意义深远的交流活动的文本现象，于是我们在阅读开始之前就已经对它们有所了解。借助这些已知的特点，我们清晰地识别出某一个具体的交流活动的“面孔”。奥菲欧认出了欧律狄刻；我们识别出了《奥菲欧爵士》。

对于文本的“面孔”的识别往往让我们对作品的解读产生顿悟。同时，许多辞格也吸引我们的注意力往回看：如“韵文”（verse）的词源暗示着向过去追溯，正如韵律、头韵、首语重复法、交错法等这些辞格都包含着重复，它们在推进作品发展的同时也形成了对过去的指涉。正如从故事中间开始并向前追溯的叙事结构，以及文学中的暗指那样，同位句法结构也让我们既前进，又回顾。它们都邀请我们通过识别来进行认知，每个都提供了某种形式的回归。我们对于文体的识别可能会涉及对辞格和特征的单独的分析考察，但是真正对文体的识别，以及对作品独特个性的识别往往发生在一瞬间：它是突然的、综合的、转换性的、快乐的，而不是递增的、分析性的、有序的、艰苦的。

我们只能通过应对文体中的具体个例来学会文学体裁游戏的规则。这样的观点同样是循环的：我们要按照规则行事，但我们需要从行动中学习规则。当然，阐释逻辑的循环性并不否定阐释本身，因为任何阐释活动都是循环的：我们必须在阐释圈内进行活动，在该圈内我们通过部分理解整体，通过整体理解部分，通过细节理解规则，通过规则理解细节。[14] 当然我们可能会在识别文本的“面孔”时犯错，但通过反复的进行识别活动，我们会变得愈发娴熟。体裁的混合以及重叠在某些时代较为常见（比如中世纪），而在另一些时期让位于更清晰的体裁界限（比如 18 世纪），这种对立对于文化历史来说有深远的意义。但在一切时期的文学中我们都需要或多或少地观察体裁上的稳定性，这对阐释和理解，以及对于文本的“面孔”的识别而言不可或缺。

上述逻辑对于任何人类活动都应当是十分基础的，对于理解文学艺术、视觉艺术、音乐这样的艺术品而言尤其如此，因为艺术对阐释的需求更明确，于是也更需要体裁上的归属和探讨。然而无论艺术多么需要阐释，自然现象和相当一部分的人类行为都没有阐释的必要。相反，具有自我表达特征的那些人工产物总是具有交流功能，因而也邀请我们对之进行阐释。缺少了对体裁的理解，没有识别活动的存在，我们就无法回应那种邀请。

通过识别获得的知识有一种独特的意义，因为识别活动预设了某种已经存在的事物。科学家们往往以发现某种人类从未知晓的事物而骄傲，但在文学解读上的发现却不是原创性的；相反，我们将它们标记为某种已经被知晓，却又被部分或全部遗忘的知识。他们像是词源学意义上的发现，这些发现突然地揭示某种内在的真理，让我们与某种早已被遗忘的，或者被边缘化的思维方式重新连接起来。在崭新的语境中与早已存在的事物重逢，带来了巨大的震撼和快乐，并且为那已知的事物增添了新的意义，让它焕然一新。当地狱中的维吉尔穿过黑暗在一轮新月下认出了他从前的学生时，这种重逢带来了"Qual maraviglia!"的效果。相应的，但丁的目光透过他老师的"熟悉面孔"（cotto aspetto），同样识别出了布鲁内托爵士（Ser Brunetto），并为之命名。（《地狱》，*Inferno* 15.18–30）

这种文学解读带来的惊讶，正如布鲁内托·拉丁尼（Brunetto Latini）在认出他曾经的学生时那般，从来都不是面对全新的事物而产生的。相反，它是一种面对完全老旧的事物的惊讶；它像是一种与别离已久的父母、子女、朋友、爱人、老师、学生或者其他的人重逢时的体验，我们被那种在全新环境下发生的识别震慑住了，就像在一轮新月之下。识别产生的知识是一种原始意义上的发现（invention，拉丁语中的"invenire"），是指发现（find），而非现代意义的发现（discovery）。它基于这样的预设：知识（至少这一类知识）是内在的（拉丁语的"in-manere"，即保留在内部），隐藏在"熟悉面孔"之下，而不是在从前未曾知晓的苍白领域发现的。

由于识别产生出的感知并不会产生全新的、原始的经验。它不是革命性的。相反，它包含的识别总是包含着知识带来的精致快乐，这种知识能够照亮整个文本恰恰是因为它不是原创的。它在新语境中能够提供颇有启迪性的重复。艺术史中这种闪耀的瞬间是蕴藏在历史中的，而不是在外部发现的。阐释者的快乐与考古学家的快乐可能极为类似：每一个作品被发现的时候，都包含着一段有待被人理解和重新注入活力的历史。无论在文学文本之外还是之内都蕴藏着过去的宝藏，通过这些宝藏，如同在一轮新月之下，我们突然能够以全新的方式来看待目前的处境。从定义上讲，人文学科产生的许多知识都肯定是历史中的行动者所不知晓的。对于那从定义上讲可能为历史中的主行动者所知晓的知识，识别过程为之提供了一个紧凑的认知模型。

三

然而，通过识别进行认知的现象并不只在对文学解读中出现。它普遍地根植于我们的语言和感知的习惯之中。"会话含义"这一大体上由语言学中语用学这一派别提出的概念，指向语义学范围之外的那些意义。"比尔在哪里？"某个人这样问，而相应的回答可能是"在苏的房子外面有一辆黄色的大众汽车"。[15] 回复的语义内容没有对问题做出回应；从字面的解读上，该答案与问题毫不相干。然而在假定该回应确实回答了问题的基础上，我们会把问题和回答作为某一叙事的一部分来理解。表面上的不相干促使我们假定，或者识别更深层次上的相关性。事实上我们还对许多其他事情进行了假设：比如回答者神志正常；回答是相关的；比尔搭乘了那辆汽车；比尔现在在苏的房子里。这些假设均不是根据逻辑得出的，正相反，它们来源于对相关性的期待。

相关性是格赖斯四条会话准则之一，这些准则都受到合作原则的约束。其他三条准则为：质的准则（不能说谎），量的准则（只提供对于交流适量的信息），方法准则（避免模糊或者歧义，按照事件发生的时间顺序进行叙述）。熟悉古典和中世纪的诗学论文的读者会觉得这些准则有些可笑，因为那些诗学论文恰恰鼓励作者打破几乎每一条会话准则。事实上，格赖斯自己也通过展现对这些准则的违反仍然间接地产生意义，对文学语言提出新的理解。这些推测见证了"对于合作关系的假设是如此坚固，以至于当某人剧烈地偏离会话准则时，我们仍然尽可能地试图将他的言说置于合作原则的框架下理解"[16]。多恩的名言"没有人是岛屿"偏离了相关原则，却强有力地实现了质的原则，在只言片语中传达了大量信息。

有人可能认为以上举出的文学作品都是特殊情况，日常生活中的语言往往是清楚的、无歧义的、自证的。我完全不同意这种观点。格赖斯关于"会话意义"的理论是从他对交谈的研究中得出的。他向我们揭示了任何会话交际都要依赖于有关交谈的语义内容的、复杂而密集的含义交换。试考虑下面我和六岁女儿之间的对话，她手里拿着一个红色木质的大象玩具。以下是我们的对话：

父亲：这是什么？

女儿：它是红色的。

父亲：对，但它是什么？

女儿：它是木头做的。

父亲：对，但它是什么？

女儿：它是一个礼物。

父亲（惊喜地）：对，但它到底是什么呢？

女儿：它是一头大象。

我认为这段对话不仅有趣而且很有启发意义，因为我的女儿无意中对规则的打破让我意识到这些规则实际上是多么的武断。毫无疑问，我在最初提问的时候期待的回答是“大象”；我得到的答案则是一系列真实的陈述，每一个陈述都用“是”指出了物体完全不同方面的特征。因为我女儿还没有被训练成按照事物属性的优先级顺序来回答问题，她在回答中对“是”的应用相比于我们期待的那种回答而言，更多地停留在字面意义上。这就是说，红色、木质、礼物这些属性和大象比起来更准确地描述了那个木质玩具。我的女儿“没能”识别出关于“是”的既有共识，于是“没能”意识到我期待她给出的答案。她显然已经学会了格赖斯的三条会话准则（质的准则、量的准则以及方法准则），但没有完全学会关联准则。她只能通过练习来学会它，因为它的应用本质上是武断的。

类似这样的例子挑战了任何对文学语言和日常语言依据复杂程度做出的区分。[17] 这些语言例子（无论是文学的还是日常的）都提出了这样一个问题：我们怎样从陈述句子字面的意义走向作者或者说话人通过陈述句传达的意义？在任何文本（无论你如何理解这个概念）之中，我们都需要依据整体来阐释部分，以及依据部分来阐释整体，而且我们赖以阐释整体和局部的意义的那些证据本身也需要借助我们对整体和局部的假设才能得到理解。在所有的交流情境中，我们的阐释思维都是环形的；为理解一个交流行为的意义我们必须先假定它的“面孔”。

这样一个对感知的解释不只应用于对语言的感知。我们所有的知觉都通过识别来组织和理解世界。这显然是一个宏大的主题，所以我们采取一个简明且优美的例子来说明人类知觉的一般习惯（见图 1）。

图 1

这个有趣而经典的图片给我们带来的心理反应的关键要素有以下几点：我们不能同时看见鸭子和兔子；观看者能决定他看见的是什么；当我们根据自己对于鸭子和兔子的识别决定对于图片的不同认知时，我们组织感知的方式是不同的。[18] 图片中的眼睛一直是我们识别的中心，且一直被我们识别为眼睛，但其他的重要图片信息都随着观看者不同的识别而组成不同的结构。根据不同的识别结果，以及对于特征的选择性重视和忽视，图片呈现出一系列变化，比如兔子的耳朵变成了鸭子的喙。[19] 当我们依据错误的心理印象寻找某件物品的时候也会经历类似的心理现象：假如我们要寻找某本书，印象中该书的书脊是蓝色的，而实际为绿色，这样一来我们很可能多次“看见”所寻找的书，却不能识别出来它。我们确实只能看见我们所识别的那些东西。感知依赖预定概念，这既适用于机器人脸识别或者语言识别，也适用于人类的识别活动。

这样一来，识别概念就把握了文学阐释的特征，以及更一般的语言阐释和其他基于知觉的阐释的特点。尽管如此，西方文化中仍然有三个颇具影响力的话语场在坚持将识别排除在阅读和感知的过程之外，并且给出了有力的理由。这些话语场坚持要维护一种实证主义的幻觉，即认为真实世界作为证据是第一性的，并且这种证据是知识和理解的唯一可靠来源。这些有力的论证经常被当作默认前提或者社会常识，并会继续将阐释性的识别活动贬斥为偏见。

这三个话语场分别为：新教的圣经阐释、科学研究，以及革命社会基于成文宪法对宪法的阐释。这些领域都必定否认阐释者需要通过预设某种逻辑上并非必然的意义来发现关于研究对象的真相。相反地，这些领域认定文本中的全部意义都蕴含在词句中，或者认定自然对象的一切意义都蕴含在对象本身之中。这样的领域坚持认为，我们必须将阐释局限在文本以内，或者那种自然研究对象的内部。对于这些传统来说，对意义产生的过程进行辩证的考察就意味着制造偏见。毫不意外的是，这些传统都着力强调字面意义的存在，并且批评任何形式上的辞格。

实证传统产生于特定的历史条件。这其中影响力最大的是 16 世纪的新教改良，对于该运动来说，将圣经文本置于宗教机构之上是一个必然要求。对于 16 世纪的福音派辩论者来说，圣经必须先于教诲，因为是前者的权威决定了后者，而非相反。因而圣经必须既是直接明了的，又是无可争辩的。同时圣经的语言必须完全依赖字面意义，因为比喻性的语言（比如寓言）暗示了需要一群具备特殊知识的专业读者来决定该如何识别文本中未曾明确提及的意思。[20]

发端于 17 世纪的科学革命认为物体和理念绝对先于词语而存在，而词语应当通过一种严谨的指代关系从属于这些物体与观念，而不应该带有任何比喻的成分。[21]

而 18 世纪晚期的革命社会（比如美国和法国）将自身想象为某种宪法文件的产物。因而文本必须绝对先于对文本的共识，并且对文本的理解不必考虑那些文本产生的语境。文本的真相被认为是不证自明的；文本创造了社会，而不是相反。同样，文本中容不下任何比喻性语言。

这些革命式文化在心理学上的关联是，将心理实证地理解为一块空白的石板，世界首先被反映到其上，然后才能被理解。历史和心理的发展都源于某种草稿。

革命社会的默认立场不管是文本层面的还是心理层面的，都将某种预先存在的对于意义的推理标记为偏见。他们强烈地将柏拉图主义及其衍生物——古代晚期基督教所接受的预设观念——贬斥为理想主义的神秘化，因为回忆（因而也是识别）是这两种观念的核心。[22] 心理学上的经验主义同样也排斥比喻性的语言，因为对于诸如比喻和反讽这样的辞格的解读预设了某种预设的存在。

文本实证主义以及与它相关的心理经验主义似乎不愿意采取最有利的理性主义的立场来反驳上述的回忆式的、识别式的阐释。看起来，他们似乎认为对上述阐述的循环性的反对是无效的。从上文中我们已经可以看出，我们解读比喻性语言之后所得到的意义恰恰是帮助我们进行阐释活动的那种前提。或者不那么直白地来说，我们对文本意义的理解是建立在证据的基础上的，而这些证据的意义我们已经从该文本中识别出来了。实证主义承诺要打破这种循环。根据这种传统，如赫希（E. D. Hirsch）所指出的，使徒保罗的著名格言被翻转过来了，“精神夺去生命，而文字给予生命”[23]。

然而文本实证主义极大地削弱了我们对文本的理解。它禁止我们从文本的字面意义转向作者意图。同时，实证主义也难以处理那些无法做到语言上完全清晰的情形。根据定义，宪法的语言假定自己拥有权威，因而也假定自己的语言是完全直白的。相反，各类文学作者往往不得不，或者倾向于采用更多的语言技巧。不仅如此，实证主义还无法应对更一般的社会存在的复杂性，因为我们生活在一个人们往往不能直抒胸臆的社会。一切话语场内的人类交流形式都存在着表面和实际意义不相符的情况。大多数时候我们并不会注意到这一点，因为我们熟悉的交流系统中包含着根深蒂固的对于隐含意义的共识。文学、法律和宗教文本的意义往往处于激烈的争论中，各方都提出不同的意义，然而即使如此，我们也不能忽视字面意思的局限，以及识别活动对于阐释的重要意义。

与革命文化以及与之相关的经验主义不同，文学知识必须包括“偏见”。文本理解依赖于我们对于漫长的、被内化到文体规约中的文本前史的了解。位于阅读活动核心位置的不是对前所未知事物的革命性发现，而是对已经有所知晓的事物的改良式复原。这种复原总是具有一种新鲜的感觉；它能够将读者置于一种耳目一新的感知中，从而产生但丁笔下的“qual maraviglia!”的意味。由于这些原因，这种发现本身被称作重新认知更为恰当，它是一种对内生的、已经存在的事物的绝妙揭示。

四

本文即将进入尾声。我从看似单纯的骑士文学《奥菲欧爵士》中对识别的表现开始讨论，在讨论中我提出了两个论点。首先，我要反对那些将类似的识别贬低为纯粹的“保守”的看法。我主张，这些识别现象不是简单的重复：它们的确是保守的和回顾的，但是在这里保守主义意味着自我改良，因为那些非重复的识别给涉及的角色带来了某种改良的意外。这种对过去的凝视推动着叙事以及其中的人物不断前进。其次，我主张无论读者是否认同骑士文学中的识别，那种非重复性的识别都是我们阐释活动的一个根本特点。作为读者，我们通过识别来走出阐释这个不确定性森林，在一种崭新的理解中回归已知。在不确定性森林中，我们经历了许多不完全的识别之后，仿佛在一轮新月之下认出了文本的“面孔”。这种识别活动带领我们回家。

然而，我希望以一种更精确的模型来描述上述的阅读活动。到目前为止，我采用的模型认为，通过阐释识别，我们对手头的文本实现完全的认同，从而回归。但是这个模型有不足之处，因为我们中的许多人（甚至所有人）都无法彻底认同《奥菲欧爵士》中的贵族的、男性中心的文明模型。我们可能会对文本的另一张潜在的面孔感到强烈不适；当我们所排斥的那些东西以一种新面孔出现的时候，可能会赢得我们的同情。但是认同它？绝不。我在结尾处试图提出的一个改良模型则根植于那些尘世之外的识别，这些识别往往表达着这样的主题：拥抱认出的爱人是徒劳的。这样的识别为我们提供了一个更锐利的文学体验模型：当我们试图接近所熟悉的爱人时，我们变得意气风发，尽管我们最后会痛苦地发现他或她的形象只是一个幻影。

但丁的《神曲》(*Commedia*) 很好地印证了这一点，它的整个关于获取自我知识的叙事，从黑暗的森林到明晰的天国，都由复杂的识别和痛苦的离别的交织所驱动。识别现象表明了角色处于过去的深远影响之中，而必然的离别表明了当下所具有的首要地位，这虽然痛苦，却不可避免。整个故事的范式制造出了一种巨大的、变革型的指向未来的力量。我们已经在这篇论文中评述了两个识别现象：但丁对于他的老师布鲁内托 · 拉丁尼的识别，以及他对亚特丽斯的识别。在这两个识别之中，但丁都必须离开一位挚爱的老师，无论是布鲁内托还是维吉尔，这种离别发生在地狱，但丁自己则被推动着向前。

在那些重复出现的、充满生机的识别活动与痛苦的分离背后，是徒劳的凝视与拥抱的经典例证。这些徒劳的拥抱源于一种强烈的认同的愿望，却产生了更强烈的失落感。比如开头讨论的富有喜剧色彩的中世纪骑士文学的背后，是经典的俄耳甫斯与欧律狄刻的悲剧神话。在维吉尔的叙述中，俄耳甫斯对于死去妻子的思念促使他进入冥界，并用优美的琴声从冥王的国度吸引来那些缺乏光亮的幻影与无形的游魂。[24] 在指引他的妻子回归人间时，在穿过阴暗与明亮的边缘时（《田园诗》，*Georgics* 4.490），俄耳甫斯再也无法克制心中的愿望，回过头去与欧律狄刻互相凝视，后者便无可挽回地重归“微薄的虚影”(Umbrae tenues)。两人希望拥抱彼此，却只得到了幻影。

就像布鲁内托爵士在美妙的微光之中（就像“在新月之下”）认出了从前的学生但丁，俄耳甫斯的识别也因为处于光照的边缘而具有更强烈的情感力量。另外一个古典文学中徒劳的拥抱的例子同样发生在不寻常的光照之下：尤里西斯（Ulysses）在冥府的半色天光中认出了自己的母亲（《奥德赛》，*Odyssey* 11.155）。埃涅阿斯（Aeneas）同样在夜晚认出了刚刚逝世的妻子的影子，此时夜空下的特洛伊城正在遭受围攻，笼罩在朦胧而毁灭性的战火之中。安喀塞斯(Anchises）也在冥界查看那些即将重返人间的灵魂时（《埃涅阿斯纪》，*Aeneid* 6.680），从中认出了自己的儿子埃涅阿斯。这些特殊的光照条件制造或者提供了重逢时所带来的认知上的启示和情感上的力量：这些情形都涉及过去或者未来中的某个栩栩如生的爱人的倩影。这些情形中的重逢都伴随着强烈的情感：尤里西斯三次急切地尝试拥抱母亲（《奥德赛》，*Odyssey* 11.206）；埃涅阿斯三次试图拥抱妻子带来预言的影像，但后者每次都像梦境一般逃离他的触碰，即“volucri...simillima somno”（《埃涅阿斯纪》，*Aeneid* 2.794）；埃涅阿斯还三次试图拥抱父亲的转瞬即逝的影子，即“volucri...simillima somno”（《埃涅阿斯纪》，*Aeneid* 6.702）。

在每个例子中，识别都承载着那种以崭新的方式看待过去所带来的认知革新与情感力量。然而，与开头我们考虑的《奥菲欧爵士》中的识别不同，这三个例中的识别都在将生者推向具有希望的未来的同时给他们自己带来沉重的失落。

总的来说，文学知识具有自身的独特性；它是辩证的；它既依赖读者既有的知识基础，也依赖文本中心的信息。如果没有能够识别文本“脸孔”的读者，理解是不可能的。一切严肃的读者都会享受识别文本“脸孔”带来的快乐，他们有时候分辨出骑士文学（暗示着富饶），有时候分辨出挽歌（暗示着失去）。无论暗示的是富饶还是失去，被识别出来的文本“脸孔”都不是一个激进的、列维纳斯式（Levinasian）的他者；相反，我们对文本“面孔”的识别意味着并且实现了我们对已知脸孔的情感占有。

哈佛大学

注 释

[1] “我认出了远古火焰的印记。”（“I recognize the signs of the ancient flame.”）本文对《神曲》（*Divine Comedy*）的引用均出自 Dante Alighieri, *La Divina Commedia*, ed. Natalino Sapegno, 3 vols. (Florence: Nuova Italia, 1957). 文中英译文均为作者自译。

[2] “我认出了远古火焰的印记。”（“I recognize the traces of the old flame.”）本文对维吉尔（Virgil）作品的引用均出自 Virgil: *Eclogues, Georgics*, *Aeneid*, trans. H. Rushton Fairclough, ed. G. P. Goold, Loeb Classical Library 63–64 (Cambridge, MA: Harvard Univ. Press, 1999).

[3] 丽塔·费尔斯基（Rita Felski）《文学的应用》［*Uses of Literature* (Oxford: Blackwell, 2008)］的第一章极大地丰富了我对于识别的不可重复性的理解以及这篇文章的许多论点。

[4] 所有对《奥菲欧爵士》（*Sir Orfeo*）的引用均来自 *Middle English Verse Romances*, ed. Donald B. Sands (New York: Holt, Reinhart, and Winston, 1966).

[5] 我在这一节的核心论点受伽达默尔（Hans Georg Gadamer）的《真理与方法》［*Truth and Method*, trans. Joel Weinsheimer and Donald G. Marshall, 2nd ed. (London: Sheed and Ward, 1989)］的启发。

[6] 关于这一问题的更详细论述，参见“Derek Brewer’s Romance,” in *A Modern Medievalist: Traditions and Innovations in the Study of Medieval Literature*, ed. Charlotte Brewer and Barry Windeatt.（即将出版）

[7] W. R. J. Barron, *English Medieval Romance* (Harlow, Essex: Longman, 1987), 59.

[8] 关于这一立场的有力论述，参见 Julie Orlemanski, “Genre,” in *A Handbook of Middle English Studies*, ed. Marion Turner (Oxford: Wiley-Blackwell, 2013), 207–212.

[9] 类似的讨论参见 James Simpson, “Faith and Hermeneutics: Pragmatism versus Pragmatism,” *Journal of Medieval and Early Modern Studies* 33, no. 2 (2003): 215–239.

[10] 引文出自 John Donne, “Meditation 17,” in *Devotions upon Emergent Occasions*, ed. Anthony Rapsa (Montreal: McGill-Queen’s Univ. Press, 1975), 87.

[11] H. P. Grice, “Logic and Conversation,” in *Speech Acts*, vol. 3, *Syntax and Semantics*, ed. Peter Cole and Jerry L. Morgan (New York: Academic Press, 1975), 41–58.

[12] 这些术语出自 J. L. Austin, *How to Do Things with Words*, ed. J. O. Urmson (Cambridge, MA: Harvard Univ. Press, 1962). 关于这些术语如何隐含作者意图，参见 Quentin Skinner, “Motives, Intentions, and the Interpretation of Texts,” *New Literary History* 3, no. 2 (1972): 393–408. 从这篇论文中可以看出笔者认可作者意图的存在，尽管作者意图与文本的含义和可能的意义绝无重合的可能。关于意图主义复兴的必然性，见 Seán Burke, *The Death and Return of the Author: Criticism and Subjectivity in Barthes, Foucault, and Derrida* (Edinburgh: Edinburgh Univ. Press, 1992).

[13] 关于体裁和模式的更一般的论述，参见 Alastair Fowler, *Kinds of Literature: An Introduction to the Theory of Genres and Modes* (Oxford: Clarendon Press, 1982). 另见 Julie Orlemanski, “Genre.”

[14] 解读必然具有循环性，这是一个历史悠久的观点，首先由施莱尔马赫（Friedrich Schleiermacher）（1768—1834）提出，参见 *Hermeneutics and Criticism and Other Writings*, trans. and ed. Andrew Bowie (Cambridge: Cambridge Univ. Press, 1998), 109, 231–232. 在解读的问题上很少有全新的观点，循环性的观点多次被重新提起。关于这种循环性的伦理意义和更多相关文献，参见 James Simpson, “Faith and Hermeneutics.”

[15] 这个例子源自 Stephen C. Levinson, *Pragmatics* (Cambridge: Cambridge Univ. Press, 1983), 102.

[16] Levinson, *Pragmatics*, 109.

[17] 关于我们对一般话语进行的细致考察并不适用于文学话语这一观点，参见 Barbara Herrnstein Smith, *On the Margins of Discourse: The Relation of Literature to Language* (Chicago: Univ. of Chicago Press, 1978). 这一论述虽然强大却缺乏说服力。

[18] 该图像取自 http://en.wikipedia.org/wiki/Rabbit%E2%80%93duck_illusion，该页面还提供了关于此图像的来源等更多信息。

[19] 另一个有趣的实验证明了这一点，在实验中，被实验者收到了注意寻找的指示却忽视了异常的猩猩，详见 http://www.theinvisiblegorilla.com/gorilla_experiment.html。

[20] 关于基督教福音派的阅读习惯和需求，参见 James Simpson, B*urning to Read: English Fundamentalism and Its Reformation Opponents* (Cambridge, MA: The Belknap Press of Harvard Univ. Press, 2007). 第四章和第七章讨论了福音派为了论战的需要而强调文本优先于宗教机构。

[21] 关于科学革命如何将事物和理念置于词句之上，如何进一步地排斥一切形象的语言，参见 Derek Brewer, “Some Observations on the Development of Literalism and Verbal Criticism,” *Poetica* 2 (1974): 7–95.

[22] 关于柏拉图对回忆的论述，参见 *Meno*。另参见 Augustine, *Confessions, 10.10.*

[23] E. D. Hirsch, Jr., *The Aims of Interpretation* (Chicago: Univ. of Chicago Press, 1976), 22.

[24] 原文为 “At cantu commotae Erebi de sedibus imis /umbrae ibant tenues simulacraque luce carentum...” *Georgics*, 4:471–472. 感谢我的朋友亚历山德罗·博亚塞西（Alessandro Barchiesi）慷慨地向我介绍了古典文献中对俄耳甫斯的记载。

多面论：媒介参与和政治理论*

达维德·帕纳吉亚（Davide Panagia）著

史晓洁　译

一个方面就好比一个图像。

——路德维希·维特根斯坦（Ludwig Wittgenstein）[1]

引言：著述之外的政治理论

本文旨在详细阐述一种政治理论化模式，该模式不以认知观为政治思维的共识。尽管各种认知观及其论证是政治理论的主打模式，然而，阅读、写作、思考等活动——此类活动涉及对权威文献与观点片断的援引、剪切、粘贴及剽窃，以及对论证过程有利有弊的各类媒介（如：钢笔、电脑）——似乎令合法认知论标准所期待与计划的连续感变得更加复杂。因而，我本文中所讲的多面论，以休谟理念为出发点，即我们无法克服事物本身的间断性，最多只能设计一些组装与共享技术设备的活动，实现我们所期待的连续感。[2] 我大胆地提出：不如索性放弃将论证的连贯统一作为政治理论化的标准，而是从多个层面出发加以思考。我在别的场合曾详细论述过，我希望改变我们的评价标准，把“错误”观念当作需要更正的认识论错误，到视其为干扰了一般政治生活进程的政治宣言。[3]

接着，我会探讨政治思维中的影响元素。也就是说，有哪些层面参与了理

---

* Davide Panagia, “A Theory of Aspects: Media Participation and Political Theory,” *New Literary History* 45, no. 4 (2014): 527–548.

论实验？这些层面如何影响了理论化？对于这些问题，答案有很多，每个答案都有各自令人信服的理由。我的做法是：首先，我将邀请读者思考除经文类媒介之外的、与理论设计相关并且促进理论设计的各类媒介形式。我热切希望设计一种研究政治理论的方法，这种方法不只关注政治理论的可理解度及人们对其的认识，而且旨在实现对世界、集体及政治的领悟。

我的方法必定是提纲挈领式的、带有批判性的，因为我所发展的多面论表明了在人文社会科学领域采用解释学方法是存在局限性的。我还有个更大胆的设想，想要证明政治理论家们太过于倚重经文的正统解释了。对正统解释的过于倚重导致我们在理论化时难免先入为主地要证明这些标准的合理性，各类事物、人、言辞、判断、论证等都要依据这些解释才能具有意义。因此，大量精力被用在回答“你怎么知道”等认识论问题上。这就是政治理论对马克斯·韦伯（Max Weber）称为唯一的确定性（*certitudo salutis*）文化的强烈依赖。[4]

文化正统又得到了媒介本体论的鼓舞，后者将文本论述（无论是书籍还是文章）视作完整连贯研究的原型。[5] 政治理论倾向就这样渗透于读者式文本这一经典媒介中，我们难以想象有哪个领域能够不受到政治思维的影响。我想说的是，文本这一媒介不只为我们提供了理解场，也让我们看到了理论研究绝对形式的持续性、连贯性与完整性。[6] 我们对于完整的理论研究是什么有着本能的认识，因而也能理解某个论证的起始、经过与结果。而这些感知最终决定了政治言论与行为的属性与可信度。事实上，假如我连一项研究的结束与另一项研究的开始都无法区分，那我就是犯下了严重的认识论错误，最起码，此类错误可能说明，我并不明白准确阅读意味着什么。或许，这一错误标志着我出现了某种神经系统疾病，导致无法识别事物的边界；或许，我正是米歇尔·德·塞尔托（Michel de Certeau）所讲的那种以读者的名义实施剽窃的人。[7] 然而，我们的读写教育要求我们必须坚持不懈地学习集合艺术，尝试着博览各种信息片段，并进行分类整理；正因如此，我们忽略了研究应有的统一性与连贯性。

讲到提高政治理论化与专著的媒介本体论之间的关联性，实际上，我想说的是，无论从概念层面还是从物质层面来看，政治理论都是一项诉诸媒介形式的活动。媒介虽然不能决定理论化，但与之密切相关。更确切地讲，提出政治理论需要懂得使用媒介，能够有效利用汉斯-约尔格·莱茵贝格尔（Hans-Jörg Reheinberger）所讲的调查研究的“技术对象”，这种对象“已深深植根于更广阔的认知实践与物质文化领域，其中包括各类工具、刻印装置、模式生物、漂浮定律或附着于其中的边界概念”[8]。不消说，这些消费技术的真实性已经得到了历史的证明，尽管其具体使用形式在每个不同的阶段各有差异。比如，有一种假设认为，过去的作者写作是通过词汇的命题内容来传递意义，这是对于阅读、写作与意义间关系的一种彻底现代化的假设。[9] 但无论是安·布莱尔(Ann M. Blair)、罗歇·沙尔捷（Roger Chartier)，还是雅克·朗西埃（Jacques Rancière)，不同的历史学家都表明，对书籍所使用的媒介及阅读活动的历史考查，与当前有关意义生成的论述之间是存在出入的。[10]

我在本文中所提出的政治理论化概念并不指望能回答“你怎么知道”此类问题，我只是牢记媒介在理论实验及概念创新中的作用。印刷机、羽毛笔、速干墨水及纸等技术对象至关重要，有助于我们理解有关研究连贯性的各类描述中的微小间断与细微停顿。拿我们司空见惯的资料丢失事件来讲，当某个软件程序或电脑主板瘫痪时，就可能造成资料损失。除了海德格尔式(Heideggerian）突显时刻（当设备崩溃时）所引发的沮丧与失望外，[11] 我们也发现了这些真真实实地存在于我们指尖的技术对象，这些契合生理节奏的律动与记笔记、写论文等人们更为熟悉的理论化活动交织在一起。电脑故障给这些(以不可测定的方式）参与了理论实验和概念创新的技术对象造成了干扰。在本例中，电脑无疑会影响到政治理论，但这种影响概念远非线性的、直接的，甚至是明显的。

那么，与政治理论化相关的因素有哪些呢？这并不仅仅是个经验问题，尽管实证经验也是必不可少的部分。这个问题还涉及影响的本质、媒介与影响效应间的关系，以及媒介效应传播的因果解释的局限性等。因而，参与政治理论的问题同时涉及区分与分配，即：要区分哪些可算作政治理论化对象，而哪些不算；要对协调政治集合体的各种影响力量进行分配。像这样根据某项研究所驱动的各个方面来对其进行的探讨，能够提供一种令人信服的别样的政治理论化感受，而不是像过去一样紧紧围绕经文理论的正统解释来进行。这种感受是通过移动那些看起来、摸上去都与我们对集体行为的理解相一致的图像等活动来捕捉的。[12]

阿莱塔·诺弗尔（Aletta Norval）写道：多面论势必会让你觉得“你所觉察到的某个图像就是图像”[13]。因而，我认为，我们首先应当关注即将出现的各个层面，而非既定假设。[14] 以某个层面的未竟之处为出发点，意味着接受某个印象的片面性，以及片面印象彼此间不确定的关联方式。各个层面并非思维的组成部分，而是以某种不确定方式延续并影响着我们感官注意的意象偏好。因而，多面论需要对各个感知捕捉瞬间进行管理部署，要像圣奥古斯丁（St. Augustine）在其《忏悔录》（*Confessions*）中所劝告的那样，带着渴望与好奇来对待各个层面的诱惑。[15]

毋庸置疑，多面论也受益于路德维希·维特根斯坦在其《哲学研究》（*Philosophical Investigations*）中所提出的“某个层面的曙光”及“层面盲”等基础性研究。另外，我也深深着迷于维特根斯坦对这些问题的处理，尤其是包括（但不局限于）斯坦利·卡维尔（Stanley Cavell）、凯南·弗格森（Kennan Ferguson）、理查德·弗拉思曼（Richard Flathman）、詹森·弗兰克（Jason Frank）、迈克尔·弗里德（Michael Fried）、帕琴·马克尔（Patchen Markell）、安德鲁·诺里斯（Andrew Norris）、阿莱塔·诺弗尔、戴维·欧文（David Owen）、詹姆斯·塔利（James Tully）和琳达·泽利利（Linda Zerilli）等在内的多位当代思想学者详细阐述的观点。即便如此，我也不打算直接阐述维特根斯坦的研究。我所能做的只是从作者的角度来思考，因为我认为自己给出的任何解释并不能区别于这些作家所提出的观点。我最多只是延长了他们的努力，邀请读者亲自去观察与理解，并且牢记，维特根斯坦对于图像那富有想象力的求知欲自始至终都是我的一个参照点。

本文共包括三个章节。第一节讲到了政治理论界采取解释学方法的三位思想家：查尔斯·泰勒（Charles Taylor）、昆廷·斯金纳（Quentin Skinner）及詹姆斯·塔利。我仅仅关注每位理论学者如何坚持将理解作为创造理论的必要前提，当然，我也会说明詹姆斯·塔利的创新之处并不只在于这种坚持。第二节集合了从三位不同的思想家罗兰·巴特（Roland Barthes）、斯坦利·卡维尔及雅克·德里达（Jacques Derrida）的三种不同表述中提炼出来的三个思想。尽管看似毫无关联，但我认为，各个表述之间是相互交织并且相互影响的，我将之集合在一起，就好比将三张不同的图像集成在一个投影仪里，希望借此生成一幅动态的思想影像。这个思想影像就是我所讲的多面论。到了第三节，我将抛开前两节所做的理论实验与解释研究，重新关注与多面论相关联的技术对象的媒介性。正如我所讲，如果政治理论家们是媒介的消费者，那么思考媒介本身的属性、历史发展及其在理论化活动中的主体参与性就是十分中肯的。

第一节　政治理论中的解释学转向

纵观 20 世纪七八十年代的政治理论研究，最令人兴奋的进展当数方法论词汇越来越多元，突显了人文主义探究在社会科学中的作用。受到文学研究与哲学解释学中的争论，以及有关社会科学探究本质的相关论述的鼓舞，[16] 政治理论家们勇挑重担，直面社会科学——尤其是政治学领域——中的实证主义转向，承担起维护政治理论探究独特性的重任。其中，最受人们拥护的维护政治理论——及一般意义上的人文主义探究——独特性的方法，是对意义在我们与世界相互作用中的重要性与功能进行的批判分析。本小节，我会详细阐述查尔斯·泰勒、昆廷·斯金纳和詹姆斯·塔利探讨并维护政治理论中意义生成活动的部分观点，表明他们研究社会科学领域批判诠释学的独特方法是如何受制于理解的认知检验目标的。

我首先要讲到的是泰勒的知名文章《解释学与人的科学》（“Interpretation and the Sciences of Man”），本文对社会学领域的可证伪性提出了哲学批评，引入并维护了其中蕴含的“无法回避的‘诠释’因素”。[17] 他主要关注的是后实证主义者的实证论，这种观点认为只有“基本的数据识别”（IS 28）才足以用于政治学分析。而泰勒最关心的则是将政治学视作从其产生条件中提炼出来的内容。他坚称：“到了政治学家们的嘴里，这就是他们所讲的‘行为’。”（IS 28）不过，泰勒反过来又讲，不关心行为——或政治行动——产生时的实践与制度，就不可能理解行为。他坚称：“此处的现实就是实践，而这些实践是无法从我们用以描述、激发或实施这些活动时的精练语言中识别出来的。”（IS 33）就这样，泰勒将语言及“主体间意义网络”（IS 38）孤立为思考政治的媒介。通过将实证主义者的行为范畴嵌入到理解所必需的主体间意义网络，泰勒证实了自己的观点，即“我们必须将人类视作自我诠释型动物。人类必然如此，因为对他们而言，没有一种意义结构能独立于其自身对意义的理解，因为各个意义间彼此交织”(IS 26)。这意味着，实证主义政治学家们也是人，从这个意义上讲，他们并未置身于诠释圈之外。在泰勒看来，做出别的声明——即确切声明实证主义政治学家们可以根据可观测数据进行独立预测——意味着，声明他们并非人类。

当然，泰勒的文章远比我前面从经济学角度进行归纳时所讲的要更为复杂与细致。鉴于泰勒的观点有如此大的魄力，在按照原计划转而谈论其他作者之前，我希望稍微做一点扩展，因为泰勒的观点中有两点值得单独来讲：一是，他反复强调“关于人的科学”中“无法回避的‘诠释’因素”(原文如此)。这一点不仅以各种形式贯穿于泰勒的整篇文章中，而且也体现在其本体论声明中，指出人作为人，是不可能体验任何没有媒介的事物的。二是，泰勒这一声明的魄力在于其认为，设想不经过媒介去接触任何事物，就好比幻想自己不是人类。[18] 搞清楚一个人所看到的、观察到的或预测到的是何意义，这种能力基于一个必然事实，即人类首先感受到的是体现在语言中或通过语言来表达的意义。因而，为社会科学中的诠释学转向进行辩护不仅是要批判行为社会学的不足，也是为执着地教育人们懂得：人文主义科学才是一切探究的基石。泰勒提出的“关于人的诠释与科学”是面对非人类的数据科学入侵而采取的人文主义防护。[19]

泰勒将意义归结于人的本体——比如，人是自我诠释型动物，这一无法回避的事实，而斯金纳所提出的“观念史中的意涵与理解”则旨在将语言中的施为性层面作为其历史编纂方法的基础。同泰勒一样，斯金纳也认为语言是政治理论的主要媒介。不过，泰勒认为语言描述的是政治行动（即“行为”），因而令政治学难免成为一门诠释性学科，而斯金纳则认为言辞表达才是奥斯丁所讲的（Austinian）施为性，这些施为性表述本身就是行动。而且，斯金纳也赞成，意义是从言语活动网中诞生的，作者本身也是会响应其他作者的读者，而响应作为讲话与书写的条件，这一事实有助于我们理解作者在沟通过程中的行为。简而言之，斯金纳注重的是，任何讲出来或写下来的文字首先是一种沟通行为

(而非体验)，要判断是否理解了这种沟通行为，我们必须首先弄清楚这些文字表达时所处的沟通情境。

因而，在斯金纳看来，作品的统一性或历史情境，都无法独自决定人们对文本的理解。[20] 相反，思想史学者们也必须学着理解书面文本包含的沟通行为的意图，这意味着要将作者写作的目的是被理解，以及“这个目的应该被理解的意图”作为解释的必要先决条件。[21] 思想史学者们的任务是提供一些方法，让“作者为了故意拐弯抹角地表达意图而自愿采取的策略”[22] 具有意义。总而言之，包括政治思想史在内的思想史，不可能脱离书面文字数据而存在。

我从泰勒与斯金纳各自对诠释学的辩护中提取了三个重要观点：(1) 意义的生成与解释是人文主义探究的普遍目标，后者已被提升为政治学领域实证主义方法的基本问题；(2) 意义以语言的命题结构为媒介，并受到该命题结构的影响，而后者需要根据某种普遍意义（所谓的普遍意义是指某个主体间意义网络或传统用法）来解释与理解；(3) 书面文本是人文学科的特定媒介，而对文本内容——由需要剖析的命题式措辞组成——的理解，则需要运用哲学取向，将解释对象看作某个认知对象。也就是说，通过解释来传递意义，所产生的是作者做出的意义声明，这样的意义声明只有从认识论上能够被理解时才是具有意义的。因而，尽管泰勒和斯金纳都没有受到实证主义约束谬误的深刻影响，但他们都将自己的方向限定在了探究语言的命题内容方面。尽管泰勒和斯金纳将言语行为视作政治行动形式（斯金纳吸取了奥斯丁所讲的施为性，而泰勒则坚称政治行为涉及我们通常所讲的“行动”）的观点都值得称道，但他们无一例外，都仅仅将理解当作思维的典型目标，无论是政治思维抑或其他领域。

按照这两位学者提出的理论化解释图景，意义与理解都是可识别的，恰如实证主义者认为数据是可识别的；当然，两者采取的识别方法并不相同。泰勒与斯金纳在其各自的批判中，最终都赞成采用特定的感知活动，以使人们明确政治探究的数据（如意义)，但他们并未对人们的理解以及在实现理解过程中的感悟力与情感倾向（我会在后一节进行相关的讨论，并将之作为某个层面的补充）进行有益的探讨。尽管对于个别学者研究发现的质量与内容尚存在诸多争论，但政治理论界对于研究对象的表象与感知似乎是有共识的。

塔利的方法虽然也专注于解释学本体论，但该方法将我们引入另一个截然不同的方向，赋予意义创造以多元化的政治理论目的。这一方向源于塔利在维特根斯坦的著作《哲学研究》中发现的批判态度。他的尝试中有一点至关重要，这也正是他与泰勒（清晰）及斯金纳（含蓄）的显著分歧。正如我们所见，泰勒和斯金纳都致力于将语言视作批判解释与理解的媒介结构，而塔利则采纳了维特根斯坦对解释与理解的独特区分方式，将“不以解释为媒介的”互动领域独立出来。[23] 在塔利看来，维特根斯坦对政治哲学的贡献（以及塔利本人“以一种新方式”对公共哲学进行详细阐释的基础）是向我们推荐了一种即时捕捉的体验：他坚称“领悟就好比立即领会了某件事”（*PP* 66）。要领会某个活动、某种迹象，或某个层面，就要以某种不依靠媒介的赤裸裸的方式去泰然面对这些活动、迹象或层面。这继而又带来了两个后果。第一个后果是，解释与理解并非同时发生的，相反，解释是在我们无法理解时才产生的一种诉求。第二个后果是，将解释比作辩解，而这两者都是在我们发生误解时产生的重要活动。在塔利看来，这最终意味着，解释并非理解的必要范式，而应被视作“一种重要的批判性反思活动”（*PP* 67）。

同泰勒和斯金纳的作品一样，我也能从塔利的研究中发现许多可圈可点之处。具体来讲，塔利为批判理论实践补充了直觉的暂时性，将我们对理解的感知多元化，这些都是其对政治理论所做的值得称道的贡献。他对直觉的强调意味着：政治理论并不一定要有某种智慧，理解（就领悟而言）也不必拘泥于认知验证。如此看来，批判性反思或许更关注事件的即时性及其对我们的影响，而非对事件判断与理解标准的详细阐释。这种观点类似于泰勒本人关于人类科学中人性的声明。但塔利的关注点并不止于此，他进一步强调，对于领悟时刻的即时性而言，任何一种方法都是不够的，也不是必需的。“无媒介的领悟能力”（*PP* 67）表明，我们无法理解某件事物，是由于某个直觉突然闪现，没有诉诸任何媒介，从而扰乱了我们的意义建构习惯。此类遭遇时刻告诉我们，要放下那些我们自以为是理解所必需的媒介结构。

或许，我将塔利的观点扩展得有些远了，强加给了他一些实际上他并未讲到的内容。但他对领悟力的直觉性与无媒介性的关注，为我的扩展开启了大门。这样的拓展进一步带来下面几个问题：是否存在一种政治理论创建模式，可以不受理解这一必要条件的约束？另外，批判性反思多元化是否也会导致除权威经典所决定的媒介知觉之外的媒介意识多元化？这些问题时刻贯穿于我对多面论的阐释过程中。

第二节 多面论

下面是三个并无关联却彼此影响的层面：

罗兰·巴特："我一直想克制自己的情绪，而不是去调整。"[24]

斯坦利·卡维尔："这个事情我知道，却没办法证明。"[25]

雅克·德里达："我不知道作品中哪些是必需的、哪些是无关紧要的。"[26]

我说这几句话"并无关联"，是因为它们分属于三位不同的作者，是在不同的时间、地点写就的，记述的是不同的个人经历；在思索或写下这几句话的时候，三位作者并未考虑到彼此。我知道巴特和德里达之间有些关系，也知道卡维尔是德里达的读者（但我不确定卡维尔是否谈起过巴特的作品）。我想，德里达或巴特可能并未读过卡维尔的作品［他的作品直到近来才被翻译为法语，而巴特创作《显像描绘器》（*Camera Lucida*）时，也还没有英文版的《理性的诉求》（*The Claim of Reason*）］。但即便这几位作者剽窃（假如真的有过）了彼此的思想，似乎也不可能将这些语句里的各个方面集中呈现；原因在于，尽管（或许正是因为）没有共同的评判标准，这些语句之间仍然是可以建立起联系的。某一作品、体验或思想中的某一方面能够与另一作品、体验或思想中的相关方面建立起联系，关键就在于没有死板的组合标准。也就是说，联系是从系统整体中产生的，在组合形成之前并不存在。

三位作者在各自的文章中，都讲到了未竟之意的表现力，尤其是涉及审美领悟方面时（或许这几句话正是基于此而产生关联的）。每句话都讲到了引发某种欲望的无形触觉体验，令人忍不住想去抓挠那个感觉的来源，以确定这种感觉的强度、恰当性或具体性，或者向其他人说明这种体验……结果却是支吾其词。换言之，每位作者都承认有一种歉疚感，感觉未能达成预期的确认效果。这种共同的无力感，是他们产生某方面关联的原因吗？

或许当真如此。因为每个句子所表达的，都是在回答"你怎么知道"这个问题时给出的无休止的唠叨，虽然他们给出的无非是些非常世故的答案。应该说，这种唠叨是由于人们期待找到合理的认识论解释，但结果未能如愿，从而产生了不满。上述每句话似乎都缩减了认知检验的预期，人们原本期待做出的所有声明都能够回答“你怎么知道”这类问题。

巴特的表述，比其余两位的话更加明确地表达了回答此类问题的难度。他讲到“想克制自己的情绪”，这句话里所表达的期待或渴望，足以让读者联想到他的某次体验，不光是他的个人生活或私生活，也可能是当下正在讨论的某个对象（对巴特而言，是指摄影）的状态，或者某位参与谈话的人。巴特的最后一部著作既是一本关于美学领悟本质的专著，也是对摄影的思考。在探讨某张照片的魅力时，最急迫的问题是有没有机会撩动观众的情绪，使观众对作品中反映的经历感同身受，而不必去证明此人为何会产生这样的情绪（维特根斯坦也有过类似的表述，言辞虽有不同，但也与之相关，他称之为某个目光、手势或语气的“无法估量的证据”[27]）。对巴特而言，克制自己的情绪，就好比明明看到屏幕上显示的是一个完美无缺的仿真机器人，却要令人费解地表示“我觉得她很悲惨”[28]。

但巴特那句话造成的影响还不仅仅如此。这句话带给人以长久的悲痛之感。“我一直想……”，实际上是想要回避另一个问题，即“哦，那你为什么没有……”巴特从未直接回答过这个问题。但他却给出了间接的答案，对摄影中的刺点和意趣进行了区分。我们不妨回想一下巴特曾经对摄影的写实性（意趣）与打动观众的表现力（刺点）进行的区分。[29] 在我看来，若按照这一标准来进行划分，有一点至关重要，即巴特试图弄明白自己悲痛的根源：巴特觉得自己被一种与情绪不相称的观察活动束缚着。他很痛苦，因为他清醒地知道，先前的许多工作已将他局限在意趣上，导致他只关注表象的符号意义。他承认，这使得他无法克制自己的情绪，因为他实在太在意摄影的意趣了，不愿妥协，甚至可以说，他已着了意趣的道儿。他的性情促使他辨识作品中的表意结构，而非作品中某个突出层面的表现力（如某个作品的刺点）。巴特匆匆浏览完照片后最终发现，自己事实上是在照片间游走，即他处理的这些图片别人也已经处理过了；处理这些照片需要的是一种不受必要秩序支配的策展倾向。也就是说，人们从巴特的悲痛中能感受到他的遗憾，遗憾自己对摄影绘图的处理还不够重视。令人哀叹的是，刺点的实现，恰恰是由于人们不相信自己具备感知有趣事物的能力，才从意趣中捕捉到了一些重要灵感。

卡维尔的话进一步将巴特的感悟明确地转变为一种肯定：“这个事情我知道，却没办法证明。”读完巴特的话，我或许可以将卡维尔的意思改述如下：“请允许我努力说服自己，把这些摆在你面前。”这里有一个小背景：这句话节选自卡维尔对两部作品的联系的探讨中。第一部作品《罗兰之歌》（*La Chanson de Roland*）大约作于第一个千年前后，而第二部作品《丧钟为谁而鸣》（*For Whom the Bell Tolls*）写于20世纪。两部作品间的联系纯粹是凭猜测的，但却令他十分信服。两部作品在写作时间上的巨大差异，证明了卡维尔所说的进行各层面对比时的标准缺失这一观点（“但却无法证明”）。读者需充分发挥想象力才能够将两部作品联系起来——两者在作者、撰写时期、风格、语言等方面都不相同，甚至可以说不存在任何的共通点。然而，在卡维尔看来，两者却是可以产生联系的，因为它们彼此具有相似的特性。[30] 两部作品都用到了剪辑图像，或者说局部影像，而这种相似性只有在将两种场景放在一起——可能是非常随意地——来比对时才能显现出来。结果，我们发现了大量足以令人信服的重要证据。

但卡维尔邀请读者来观察思考，也有可能会给自己带来风险和麻烦。就好比：你愿意接受我放在你面前的图像吗？也就是说：你愿意与我一起分享吗？卡维尔直接将这种从两者间的重叠中发现的联系拿到我们面前，迫使我们去接受这样的预测。面对如此任性的场面，我们不禁要问：“你怎么知道这个观点是正确的？”但这个问题在这里不起作用。这个预测带给人的难以承受的重负是不可能因为回答“你怎么知道”就能够减轻的。在另一部作品中，卡维尔讲到了他对重婚主题的喜剧电影的观点，同样带给了我们不堪承受的重负。[31] 在该故事中，他邀请读者思考观看此类电影的意义是什么，斟酌他们所提出的难以应付但很普遍的人类关系本质等哲学问题，这些问题虽然没有共同特征但却具有普遍性。在这里，对于“你怎么知道”这个问题的唯一可能且乏力的回答，事实上只有观测，即看了再看。如果看了再看，你还是无法感受到这些完全不同的方面彼此间的关联（如你无法感受到哲学与电影的共性），这并不意味着你看问题的角度不同，或者说是错误的。这只能说明，你的感悟力尚无法生成这种联系，你无法（或不愿，或绝不能）接受我的邀请，去勉强接受这种观点。无疑，这种无能为力或拒绝是有代价的。你也可以选择不上电影课与哲学课，或者不读卡维尔有关该主题的书与文章。

卡维尔明确提出，他非常确定自己的感受，他知道各个方面是有关联的，“西班牙松树林中，即将死去的英雄，独自率领着后卫队牵制敌军，为同伴的撤退争取时间；这是影射或纪念《罗兰之歌》中罗兰的牺牲”，这段描述过后，紧跟着他声明：“并不指望所有人都能相信这一点。”[32] 根据后面的这句话，我判断卡维尔想要表明，他对各个方面的陈述只是一种邀请。他并不期待所有人都能相信这种联系（也就是说，或许并不存在影射）；也不指望每个人都相信他愿意将这两部作品彼此关联；更不期待所有人都赞成他拿不同作品的某个方面（如某个场景或某个图像）来并置以代表其共性。换言之，卡维尔并不期待自己所影射的各个方面能够被人们接受。不过，这种影射是成立的，只不过是采取了一种最不堪一击的方式：他只是有这么一种信念，并不了解实情，但却表现得仿佛知道内情似的。

因而，我们为多面论得出这样一个结论：认可两个方面之间存在联系并非是它们作为某集合组成部分的必要条件。也可以试着这样理解：认可并非是形成集合的必要条件。甚至还可以这样讲：聚合并不需要经过外部验证。又或者像下面这样：“每个人都有权自由平和地聚合与联系。没有人能够被迫从属于某个组织。”[33] 以上几种表述看似只是彼此影射，但都承载着彼此的某些方面。

这是怎么回事？在没有必要的联系的情况下，各个方面是经由怎样的变形咒使彼此产生关联的？对于这个问题，我们的回答同样带着深深的挫败感；面对人们对于验证的期待，我们只能坚持德里达的断言：“我不知道作品中哪些是必需的、哪些是无关紧要的。”[34] 德里达认为，我们可以从画作与画框的关系中感受一下为何难以找到判断作品必要元素与次要元素的标准。德里达感到奇特的地方在于：怎样算是作品的支撑部分（如画框）？怎样又算是作品的附属部分（如装饰，或简单粗劣的设计）？有没有哪些外在标准有助于我们确定作品与装饰之间的区别？[35]

更让德里达好奇的是标示性问题，这一点在巴特和卡维尔身上也有体现。对于巴特而言，标示性体现在其使用的“克制”一词，而卡维尔则用了“这就是”来宣告。在德里达看来，标示性渗透于附属品中：“标准、审查器官、识别器官从何而来？”[36] 也就是说，是哪个判断器官使我们敢于武断地指出作品中的某个方面是重要的，并且据以声称这部作品算得上是真正的作品？我们该如何判定谁有权力决定哪个方面是必然的呢？

此处所讲的推测，是指无法单独将某一作品的任一部分视作该部作品不可或缺的，仿佛任一细节就能够囊括任何或所有的其他细节——无论是在绘画、照片、文本或传统中——如此便可用那个细节来指认某部作品为作品。从这个意义上讲，对必要元素与次要元素进行辨别的风险很大。当我们将某个我们认为作品不可或缺的部分隔离出来，就是承认了自己在处理“有风险的对象”[37]，而这些对象还不足以用于验证或预测。事实或许正是如此，就像在巴特的故事中所讲的，无法估量的刺点只能是我的，任何提醒、调整或干预都比不上我可以讲一句：“这正是我情绪所抵触的。”那么，问题又来了，我到底要通过自己对某方面的影射，煽动你们接受什么呢？你们会接受我对某个方面的影射吗？你们是否愿意接受我这种古怪的想法，即存在一个与某部作品相关的方面，或与其他作品相关的方面？

同卡维尔和巴特一样，对于德里达而言，以某个单一层面为切入点，会增加批评性判断的难度，因为这样一来就会暴露一个流畅地与未经验证的事物打交道的体验域，一个不需要验证就可以权威地处理偏颇的域，一个使我们应对世界体验中至关重要层面的域。对某个方面的影射是一种参与活动，这种参与不必受制于认知验证的约束。从这个意义上讲，我们每个人都应该清楚自己是如何推动未竟之意的消失的。

第三节 政治理论参与

如果将政治理论中的认知理由与领悟的影射局限于著述媒介，那么我们还可以借助于哪些媒介来探讨前一节所讨论的多面论呢？我提出这个问题，部分原因是政治理论研究历来不考虑政治理论化中媒介对象的参与。事实上，政治理论中的媒介本体论问题，即便有，也很少被当作一个政治理论化问题来提出——尽管媒介对象在政治理论活动中处于核心地位。新唯物主义近来取得的进展开启了探讨这些问题的重要契机。[38] 但即便是在那些拥护非人类行动元在政治中有重要作用的人当中，也很少有人认为非人类参与者——比如，印刷机、剪切粘贴技术、墨水、钢笔及软件等——会在政治理论化中持续存在。政治理论家们充其量只是承认并受益于人文社会科学各相关学科涌现出来的媒介理论、批判传媒研究及电影研究等理论；但在多数（即便不是所有）遇到此问题的人眼中，其主要关注点仍是某些特定的媒介形式及其内容所产生的极坏的道德政治影响：据称，媒介既调动了批判性理解，又削弱了其效用。[39]

前一节中，我将三个毫无关联的感悟放到一起来考察，并相互穿插起来加以分析，以详细阐述多面论。而且，我所使用的语言——陈述、影射、分享、关联及碰撞等——意在为多面论所假定的媒介活动类型作铺垫，始终代表着我所提议的多面论的基本审美方向。如果说吉尔·德勒兹（Gilles Deleuze）和费利克斯·瓜塔里（Félix Guattari）的断言——即理论思维需要概念创新与合理化过程——值得借鉴的话，那么同样值得思考与考虑的，还有和概念创新及多方面组合紧密相关的代理媒介。在第三节，我将探讨媒介在理论形成中的影响，尤其是那些有助于人们了解各个方面灵活性的技术对象（比如剪报、文件、投影仪等）。

概括来讲，我在前一节提出的多面论依赖于一个基本假设：每个方面都是不可靠的。也就是说，任何一个方面都不能代表某些具体属性或品质，而只是自动生成的片面感悟。同所有的感悟一样，这些方面是既非完全主观的，也非全然客观的实体。事实上，这些方面是自动生成的，因为其不必受制于人类意志。从这个角度来讲，这些方面十分神奇地类似于康德（Immanuel Kant）在《判断力批判》（*Critique of Judgment*）中有关审美对象的论述，他将审美对象视作没有条件或法规限制的实体。这意味着，各个方面间的联系没有一定的规则，也不必遵循一定的规则；各个方面间相互关联这一事实，以及其中出现的各个方面间的聚合，并不需要确认并 / 或共享某些共同特征。相反，这涉及由必然性确定的聚合、联系与关联的过程。我在本节所讨论的代理材料是指那些能够把各方面间的关系组合在一起的设备形式，是各个方面进行协作与配置的工具，为转瞬即逝的感悟提供了一种物质化身。[40]

我将首先介绍科妮莉亚·维斯曼（Cornelia Vismann）对 20 世纪归档技术

媒介进行的探究，该研究显示了档案柜如何成为法律主体代表大会的主要信息来源，承载着剪切、粘贴技术等媒介活动，以及归类、排序、保密等传统的管理职能。[41] 文件强大的记载功能催生了法人概念，并使其成为一个归档主体，成为一个由所存储文件构成的书面主体；也成为推动书面主体流通及简化政治主体观念所必需的收集、存储、宣传等概念之后的补充概念。归档系统还考虑到了人与行动间的关联，把需要记录与存储的行动进行了转录。但书面归档系统也受限于存储空间的不足，此外，还需要运用能够进行编辑、裁剪与重新粘贴的消除技术，找出相关信息，将无关数据剥离。

按照维斯曼的讲法，此类消除活动，是大法官办公室的原始职能，该机构的主要任务就是保证秘密“不被记录在册”。维斯曼引用韦伯的断言，即“官僚管理机构总是想将公众拒之门外，竭尽所能地隐藏消息与行动，以免招致批评”，表明保障消息与行动不被公众知晓的最佳方式就是从记录中消除，或者从一开始就不要将其记录在案。[42] 中世纪时期，这种做法叫作带擦除的写法。蜡版表面可被一种叫作“尖笔”的媒介对象刮损，留下清晰的擦写痕迹。这种尖笔一头尖一头平，十分类似于我们现代的铅笔，既可用于在官方蜡版上刻字，也可以用于擦去板上的字迹。这个设备“最终导致产生了大法官法庭，该机构的唯一职能就是创造与擦除各种记号”[43]。任何文件，若不被擦涂到无法阅读，就不得离开大法官法庭。经过胡乱涂写式的擦除之后，留下的仅有痕迹是菱形或取消符号（在英文键盘 QWERTY 上方数字 3 按键上的 # 号），该符号可用作“数字”符号，也可以用作（近来常被用作）推特网上的标签。

维斯曼所讲的档案柜有些类似于早先年代的一种设备，即 18 世纪的珍品阁。[44] 同档案柜一样，珍品阁也可用于存储和收集各方面的资料。与大法官法庭一样，珍品阁也被用于构建、收集、粘贴及剪切所代理事项的部分信息。在珍品阁的诸多用途中，有一项与教学相关：通过编排盒子里的图片来教育学生们如何整理思路。[45] 这种编排技巧中也蕴含着情感特征，可以算得上是收藏者的文化资本：“收藏家赢得了社会声望，成为其所在的那个专业、有限的小收藏界里见过世面的人。作为行家，他知道如何自信地把玩那些最不起眼的东西。收藏被视为其勤奋的最好证明，也是治疗其懒惰的一剂良药。”[46]

如今，能实施收藏、排列与组合职能的技术对象与 18 世纪时相比毫不逊色。因而，安克·特·黑森（Anke te Heesen）解释说："虽然随着时间流逝，剪切与粘贴的目的和程序已发生了改变，但这一做法本身却始终如一。文本或图像被人们从页面上剪切下来单独放置，这些碎片被重新放置（粘贴）在新的语境中，可能自此又获得了另外的意义。"[47] 事实上，将各个层面集合起来的做法是有充分的历史依据的，甚至在政治史上也是有迹可寻的。以 20 世纪 20 年代所谓的"剪报公司"的成立为例，此类公司成立之时，系列排序、影片编辑及拼贴画等艺术活动均可在达达主义、立体主义、抽象现代主义及电影蒙太奇等艺术家的作品中发现。[48] 这些零碎素材的价值，在当时来讲，可以说是达到了天文数字，正如德国黑森州档案馆馆员恩斯特·戈茨（Ernst Goetz）1916 年在其文章《报纸的收藏与使用》（"Sammlung und Nutzbarmachung der Zeitung"）中所写到的："单独来看，一则小告示似乎根本没有什么价值，但将其与其他小报上类似的剪贴画放到一起来看，就会发现它有多么重要。如果你将同一区域发行的一系列报纸上的特定告示都剪下来，并且按照时间先后顺序将它们排列在一起，就会发现这是一份极其丰富的文化历史画面，这是任何研究人员都不愿错过的。"[49] 其目标很明确：创建一个由多个方面组成的集，就会出现一幅强大的画面。我们能够即刻感受到，黑森的剪贴画形象类似于维斯曼笔下的归档主体，两者都是"多个现实碎片的集合"[50]，没有明确的焦点，尚未进行过编排。但不只如此，这些碎片本身都拥有各自的代理能力，一旦被转化为剪报，这些碎片的力量便立即被激活。

这种没有确定规则的连续性——卡维尔参考现代主义绘画，将之称作"新型接续"[51]——又连带引出了最后一个技术对象：投影仪。我们在研究多面论时，曾对各类媒介进行过探究，而投影仪的独特之处在于滑动行为本身，即在一张张图像之间滑动，我们称之为机动调节。虽然我们也能从剪报的裁剪、粘贴与编排等物理手势中想象各个素材的运动，但是在观看投影灯片时，我们则是亲眼见证了不同素材之间的切换。投影仪的使用是艺术史、政治学、经济学、考古学、药学等各领域学者们的一项跨学科技术对象（我倒认为，自从 PPT 软件广泛应用、模拟了投影仪的工作原理以来，情况并未有太大改变）。安妮·弗里德伯格（Anne Friedberg）写道："艺术史讲座中所使用的投影灯，与 19 世纪末用作娱乐及电影新模式的那些投影灯，形成了显著的对比。"她进一步写道："自德国艺术史学家海因里希·沃尔夫林（Heinrich Wölfflin）1901 年在柏林大学开设讲座以来，双投影仪讲座的对比手段很快成为其主要的教学手段之一……沃尔夫林使用两个并排放置的投影仪，这样他便可以对不同的图像进行对比，一边展示主图像，一边显示各个细节。双投影仪的使用，使得观看者能够将两张图像比对着观察思考。"[52]

换言之，投影仪提供了迄今为止都难以获得的全景影像，因为投影仪技术使得分解层面有机会被投射出来：比如带有基线浮雕的绘画一角，带有笔触特写的画家签名曲度。同剪报或文档一样，上述每一项都只是零星片断，只能算是一个不完整的印象、参与了印象未来编排的片面观点——事实上，只是事实的一个方面。这种编排本身既没有序列，也不存在固有的逻辑，当然，当这些方面与包括观察者在内的其他难以辨认的偏好发生碰撞或产生联系时，便会出现某种序列或逻辑。

我对以上讨论的三类技术对象的思考虽然简短，但可以说是对未来关于政治理论与媒介相互关系的进一步研究发起了挑战。更确切地讲，我希望借此进一步拓展我原本的声明，即政治理论是媒介消费者们孜孜以求的事业，他们运用了各种代理材料，比如：投影仪等技术对象，剪报或权威引文等现成品，以及书架、文件夹、橱柜等存储容器。简而言之，政治理论活动应当更加关注"机械物质性"[53]，这其中就涉及技术对象如何参与了对各个方面的提炼、编排与呈现等。

结 论

从根本上讲，我提出的多面论探讨的是人们对政治思维资格的期待，而后者恰恰是解释学视角的政治理论所忽略的。在本文第一节分析的"如何解释"类作品中，对于解释资格的本质属性几乎未做任何说明，仅仅只是猜测。解释所能做的，只是让人们在阅读之后能够明白其意义，如此一来，对于意义与领悟的猎取就成为政治理论事业的最高要求。其结果导致思想活动被分成了几个阶段，比如：思想从哪里产生，必将去往哪里，又是如何发生的。在第二节，我给出了三位作家的三段文字，并不是为了表明这几位思想家及其思想间的相似性，而是为了说明：并不存在什么先验资质，能决定参与政治思维的本质与条件。用更可信的政治语言来讲，多面论意图表明：组织是如何在没有预先明确的公约的情况下发生的。简而言之，多面论本质上探讨的是各个方面如何在缺乏生存标准的情况下实现共存。

如此说来，政治理论并非一门学科或子学科，我们或许可以将其视作一个调解过程，正如约翰·吉约里（John Guillory）近来对该术语所下的定义，“这是两个不同的领域、人、对象或术语发生联系的过程”，而在此过程中，“这些领域、人、对象或术语拒绝产生直接联系，或许已经发生冲突”。[54] 就这点来讲，人们与其说是在研究政治理论，倒不如说是参与了人、地方与事物的解释的过程。而参与这些过程意味着，一旦需要调解，人们就要被牵涉其中——不是作为信息的发起人、思想的创造者或共识的代表，而是作为区别于其他力量的一股表现力。而这里所说的其他力量是指能够与其他领域、人、对象或术语产生共鸣的力量，这些方面虽然只代表着局部，但是也融入到了情感传播媒介生态中。这恰恰正是政治理论中的人类感官与非人类感觉机制。

加利福尼亚大学洛杉矶分校

注　释

[1] Ludwig Wittgenstein, *Philosophical Investigations*, 3rd ed., trans. G. E. M. Anscombe (Englewood Cliffs, NJ: Prentice Hall, 1958), (IIxi), 213e.

[2] David Hume, *A Treatise of Human Nature,* eds. David F. Norton and Mary Norton (Oxford: Oxford Univ. Press, 2000).

[3] Davide Panagia, “The Notion of Pantry: A Speculative Defense of Unuse, ” in *World Picture* 6 (Winter, 2011): http://www.worldpicturejournal.com/WP_6/Panagia.html.

[4] Max Weber, *The Protestant Ethic and the Spirit of Capitalism* (New York: Norton, 2008), 56. 仅靠脚注里的这点文字，我或许无力进行辩解，但政治理论正是凭借这样的声明才具有了文化自信，就好比 19 世纪末对政治、文学及摄影现实主义的特殊偏好一般，意欲通过对认知验证声明的详细阐述，将某个思想或观点与真实世界建立起联系。

[5] 有关文章写作与政治理论间的关系，可参见 Panagia, “The Force of Political Argument: Habermas, Hazlitt, and the Essay,” in Panagia, *The Poetics of Political Thinking* (Durham, NC: Duke Univ. Press,

2006), 96–118.

[6] Elizabeth Wingrove, "Sovereign Address," in *Political Theory* 40, no. 2 (2012):135–164. 这篇文章完美地阐释了在处理档案工作，尤其是当你面对的主要内容是书信（如被囚禁在巴士底监狱里的女子胡乱涂写的手写信件）时，这些假设是多么的复杂（与有局限性）。

[7] Michel de Certeau, "Reading as Poaching," in *The Practice of Everyday Life*, trans Steven Randall (Berkeley and Los Angeles, CA: Univ. of California Press, 1984). 塞托（Certeau）将人们通过阅读方式窃取他人思想的做法称作"拼凑"（*bricolage*），这一点对我的目的实现非常重要。不同于克洛德·列维 – 施特劳斯（Claude Lévi-Strauss），塞托进一步将拼凑具体化为"不构成一个统一的集"。对于塞托来讲，拼凑是一种不成套的摆放方式，"从时间上来讲是分散的，一个个时间片断并未被连接在一起，而是通过不断的重复与不同的享用模式，被分散在人们的记忆中，形成连续的概念"（174—175）。

[8] Hans-Jörg Reheinberger, *Toward a History of Epistemic Things: Synthesizing Proteins in the Test Tube* (Stanford, CA: Stanford Univ. Press, 1997), 29.

[9] 有人提醒我留意尼采在《超越善恶》一书中的第 246—247 节中提出的警告，即我们已经丧失了利用耳朵来阅读的能力。Friedrich Nietzsche, *Beyond Good & Evil* in *Basic Writings of Nietzsche* (New York: Random House, 1992), 372–374.

[10] 参 见 Ann M. Blair, *Too Much to Know: Managing Scholarly Information Before the Modern Age* (New Haven, CT: Yale Univ. Press, 2010); Roger Chartier, *The Order of Books* (Stanford, CA: Stanford Univ. Press, 1994); Jacques Rancière, *The Names of History: On the Poetics of Knowledge* (Minneapolis: Univ. of Minnesota Press, 1994).

[11] 此处是指海德格尔在《存在与时间》中关于"突显"的讨论。Martin Heidegger，*Being and Time* (New York: Harper Perennial Modern Classics, 2008), I, 3, 16, 73.

[12] 对于动态图像与政治行动间关系的更详细讨论，可参见我撰写的另一篇文章：" Film Matters: Cinematic Thinking and the Politics of Discontinuity," in *Impressions of Hume: Cinematic Thinking and the Politics of Discontinuity* (Lanham, MD: Rowman and Littlefeld, 2013)；参加"解析电影制作"（"analytic film-making"）研讨会时提交的另一篇论文中对此也有论述，参见："Cinéma vérité and the Ontology of Cinema: A Response to Roy Germano," *Perspectives on Politics* 12, no. 3 (2014): 688–690.

[13] Aletta J. Norval, *Aversive Democracy: Inheritance and Originality in the Democratic Tradition* (New York: Cambridge Univ. Press, 2007), 137.

[14] 我采用的"未竟之意"一词源于罗兰·巴特（Roland Barthes）关于摄影对他有何影响以及如何发挥影响的讨论："这张照片成为我的一部分，而那张照片没有。"参见：*Camera Lucida: Reflections on Photography*, trans. Richard Howard (New York: Hill and Wang, 1981), 19. 巴特随后将这种没有明确述及的体验重新命名为摄影的刺点，用以指某部作品中刺激了观众感觉中枢，使其得以控制自己情绪的完全主观但能够得到经验证明的准时性。巴特坚定地认为"摄影影像中充满了敏感点"，继而，他又写道："照片中的刺点正是刺痛我（也伤害我，给我留下深刻印象）的事故。"参见 Barthes, *Camera Lucida*, 27.

[15] Augustine, *Confessions* (Oxford: Oxford Univ. Press, 2009), X:55.

[16] Hannah Arendt, *The Human Condition* (Chicago: Univ. of Chicago Press, 1958); J. L. Austin, *How To Do Things with Words* (Cambridge, MA: Harvard Univ. Press, 1975); Paul Feyerabend, *Against Method: Outline of an Anarchistic Theory of Knowledge* (London: Verso Press, 1981); Hans-Georg Gadamer, *Truth and Method*, 2nd rev. ed. (New York: Continuum, 1993); Jürgen Habermas, *Knowledge and Human Interest* (London: Polity, 1994); Martin Heidegger, *Being and Time*; Thomas

Kuhn, *The Structure of Scientifc Revolutions: Second Enlarged Edition* (Chicago: Univ. of Chicago Press, 1972); Paul Ricoeur, *Hermeneutics and the Human Sciences* (Cambridge: Cambridge Univ. Press, 1985); Peter Winch: *The Idea of a Social Science and its Relation to Philosophy* (London: Routledge. 1973); Sheldon S. Wolin, *Politics and Vision: Continuity and Innovation in Western Political Thought* (Princeton, NJ: Princeton Univ. Press, 2006). 近来，伊恩·沃德（Ian Ward）也在其文章中对这些问题进行了探讨，参见“Helping the Dead Speak: Leo Strauss, Quentin Skinner and the Arts of Interpretation in Political Thought,” *Polity* 41, no. 2 (2009): 235–255.

[17] Charles Taylor, “Interpretation and the Sciences of Man,” in *Philosophy and the Human Sciences* (Cambridge: Cambridge Univ. Press, 1985), 2:15. 下文简称为 IS。

[18] 有关实证主义者的非人本主义声明的泄露，可参见 Marvin L. Minsky, *Computation: Finite and Infinite Machines* (Englewood Cliffs, NJ: Prentice Hall, 1967), 104–107；明斯基（Minsky）在文章中声称，不依靠直觉或解释的智能是有可能存在的。泰勒的这部分讨论引自人们关于人工智能与为人资格间关系的争论，休伯特·德莱弗斯（Hubert L. Dreyfus）也参与了这场争论，具体可参见其著作：*What Computers Still Can't Do: A Critique of Artificial Reason* (New York: Harper & Row, 1972).

[19] 在这点上，泰勒（Taylor）赞同阿伦特（Arendt）及其对普遍的科学至上主义的警告，参见“The Conquest of Space and the Stature of Man,” in *Between Past and Future* (New York: Penguin Books, 1993), 260–274.

[20] Quentin Skinner, “Meaning and Understanding in the History of Ideas,” in *Meaning and Context: Quentin Skinner and His Critics*, ed. James Tully (Princeton, NJ: Princeton Univ. Press, 1989), 63.

[21] Ibid..

[22] Ibid., 51.

[23] James Tully, *Public Philosophy in a New Key*, vol. 1 (Cambridge: Cambridge Univ. Press, 2010), 65. 下文简称为 *PP*。

[24] Barthes, *Camera Lucida*, 18.

[25] Stanley Cavell, *The Claim of Reason: Wittgenstein, Skepticism, Morality, and Tragedy* (New York: Oxford Univ. Press 1999), 359.

[26] Jacques Derrida, *The Truth in Painting*, trans. Geoff Bennington and Ian McLeod (Chicago: Univ. of Chicago Press, 1987), 63.

[27] Wittgenstein, *Philosophical Investigations*, (IIxi), 228e.

[28] Stephen Mulhall, “Picturing the Human (Body and Soul): A Reading of Blade Runner,” *Film and Philosophy* 1,(1994): 87–104.

[29] Barthes, Camera Lucida, 23–30.

[30] 在这方面，我觉得《理性的诉求》（*The Claim of Reason*）中这一节正是实践了维特根斯坦（Ludwig Wittgenstein）在《哲学研究》（*Philosophical Investigations*）第 144 段所提议的内容，即“我想把那张照片放到他面前，他当下虽然接受了这张照片，但他也可能对既定情形有着不同的理解：也就是说，他参照的是这组照片，而非那组照片。我改变了他对事情的看法”。

[31] Cavell, *Pursuits of Happiness: The Hollywood Comedy of Remarriage* (Cambridge, MA: Harvard Univ. Press, 1981), passim; but especially “Introduction: Words for Conversation” .

[32] Cavell, *The Claim of Reason*, 359.

[33] UN General Assembly, Article 20, *The Universal Declaration of Human Rights,* 10 December 1948.

[34] Derrida, *Truth in Painting*, 63.

[35] Theo Davis, “Harriet Jacobs's ‘Excrescences’ : Aesthetics and Politics in Incidents in the Life of a

Slave Girl," *Theory & Event* (2010), 13.4.

[36] Derrida, *The Truth in Painting*, 59.

[37] Bruno Latour, *Reassembling the Social: Reassembling the Social: An Introduction to ActorNetwork-Theory* (New York: Oxford Univ. Press, 2007), 81.

[38] See Jane Bennett, *Vibrant Matter: A Political Ecology of Things* (Durham, NC: Duke Univ. Press, 2010); Noortje Marres, *Material Participation: Technology, the Environment, and Everyday Publics* (London: Palgrave McMillan, 2012); and Isabelle Stengers, "Including Nonhumans in Political Theory: Opening Pandora's Box," in *Political Matter: Technoscience, Democracy, and Public Life*, eds. Bruce Baum and Sarah J. Whatmore (Minneapolis: Univ. of Minnesota Press, 2010), 3–34.

[39] 及至后来，关于媒介所产生的负面道德效应的一般立场承受了应有的压力。可重点关注：John Guillory, "Genesis of the Media Concept" , *Critical Inquiry* 36, no. 2 (2010): 321–362.

[40] 需要重申一点，我并非认为，我们的思想是由技术对象决定的，我所提出的观点也无关线性因果关系。恰恰相反，我希望探讨的是媒介影响过程为何无法经得起因果传递模式的考验。为此，我借用了凯伦·巴拉德（Karen Barad）在详细阐述主动实在论时使用的"同谋"与"纠缠"等词汇。巴拉德解释称："由于观察可能涉及无法确定的间断性交互，没有一种明确的方法可以区分'对象'与'观察主体'。"参见 Barad, *Meeting the Universe Halfway: Quantum Physics and the Entanglement of Matter and Meaning* (Durham, NC: Duke Univ. Press, 2007), 114. 这也表明，技术事务也难免要参与到思想、观点与概念的创造中来。

[41] Cornelia Vismann, *Files: Law and Media Technology*, trans. Geoffrey Winthrop-Young (Stanford, CA: Stanford Univ. Press, 2008).

[42] Vismann, "Out of File/Out of Mind," in *New Media, Old Media: A History and Theory Reader*, eds. Wendy Hiu Kyong Chun and Thomas Keenan (New York: Routledge Press, 2006), 98.

[43] Ibid., 99. 亦可参见 Vismann, "Cancels: On the Making of Law in Chanceries," *Law and Critique* 7, no. 2 (1996): 131–151. 在后面这篇文章中，维斯曼（Vismann）展示了大法官法庭办公室的唯一职责就是消除文件。因而，"大法官法庭"一词源于取消之意。

[44] For an illustration see "Display Cabinet with Assemblage," in Barbara Maria Stafford and Frances Terpak, *Devices of Wonder: From The World in a Box to Images on a Screen* (Los Angeles: The Getty Research Institute, 2001), 158–165.

[45] Anke te Heesen, *The World in a Box: The Story of an Eighteenth-Century Picture Encyclopedia*, trans. Ann M. Hentschel (Chicago: Univ. of Chicago Press, 2002).

[46] Ibid., 171. 亦可参见：Cavell, "The World as Things," in *Philosophy the Day After Tomorrow* (Cambridge, MA: Harvard Univ. Press, 2005), 236–280.

[47] te Heesen, "News, Paper, Scissors: Clippings in the Sciences and Arts Around 1920," in *Things That Talk: Object Lessons from Art and Science*, ed. Lorraine Daston (Cambridge, MA: Zone Books, 2008), 298.

[48] 与媒介考古相关联的是 20 世纪前二三十年编辑工作处的诞生与发展，随后又出现了声画剪辑机（Moviola）等编辑机器。参见 Walter Murch, *In the Blink of an Eye: A Perspective on Film Editing*, 2nd ed. (Los Angeles, CA: Silman-James, 2001), 75–80.

[49] Cited in te Heesen, "News, Paper, Scissors," 314.

[50] te Heesen, "News, Paper, Scissors," 318。黑森（Heesen）还准确地关注到：1908 年在柏林召开的国际历史学会上，报纸被宣称是历史学家可用的合法的证据源。（te Heesen, "News, Paper, Scissors," 314）巧合的是，有一些艺术家也将报纸用作他们的艺术媒介。

[51] Cavell, *The World Viewed: Reflections on the Ontology of Film* (Cambridge, MA: Harvard Univ.

Press, 1979), 115.

[52] Anne Friedberg, *The Virtual Window: From Alberti to Microsoft* (Cambridge, MA: MIT Press, 2009), 196.

[53] Alexander G. Weheliye, *Phonographies: Grooves in Sonic Afro-Modernities* (Durham, NC: Duke Univ. Press, 2005), 29.

[54] Guillory, "Genesis of the Media Concept," *Critical Inquiry* 36, no. 2 (2010): 342.

图书在版编目（CIP）数据

新文学史．第3辑／（美）丽塔・费尔斯基（Rita Felski）主编；赵培玲等译．—杭州：浙江大学出版社，2020.4

书名原文：New Literary History

ISBN 978-7-308-20063-9

Ⅰ.①新… Ⅱ.①丽… ②赵… Ⅲ.①世界文学—文学史—文集 Ⅳ.① I109-53

中国版本图书馆CIP数据核字（2020）第036992号

新文学史　第3辑

［美］丽塔・费尔斯基（Rita Felski）主编　　赵培玲等　译

责任编辑　王志毅
文字编辑　焦巾原
责任校对　赵　珏
装帧设计　周伟伟
出版发行　浙江大学出版社
（杭州天目山路148号　邮政编码310007）
（网址：http:// www.zjupress.com）
制　　作　北京大有艺彩图文设计有限公司
印　　刷　浙江印刷集团有限公司
开　　本　635mm×965mm　1/16
印　　张　17.5
字　　数　268千
版 印 次　2020年4月第1版　2020年4月第1次印刷
书　　号　ISBN 978-7-308-20063-9
定　　价　69.00元

浙江省版权局著作权合同登记图字：11-2013-221